· 人工智能技术丛书 ·

群体智能与智能网联

原理、算法与应用

李荣鹏 赵志峰 著

*S*warm Intelligence
and Intelligent Networking

Principles, Algorithms, and Applications

机械工业出版社
CHINA MACHINE PRESS

图书在版编目（CIP）数据

群体智能与智能网联：原理、算法与应用 / 李荣鹏，赵志峰著. —北京：机械工业出版社，2024.1
（人工智能技术丛书）
ISBN 978-7-111-75009-3

Ⅰ . ①群… Ⅱ . ①李… ②赵… Ⅲ . ①人工智能–研究 ②智能通信网–研究 Ⅳ . ①TP18 ②TN915.5

中国国家版本馆 CIP 数据核字（2024）第 037188 号

机械工业出版社（北京市百万庄大街 22 号　邮政编码 100037）
策划编辑：李永泉　　　　　　　　责任编辑：李永泉　张翠翠
责任校对：郑　婕　牟丽英　　　　责任印制：郜　敏
三河市宏达印刷有限公司印刷
2024 年 5 月第 1 版第 1 次印刷
186mm×240mm · 15 印张 · 297 千字
标准书号：ISBN 978-7-111-75009-3
定价：89.00 元

电话服务　　　　　　　　　　　网络服务
客服电话：010-88361066　　　机 工 官 网：www.cmpbook.com
　　　　　010-88379833　　　机 工 官 博：weibo.com/cmp1952
　　　　　010-68326294　　　金 书 网：www.golden-book.com
封底无防伪标均为盗版　　　机工教育服务网：www.cmpedu.com

前　　言

　　20世纪四五十年代，在信息科学发展的初级阶段，图灵、香农等大师在计算、通信领域分别提出了奠基性的理论。事实上，通信和计算是天然融合的，计算机可以被看作"另一种形式的通信设备"。近年来，群体智能与智能网联得到了广泛关注，5G/6G、智能网联车、工业控制网等应用和服务正逐渐进入国家与民生需求的各个领域。相较以往，群体智能与智能网联的内涵更为广泛，既包括用人工智能的方法提升网络性能，又包括通过网络关联多个智能体实现智能业务的有效支撑。

　　本书以群体智能与智能网联的应用为牵引，通过原理篇、算法篇、应用篇介绍群体智能与智能网联相关的基础理论、概念模型、关键技术和前沿应用。具体而言，绪论介绍群体智能与智能网联的概况和研究现状；原理篇介绍群体智能的通信与网络模式、知识表征、因果涌现机理等内容；算法篇介绍多智能体强化学习、合作式梯度更新方法、图神经网络、蚁群算法等群体智能领域的代表性算法；应用篇讨论6G与内生智能、车联网与自动驾驶、工业互联网与网联机器人的应用。

　　本书不仅可以作为智能网联科研人员的参考书，也可以作为计算机和信息通信相关专业高年级本科生和研究生的教材。

　　由于作者水平有限，书中难免存在不足之处，还请读者批评指正。

CONTENTS

目　　录

第二篇　算法篇

绪论

1.1 群体智能与智能网联概述

群体智能是科学家长期关注和研究的一种自然现象，通过有效集聚没有智能或智能水平非常有限的单个智能体，展现出远超个体能力的智能行为。例如，在很多低等社会性生物群体中可以观察到群体智能现象，包括鱼、鸟、蚂蚁、蜜蜂等群体；"三个臭皮匠，顶个诸葛亮"，人类社会的不断发展和演化也可以被认为是一种群体智能现象，绝大多数文明成果都是人类个体在长期群体化、社会化的生产和生活中逐渐演化形成的产物。因此，群体智能（Collective Intelligence），或者说多智能体系统（Multi-Agent System，MAS），是由多个智能体以特定的方式相互耦合在一起构成的系统。其中，厘清智能体概念、明确系统性度量方法，是在计算机工程领域使用群体智能的重要前提。

智能体的概念是由美国麻省理工学院的 Marvin Minsky 教授最早提出的[1]。当前，智能体拥有多种不同的定义。作为一个致力于智能体软件技术标准化的国际组织，FIPA（The Foundation for Intelligent Physical Agents）定义智能体为驻留在环境中的实体，可以解释从环境中获得的、能够反映发生在环境中的事件数据，并可以执行对环境造成影响的行动。著名的群体智能系统研究学者、牛津大学计算机科学系主任 Michael Wooldridge 对智能体提出了强、弱两种定义：在弱定义中，智能体是指具有独立性、自主性、社会性和反应性等基本特性的实体；在强定义中，智能体不仅包含了弱定义中智能体的基本特性，还具有与移动、通信、决策甚至推理等能力相关的智能特性。著名的人工智能学者、斯坦福大学的 Hayes-Roth 教授定义了智能体的三种基本功能：感知动态环境信息、通过推理来解释感知到的信息并产生推理结果，以及执行动作来影响环境条件。因此，智能体的特性可以大致概括为：

❑ 独立性（Independent）：智能体应当具有独立存在的价值和功能，当给予足够的外部条件时，智能体可以独立地行使功能；

❑ 自主性（Autonomous）：智能体拥有对自身行为和逻辑推理的自主控制能力；

❑ 反应性（Reactive）：智能体可以根据周围环境的变化自动地调整自身的状态；

❑ 社会性（Social）：智能体可以和其他个体进行协作，进而表现出社会行为；

❑ 进化性（Evolutive）：智能体具有累积经验和学习知识的能力，可以不断提升自身的行动或者决策水平。

图 1-1 提供了一种智能体的基本结构图，该图包含了智能体行使功能的主要单元以及运行逻辑。具体地，感知单元的功能是获取智能体需要的外部环境信息，一般情况下，由于获取手段或者获取代价的限制，单个智能体只能获取到环境的部分信息。智能体的感知信息会经过数据处理过程被进一步加工，目的是提取出和目标任务相关的特征信息，该特征信息可以作为智能体进行状态调整或者动作执行的决策依据。针对特定的目标任务，智能体会维护一个事先指定的预测模型，该模型的输出结果可以辅助最终决策结果的生成。智能体的通信单元主要负责完成当前个体和系统内其他个体之间的信息交换过程，该过程是多个智能体实现目标任务协同的重要基础。最后，智能体的行动单元负责将最终的决策结果转换成实际的执行动作。综上所述，智能体的主要行为逻辑可以概括为"感知 → 决策 → 行动"。其中，在决策阶段，由于单个智能体往往只能获取到外部环境的部分信息，因此有必要通过在多个智能体之间添加合适的协作过程来提升决策水平。另一方面，单个智能体受限于体积、功耗等，有时无法单独满足 GPT-3 等大规模新兴神经网络模型[2]对算力广泛迫切的需求。再者，由于感知、预测、决策等不同学习任务之间的耦合现象日益凸显，通过网联智能体形成分布式的群体智能系统，让不同类型的智能体各司其职，从而提升系统整体智能水平，成为一个迫切的需求。

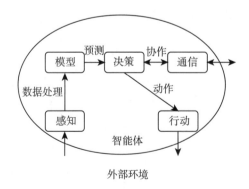

图 1-1　智能体的基本结构图

美国经济管理学家 Herbert Simon 的有限理性决策理论（Bounded Rationality Decision Theory）为群体智能系统的有效性奠定了重要的理论基础。该理论认为，一个系统把多个智能体组织起来可以弥补单个智能体在任务能力上的有限性；每个智能体都专门负责一项任务，可以弥补单个智能体在学习新任务能力上的局限性；系统间有组织的信息流通可以弥补单个智能体的知识的有限性；明确的系统组织和任务分工可以弥补单个智能体在处理信息和应用信息能力上的有限性。因此，群体智能具有"分布智能、持续增强、实时交互"的特点[3]。需要说明的是，与分布式问题求解（Distributed Problem Solving, DPS）过程不同，群体智能系统的设计是一个自底向上的过程，需要首先构建智能体模型，然后在智能体模型基础上针对任务目标建立合适的群体沟通机制。

作为群体智能的经典领域，遗传算法（Genetic Algorithm, GA）[4]、蚁群优化（Ant Colony Optimization, ACO）算法[5-6]、粒子群优化（Particle Swarm Optimization, PSO）算法[7] 以及共识主动性（Stigmergy）算法[8] 等群体协作算法从自然界动物群体的群体行为出发，通过计算机模拟的方式来实现类似的群体协作过程，进而发现和提炼出有价值的群体协作机制。虽然蚁群优化算法[5-6] 等通过模拟生物群体行为可以实现集中式优化，但群体智能具有更强的概念内涵，更加强调"多个智能体的互相认同与能力增强"[3]。事实上，群体智能的理念已经在维基百科和 reCaptcha 项目中得到了广泛的体现。例如，得益于互联网技术的出现和不断发展，人类群体的跨时空大规模协同成为可能，使得网络空间中的人群不再受到地域和时间的限制，在网络空间中进行更加方便灵活的显式或隐式交互。正因如此，维基百科搭建了互联网用户共享、获取知识的平台，赋予了用户协作共建世界上最大知识社区的能力，大大超越了以往单一人群的知识边界。因此，群体智能的水平既受制于单一智能体的能力水平，又受内部的组织规则和信息交互能力的影响。而后者是群体智能系统的重要组成部分，对系统的有效性和稳定性的影响更加深远。伴随着新一代无线通信技术（5G）以及物联网技术的快速发展[9]，越来越多的现实场景倾向于使用群体智能理念来构建系统模型，这些场景包括大规模无人机群的控制[10]、工业自动化控制[11]、移动群体感知和计算[12]、车联网控制以及分布式计算网络资源管理等。在这些场景当中，基于中心控制器的传统解决方案缺乏足够的实时性、鲁棒性和灵活性；而得益于通信网络的快速发展，可以尝试通过设计和利用分布式群体智能系统来提升这些场景中管理和控制方法的有效性。另外，群体智能中知识共享与协作的能力，也可以助力机器间的通信，更好地支撑万物智联的发展[13]。

群体智能的产生也被认为是智能体的相互作用自然涌现在群体层面的结果，这一现象也被称作智能涌现（Intelligence Emergence），已经得到广泛的分析和论证。目前最著名的用于分析智能涌现的研究模型是 Boid 模型[14] 和 Vicsek 模型[15]，通过分析和利用这些模型，人们可以观察到群体智能系统的智能涌现现象。智能涌现过程是一个从局部到整体的过程，涌现的最终结果无法直接通过观察单个智能体的行为来预先得到，具有不可预测性。群体智能的研究内容之一就是关注如何构建多个智能体之间的协作机制，目的是引发期望的智能涌现现象，其构建方法通常受到算法模型的启发。除此之外，单个智能体的行为策略往往是事先指定的，这种设置有利于对群体智能涌现的最终结果进行分析。然而，当单个智能体的行为策略无法事先指定，或者设计合适的行为策略成本较高时，传统的群体智能系统的设计方法就会受到严重限制。同时，群体智能水平在很大程度上也取决于群体内单个智能体的智能水平，限制单个智能体的行为策略也会对整个群体的表现造成影响。因此，在建立群体智能系统模型时需要考虑引入单个智能体的学习和进化能力，智能体的主要行为逻辑和大名鼎鼎的强化学习基本过程不谋而合。

1.2　国内外研究现状

2020 年 1 月，中国科学院大数据挖掘与知识管理重点实验室发布的《2019 年人工智能发展白皮书》将"群体智能技术"列为了八大人工智能关键技术之一。本节从群体智能优化算法、多智能体系统、广义群体智能这三个维度来概括阐述群体智能的国内外研究现状。

1.2.1　群体智能优化算法

自然界中的生物群体通过个体自主决策和简单信息交互，经过演化，使整个群体宏观上"涌现"出自组织性、协作性、稳定性以及对环境的适应性。最初，群体智能一般狭义地指群体智能优化算法，通过模拟群居昆虫行为，依赖正反馈、负反馈、波动和多重交互等解决优化问题。

遗传算法（Genetic Algorithm），基于模仿生物进化的自然选择过程反复修改、不断增加由个体解构成的群体解集，其中质量低劣的解被丢弃，在寻找高级解决方案的过程中求解无约束和有约束非线性优化问题。相较于传统迭代算法每次迭代时通过确定性计算形成点的顺序接近最优解，遗传算法在每个步骤评价整个种群的适应度，从当前的群体随机选择个体，并将它们用作父级来生成下一代子级。经过一代又一代后，该群体"演化"为最优解。自遗传算法引入以来，许多研究者都进行了改进遗传算法性能的研究，例如引入了其他交叉和变异的替代方法，提高遗传算法等性能[16-18]。

源于对以蚂蚁、蜜蜂等为代表的社会性昆虫的研究，1992 年，意大利学者 Marco Dorigo 首次提出蚁群优化（Ant Colony Optimization，ACO）算法[5-6]。蚁群优化算法包含蚂蚁、信息素等：蚂蚁是一种假想的媒介，用来模拟对搜索空间的探索和开发；信息素是一种"化学物质"，由蚂蚁在行进的道路上传播。考虑到蒸发作用，信息素的强度随着时间的推移而变化。在蚁群优化算法中，蚂蚁在搜索空间中移动时会释放信息素，这些信息素的数量反映了蚂蚁的路径强度，蚂蚁根据高强度的路径来选择方向。蚁群优化算法已应用于各种优化问题，如旅行商问题、二次分配问题、车辆路径问题、网络模型问题、图像处理问题、移动机器人路径规划问题、无人机系统路径优化问题、项目管理问题等。

来源于对一个简化社会模型的模拟，1995 年，Kennedy 等学者提出粒子群优化（Particle Swarm Optimization，PSO）算法[7]。"粒子"是一个折中的选择，因为既需要将群体中的成员描述为没有质量、没有体积的，同时也需要描述它的速度和加速状态。最初为了图形化地模拟鸟群优美而不可预测的运动，粒子群优化算法通过对动物社会行为的观察，发现在群体中对信息的社会共享提供了一个演化的优势，并以此为基础，加入近邻的速度匹配，并考虑了多维搜索和根据距离的加速，形成了算法的最初版本。之后，引入了惯性权重来更好地控制开发（Exploitation）和探索（Exploration），形成了标准的粒子群优化算法。此外，为了提高粒子群优化算法的性能和实用性，又开发了自适应（Adaptive）[19] 版本和离散（Discrete）[20] 版本。

通过分析这类代表性群体智能优化算法，人们可以发现群体智能优化算法依赖底层每个智能体事先指定的行为模式来引发期望的智能涌现现象，而缺乏针对单个智能体的学习和进化过程。

1.2.2　多智能体系统

随着群体智能的发展，它与诸多领域（如计算机科学、机器学习、运筹学、社会学等）产生了各种联系与交叉。智能体应用如火如荼、普遍存在于智能网联车、无人机群、全息通信等中，并表现为群体智能系统。在这些大规模系统中，群体智能以智能体的学习过程为基础，在保证模型可以收敛的情况下增加智能体之间的协作过程，提升多智能体的性能水平。群体智能技术可以在没有中心控制且对全局环境认知不足的情况下完成很多复杂任务，这一优势使其在多个领域崭露头角。如图 1-2 所示，目前群体智能技术的典型应用领域和场景包括：

1）工业 4.0：群体智能在工业生产领域被广泛应用于生产调度、智能控制器优化/设计、系统优化等方面。

2）智能交通：群体智能在交通运输领域具体可以应用于路径规划、导航避障，也可通过仿真平台进行交通事故的模拟分析。

3）通信网络：群体智能在通信领域具体可应用于通过无人机或观测站构建自组织通信网络、完成通信网络的节点优化和路由优化，以及未来的海、陆、空立体通信网络的构建。

4）数据分析：群体智能技术在数据分析领域具体应用于聚类分析、群体智能软件开发、交互场景仿真以及神经网络训练等方面。

5）军事国防：军事应用是群体智能技术目前应用最为广泛的一个领域，具体可以应用于无人机编队控制、多艇协同攻击、鱼雷查打一体、水下实时监控等方面。

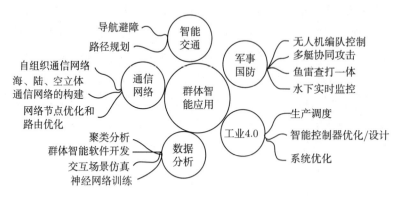

图 1-2　群体智能技术的典型应用领域和场景

群体智能研究也不限于群体智能优化算法，涵盖了多智能体系统、多机器人协同合作等多个方面，它们之间的关系如图 1-3 所示。通过将若干个具备简单智能且易于控制和管理的系统，通过互相协作实现较为复杂的智能，多智能体系统具有更好的自主性、灵活性、可拓展性和鲁棒性，其协调控制的基本问题包括一致性控制、会合控制、聚结控制和编队控制等。多智能体系统要达到协调控制，首先需要模拟生物群体行为，建立群体运动模型，其次构建通信拓扑结构来完成信息交互，最后通过一致性协议使得每个个体均能达到近似相同的状态，实现协同控制。

图 1-3　群体智能衍生关系

1）运动模型。多智能体系统常见的建模手段是基于个体的微观模型，这类模型以个体为建模对象，通过个体的感知、交互、运动规律以及外部环境影响等因素进行建模。Reynolds、Vicsek、Couzin 等人是研究集群运动模型的代表人物，其中，Reynolds 等人所提出的分离（Separation）、同步（Alignment）、聚集（Cohesion）三个基本规则奠定了集群运动模型的基础。

2）通信拓扑。多智能体系统实现信息交互需要在个体间建立物理连接，将智能体个体视为节点，各节点互连形成拓扑结构。常用的拓扑结构有树形、总线型、星形和环形，当面对大型通信网络的构建时，一般采用网状拓扑结构。网状拓扑结构使用路由算法得到发送数据的最佳路径。此外，随着图论、矩阵论、非线性理论等相关理论的引入，多智能体系统通信拓扑结构的搭建变得更加高效、可靠。

3）一致性协议。一致性协议用来维护系统中各智能体即各节点间信息和数据的一致性，来确保系统能够可靠地完成任务。一致性协议可分为单主协议和多主协议。单主协议指整个集群系统中仅存在一个主节点，主要有 2PC、Paxos、Raft 协议等；多主协议指整个集群中存在多个主节点，主要有 Pow 协议以及 Gossip 协议。在多智能体协同结构中，一致性协议是使系统整体高效，可靠运行的关键。

多智能体系统在当今社会中日益普遍，如智能交通灯通过感知路网的车流数据给出实时的红绿灯信号调配，优化早晚高峰的交通情况；无人驾驶车通过感知周围车辆的信号，做出局部最优行车的轨迹规划。在多智能体系统中的每个智能体（如无人驾驶车）视角下，当前决策环境中还包含其他智能体，它们也在不断学习和更新自己的决策方式，所以该决策环境是非稳态的（Non-stationary）。这打破了传统机器学习（特别是强化学习）的基本假设，即环境虽然可以是动态随机的，但必须是稳态的。为了解决多智能体系统中每个智能体的最优决策问题，克服单智能体强化学习在多智能体系统中面临的非稳态环境问题，多智能体强化学习技术在近年来开始获得越来越多的关注。

非依赖性强化学习（Independent Reinforcement Learning，IRL）[21] 是单智能体直接扩展并应用到多智能体系统而得到的一种自然模型。在该模型中，通过只接收和自身相关的环境信息，每个智能体被指定完成独立的强化学习过程，并且将全局奖励值直接当作个体奖励值来使用。除此之外，除非群体协作任务需要，智能体之间没有额外的信息交互过程和协作行为。在非依赖性强化学习中，由于只接收和利用与自身相关的环境信息，因此单个智能体通常可以保证学习环境的平稳。但是，在不考虑群体协作机制的情况下，系统中的每个智能体都会优先考虑最大化自身的累积奖励值，特别是在多个智能体不完全合作的任务场景中（即多个智能体的奖励值之间会产生冲突）。该现象会影响任务的完成效果，使系统陷入局部最优。此外，在非依赖性强化学习中，还需要对全局奖励的分配机制进行设计。值得一提的是，非依赖性强化学习是在对多智能体强化学习的研究中被广泛采用的一种基础模型，其中最重要的原因在于该模型具有很强的易实施性和鲁棒性。该模型在许多现实场景中取得了不错的测试效果[22]。

近年来，深度强化学习的快速发展为单个智能体的模型训练过程提供了许多十分高效的算法，其中有基于价值迭代的算法[23]，也有基于策略迭代的算法[24-26]。特别地，基于演员—评论家（Actor-Critic）的强化学习结构由于具有良好的收敛特性而被广泛使用。此外，为了提升模型训练方法的可扩展性，当群体智能系统包含的智能体数量较大时，参数共享是在多智能体强化学习中被广泛采用的一种技术方法[27]。这类方法普遍采用联邦学习[28-35]、图神经网络[36] 等方式进行多智能体之间集中式或者去中心化的信息交互。例如在联邦学习中，事先假定系统中的所有智能体共用一套模型参数，即使这些智能体可能处于不同的任务场景当中。在参数共享技术中，群体智能系统通常会额外设置一个中心节点。中心节点不参与和环境的交互过程，而是依靠每个智能体从环境中收集到的样本信息进行模型参数的更新，并将更新后的模型参数共享给所有智能体。在参数共享技术中，单个智能体获取更新后的模型参数的时机可以是同步的[37]，也可以是异步的[24]。除此之外，中心节点收集样本信息的方式通常可以分成两类：收集模型的计算梯度值[24] 和收集训练样本[38]。在第一种情况下，中心节点从每个智能体处得到的是直接用于模型参数更新的梯度值，该梯度值是由每个智能体在本地通过梯度计算过程得到的，这种收集方式适用于智能体在本地的计算资源充足但是通信资源匮乏的场景。在第二种情况下，中心节点收集每个智能体得到的训练样本，这些训练样本可以直接用来更新中心节点的模型参数，也可以用来补充经验池（Experience Pool），然后通过深度强化学习中的经验回放机制（Experience Replay）来更新模型参数[23]，这种收集方式适用于智能体在本地的计算资源匮乏但是通信资源充足的场景。参数共享技术的优势是可以提升多智能体强化学习模型训练算法的可拓展性，并提升模型在训练过程当中的稳定性和收敛性。另外，智能体间的通信水平也会在一定程度上影响联邦学习或者图神经网络的性能，并且已得到一定的关注。文献 [34] 面向资源异构、通信拓扑受限下的联邦学习，提出了基于网络感知的优化方法。文献 [35] 研究了资源受限的边缘计算系统，提出了自适应联邦学习算法。文献 [28] 将上述结果进一步拓展到了无线网络场景。文献 [31] 利用周期性平均的方法设计了具备高效通信的联邦学习机制，并设计了基于高斯分布的方法，将边缘设备的训练结果扰动后传输至联邦学习，从而取得更好的性能。文献 [39] 提出了基于量化的联邦学习方法。但上述方法主要考虑单任务的场景，文献 [33] 针对联邦多任务场景进行了分析，并利用主—对偶方法（Primal-Dual Method）有效解决了多任务本地数据保护的难题。文献 [40] 借鉴设备间通信的理念，通过增加少量同层智能体之间的交互，提升联邦强化学习的性能。针对图神经网络的通信交互开销问题，文献 [41] 提出利用网络节点数据采样的方法减少资源开销。然而，参数共享技术不能扮演多智能体协作算法的角色，也不能解决多智能体强化学习中的学习环境非平稳以及全局奖励分配等问题。

基于深度强化学习等的多智能体系统通常可以分成训练和测试两个阶段，并且依据单个智能体对环境信息的感知和利用程度，每个阶段又可以大致分成两类：集中式（Centralized）和分散式（Decentralized）。在测试执行阶段，群体智能系统大多采用的是分散式执行的形式，目的是最大程度地发挥多智能体并行工作的优势。而在训练阶段，群体智能系统则可以采用集中式训练和分散式训练两种不同的形式。相较于分散式训练，集中式训练的一个突出特点是，单个智能体在训练过程中可以利用到超出自身感知能力的更多信息，进而缓解多智能体强化学习中的经典问题。集中式训练的优势是可以在更大程度上探索多个智能体的最佳行为策略，然而，集中式训练的前提假设往往过于理想，导致该训练方式无法在一些实际场景中实现。因此，相较于分散式训练，集中式训练的适用性较差。另外，在多智能体强化学习中，依据群体智能系统目标任务的不同，可以将多个智能体之间的关系划分成以下三类：合作关系、竞争关系和混合关系。

❑ 在合作关系中，多个智能体的奖励值之间不会产生冲突，并且单个智能体的行为选择不会对其他智能体的行为选择造成影响。在这种情况下，最大化群体智能系统的全局奖励值等于最大化每一个智能体的个体奖励值。值得一提的是，智能体之间的合作关系可以极大地缓解多智能体强化学习中的全局收益分配问题，针对这种类型的目标任务，通常可以直接应用上文提到的非依赖性强化学习。

❑ 在竞争关系中，多个智能体的奖励值之间是完全冲突的，这意味着一个智能体的个体奖励值的增加必然会导致其他智能体的个体奖励值的减少。在这种情况下，基于零和（Zero-Sum）博弈理论的奖励函数设计方法在研究中被广泛使用[42]。

❑ 在混合关系中，多个智能体之间既存在合作关系，也存在竞争关系，混合关系是在群体智能系统中最广泛存在的一种关系。

围绕多智能体强化学习的协作问题，表 1-1 列举出了一些典型方法。概括地讲，多智能体协作可以有以下几种形式：

❑ 独立学习类[27,42]。该类算法将单智能体强化学习直接扩展并应用到群体智能系统中，其中多个智能体相互独立，基本遵循非依赖性强化学习的思路。独立学习类算法在包含合作关系或者竞争关系的任务中取得了良好的测试效果，原因是在这一类任务中，多个智能体的协作方法以及全局奖励的分配机制都得到了极大的简化。

❑ 通信协作类[43-45]。该类算法显式地假设智能体之间存在信息的交互过程，并在训练过程中使智能体学习如何根据自身的感知信息来生成通信消息，或者确定是否需要通信、与哪些智能体进行通信等。在测试执行阶段，每个智能体都需要显式地根据其他智能体传递的消息进行决策。通信协作类算法以智能体之间的通信过程来实现多智能体协作，并通过消息的传递来解决单个智能体对学习环境观测不足的问题。可以看出，通信协作类算法的性能取决于针对通信动作、通信消息以及通信时机等内容的设计方法，并需要在训练过程中保证智能体的行动策略可以收敛。然而，通信协作类算法不能有效解决全局收益的分配问题，这会限制该类算法在现实场景中的应用。

❑ 群体协作类。该类算法针对目标任务人为地在多个智能体之间引入协作机制。其中，在解决全局收益分配问题方面[46-48]，一种直观的解决方案是在得到全局收益的同时，计算出每个智能体对于该全局收益的贡献值，计算的贡献值可以用来指导全局收益在多个智能体之间的分配过程。在这种解决方案中，每个智能体的贡献值都可以通过估计整个群体在缺少该智能体的情况下获得的全局收益和原本的全局收益的差值来得到[49]。该方案存在的难点是如何准确、快速地估算出每个智能体的贡献值。特别地，在该方案中，需要将缺少某个智能体的群体置于完全相同的任务仿真场景中进行模拟，从而得到用来对比的全局收益值。然而，当系统中的智能体数量不断增大时，针对智能体的模拟次数也会不断增多，进而导致训练时间大大增加。除此之外，为了解决单个智能体的部分观测问题，已有研究在模型的训练阶段采用集中式训练的方式来提升模型的训练效果，其中有基于演员—评论家的学习结构进行设计的方法[50]，也有对经验回放机制进行进一步改进的方法[51-52]。然而，正如前文所述，集中式训练的前提假设往往过于理想，例如，单个智能体在训练阶段需要利用其他智能体的感知信息或者行动策略来辅助自身决策，这在一些现实场景中是无法实现的，进而限制了该类算法的实际部署和应用。

❑ 模型设计类。该类算法主要通过对其他智能体的策略或行动意图进行建模来更好地进行协作或者更快地打败竞争对手[53]，其工作重点是对智能体的策略模型和决策过程进行设计。

表 1-1 群体智能的一些典型方法

方法	类别	算法名称
启发机制	生物启发	遗传算法[4]、共识主动性[8]、蚁群优化算法[5-6]、粒子群优化算法[7]、蝙蝠算法[54]、人工蜂群算法[55] 等
	社会启发	帝国竞争算法[56]、联盟竞赛算法[57] 等
协作方法	独立学习	IQL[42]、IAC[27] 等
	通信协作	DIAL[58]、CommNct[59]、AccNet[60]、BiCNet[43]、ATOC[44]、SchedNet[15] 等
	群体协作	VDN[46]、QMIX[47]、QTRAN[48]、COMA[49]、MADDPG[61]
	其他	AAC[50]、SER[51]、ToM[53] 等

有关多智能体系统的研究尝试从不同的角度来解决该领域中的经典问题，而在群体协作方法上，罕有研究在多智能体强化学习中利用既有算法模型在解决一系列经典问题的同时，诱发期望的智能涌现现象，后者被认为是提升群体协作效率的有效方法。另外，深度强化学习是单个智能体借助与环境之间的交互过程来提升自身智能水平的重要方式，与此同时，群体智能中的智能涌现过程则是提升群体协作效果的重要环节。因此，图 1-4 所示为多智能体强化学习系统的演进示意图。在图 1-4 中，个体智能水平和群体智能水平的提升是一个相互促进的过程，其中包含了两个十分重要的阶段，第一个阶段是深度强化学习过程。借助于智能涌现过程提供的宝贵经验，单个智能体可以通过这个阶段来提升自身的智能水平。第二个阶段是智能涌现过程，借助于合适的群体协作机制，单个智能体可以最大程度地发挥自身的效用，进而提升群体智能系统的性能水平。在整个演进过程中，群体智能水平由群体协作机制和单个智能体的水平两个因素共同决定，伴随着单个智能体水平的不断提升，群体协作的效果也会越来越好。

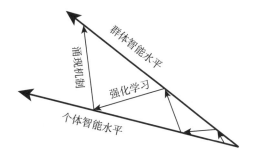

图 1-4 多智能体强化学习系统的演进示意图

1.2.3 广义群体智能

广义群体智能涵盖了个体强化学习和群体智能涌现两个方面的内容，并针对具体应用给出解决方案。其中，算法和模型是群体智能技术的基础，包括群体智能算法以及多种集群运动模型；多智能体系统除个体拥有一定的智能外，通过应用这些算法/模型建立联系，协同完成任务。虽然网络的出现和大规模普及为群体的跨时空大规模协同提供了可能，促进了网络空间内群体智能系统的探索和成功实践，但目前而言，网络空间内的群体智能主要针对特定问题精心设计的群体力量利用方案。一方面，对群体智能规律和机理的认识与探讨仍然不够充分、完整。与此同时，现阶段形成的网络空间群体智能现象仍然处于相对初级的阶段，距离理想形态的群体智能现象差距较大，无法确保求解特定问题时群体智能的可控重复发生[62]。传统的物理空间关注低等生物群体智能现象的观察解释，而网络空间关注利用"群智""群力"的实践，目前把物理空间和网络空间结合起来的现象很少。另一方面，智能体之间的复杂关系往往难以有效刻画，从而引起策略学习和进化的困难。在一些简易群体智能系统中，智能体策略学习和进化仅依赖于本身，并通过一些预设规则刻画多智能体的复杂关系，但规则的繁杂导致无法有效、准确、高效地扩展到大规模群体智能系统中。

1.3　本书结构

本书分 3 个篇章介绍群体智能与智能网联的基础理论、概念模型、关键技术和前沿应用。本书第 1 章为全书绪论，介绍群体智能与智能网联的概述和研究现状。

第一篇为原理篇，包括第 2~4 章，共 3 章。其中，第 2 章围绕群体智能的通信与网络模式着重介绍直接通信、间接通信与共识主动性，迁移学习等通信模式，以及集中式、去中心化和自组织网络等网络模式。第 3 章从知识表征、知识表达和计算的维度介绍知识表征方法、知识传递与迁移方法、以及可以进行知识计算的信息经济元语言。第 4 章则从因果涌现与群体智能的角度介绍什么是涌现以及因果涌现建模理论，并基于此探讨深度学习和群体智能中的涌现现象。

第二篇为算法篇，包括第 5~8 章，共 4 章。其中，第 5 章将重点介绍多智能体强化学习算法，包括融合共识主动性的独立强化学习算法、基于平均场理论的多智能体强化学习算法。第 6 章则围绕多智能体的合作式梯度更新展开介绍，介绍合作式梯度更新的基本原理，阐述更新方式对性能的影响，并浅谈优化方法。第 7 章围绕图神经网络介绍图的基本概念，常见的图神经网络模型，以及图神经网络与机器学习的结合。第 8 章对仿生物智能学习进行解读，探讨蚁群算法和群体学习。

第三篇为应用篇，包括第 9~11 章，共 3 章。其中，第 9 章围绕 6G 与内生智能探讨移动通信网络朝智能技术的演进。第 10 章介绍无人驾驶技术、车路协同技术等车联网与自动驾驶相关的内容。第 11 章将探讨工业互联网技术的演进，并介绍了铸造机器人和仓储物流机器人等网联机器人。

参考文献

[1]   MINSKY M. The society of mind[M]. New York: Simon Schuster, 1988.

[2]   BROWN T B, MANN B, RYDER N, et al. Language models are few-shot learners[EB/OL]. (2020-05-28)[2021-07-20]. https://arxiv.org/abs/2005.14165v4.

[3]   LEVY P. The semantic sphere 1: computation, cognition and information economy[M]. Hoboken: Wiley-ISTE, 2011.

[4]   COIT D W. Genetic algorithms and engineering design[J]. Engineering Economist, 1998, 43(4): 379-381.

[5]   DORIGO M, BIRATTARI M, STüTZLE T. Ant colony optimization[J]. IEEE Computational Intelligence Magazine, 2007, 1(4): 28-39.

[6]   DORIGO M, MANIEZZO V, COLORNI A. Ant system: optimization by a colony of cooperating agents[J]. IEEE Transactions on Systems, Man, and Cybernetics, Part B (Cybernetics), 1996, 26(1): 29-41.

[7]   KENNEDY J, EBERHART R. Particle swarm optimization[C]//Proceedings of ICNN'95 - International Conference on Neural Networks. New York: IEEE Press, 1995, 4: 1942-1948.

[8]   HOLLAND O, MELHUISH C. Stigmergy, self-organization, and sorting in collective robotics[J]. Artificial Life, 1999, 5(2): 173-202.

[9]   CHETTRI L, BERA R. A comprehensive survey on internet of things (IoT) toward 5G wireless systems[J]. IEEE Internet of Things Journal, 2020, 7(1): 16-32.

[10]   SCHWARZROCK J, ZACARIAS I, BAZZAN A L C, et al. Solving task allocation problem in multi unmanned aerial vehicles systems using swarm intelligence[J]. Engineering Applications of Artificial Intelligence, 2018, 72: 10-20.

[11]   KARUNA H, VALCKENAERS P, SAINT-GERMAIN B, et al. Engineering self-organising systems[M]. Berlin: Springer, 2005: 210-226.

[12]   GUO B, CHEN C, ZHANG D, et al. Mobile crowd sensing and computing: when participatory sensing meets participatory social media[J]. IEEE Communications Magazine, 2016, 54(2): 131-137.

[13]   LI R, ZHAO Z, XU X, et al. The collective advantage for advancing communications and intelligence[J]. IEEE Wireless Communications, 2020, 27(4): 96-102.

[14]   CHEN Y W, KOBAYASHI K, KAWABAYASHI H, et al. Application of interactive genetic algorithms to boid model based artificial fish schools[C]//Knowledge-Based Intelligent Information and Engineering Systems. Berlin: Springer, 2008: 141-148.

[15] SAVKIN A V. Coordinated collective motion of Groups of autonomous mobile robots: analysis of Vicsek's model[J]. IEEE Trans. on Automatic Control, 2004, 49(6): 981-982.

[16] CHOONG CHIAO MEI F, PHON-AMNUAISUK S, ALIAS M Y, et al. Adaptive ga: an essential ingredient in high-level synthesis[C]//2008 IEEE Congress on Evolutionary Computation (IEEE World Congress on Computational Intelligence). New York: IEEE Press, 2008: 3837-3844.

[17] DE JONG K A, SPEARS W M. A formal analysis of the role of multi-point crossover in genetic algorithms[J/OL]. Ann Math Artif Intell, 1992, 5(1): 1-26[2022-11-07]. https://doi.org/10.1007/BF01530777.

[18] ÜÇOLUK G. Genetic algorithm solution of the TSP avoiding special crossover and mutation[J]. Intelligent Automation and Soft Computing, 2002, 8(3): 265-272.

[19] ZHAN Z H, ZHANG J, LI Y, et al. Adaptive particle swarm optimization[J]. IEEE Transactions on Systems, Man, and Cybernetics, Part B (Cybernetics), 2009, 39(6): 1362-1381.

[20] SHEN M, ZHAN Z H, CHEN W N, et al. Bi-velocity discrete particle swarm optimization and its application to multicast routing problem in communication networks[J]. IEEE Transactions on Industrial Electronics, 2014, 61(12): 7141-7151.

[21] TAN M. Multi-agent reinforcement learning: independent vs. cooperative agents[M]. San Francisco: Morgan Kaufmann Publishers Inc., 1997: 487-494.

[22] SHAH K, KUMAR M. Distributed independent reinforcement learning (DIRL) approach to resource management in wireless sensor networks[C]//IEEE International Conference on Mobile Adhoc and Sensor Systems. New York: IEEE Press, 2007: 1-9.

[23] VOLODYMYR M, KORAY K, DAVID S, et al. Human-level control through deep reinforcement learning[J]. Nature, 2015, 518(7540): 529-533.

[24] ZHANG Y, CLAVERA I, TSAI B, et al. Asynchronous methods for model-based reinforcement Learning[Z]. 2019.

[25] SILVER D, LEVER G, HEESS N, et al. Deterministic policy gradient algorithms[C]//Proceedings of the 31st International Conference on Machine Learning. Beijing, 2014: 387-395.

[26] SCHULMAN J, WOLSKI F, DHARIWAL P, et al. Proximal policy optimization algorithms[Z]. 2017.

[27] GUPTA J K, EGOROV M, KOCHENDERFER M. Cooperative multi-agent control using deep reinforcement learning[C]//Autonomous Agents and Multiagent Systems. Cham, 2017: 66-83.

[28] CHEN M, YANG Z, SAAD W, et al. A joint learning and communications framework for federated learning over wireless networks[J]. IEEE Transactions on Wireless Communications, 2021, 20(1): 269-283.

[29] DUTTA S, JOSHI G, GHOSH S, et al. Slow and stale gradients can win the race: Error-runtime trade-offs in distributed SGD[EB/OL].[2020-03-04]. http://proceedings.mlr. press/v84/dutta18a.html.

[30] HANNA S K, BITAR R, PARAG P, et al. Adaptive distributed stochastic gradient descent for minimizing delay in the presence of stragglers[EB/OL]. (2020-02-25)[2023-09-18]. http://arxiv.org/abs/2002.11005.

[31] HU R, GONG Y, GUO Y. Cpfed: Communication-efficient and privacy-preserving federated learning[EB/OL]. (2020-03-30)[2023-09-18]. http://arxiv.org/abs/2003.13761.

[32] MOTHUKURI V, PARIZI R M, POURIYEH S, et al. A survey on security and privacy of federated learning[J]. Future Generation Computer Systems, 2021, 115: 619-640.

[33] SMITH V, CHIANG C K, SANJABI M, et al. Federated multi-task learning[C]//NIPS'17: The Thirty-first Annual Conference on Neural Information Processing Systems. Long Beach: NIPS 2017, 2017.

[34] TU Y, RUAN Y, WAGLE S, et al. Network-aware optimization of distributed learning for fog computing[C]. Toronto: Proc. IEEE INFOCOM 2020, 2020: 2509-2518.

[35] WANG S, TUOR T, SALONIDIS T, et al. Adaptive federated learning in resource constrained edge computing systems[J]. IEEE Journal on Selected Areas in Communications, 2019, 37(6): 1205-1221.

[36] GAMA F, ISUFI E, LEUS G, et al. Graphs, convolutions, and neural networks[EB/OL]. (2020-03-08)[2023-09-18]. https://arxiv.org/abs/2003.03777v1.

[37] WU Y, MANSIMOV E, LIAO S, et al. Scalable trust-region method for deep reinforcement learning using kronecker-factored approximation[C]//Proceedings of the 31st International Conference on Neural Information Processing Systems. Red Hook, 2017: 5285-5294.

[38] GU S, HOLLY E, LILLICRAP T, et al. Deep reinforcement learning for robotic manipulation with asynchronous off-policy updates[C]//IEEE International Conference on Robotics and Automation (ICRA). New York: IEEE Press, 2017: 3389-3396.

[39] REISIZADEH A, MOKHTARI A, HASSANI H, et al. FedPAQ: a communication-efficient federated learning method with periodic averaging and quantization[C]//International Conference on Artificial Intelligence and Statistics. PMLR, 2020: 2021-2031.

[40] XU X, LI R, ZHAO Z, et al. Stigmergic independent reinforcement learning for multi-agent collaboration[EB/OL]. [2023-09-18]. https://www.rongpeng.info/files/Paper_ TNNLS2022Stigmergy.pdf.

[41] TRIPATHY A, YELICK K, BULUC A. Reducing communication in graph neural network training[Z]. 2020.

[42] ARDI T, TAMBET M, DORIAN K, et al. Multiagent cooperation and competition with deep reinforcement learning[J]. Plos One, 2017, 12(4): e0172395.

[43] PENG P, WEN Y, YANG Y, et al. Multiagent bidirectionally-coordinated nets: emergence of human-level coordination in learning to play starcraft combat games[Z]. 2017.

[44] JIANG J, LU Z. Learning attentional communication for multi-agent cooperation[C]//Proceedings of the 32nd International Conference on Neural Information Processing Systems. Montréal, 2018: 7265-7275.

[45] KIM D, MOON S, HOSTALLERO D, et al. Learning to schedule communication in multi-agent reinforcement learning[Z]. 2019.

[46] SUNEHAG P, LEVER G, GRUSLYS A, et al. Value-decomposition networks for cooperative multi-agent learning[Z]. 2017.

[47] RASHID T, SAMVELYAN M, SCHROEDER C, et al. QMIX: monotonic value function factorisation for deep multi-agent reinforcement learning[C]//Proceedings of the 35th International Conference on Machine Learning. Stockholm, 2018: 4295-4304.

[48] SON K, KIM D, KANG W J, et al. QTRAN: learning to factorize with transformation for cooperative multi-agent reinforcement learning[Z]. 2019.

[49] FOERSTER J, FARQUHAR G, AFOURAS T, et al. Counterfactual multi-agent policy gradients[Z]. 2017.

[50] IQBAL S, SHA F. Actor-attention-critic for multi-agent reinforcement learning[Z]. 2019.

[51] FOERSTER J, NARDELLI N, FARQUHAR G, et al. Stabilising experience replay for deep multi-agent reinforcement learning[C]//Proceedings of the 34th International Conference on Machine Learning. Sydney, 2017: 1146-1155.

[52] OMIDSHAFIEI S, PAZIS J, AMATO C, et al. Deep decentralized multi-task multi-agent reinforcement learning under partial observability[C]//Proceedings of the 34th International Conference on Machine Learning. Sydney, 2017: 2681-2690.

[53] RABINOWITZ N, PERBET F, SONG F, et al. Machine theory of mind[C]//Proceedings of the 35th International Conference on Machine Learning. Stockholm, 2018: 4218-4227.

[54] OKWU M O, TARTIBU L K. Bat algorithm: volume 927[M]. Cham: Springer International Publishing, 2021: 71-84.

[55] KARABOGA D. Artificial bee colony algorithm[J]. Scholarpedia, 2010, 5(3): 6915.

[56] XING B, GAO W J. Imperialist competitive algorithm: volume 62[M]. Springer Cham: Springer International Publishing, 2014: 203-209.

[57] REZAEI H, BOZORG-HADDAD O, CHU X. League championship algorithm (lca): volume 720[M]. Singapore: Springer Singapore, 2018: 19-30.

[58] FOERSTER J, ASSAEL I A, DE FREITAS N, et al. Learning to communicate with deep multi-agent reinforcement learning[C]//Advances in Neural Information Processing Systems. Barcelona, 2016, 29: 2145-2153.

[59] SUKHBAATAR S, SZLAM A, FERGUS R. Learning multiagent communication with back-propagation[C]//Advances in Neural Information Processing Systems. Barcelona, 2016, 29: 2252-2260.

[60] MAO H, GONG Z, NI Y, et al. ACCNet: actor-coordinator-critic net for learning-to-communicate with deep multi-agent reinforcement learning[Z]. 2017.

[61] LOWE R, WU Y, TAMAR A, et al. Multi-agent actor-critic for mixed cooperative-competitive environments[C]//Advances in Neural Information Processing Systems. Long Beach, 2017: 6379-6390.

[62] 梅宏. 如何构造人工群体智能 [EB/OL]. (2022-04-27)[2023-09-18]. http://www.shareteches.com/newweb/web/view.aspx?id=32047.

第一篇

原 理 篇

第 2 章

群体智能的通信与网络模式

通信是指多智能体之间能够用某种通信语言进行信息交换，它是智能体之间进行信息共享、任务分配和组织交互的基础，可以显著提高多智能体系统的灵活性和适应性。因此，对于多智能体的协调与合作，探讨有效的信息交换的通信和网络模式具有重要意义。

2.1 多智能体通信

智能体是一个物理或抽象的实体，具有环境感知、信息交互和自主决策的能力。多智能体系统是由多个智能体及其相应的组织规则和信息交互协议构成的，是能够完成特定任务的一类复杂系统。由于多智能体系统中的信息与资源往往是局部的、分散的，单个智能体总是处于部分可观测环境中而不了解环境整体状况，并且其所具备的感知、存储和计算通信的能力相对有限，无法独立完成整个任务。因此，智能体之间须通过协商或者竞争来协调各自的目标与行为，从而共同解决大规模的复杂性问题。

通信是智能体之间进行交互和组织的基础。智能体通过通信来交流信息，如观察、意图或经验等，从而获得比局部信息更多、更全局的信息，以及获得其他智能体的意图、目标和动作，以便更好地协调它们的行为，提高协作效率。

多智能体通信可以分为直接通信和间接通信两种[1]。以多机器人系统为例，机器人之间直接通信时通过无线电、以太网等媒介使一个机器人的行为或状态被其他机器人知晓，需要实时收发、传输大量消息，会受到通信带宽的限制。间接通信时，其行为或状态先影响外部环境，其他机器人通过使用传感器来感知环境而相互作用。虽然无法直接传递消息，但没有带宽限制，可扩展性强。

2.1.1　直接通信

直接通信是采用智能体进行彼此共享信息的外部通信方法，通过特定的介质（如文本、声音或光）以共同制定的规则或特定的协议直接在智能体之间实现信息的传递。通信协议指定通信过程和构造、编码消息的格式。直接通信的唯一目的是传递信息，如言语行为或无线电信息的传输。更具体地说，直接通信是针对特定接收者的通信，可以是一对一的，也可以是一对多的[2]。基于特定的协议，消息交换可以是私有的（即在两个或选定的组成员之间）、本地的（即在邻近的邻居之间）或全局的（即在所有成员之间）。

这种直接通信的方式可以使信息、数据在智能体之间高效、快速地进行交换和传递，但同时也会受到吞吐量、延迟、局部性、智能体类别（同构/异构）等条件的约束。在群体智能理论中，具有相同的动力学模型/内部架构的是同构智能体，反之则是异构的。内部架构是指本地目标、传感器能力、内部状态和可能的动作等。同构智能体之间的区别在于其位置和动作作用的部分环境，例如，在经典的捕食者—猎物场景中，捕食者之间是同构的。

常见的直接通信例子包括消息传递和黑板发布/修改消息，如图 2-1 所示。

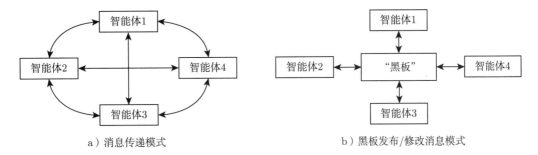

a）消息传递模式　　　　　　　　　　　b）黑板发布/修改消息模式

图 2-1　多智能体通信方法

1. 消息传递

以消息对话形式在智能体之间直接传递信息，但当智能体数目很大时，通信传输开销很高，并且需要考虑实现的复杂性。它包括点对点方式、广播方式。

- ❏ 点对点方式。通信双方建立直接的通信链路，发送方必须知道系统中接收方的指定位置。以多智能体机器人系统为例，一般采用 TCP/IP 保证信息包安全到达，实现端到端的确认。
- ❏ 广播方式。该方式在分布式系统中使用广泛，智能体一次向所有智能体广播消息，而不是发送到特定地址。但消息广播需要大量的带宽，并在实践中产生额外的通信延迟。可以将智能体空间结构化为组，利用组结构的形式进行广播消息传递。每个智能体都至少是一个组的成员，智能体广播一条消息，发送到组内的多个成员，实现分组广播消息传递。此外，并非每个智能体都能提供有用的信息，冗余信息甚至可能损害多智能体学习过程。在针对特定接收对象的广播消息中，消息会被所有智能体接收到。但若消息中的部分内容是针对某个特定智能体的，则该部分内容会附加对应标记；若该智能体发现这个标记，则予以处理，否则不予理会。

例 2.1.1 I2C（Individually Inferred Communication）算法[3] 采用点对点方式进行通信，在每个时间步上，先验网络 $b(\cdot)$ 将智能体获得的局部观测 o_i 和与之进行通信智能体的 ID（j）作为输入，输出信念（Belief）值表明是否与智能体 j 进行通信。基于此，智能体 i 通过通信信道向智能体 j 发送一个请求，智能体 j 使用消息 m_j 响应，消息内容可以是局部观测的编码。智能体 i 将接收到的消息送入消息编码网络 $e_i(\cdot)$ 来产生编码信息 c_i，最终策略网络输出动作的分布 $\pi_i(a_i|c_i, o_i)$。

例 2.1.2 TarMAC（Targeted Multi-Agent Communication）算法[4] 采用广播方式将消息发送给所有智能体，使用基于签名的软注意力机制允许智能体对接收到的无关紧要的消息"视而不见"。发送的每条消息均由两部分组成：用于编码接收者特性的签名 k_i^t 和包含实际消息的值 v_i^t。接收端的每个智能体都根据其隐藏状态 h_j^{t+1} 预测一个询问向量 q_j^{t+1}，与所有 N 个消息的签名进行点乘，采用 softmax 函数获得每条接收消息的注意力权重 α_{ji}。在这个框架中，虽然所有智能体之间还是全连接的，但是每个智能体在处理信息时，都会考虑对于不同智能体信息的权重，即注意力机制。消息发送方和接收方有相似的签名和问询向量时，注意力权重 α_{ji} 高代表智能体 i 对智能体 j 发送的消息较为关注。因此，在智能体 i 收集到的信息中，智能体 j 的信息所占比重大。

2. 黑板发布/修改消息

黑板是通信对话参与者都可以访问的共享数据结构，各个智能体通过对黑板内容的直接读取和写入来实现智能体之间的通信和数据共享。多智能体系统中的黑板本身也可以看作一个智能体，其他智能体生成包含有关其内部状态和周围环境信息等的消息，按照相应的协议以显式格式与黑板进行通信。这种方式的特点是集中数据共享，但当系统中的智能体数量较多时，共享数据存储区中的数据量会呈指数增长，各个智能体在访问黑板时要从大量信息中搜索，并且共享数据结构，难以灵活使用异构数据源。

例 2.1.3 文献 [5] 对捕食者—猎物（Predator and Prey，PP）场景使用共享黑板作为通信方法，所有捕食者智能体同时与一个黑板通信。每次迭代时，采用遗传算法的每个捕食者智能体从二进制符号 $\{0,1\}$ 中选择长度为 l 的字符串作为通信符号放置在黑板上，每个智能体都可以读取黑板上所有智能体的通信字符串，以决定下一步动作和要向黑板发送什么内容。这里的黑板可以看作一组状态节点，整个多智能体系统相当于一个包含状态节点可能状态集合的有限状态机（Finite State Machine，FSM），具体来说是 Mealy 型状态机，而它的输出取决于当前状态和输入。

文献 [5] 讨论了在 30×30 的"离散网格（Grid）"世界中多个合作的捕食者共同捕获随机移动猎物的场景。在该仿真场景中，不允许两个捕食者智能体同时占据同一单元。如果两个智能体想要移动到相同的单元，就会被阻塞并保持在当前的位置。单个智能体通常有自己的内部状态，其他智能体是无法观察到的。另外，每个捕食者的观察范围都是有限的，既看不到彼此，也不知道彼此的位置，因此产生了隐藏状态问题，从而可以验证通信的需求。捕食者智能体所获得的感官信息包括猎物的活动范围和方位，并且可以访问黑板内容；所有与黑板通信的捕食者都可以提供信息。黑板上的符号数为 ml，m 是捕食者智能体的数量，l 是长度为 l 的字符串。黑板上所有符号的串联表示整个多智能体系统的状态，通过与黑板通信消除每个智能体观察到的环境状态的分歧。

每个追逐场景的开始，捕食者和猎物被随机放置在不同的单元内，4 个捕食者智能体可以同时上、下、左、右移动，而不是轮流移动，一直持续到捕获到猎物为止，或者 5000 个时间步都没有捕获则结束。捕食者在捕获猎物时会得到奖励，因此性能指标是捕获猎物所花费的时间步数。重复 1000 次仿真，在无通信的情况下，捕食者捕获随机猎物平均需要 110 个时间步，而使用黑板进行通信交换信息后则可以在不到 70 个时间步里快速捕获猎物，显著提高了捕获性能。

3. 消息内容

一旦在智能体之间建立通信连接，智能体应决定将哪些信息共享。由于多智能体系统通常假设环境是部分可观测性的，所以传输局部观察到的信息对于协调来说至关重要，而如何编码本地信息则成为消息传输的关键内容之一。

例 2.1.4　对于合作关系的智能体，文献 [6] 中表明可以对以下三种消息内容编码提高团队整体性能：

❑ 共享即时的传感器信息来告知他人当前状态，如瞬时获得的感知、奖励等。

❑ 以分幕的形式共享有关自己过去的经历而其他智能体可能还没有经历过的信息，如 < 状态，动作，奖励 > 序列。

❑ 共享与其当前策略相关的知识，如强化学习智能体共享策略 < 状态，动作，效用（Utility）>。可以细分为两种情况：

 — 所有智能体使用相同的策略，每一个智能体都独立的更新全局策略。

 — 以一定的频率交换各自的策略，每一个智能体独立更新自己的策略，周期性地进行策略平均共享来相互补充。交流的频率越高，训练速度越快。

围绕例 2.1.3 中的捕食者—猎物追逐场景进行仿真，结果表明，对于 n 个独立的智能体分别训练来说，n 个通信合作的智能体捕获猎物所需要的步数更少，可达到更好的学习效果。

4. 通信限制

已有许多研究强化学习中多个智能体之间使用的通信协议和语言，但是智能体之间的交互是有成本的，通信带宽和容量也是有限的。带宽指通信链路上每秒最大所能传送的数据量（比特）。针对实际通信应用中会受到带宽的限制问题，一些工作通过防止建立不必要的通信连接或传输更简洁的消息来降低通信开销。

例 2.1.5 SchedNet 算法[7] 针对有限带宽，使用基于权重的调度机制从 n 个智能体中决定 K 个智能体同时广播它们的消息。由神经网络直接将局部观测结果编码成消息向量：$o_i \to m_i$，调度向量 c_i 选择性地将 K 个智能体的编码消息通过无线信道广播给所有智能体，例如 $m = [010, 111, 101]$，$c = [110]$，$m \otimes c = 010111$，从而解决通信资源有限以及智能体竞争通信的问题。同样在例 2.1.3 的捕食者—猎物场景中测试算法，性能指标是捕获猎物所需的时间步数，算法性能优于无通信的 IDQN 算法和 COMA 算法，并且比 RR（Round Robin，通信系统中所有智能体按顺序调度的一种规范调度方法）调度性能提高了 43%，证明这种智能调度方法能更好地完成任务。

例 2.1.6 VBC（Variance Based Control）算法[8] 侧重于减少智能体之间传输的信息来降低通信开销。具体而言，VBC 算法在智能体消息编码器输出的方差上引入了一个额外的损失项，从而有效提取和利用消息中有意义的部分。在每个时间步，智能体 i 的局部动作生成器先计算基于局部观测 o_i 的动作价值函数 $Q_i(o_i^t, h_i^{t-1})$，当动作价值中的最大值和第二大值之间的差异大于置信阈值 δ_1 时才会广播通信请求。在接收到通信请求时，智能体 j 的消息编码器输出 $f_{enc}(c_j^t)$，其方差大于阈值 δ_2 才会响应请求。消息编码器用多层感知机（Multi-Layer Perception，MLP）进行消息编码，包括两个全连接层和一个 Leaky ReLU 层。消息编码器的输入是另一个智能体 i 局部动作生成器的中间变量 c_i，输出 $f_{enc}(c_i)$。通过只在智能体之间交换有用的信息，VBC 算法减少通信开销。文献 [8] 从理论上证明了算法的稳定性。在星际争霸 6 个任务中，VBC 算法比其他基准算法获得的胜率高 20%，通信开销比 SchedNet 算法低 2~10 倍。在合作导航、捕食者—猎物场景中进行测试，也获得了更低的通信开销。

2.1.2 间接通信

间接通信的定义是通过改变世界环境而隐含地将信息从一个智能体传递到另一个智能体[1]，即智能体的行为或状态首先影响外部环境，然后环境的改变会影响其他智能体的行为或状态，智能体只通过本身的传感器来获取周围环境信息来实现群体间的协作。自然界有很多类似的例子，如将脚印留在雪中，留下一小块面包屑以便找到回家的路，以及其他在环境中放置物品来进行提示等。

许多针对间接通信的研究从社交昆虫使用信息素来标记路径中汲取了灵感。这里，信息素是化合物，其存在和浓度可以被同伴感知，尽管可能会扩散和蒸发，但仍可以在环境中持续很长时间。使用信息素来实现间接通信，可以在没有集中化的情况下快速适应不断变化的环境信息。从某种意义上说，信息素沉积物可能被视为所有智能体共享的大型黑板或状态效用表格，但不同的是信息素只能在局部检测到，智能体只读取或改变自身在环境中某点的信息素浓度。

1. 共识主动性（Stigmergy）

共识主动性起初是由法国昆虫学家 Pierre-Paul Grassé 提出的概念，用来解释没有直接通信且智力非常有限的昆虫为何可以协作处理复杂的任务。共识主动性[7,9-12] 启发自蚁群协同机制，蚁群寻找食物的过程中会分泌信息素遗留在经过的路径上，其他的蚂蚁会感知到信息素，向信息素浓度高的位置移动，最终到达正确的目标位置。若将智能体视作蚂蚁个体，它处在充满信息素的特定空间内，接收来自环境的状态输入并做出动作决策。移动后的智能体产生新的信息素，这会影响原有环境中的信息素，更新后的环境会将新的状态输入给智能体，从而构成了一个闭环。

共识主动性的概念表明单个智能体可以通过共享环境间接通信，而当单个智能体造成环境改变时，其他智能体也会响应这种改变，并做出相应的变动，实现相互间的信息交互和彼此间的自主协调。由于共识主动性可以实现复杂、协调的活动，而无须智能体之间的直接通信，也无须集中控制调控，因此随着个体数目的增加，通信开销的增幅较小。鉴于此，基于共识主动性的间接通信方式可用于在不可预测的环境中构建稳健可靠的系统。

作为对共享环境进行局部修改而交互、协调的一种间接介导的机制，共识主动性通常由媒介（Medium）、动作（Action）、状态（Condition）和痕迹（Trace）4 部分组成，它们共同构成与周围环境之间的反馈回路，如图 2-2 所示。

- ❑ 媒介。媒介在多智能体协作中起着信息聚合器的作用。由于媒介的存在，智能体和它们周围的环境可以建立高效的共识主动性交互，从而使得环境中分散的智能体能与其他智能体间接通信。有时，媒介会被认为和环境等效，重新将媒介定义为所有智能体都可以控制和可感知的那部分环境[13]，这是确保不同智能体可以通过媒介相互作用的必要条件。
- ❑ 动作。动作是一种导致环境状态发生变化的因果过程，具有前因以及随之而来的效果。在人工智能中使用的简单的基于智能体的模型中，前因通常为状态，动作则指定该状态的后续转换。

❑ 状态。指定动作下的环境状态。

❑ 痕迹。智能体在媒介中留下痕迹作为动作导致环境变化的指示，不同的智能体在媒介中留下的痕迹会扩散并且以自发的方式进一步融合。然后这些痕迹的变化模式就被视作其他智能体后续动作的相互影响。痕迹可以有不同表示，比如化学物质（如自然界中的信息素）、人工数字信息素（表示有关系统的信息，通过外部环境中的存储设备存储）、物理标记（如 2D 条形码、射频识别标签、颜色标签）等。

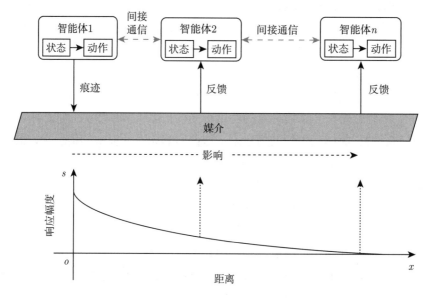

图 2-2　共识主动性学习机制

具有共识主动性的智能体根据局部状态选择动作后会在环境中留下痕迹，以影响其他智能体的状态。媒介是充满痕迹的指定空间，如数字信息素地图，响应幅度取决于具有共识主动性智能体之间的距离 x 和痕迹在媒介中的强度。

许多的研究都是基于信息素/数字信息素实现的，其动态特性是：

❑ 聚集：同一区域内的信息素可以线性叠加；

❑ 扩散：智能体释放的信息素有残留后会以一定扩散率向周围区域扩散；

❑ 挥发：智能体占据位置上的信息素会以一定衰减率减少。

群体智能中模仿自然界蚁群觅食行为的模拟进化算法——蚁群优化算法（Ant

Colony Optimization，ACO）[14-15] 是一类元启发式搜索算法，它通过共识主动性这种间接通信方式来彼此协作，具有较强的可靠性、稳健性和全局搜索能力。蚂蚁觅食过程中在其所经过的路径上留下信息素，在运动过程中感受到信息素的存在及其强度，以此指导自己的运动方向。大批蚂蚁组成的蚁群行为表现出一种信息的正反馈现象，即某条路上走过的蚂蚁越多，后来者选择该路径的概率就越大。然后蚂蚁用自己的信息素强化选定的路径。信息素会因挥发而减少，蚂蚁朝着信息素浓度高的方向前进。蚁群通过这种信息交换方式与互相协作找到蚁穴到食物源的最短路径，该算法可以用来求解各种与组合优化路径相关的组合优化问题，例如在旅行商问题的求解上表现出很强的优越性。

2. 共识主动性应用举例

❑ **通信网络自适应路由**：路由是整个网络控制系统的核心，为有线网络开发的群体智能路由算法可以在没有全局信息的通信网络中找到近似最优的路由。

例 2.1.7 Ant-Based Control（ABC）算法[16] 使用蚂蚁作为探索智能体，遍历网络节点并更新路由指标（信息素）来实现智能体间接通信。ABC 算法综合考虑路线的长度和沿线的拥挤程度来选择路由，两种路由任务分别是进行概率决策的探索蚂蚁和做出确定性决策的实际调用（选择目的地对应列中信息素最多的链路）。每个源节点 S 都会发出许多探索蚂蚁，这些蚂蚁都朝着随机选择的目的地 D 前进，到达 D 时从网络中删除。网络结构及节点路由表如图 2-3 所示。在节点路由表中，行包括所有邻节点，列包括所有可能的目的地，每个条目都对应于特定邻节点指向特定目的地的链路上的信息素量，这些信息素量在每一列中归一化，可以作为选择最佳链路的概率。

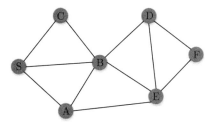

邻节点	目的节点					
	A	B	C	D	E	F
A	0.9	0.1	0.1	0.4	0.5	0.5
B	0.1	0.8	0.2	0.6	0.4	0.4
C	0	0.1	0.7	0	0.1	0.1

　　　a）网络结构　　　　　　　　　　　　　　b）节点S的路由表

图 2-3　网络结构及节点 S 的路由表

　　由于网络链接是双向的，探索蚂蚁在途中的每个节点（如节点 C）处更新 C 处路由表中与源节点 S 对应的条目。具体来说，路由表中对应于蚂蚁刚刚出现过的节点信息素量的概率根据公式 $p = \dfrac{p_{old} + \Delta p}{1 + \Delta p}$ 更新，该节点路由表中的其他条目根据 $p = \dfrac{p_{old}}{1 + \Delta p}$

降低。基于经验值文献 [16] 给出 $\Delta p = \dfrac{0.08}{\text{age}} + 0.005$，其中 age 是蚂蚁自源节点以来所经过的时间步数，这使得系统对那些沿着较短的路径移动的蚂蚁有更强烈的响应。探索蚂蚁通过生成一个随机数来选择下一个节点，并根据它们在路由表中的概率来选择一条链路。蚂蚁和呼叫都在同一个队列中行进，呼叫以路由表中目的地对应列中的最高概率对链路做出确定性的选择，但不会留下任何信息素。呼叫阻塞的节点在时间步数上给探索蚂蚁一个延迟的反馈，这种延迟随着拥塞程度的增加而增加。这可以暂时减少蚂蚁从拥塞节点流向其邻节点的流量，防止影响蚂蚁路由到拥塞节点的路由表。并且由于延迟蚂蚁的 age 的增加，根据 Δp 的计算公式，它们对路由表的影响变小，而路由表又会决定新呼叫的路由。网络性能是通过呼叫失败来衡量的，与使用固定的最短路由途径算法相比，使用 ABC 路由方案会显示出更少的呼叫失败，同时表现出许多有吸引力的分布式控制功能。

❑ **交通管理**：交通流观测和交通拥堵信息通常是使用放置在主干道上的感应门计数通过特定位置的车辆来得到的，作为当前信息广播给车辆。交通拥塞控制是一种集中机制，可以用作间接通信的共识主动性机制实现去中心化交通拥堵管理。在交通运输和多智能体系统领域，动态短期记忆一直是研究的热点。近年来，探测车辆信息或智能手机提供的更短期的交通信息，这种短期的流量信息就被建模成共识主动性，用于间接通信进行智能体之间的合作，使分布式交通拥堵管理的动态协调方法成为可能。

例 2.1.8 文献 [17] 中，共识主动性信息分为长期和短期两种，数值实验的评价指标是在 24 个节点的道路网络中，300 辆车从各自起点到各自终点所花费的总时间。长期共识主动性信息是每条道路 l、每 x 个小时更新值 $v_l = \text{ave} + \text{sd} \times 0.05$，ave 是花费时间的平均值，sd 是道路上所有存储数据的标准差。短期共识主动性信息是每 5min 更新值 $v_s = \text{ave} + \text{sd}_s \times 0.05$，其中的 sd_s 是最近 5min 存储数据的标准差；如果最近 5min 内没有车辆经过，则该链路 $v_s = v_0$。将长短期信息结合 $v_{ls} = v_s \times (1 - w) + v_l \times w$，则每隔 5min 内的所有探测车辆都会根据长期和短期共识主动性信息找到到达目的地节点的最佳路径。此外，文献 [17] 还引入基于预期的共识主动性信息 v_a，其根据该道路探测车辆的总数和道路容量等信息。如果车辆多，v_a 就会短暂增加，并据此搜索最佳路线。实验结果均表明，与所有车辆通过 Dijkstra 搜索最佳路径而不共享任何流量信息相比，车辆通过共识主动性机制在拥塞等情况下动态选择路线，花费的总时间显著降低。

❑ **群体机器人跟踪与搜索动态目标**：在未知环境中进行目标搜索是机器人技术的基本问题之一，与单个但性能更高的机器人相比，目标搜索任务可以由一组自动移动的机器人执行。第 11 章将会讲到,由于群体效应,群体机器人系统在实施这些任务时可能具有更好的性能。群体机器人的协作依赖于通信,直接通信需实时传输和接收大量信息,并且会收到通信带宽的限制。间接通信虽无法直接将信息传递给机器人,但没有带宽的限制,使得机器人系统的大小可以扩展。个体只需要解码和修改环境中留下的信息,并据此确定自己的行为。

例 2.1.9　文献 [18] 提出了一种共识主动性机制的群体机器人跟踪与搜索动态目标的模型。在执行搜索和跟踪任务时,机器人无法在整个过程中知道目标的位置和运动趋势,它们可以获得的有关目标的唯一信息是检测到的信号强度。将无线 RFID 标签作为机器人间接通信的信息素载体,RFID 标签中存储的数据形式取决于部署在搜索区域中的信息素模型。每个机器人都带有 RFID 读取器,根据读取的 RFID 标签中的信息素向量和探测到的目标信号强度,机器人决定自身的运动速度和方向。同时,将从标签中读取的矢量信息素(包含大小和方向)和根据自己的运动经验得出的中间向量(有助于生成矢量信息素)生成一个新的向量信息素来重新写入这个标签。在整个搜索和跟踪过程中,机器人通过这种方式间接交互。所有标签载体形成完整的包含目标信号强度梯度特征的信息素向量地图,达成对目标的搜索与追踪效果。这种通信模式降低了对机器人通信能力的要求,使群体具有更强的可扩展性。

文献 [18] 分别在平台仿真和真实世界中进行试验,验证了目标做三角形和做圆形运动轨迹时的两种情况。结果表明,共识主动性机制使得机器人可以在短时间内找到目标,并保持对目标的近距离轨道跟踪。此外,使用不同数目的机器人,这种机制仍然可行,表明基于共识主动性机制的方案是具有可扩展性的。

大多数应用中的协调过程集中在信息素的维护上,但参与者本身缺乏学习行为策略的能力。例如,ACO 算法中的协调过程导致信息素浓度增加,但智能体的行为策略是预先确定的,以概率的方式在几种浓度中选择。在更多实际情况下,不能预先确定所涉及的智能体的行为策略,并且智能体必须在维持协调的同时调整自己的策略。在多智能体强化学习中,每个智能体都可以通过与周围环境交互来学习其行为策略,Aras 等人[19] 从概念上描述了如何将共识主动性的某些方面引入多智能体强化学习中,并指出共识主动性不同于 Markov 决策过程(Markov Decision Process,MDP)的两个特性:

❑ 非静态空间,如蚂蚁从一个特定的、信息素空的状态空间开始,并对其进行转化。

❑ 非静态奖励功能,如蚂蚁没有特定的地点来收集所有死去的蚂蚁,所以一开始的奖励函数是没有定义的。

在许多基于信息素的学习方法中,强化学习算法采用固定的信息素铺设过程,在探索空间或更新状态—动作效用估计的时候，使用当前信息素的数量来表示额外的传感信息。

例 2.1.10 Phe-Q 算法（Pheromone-Q Learning）[20-21] 将合成信息素与 Q 学习相结合，在 Q 学习更新方程中引入了一个必须最大化的置信因子。在捕食者—猎物场景中，绘制不同 epoch 的连续 Q 值之间的均方根误差曲线，将该值小于某阈值作为学习收敛标准。对比采用合成信息素进行通信的 Phe-Q 学习和无通信的 Q 学习，前者的收敛速度更快。

Phe-Q 中的信息素有两个可能的离散值：寻找食物时信息素的沉积值 φ_s、带着食物返回洞穴时信息素的沉积值 φ_n。信息素在一个单元格内聚集直到达到饱和状态，以 φ_e 的速率蒸发，直到没有智能体访问该单元格来补充信息素。信息素以 φ_d 的速率扩散到相邻的单元格内，该速率与曼哈顿距离成反比。合成信息素 $\Phi(s)$ 是一个标量值 $\Phi \in [0, 255]$，表示环境中某个单元格 s 的信息素浓度。N_a 是所选动作 a 之后相邻单元的集合。信念因子 $B(s, a) = \dfrac{\Phi(s)}{\sum\limits_{\sigma \in N_a} \Phi(\sigma)}$，是当前状态实际信息素浓度和相邻单元信息素浓度之和的比值，它整合了信息素的基本动态性质：聚集、蒸发和扩散。把信念因子引入 Q 学习的更新方程中，使其随 Q 值一起最大化：$\hat{Q}_n(s_t, a) \leftarrow (1 - \alpha_n)\hat{Q}_{n-1}(s_t, a) + \alpha_n \left\{ r_t + \gamma \max_{a'}[\hat{Q}_{n-1}(s_{t+1}, a') + \xi B(s_{t+1}, a')] \right\}$。$\xi$ 是 epoch $\geqslant 0$ 的激活函数，随着成功执行任务的智能体数量而增加。智能体既没有对周围环境的先验知识，也没有对食物位置或巢穴的先验知识。在早期探索中，智能体会在较小的程度上相信信息素地图，所有智能体都偏向于探索。智能体在找到食物及返回巢穴时获得奖励。

2.2 组网方式

文献 [22] 整理了多智能体系统组织形式的范例，给出了关键特征、优缺点分析，并指出组织方式具有一定目的，组织的形状、大小和特征会影响最终系统的性能和行为。

2.2.1 集中式结构

集中式结构（Centralized）是系统根据一定的规则和策略分为若干子系统，各个子系统由具有全局知识和协调功能的领导智能体进行集中管理，可以根据全局信息选择（联合）行动，完成任务的动态分配与资源的动态调度，协调各个协作智能体之间的竞争与合作。此类全局信息是通过完全可观察性或通信得到的，其他智能体只能与领导智能体进行信息交流或交换，然后执行指令，彼此之间不存在任何交互。

集中式结构比较容易实现系统的管理、控制和调度，因此具有良好的协调性，但当领导智能体发生故障时，整个多智能体系统将会出现信息阻塞，进而导致系统瘫痪等。所以，由于集中式结构信息交互方式的固有弊端，因此很难处理大规模的任务，例如复杂传感器网络、智能电网、云计算网络和大数据网络等。

集中式结构有很多实现方式，其中联邦学习是一种典型的实现方法。具体而言，经典的联邦学习场景包括一个中央服务器和一组客户端设备。每个客户端从中央服务器下载模型，利用本地数据进行训练，将更新后的参数返回给中央服务器；中央服务器将接收到的、各客户端返回的参数进行聚合，更新模型，再把最新的模型反馈到每个客户端。经过多轮迭代，最终得到一个趋近于集中式机器学习结果的模型。在这个过程中，不同的客户端都是相同且完整的模型，它们之间不交流、不依赖。联邦学习能够联合训练机器学习模型，同时仅在本地保存私有信息的数据。在这种情况下，智能体可以获得一个训练有素的机器学习模型，而不损害它们的隐私。当智能体不愿意进行策略参数等信息的共享时，联邦学习算法保证智能体之间只传输有限的抽象信息，从而满足各个智能体对于隐私的需求。

集中式结构如图 2-4a 所示。

2.2.2 去中心化结构

去中心化（Decentralized）结构中的各个智能体彼此独立、完全平等、无逻辑上的主从关系，没有统一的控制中心，网络中的任一节点停止工作或退出都不会影响系统整体的运作。这使得多智能体系统具有良好的容错性、开放性和可拓展性。

随着移动无线通信和物联网技术的快速发展，出现了许多需要智能体之间协作的场景，如无人机部署、分布式控制、行业自动化领域、移动人群感测和计算等。由于计算资源有限，加之超低时延和超高可靠性的需求，传统的集中控制方法通常是不切实际的。与集中式结构不同，去中心化结构中的每个智能体仅与其邻居之间进行信息交流或交换。因此，针对系统中个别智能体失效或智能体之间的链路出现故障等情形，去中心化结构具有很强的鲁棒性。但是，由于去中心化结构中的每个智能体能够获取的仅仅是自己的局部观测，对全局信息的访问受限于局部交互，所以智能体之间的协同仍然存在困难，依赖于共享一些信息，如环境信息、资源利用信息、任务求解进展状况信息等。这需要提供存储和访问机制，单靠消息传递机制不能有效解决。各个智能体根据系统的目标、状态，以及自身的状态、能力、资源和知识，利用通信网络相互协商与谈判，确定各自的任务，协调各自的行为活动。

去中心化结构如图 2-4b 所示。

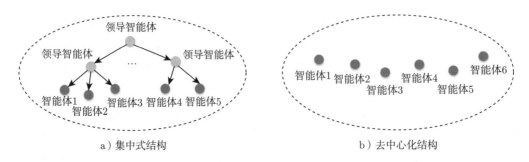

图 2-4　集中式和去中心化结构

2.2.3　自组织网络

自组织网络（Self-Organized Network）没有预先的网络基础设施，没有明确的外部控制，智能体之间通过局部交互来实现全局系统行为，并且是动态变化的。

自组织网络的特点：

- ❑ 去中心化：通信网络可以由通信节点自行组织，网络中没有严格意义上的控制中心来控制通信行为。在通信过程中，所有通信节点都是平等的，每个通信节点都可以随时加入和离开网络，从而可以防止出现控制中心被破坏而全网瘫痪的危险，具有很强的鲁棒性。

- ❑ 多跳通信：由于通信距离受限，如果通信网络拓扑结构很大，两个节点之间没有直接的通信联系，就需要借助其他节点的中继转发实现，即多跳通信实现。

- ❑ 自组织性：不依赖基础设施，网络中的各节点可以相互协调，遵循自组织原则选择通信对象，动态更改潜在的网络结构。即使网络发生动态变化，也可迅速调整其拓扑结构来保持必要的通信能力。

- ❑ 动态拓扑：网络节点可随时接入，生成新的通信拓扑网络结构。

群体智能中自组织机制的特点[23]：

- ❑ 正反馈：自组织系统中的正反馈驱动系统中的智能体选择为集体提供最大收益的动作。共识主动性系统中的正反馈是吸引越来越多的智能体参与解决问题的过程。

- ❑ 负反馈：用于平衡正反馈，稳定系统，确保一个决定或少数几个糟糕的决定不会影响到整个问题解决过程，防止过早收敛到次优解决方案。例如，信息素的挥发特性，使其必须不断加强才能在环境中持续存在。

- ❑ 波动：这些与系统的随机性有关，这种随机性通常对于新兴结构至关重要，有助于发现新的解决方案，摆脱停滞。例如，随机游走、错误、随机任务切换等。

❑ 多重交互：这种交互作用可以是直接的或者间接的。例如，采用共识主动性通过环境间接相互作用。

例 2.2.1　文献 [24] 提出了基于群体智能的无线传感网络自组织方法（SI-SO），通过目标的运动来自适应地确定唤醒传感器的网络节点，从而减少能源消耗，并且保证传感性能。将传感器视为具有基本功能的蚂蚁（智能体），信息素可以看作蚂蚁之间的通信方法。节点根据唤醒概率确定是否随机醒来。如果在醒来状态，那么它将进行探测并做一些简单的计算，否则它只是存储能量而不进行工作；如果目标被探测到，它就会放置单位信息素，否则不放置。每个周期内节点产生的信息素都会扩散至周围 K 个邻居节点，并且扩散的信息素会随着时间分解。目标运动会造成信息损失，移动得越快，信息素分解得越快。如此传递信息，每个蚂蚁都可以知道邻居的工作情况，基于累积的信息素来自适应和最佳地确定每个传感器的唤醒概率，将无线传感网络自组织的问题转换成群体智能优化问题。

该算法的仿真场景是：目标以 6m/s 的恒定速度穿越 200m×200m 的矩形监视区，该区域有 500 个传感器节点随机分散，每个传感器检测范围 $R_s = 15\text{m}$，周期为 1s。评价指标是利用率，利用率 $= \dfrac{n_e}{N}$，其中 n_e 是 t 时刻检测目标的唤醒节点的有用数量、N 是 t 时刻唤醒节点总数。一开始由目标存在的不确定性，SI-SO 算法的节点利用率与 500 个传感器全部唤醒的利用率是相近的；从第 10s 开始检测到目标之后，虽然检测目标的唤醒节点有用数量相近，但 SI-SO 算法的唤醒节点总数仅略高于 50 个，最终其利用率远高于 500 个传感器全部唤醒的利用率。

2.3　多智能体学习

文献 [25] 将多智能体系统学习过程分为两类：中心化学习（Centralized Learning）和去中心化学习（Decentralized Learning）。中心化学习是指学习过程的所有部分通过一个完全独立于其他智能体的智能体执行，其他智能体之间不需要进行任何交互；如果几个智能体参与同样的学习过程就为去中心化学习。在一个多智能体系统中，可能会存在几个中心化学习者同一时间试图获得相同的或不同的学习目标，同时，另外几组智能体会经历不同的去中心化学习过程，二者的学习目标可能是不同的，也可能是相同的。

多智能体学习中，环境会根据当前的学习效果的评估，给学习者提供反馈。根据反馈类型的不同区分为 3 种主要的方法：监督学习、无监督学习、基于奖励的学习[1]。

❑ 监督学习：环境作为"教师"提供正确的输出，即反馈指定了学习者所期望的动作，学习的目的是尽可能地匹配这一期望的动作。

❑ 无监督学习：环境作为"观察者"没有提供反馈，学习的目标是基于试验和自组织的过程来找到有用的和期望的活动。

❑ 基于奖励的学习：环境作为"批评者"提供学习者成果的质量评估（即奖励），学习的目标是将奖励最大化。由于多智能体相互作用中的固有复杂性，监督学习方法反馈给智能体提供给定情况的正确行为在实际应用中不占优势。多智能体学习的绝大多数研究都使用了基于奖励的方法，这大致分为两个方面：

  – 估计价值函数的强化学习方法。

  – 随机搜索方法，如进化计算，模拟退火（Simulated Annealing）和随机爬山，它们直接学习行为，而无须引入价值函数。

2.3.1　多智能体强化学习的 3 种组织架构

强化学习的方法可以更清晰地研究智能群体间的规律与协调方式，寻找更高效的协同模型来提高多智能体系统的性能。策略网络和价值网络的参数记作 θ^i 和 θ^i_v。针对部分可观测的假设，第 i 个智能体的局部观测 O^i 是全局状态 S 的一部分，所有局部观测的总和构成全局状态 $S = [O^1, O^2, ..., O^m]$。每个智能体的策略网络和价值网络即为 $\pi(a^i|o^i; \theta^i)$ 和 $v(o^i; \theta^i_v)$。如果是完全可观测的情况，则有 $O^1 = O^2 = \cdots = O^m = S$。

❑ 完全中心化（Fully Centralized）。智能体 i 只负责与环境交互，把观测到的 o^i 和 r^i 发送给中央控制器。中央控制器的输入状态 s 是所有智能体观测值的拼接，它有一个价值网络 $v(s; \theta_v)$ 和每个智能体的策略网络 $\pi(a^i|s; \theta^i)$，拥有全局信息，统一负责训练和决策，输出所有智能体的联合动作。优点是利用完整信息做中心化决策，可以将单智能体算法扩展，收敛性可以得到保证；缺点是通信延迟会造成训练和决策速度变慢，并且随着智能体数量的增多，输入维度线性增加，输出的动作空间呈指数增加。

❑ 完全去中心化（Fully Decentralized）。智能体 i 作为独立个体，用局部观测代替全局状态来独立与环境进行交互以获取 o^i 和 r^i，训练自己的策略网络 $\pi(a^i|o^i; \theta^i)$。整个过程无须中央控制器的参与，无须任何通信，并且可以做到实时决策。缺点是完全看作单智能体情况，而忽略了多智能体之间彼此可能的影响，训练的收敛性得不到保证。

❑ 中心化训练 + 去中心化决策（Centralized Training with Decentralized Execution，CTDE）。智能体 i 都有自己的策略网络 $\pi(a^i|o^i; \theta^i)$，中央控制器拥有价值网络 $v(s; \theta_v)$，训练时由中央控制器帮助智能体训练策略网络。训练结束后，每个智能体都根据自己的策略网络和局部观测 o^i 进行决策。该架构是目前最广

泛采用的架构。

表 2-1 汇总了多智能体强化学习中的 3 种组织架构及是否需要通信。

表 2-1　多智能体强化学习中的 3 种组织架构及是否需要通信

架构	价值网络	策略网络	是否需要通信	
			训练阶段	决策阶段
完全中心化	$v(s;\theta_v)$	$\pi(a^i\|s;\theta^i)$	√	√
完全去中心化	$v(o^i;\theta_v^i)$	$\pi(a^i\|o^i;\theta^i)$	×	×
中心化训练 + 去中心化决策	$v(s;\theta_v)$	$\pi(a^i\|o^i;\theta^i)$	√	×

2.3.2　基于通信的多智能体强化学习

部分可观测性是多智能体强化学习中的一个常见假设。基于这一假设，分布在环境中的智能体只获得本地的观察结果，而不了解环境整体状况，容易受到非平稳性问题影响，其他智能体的变化和调整策略也会影响自己的决策。因此，通信是部分可观测性假设下协调多个智能体行为的有效机制。在多智能体强化学习领域，智能体可以通过通信来提高整体学习性能并实现其目标。

多智能体通信过程中的通信对象，通常采用预定义或启发式的方法进行规定。预定义的固定拓扑结构限定特定智能体之间的通信，从而限制了潜在的合作可能性，可以采用学习的方法让智能体来决定其通信对象，在学习过程中动态更改潜在的网络结构，即形成自组织的通信架构。

多智能体通信过程中的通信拓扑结构，反映出各实体之间的结构关系，这是实现各种通信协议的基础，也关系到最终的通信性能。如果将智能体和智能体之间的连接关系分别当作多智能体网络中的节点和边，根据文献 [26] 的分析，基于通信的多智能体强化学习方法的通信拓扑结构分为 5 种：完全连接（Fully Connected）结构、星形（Star）结构、树状（Tree）结构、相邻（Neighboring）结构以及分层（Hierarchical）结构，如图 2-5 所示。

❑ 完全连接结构。智能体需要与其他所有智能体进行通信，当智能体数量较大时需要高带宽。

例 2.3.1　DIAL 算法[27] 采用中心化训练、去中心化决策架构。它将附加的通信动作添加到每个智能体的动作集中，除了选定的当前动作外，还会生成一条跨智能体的消息通过通信信道发送给其他智能体，来增强智能体对环境的感知能力。但是，这种类型的通信信道存在于所有独立学习智能体之间，使 DIAL 随着智能体数量增加而变得非常复杂。

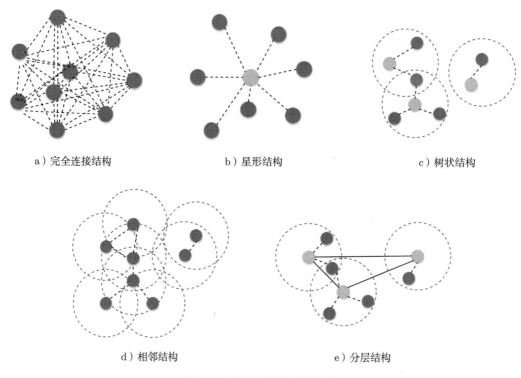

a）完全连接结构　　　　　b）星形结构　　　　　c）树状结构

d）相邻结构　　　　　　　e）分层结构

图 2-5　常见的通信拓扑结构

❑ 星形结构。智能体只与单个虚拟的中心智能体进行通信，这可能会造成中心智能体通信带宽和信息提取方面的瓶颈问题。

例 2.3.2　CommNet 算法[28] 学习一个所有智能体共享的神经网络以便处理局部观测。CommNet 算法从所有智能体收集消息并计算平均值，然后将平均值单元生成的消息进行广播。每个智能体都把收到的广播消息作为下一个时间步的输入信号。因此，CommNet 算法需要与所有智能体进行即时通信。

例 2.3.3　在 CommNet 的基础上，IC3Net 算法[29] 在一个可观察的领域与某些而非全部智能体进行通信。具体而言，对于 IC3Net 算法，只有附近的智能体才能参与由概率门机制确定的通信组，并且每个智能体都采用个性化奖励，而不是 CommNet 中使用的全局共享奖励，从而在竞争或混合环境中显示出更多不同的行为。

❑ 树状结构。智能体只与邻居智能体进行通信，但必须在组之间顺序通信。只有在两组交集时才实现组间通信，因此会产生较高的时间复杂性。

例 2.3.4　ATOC（Attentional Communication）算法[30] 设计了一个注意力单元来接收智能体的局部观察和动作意图，并确定智能体是否应与其他智能体进行通信以在其可观察的领域进行合作。由发起者选择合作者来组成协调策略的通信组,通信组仅在必要时动态更改并保留。利用双向 LSTM 单元作为通信信道连接通信组中的智能体,选择性地输出合作决策的重要信息,能使智能体在动态通信环境中学习协调的策略。

❏ 相邻结构。智能体与邻居智能体同时通信以降低通信成本。

例 2.3.5 DGN 算法[31] 将多智能体环境建模成一个图网络,每层图网络都利用注意力机制对邻居节点信息进行加权来更新自己节点的状态。根据图网络更新规则,每次都利用邻居信息来更新自身节点信息,邻居也在利用其邻居进行更新。因此随着卷积层增加,每个智能体的感知域随之扩大,从而可以处理智能体邻居数量不确定的问题。

❏ 分层结构。这是一种基于通信群组的拓扑结构,将智能体分为不同的组,每个群组都包含一个高级智能体及若干个低级智能体。群组内可以通信,群组间也可以进行通信。

例 2.3.6 LSC(Learning Structured Communication)算法[26] 采用基于群组的分层通信结构,组内信息聚合是群组低级智能体与高级智能体之间通信时,由高级智能体将群组内的所有信息聚合,形成本群组对于环境的感知;组间共享是不同群组的高级智能体通信,从而形成对环境的全局感知;组内共享是群组内的高级智能体将获取到的信息与低级智能体进行共享,如图 2-6 所示。

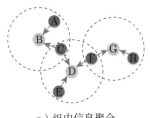 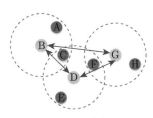 

a)组内信息聚合   b)组间共享   c)组内共享

图 2-6 LSC 通信的 3 个步骤

通过上面的分析可以发现:完全连接的结构和星形结构可以确保所有智能体之间都进行信息共享,但是由于智能体之间的状态、消息存在差异性,对于协作任务的重要程度也有所不同,这种全通信可能会引入大量冗余的信息,从而造成通信带宽与计算资源浪费,使得提取有价值的消息困难,影响通信效率,增大通信成本;树状结构和相邻结构将通信对象限制为邻居,可以避免单点瓶颈问题,但为了实现全部可访问性需进行多轮通信,并且有限的通信可能会限制协作范围;分层结构基于群组的分层通信结构,在保证通信的全面性的同时降低通信成本。

参考文献

[1]   PANAIT L, LUKE S. Cooperative multi-agent learning: the state of the art[J]. Autonomous agents and multi-agent systems, 2005, 11(3): 387-434.

[2]   MATARIC M J. Using communication to reduce locality in distributed multiagent learning[J]. Journal of experimental and theoretical artificial intelligence, 1998, 10(3): 357-369.

[3]   DING Z, HUANG T, LU Z. Learning individually inferred communication for multi-agent cooperation[J]. Advances in Neural Information Processing Systems, 2020, 33: 22069-22079.

[4]   DAS A, GERVET T, ROMOFF J, et al. TarMAC: targeted multi-agent communication[C]// CHAUDHURI K, SALAKHUTDINOV R. Proceedings of Machine Learning Research: volume 97 Proceedings of the 36th International Conference on Machine Learning. PMLR, 2019: 1538-1546.

[5]   JIM K C, GILES C L. Talking helps: evolving communicating agents for the predator-prey pursuit problem[J]. Artificial Life, 2000, 6(3): 237-254.

[6]   TAN M. Multi-agent reinforcement learning: independent vs. cooperative agents[C]// Proceedings of the tenth international conference on machine learning. Amherst: Morgan Kaufmann Publishers Inc., 1993: 330-337.

[7]   KIM D, MOON S, HOSTALLERO D, et al. Learning to schedule communication in multi-agent reinforcement learning[Z]. 2019.

[8]   ZHANG S Q, ZHANG Q, LIN J. Efficient communication in multi-agent reinforcement learning via variance based control[J]. Advances in Neural Information Processing Systems, 2019, 32: 3235-3244.

[9]   HADELI, VALCKENAERS P, KOLLINGBAUM M, et al. Multi-agent coordination and control using stigmergy[J]. Computers in Industry, 2004, 53(1): 75-96.

[10]   CORREIA L, SEBASTIãO A M, SANTANA P. On the role of stigmergy in cognition[J]. Progress in Artificial Intelligence, 2017, 6: 1-8.

[11]   MASOUMI B, MEYBODI M R. Speeding up learning automata based multi agent systems using the concepts of stigmergy and entropy[J]. Expert Systems with Applications, 2011, 38(7): 8105-8118.

[12]   JOHANSSON R, SAFFIOTTI A. Navigating by stigmergy: a realization on an RFID floor for minimalistic robots[C]//IEEE International Conference on Robotics and Automation. Kobe, 2009: 245-252.

[13]   HEYLIGHEN F. Stigmergy as a universal coordination mechanism i: Definition and components[J]. Cognitive Systems Research, 2016, 38: 4-13.

[14]   DORIGO M, BIRATTARI M, STüTZLE T. Ant colony optimization[J]. IEEE Computational Intelligence Magazine, 2007, 1(4): 28-39.

[15] DORIGO M, MANIEZZO V, COLORNI A. Ant system: optimization by a colony of co-operating agents[J]. IEEE Transactions on Systems, Man, and Cybernetics, Part B (Cybernetics), 1996, 26(1): 29-41.

[16] SCHOONDERWOERD R, HOLLAND O E, BRUTEN J L, et al. Ant-based load balancing in telecommunications networks[J]. Adaptive behavior, 1997, 5(2): 169-207.

[17] KANAMORI R, TAKAHASHI J, ITO T. Evaluation of anticipatory stigmergy strategies for traffic management[C]//2012 IEEE Vehicular Networking Conference (VNC). New York: IEEE, 2012: 33-39.

[18] TANG Q, XU Z, YU F, et al. Dynamic target searching and tracking with swarm robots based on stigmergy mechanism[J]. Robotics and Autonomous Systems, 2019, 120: 103251.

[19] DUTECH A, CHARPILLET F, ARAS R. Stigmergy in multiagent reinforcement learning[Z]. 2004.

[20] MONEKOSSO N, REMAGNINO P. Phe-q: a pheromone based q-learning[C]//Australian Joint Conference on Artificial Intelligence. Berlin: Springer, 2001: 345-355.

[21] MONEKOSSO N, REMAGNINO P. The analysis and performance evaluation of the pheromone-q-learning algorithm[J]. Expert Systems, 2004, 21(2): 80-91.

[22] HORLING B, LESSER V. A survey of multi-agent organizational paradigms[J]. The Knowledge engineering review, 2004, 19(4): 281-316.

[23] BONABEAU E, THERAULAZ G, DORIGO M, et al. Swarm intelligence: from natural to artificial systems: number 1[M]. Oxford: Oxford university press, 1999.

[24] RUI W, YAN L, GANGQIANG Y, et al. Swarm intelligence for the self-organization of wireless sensor network[C]//2006 IEEE International Conference on Evolutionary Computation. New York: IEEE, 2006: 838-842.

[25] SEN S, WEISS G. Learning in multiagent systems[J]. Multiagent systems: A modern approach to distributed artificial intelligence, 1999: 259-298.

[26] SHENG J, WANG X, JIN B, et al. Learning structured communication for multi-agent reinforcement learning[Z]. 2020.

[27] FOERSTER J, ASSAEL I A, DE FREITAS N, et al. Learning to communicate with deep multi-agent reinforcement learning[J]. Advances in neural information processing systems, 2016, 29: 2145-2153.

[28] SUKHBAATAR S, SZLAM A, FERGUS R. Learning multiagent communication with back-propagation[J]. Advances in Neural Information Processing Systems, 2016, 29: 2252-2260.

[29] SINGH A, JAIN T, SUKHBAATAR S. Learning when to communicate at scale in multiagent cooperative and competitive tasks[Z]. 2018.

[30] JIANG J, LU Z. Learning attentional communication for multi-agent cooperation[Z]. 2018.

[31] JIANG J, DUN C, HUANG T, et al. Graph convolutional reinforcement learning[Z]. 2018.

第 3 章

群体智能知识表征、知识表达与计算

信息交互是多智能体分享知识、分解和执行任务的重要手段。为了有效地交互信息，定义和规范了相同的符号、协议、交互格式和知识结构，不同的智能体通过同一种通信语言交互是非常必要的。

3.1 知识表征与计算

知识是对某个主题"认知"与"识别"的行为借以确信的认识，并且这些认识拥有潜在的能力，能为特定的目的而使用。数据、信息、知识常常混为一谈，其实不然。在本书中，数据是没有任何语境下的文字、音视频等的简单集合。出现在特定环境中的数据，因为有了较为明确的含义被称为信息。对比数据和信息，知识是对信息的加工和处理，并且经过验证和总结可再次被利用。

知识表征学习是指为了更好地对特定领域知识进行采集、整理以及提取，从而得到用于知识管理的知识库，包括基本事实、规则和其他有关信息。知识表征至今仍然没有一个完美的答案，知识图谱是目前较为常用的一种方法。顾名思义，知识图谱通过图结构把数据整合成一个语义网络[1]，其中顶点代表的是概念（实体），而边则表示的是这些概念之间的语义关系。在语义网络中，为了有效表示数据的内容和结构，通过XML/RDF/WOL将建模形成的结构、内容和数据进行表示：XML（eXtensible Markup Language）是最早的语义网络标记语言；RDF（Resource Description Framework）是W3C提出的一种语义网络描述框架，假定任何复杂的语义都可以通过若干个三元组的组合来表示，并定义这种三元组的形式为"对象-属性-值"或"主语-谓语-宾语"，从而规范化了所有的属性和概念，避免了语义网络不便于分享、难以区分知识描述和知识实例的缺点；WOL（Web Ontology Language）是 RDF 的改进版，在 RDF 的基础上定义了自己独有的语法，主要包括头部和主体两个部分。此外，可以以图结构进行统一的编码和标识，比如采用 Unicode 进行资源编码，利用 URI（Uniform Resource Identifier）进行资源标识。

本节以知识图谱为主线，概括地讨论（单智能体）知识表征学习的基本原理和方法。知识图谱 $\mathcal{G} = \{\mathcal{E}, \mathcal{R}, \mathcal{F}\}$，其中 $\mathcal{E}$、$\mathcal{R}$ 和 $\mathcal{F}$ 分别表示知识实体（Entity）、关系和事实（Fact）。一个事实通常记作一个三元组，如 < 头实体, 关系, 尾实体 >（< head entity, relation, tail entity>），数学上记作 $<h, r, t> \in \mathcal{F}$。知识图谱的目的是通过信息获取和整合来形成一个本体（Ontology），从而推理并形成新的知识。

3.1.1　知识表征方法

3.1.1.1　知识表征

知识表征方法又被称作知识图谱嵌入（Knowledge Graph Embedding，KGE）、统计关系学习（Statistical Relational Learning），是知识图谱中至关重要的研究方向，为后续知识挖掘奠定了基础。

知识表征空间定义了知识关系和实体的呈现形式。通过的表征空间既可以采用基于向量、矩阵、张量构成的实数域逐点空间，也可以采用复数域空间、高斯空间、流行空间等。但不管采用什么样的呈现形式，所有的知识表征空间都需要具备以下性质[2]：

❑ 可微性（Differentiability）：由于知识表征的神经网络模型需要通过梯度下降的方式训练，因此目标函数需要具备可微性。

❑ 可计算性（Calculation Possibility）：经过降维处理的知识表征空间需要是一个阿贝尔群（Abelian Group），并具有可微性。

❑ 可定义度量函数（Definability of a Scoring Function）：这对于训练知识表征的神经网络模型是必须的。

度量函数、表征编码方法等都会随着知识表征空间的不同而发生变化。

1. 实数空间

实数欧几里得空间被广泛用来表征事实三元组以及它们之间的关系。

例 3.1.1　TransE[3] 是实数欧氏空间中最具代表性的方法之一，把实体和关系表征在同一个 d 维的向量空间中，即 $\boldsymbol{h}, \boldsymbol{t}, \boldsymbol{r} \in \mathbb{R}^d$。对于一个事实三元组 $<h, r, t>$，TransE 希望实体 $\boldsymbol{h}$ 和 $\boldsymbol{t}$ 可以通过关系 $\boldsymbol{r}$ 连接，并且 $\boldsymbol{h} + \boldsymbol{r} \approx \boldsymbol{t}$。此外，TransE 采用度量函数 $f_r(\boldsymbol{h}, \boldsymbol{t}) = -\|\boldsymbol{h} + \boldsymbol{r} - \boldsymbol{t}\|_{1/2}$，从而在 $<h, r, t>$ 成立时，度量函数尽可能地大。

例 3.1.2 为了解决 TransE 在一对多、多对一、多对多关系建模的不足，TransH[4] 引入了关系专属超平面的概念，并用 $\boldsymbol{w}_r$ 作为超平面的正交向量。对于一个事实三元组 $< h, r, t >$，TransH 假定在超平面上的实体关系应该尽可能地接近，即 $\boldsymbol{h}_\perp + \boldsymbol{r} \approx \boldsymbol{t}_\perp$，其中 $\boldsymbol{h}_\perp = \boldsymbol{h} - \boldsymbol{w}_r^{\mathrm{T}} \boldsymbol{h} \boldsymbol{w}_r$ 和 $\boldsymbol{t}_\perp = \boldsymbol{t} - \boldsymbol{w}_r^{\mathrm{T}} \boldsymbol{t} \boldsymbol{w}_r$。TransH 的度量函数与 TransE 类似，为 $f_r(\boldsymbol{h}, \boldsymbol{t}) = -\|\boldsymbol{h}_\perp + \boldsymbol{r} - \boldsymbol{t}_\perp\|_2^2$。

例 3.1.3 为了解决用同一空间表示实体和关系的不充分问题，TransR[5] 对实体和关系设定不同的空间，如实体在一个 d 维的向量空间 $\boldsymbol{h}, \boldsymbol{t} \in \mathbb{R}^d$，关系在另一个 k 维的向量空间 $\boldsymbol{r} \in \mathbb{R}^k$，同时设计实体到关系的映射矩阵 $\boldsymbol{M}_r \in \mathbb{R}^{k \times d}$。对于一个事实三元组 $< h, r, t >$，TransR 首先把实体映射到关系所在的空间，即 $\boldsymbol{h}_\perp = \boldsymbol{M}_r \boldsymbol{h}$ 和 $\boldsymbol{t}_\perp = \boldsymbol{M}_r \boldsymbol{t}$。TransR 的度量函数与 TransH 类似，为 $f_r(\boldsymbol{h}, \boldsymbol{t}) = -\|\boldsymbol{h}_\perp + \boldsymbol{r} - \boldsymbol{t}_\perp\|_{1/2}$。

例 3.1.4 TransD[6] 将映射矩阵 $\boldsymbol{M}_r \in \mathbb{R}^{k \times d}$ 分解为两个向量相乘的形式，即分别引入 $\boldsymbol{M}_r^1 = \boldsymbol{w}_r \boldsymbol{w}_h^{\mathrm{T}} + \boldsymbol{I}$ 和 $\boldsymbol{M}_r^2 = \boldsymbol{w}_r \boldsymbol{w}_t^{\mathrm{T}} + \boldsymbol{I}$，其中 $\boldsymbol{w}_h, \boldsymbol{w}_t \in \mathbb{R}^d$，$\boldsymbol{w}_r \in \mathbb{R}^k$，进而计算 $\boldsymbol{h}_\perp = \boldsymbol{M}_r^1 \boldsymbol{h}$ 和 $\boldsymbol{t}_\perp = \boldsymbol{M}_r^1 \boldsymbol{t}$。可以发现，TransD 只需要 $\mathcal{O}(nd + mk)$ 个参量，相较于 TransR 所需的 $\mathcal{O}(nd + mdk)$ 个参量显著减少[7]。

例 3.1.5 RESCAL 是一种双向线性的模型，利用向量表示实体中隐含的语义（$\boldsymbol{h}, \boldsymbol{t} \in \mathbb{R}^d$），利用矩阵来提取实体间的逐点交互关系（$\boldsymbol{M}_r \in \mathbb{R}^{d \times d}$）。RESCAL 的度量函数为 $f_r(\boldsymbol{h}, \boldsymbol{t}) = \boldsymbol{h}^{\mathrm{T}} \boldsymbol{M}_r \boldsymbol{t} = \sum\limits_{i=0}^{d-1} \sum\limits_{j=0}^{d-1} [\boldsymbol{M}_r]_{ij} \cdot [\boldsymbol{h}]_i \cdot [\boldsymbol{h}]_j$。

RESCAL 有很多变体，如 DistMult、HoldE 等[8-9]。Analogy[10] 可以看作其中的集大成者。

例 3.1.6 Analogy 继承了 RESCAL 的基本方法，并且进一步考虑了实体或关系可类比的特性。为了建模这一种可类比性，Analogy 要求关系矩阵具有正态性和可交换性。

2. 复数空间

与仅依赖实数域空间描述不同，关系与实体也可以在复数域进行表示，即 $\boldsymbol{h}, \boldsymbol{t}, \boldsymbol{r} \in \mathbb{C}^d$。以头实体（Head Entity）为例，$\boldsymbol{h} = \Re(\boldsymbol{h}) + i\Im(\boldsymbol{h})$。

例 3.1.7 作为最先引入复数空间的工作，ComplEx[11] 实现了对称和非对称关系的捕捉，并利用 Hermitian 内积进行关系、头实体和尾实体的整合。

例 3.1.8 受欧拉公式 $e^{i\theta} = \cos\theta + i\sin\theta$ 启发，RotatE[12] 把头实体到尾实体的映射关系看作在复数空间的旋转变换，即 $\boldsymbol{t} = \boldsymbol{h} \circ \boldsymbol{r}$，其中 $\circ$ 表示 Hadmard 乘积。此外，RotatE 还可以进行逆变换、对称或反对称的结合等。

3. 高斯空间

不论是实数域还是复数域的向量空间，都只能表征确定性的关系，而高斯空间则可以刻画事实三元组的不确定性。

例3.1.9　KG2E[13] 把头实体和尾实体分别用多维高斯分布表示,即 $\mathcal{H} \sim \mathcal{N}(\boldsymbol{\mu}_h, \boldsymbol{\Sigma}_h)$ 和 $\mathcal{T} \sim \mathcal{N}(\boldsymbol{\mu}_t, \boldsymbol{\Sigma}_t)$,其中均值向量 $\boldsymbol{\mu}$ 表示实体的位置,而 $\boldsymbol{\Sigma}$ 表示实体的不确定性。实体变化 $\mathcal{H} - \mathcal{T}$ 的不确定性可以表示为 $(\boldsymbol{\mu}_h - \boldsymbol{\mu}_t, \boldsymbol{\Sigma}_h + \boldsymbol{\Sigma}_t)$。同 KG2E 类似,TransG[14] 将事实三元组用高斯分布进行表征。

4. 流形或者群

流形是可以进行局部欧几里得空间化的一个拓扑空间,是欧几里得空间中的曲线、曲面等概念的推广。欧几里得空间就是最简单的流形的实例。对于例 3.1.1 中介绍的 TransE、例 3.1.9 中介绍的 KG2E 等算法,均认为事实三元组满足从头实体到尾实体再到关系的变换,即 $\boldsymbol{h} + \boldsymbol{r} = \boldsymbol{t}$ 或者 $\boldsymbol{h}_r + \boldsymbol{r} = \boldsymbol{t}_r$,其中 $\boldsymbol{h}_r$、$\boldsymbol{t}_r$ 指把头实体和尾实体映射到关系空间,代表性例子如例 3.1.3 的 TransR。但对于 $\boldsymbol{r} \in \mathbb{R}^k$,每个事实三元组 $\boldsymbol{h}_r + \boldsymbol{r} = \boldsymbol{t}_r$ 都意味着 k 个等式,而 $|\mathcal{F}|$ 个事实则对应 $k \times |\mathcal{F}|$ 个等式。相对而言,知识图谱中最多有 $(|\mathcal{E}| + |\mathcal{R}|) \times k$ 个变量。一般而言,如果问题是补全知识图谱中的实体或者关系,由于不等式个数大于变量个数,问题不适定(Ill-Posed),因此通常会得到不确定、不准确的解。鉴于此,流形空间把变量从严格限定在欧氏空间中拓展开来,从而可以有更多的维度 k。

例 3.1.10　ManifoldE[15] 是一种流形空间的方法,对于流形 $m(\boldsymbol{h}, \boldsymbol{r}, \boldsymbol{t}) = D_r^2$,其中 $m(\cdot) : \mathcal{E} \times \mathcal{R} \times \mathcal{E} \to \mathbb{R}$ 是流形函数、D_r 是与关系相关的流形变量。评价度量函数是 $f_r(\boldsymbol{h}, \boldsymbol{t}) = \|m(\boldsymbol{h}, \boldsymbol{r}, \boldsymbol{t}) - D_r^2\|^2$。

此外,为了分层次地表述信息,也可以使用黎曼流形(Riemannian Manifold)等流形或者群[9]。

从上述知识表征空间可以发现,度量函数、表征编码方法等都会随着知识表征空间的不同而发生变化。针对知识表征学习,选择合适的知识表征空间是必要的,从而更好地平衡知识表征的有效性和计算复杂度之间的关系。为此,我们对表征度量函数和编码方法进行归类和总结。

表征度量函数旨在评价事实的可行性。在基于能量的学习框架中,度量函数通常学习一个能量函数 $f_\theta(x)$,使正采样对应的值比负采样的大。文献中普遍采用两类代表性的度量函数[3,10,13],分别是基于距离的度量函数和基于语义匹配的度量函数。

❑ 基于距离的度量函数通常假定实体之间的加性关系,即 $\boldsymbol{h} + \boldsymbol{r} \approx \boldsymbol{t}$,从而着眼于直接计算实体之间的欧氏距离。例如,例 3.1.1 提到的 TransE 提出使用 l_1 或者 l_2 范数作为度量函数,即 $f_r(\boldsymbol{h}, \boldsymbol{t}) = -\|\boldsymbol{h} + \boldsymbol{r} - \boldsymbol{t}\|_{1/2}$。另一方面,例 3.1.9 提到的 KG2E,在高斯空间中计算分布 $\mathcal{N}(\boldsymbol{\mu}_h - \boldsymbol{\mu}_t, \boldsymbol{\Sigma}_h + \boldsymbol{\Sigma}_t)$ 和分布 $\mathcal{N}(\boldsymbol{\mu}_r, \boldsymbol{\Sigma}_r)$

间的距离, 并定义了两类距离的计算方式, 分别是 Kullback-Leibler 距离和概率内积: Kullback-Leibler 距离可以表述为 $f_r(\boldsymbol{h}, \boldsymbol{t}) = -\int \mathcal{N}_x(\boldsymbol{\mu}_h - \boldsymbol{\mu}_t, \boldsymbol{\Sigma}_h +$ $\boldsymbol{\Sigma}_t) \ln \dfrac{\mathcal{N}_x(\boldsymbol{\mu}_h - \boldsymbol{\mu}_t, \boldsymbol{\Sigma}_h + \boldsymbol{\Sigma}_t)}{\mathcal{N}_x(\boldsymbol{\mu}_r, \boldsymbol{\Sigma}_r)} \mathrm{d}x$; 概率内积可以表述为 $f_r(\boldsymbol{h}, \boldsymbol{t}) = \int \mathcal{N}_x(\boldsymbol{\mu}_h - \boldsymbol{\mu}_t,$ $\boldsymbol{\Sigma}_h + \boldsymbol{\Sigma}_t) \cdot \mathcal{N}_x(\boldsymbol{\mu}_r, \boldsymbol{\Sigma}_r) \mathrm{d}x$。

❑ 基于语义匹配的度量函数通常假定乘性关系, 即 $\boldsymbol{h}^{\mathrm{T}} \boldsymbol{M}_r \approx \boldsymbol{t}^{\mathrm{T}}$, 例如例 3.1.6 提到的 Analogy 等。

知识表征编码方法可以概括为线性/双线性模型、分解模型、神经网络等多种。

❑ 线性/双线性模型通过线性或者非线性操作编码信息。例如, TransE 提到可以采用 l_1 或者 l_2 范数作为度量函数。特别地, 对于使用 l_2 范数的 TransE, 由于 $\|\boldsymbol{h} + \boldsymbol{r} - \boldsymbol{t}\|_2^2 = 2\boldsymbol{r}^{\mathrm{T}}(\boldsymbol{h} - \boldsymbol{t}) - 2\boldsymbol{h}^{\mathrm{T}}\boldsymbol{t} + \|\boldsymbol{r}\|_2^2 + \|\boldsymbol{h}\|_2^2 + \|\boldsymbol{t}\|_2^2$ 可以看作向量的线性变换。又如, 例 3.1.5 中的 RESCAL 和例 3.1.6 中的 Analogy 中使用的基于语义匹配的度量函数 ($\boldsymbol{h}^{\mathrm{T}} \boldsymbol{M}_r \boldsymbol{t}$) 等。

❑ 分解模型主要是在基于语义匹配的度量函数上把关系数据分解为易于表征学习的低秩矩阵。对于 $\boldsymbol{h}, \boldsymbol{t} \in \mathbb{R}^d$, $\boldsymbol{r} \in \mathbb{R}^k$, $\mathcal{X}_{hrt} \in \mathbb{R}^{d \times d \times k}$ 表示对应事实三元组数据。文献 [16] 提出, $\mathcal{X}_{hrt}$ 的第 i 个切片 $\mathcal{X}_i$ ($i \in \{1, \cdots, k\}$) 可以进行秩为 $r \leqslant k$ 的分解, 即 $\mathcal{X}_i \approx \boldsymbol{A}\boldsymbol{R}_i\boldsymbol{A}^{\mathrm{T}}$, 其中 $\boldsymbol{A}$ 是一个 $d \times r$ 的矩阵, 而 $\boldsymbol{R}_i$ 是一个 $r \times r$ 的矩阵。

❑ 神经网络则利用非线性激活函数或更为复杂的神经网络结构来匹配实体和关系间的语义相似性。例如, 对于 $\boldsymbol{h}, \boldsymbol{r}, \boldsymbol{t} \in \mathbb{R}^d$, 可以用多层感知机[17]把实体和关系用全连接层和激活函数 σ 进行编码, 即 $f_r(\boldsymbol{h}, \boldsymbol{t}) = \sigma(\boldsymbol{w}^{\mathrm{T}}\sigma(\boldsymbol{W}[\boldsymbol{h}, \boldsymbol{r}, \boldsymbol{t}]))$, 其中权重矩阵 $\boldsymbol{W} \in \mathbb{R}^{n \times 3d}$, $[\boldsymbol{h}, \boldsymbol{r}, \boldsymbol{t}]$ 表示事实三元组的级别。可以用卷积神经网络去学习深度特征, 如 ConvE[18]把头实体和尾实体重塑成 $d_w \times d_h = h$ 的矩阵 $\boldsymbol{M}_h$ 和 $\boldsymbol{M}_r$, 并使用度量函数 $f_r(\boldsymbol{h}, \boldsymbol{t}) = \sigma(\mathrm{vec}(\sigma([\boldsymbol{M}_h; \boldsymbol{M}_r] * \boldsymbol{w}))\boldsymbol{W})\boldsymbol{t}$, 其中 $\boldsymbol{w}$ 是卷积滤波器、vec 是把张量转换为向量的操作。此外, ConvE 可以利用多层连接来提取非线性特征。可以用循环神经网络学习知识图谱中的长时关联关系, 如 RSN 通过区分实体和关系引入循环操作, 提高语义表征能力。具体而言, 对于实体和关系交替出现而组成的事实路径 (记作 $(x_1, x_2, \cdots, x_T)$), 利用循环神经网络挖掘隐变量 $\boldsymbol{h}_t = \tanh(\boldsymbol{W}_h\boldsymbol{h}_{t-1} + \boldsymbol{W}_x\boldsymbol{x}_t + \boldsymbol{b})$, 并引入略过操作

$$\boldsymbol{h}'_t = \begin{cases} \boldsymbol{h}_t & \boldsymbol{x}_t \in \mathcal{E} \\ \boldsymbol{S}_1\boldsymbol{h}_t + \boldsymbol{S}_2\boldsymbol{x}_{t-1} & \boldsymbol{x}_t \in \mathcal{R} \end{cases}$$, 其中 $\boldsymbol{S}_1$ 和 $\boldsymbol{S}_2$ 是权重矩阵。近年来, 人们还

采用 Transformer、图神经网络等方法实现知识表征编码[9]。

3.1.1.2　知识图谱补全与获取

知识获取是从无结构化文本或者多个结构化源定义知识系统所需的规则和本体的过程，主要包含知识图谱构建与补全、发掘新的实体和关系等，从而形成一个完成建构的知识图谱，为人工智能系统服务。这里主要介绍知识图谱补全的基本原理。

知识图谱补全通常包含实体关系预测和链路预测等子任务，前者在于给定实体和关系的前提下推断未知实体，而后者在于给定部分事实三元组，从而发现未知的事实三元组。

直观上讲，可以使用知识表征方法进行知识图谱的补全。假设一个事实三元组 $< h, r, t >$ 中的头实体未知，而尾实体和关系已知，则可以利用知识表征结果 $f_r(\cdot, t)$ 计算 $e \in \mathcal{E}$ 对应的价值函数 $f_r(e, t)$，从而把最大的 k 个实体作为头部实体。这类知识表征方法对于 TransE、TransR 等方法都适用。例 3.1.11 针对待补全的知识实体与已知表征空间的不一致给出了一种解决方法。

例 3.1.11　ProjE[20] 是一种针对待补全的知识实体与已知表征空间不一致的方法，把已知表征结果如 $(h, r, ?)$ 或者 $(?, r, h)$（$h, r, t \in \mathbb{R}^d$）和未知实体通过矩阵 $\boldsymbol{W}^c \in \mathbb{R}^{s \times d}$ 嵌套到一个空间，其中 s 是待补全知识实体的数量。ProjE 定义了由神经结合层和输出层组成的嵌套函数 $h(e, r) = g(\boldsymbol{W}^c \sigma(e \oplus r) + b_p)$，其中 $e \oplus r = \boldsymbol{D}_e e + \boldsymbol{D}_r r + b_c$，表示一个求和操作；$\boldsymbol{D}_e$ 和 $\boldsymbol{D}_r$ 是 $d \times d$ 的对角矩阵。ProjE 适合实体补全的操作。

但上述基于知识表征结果的方法往往难以捕捉多步关系。因此，近来人们提出了关系路径推断的方法。关系路径推断通过循环神经网络[21] 等方法构建一个实体-关系的路径，利用最大后验概率的方法求得待补全的实体。近年来，人们也把强化学习引入路径推断中，通过设定合适的奖励函数来提升知识图谱补全的准确性[9,22]。

知识图谱补全中的另一类问题在于如何利用自然语言的关系实现逻辑推理。例如，针对关系**儿子**、**父亲**和**性别**，可以有逻辑推理：（乙，**父亲**，甲）$\bigwedge$（甲，**性别**，男）$\rightarrow$（甲，**儿子**，乙）。逻辑推理可以通过 AMIE[9] 等逻辑挖掘工具完成。从某种意义上讲，逻辑推理是一种利用自然语言的辅助信息实现知识图谱补全的过程，对于实现可解释的多跳推理和小样本下的关系补全具有重要意义。但逻辑关系本身只能是知识图谱中的少量事实，并且面临较大的搜索空间。鉴于此，逻辑推理同深度神经网络的融合是必要的。在这方面，NeuralLP[23] 把注意力机制[24] 引入推理过程中，并设计了可以进行梯度优化的逻辑推理过程。

基于编码方式的链接预测，其有效性基于大量的训练样例。如果在训练中样本的数量很少，那么这种方法的结果就会产生很多的错误。然而在实际情况中，由于知识图谱的重尾效应，知识图谱中新的事实三元组不断涌现，小样本的问题在知识图谱中是十分常见的。因此，元学习或者小样本学习被广泛用于知识图谱的补全中，从而针对少量样本发掘新的事实。例如，GMatching[25] 通过考虑一阶的图结构和学习编码方式来得到一个匹配矩阵，利用小样本学习进行实体关系的预测，并利用图卷积网络和 LSTM 实现特定关系的建模与结构化实体的多步匹配。MetaR[26] 则旨在将普遍的关系信息从已经存在的三元组传递到不完整的三元组上，赋予关系元信息比传统连接头尾实体关系更高的优先级，从而加速学习过程。

除了知识图谱补全外，知识获取还包括实体发现、关系发现等内容。实体发现从文本中获取面向实体的知识，并在知识图谱之间融合知识，可以包含实体识别、实体分类、实体消歧和对齐等内容：实体识别通常以序列到序列（Sequence-to-Sequence）的方式进行学习；实体分类则主要面向加噪标签进行小样本的学习；实体消歧和对齐同样需要解决在少量对齐数据的情况下，如何得到统一嵌入方法。与实体发现类似，关系发现也是从文本中发掘未知事实三元组，从而构建大规模知识图谱。近年来，学术界提出了不少利用注意力机制、对抗学习、图卷积网络、强化学习进行关系发现的工作[9]。

3.1.1.3　动态知识图谱

本小节在前述内容介绍的静态知识图谱的构建与补全基础上，探讨如何处理知识图谱的动态性。具体而言，事实三元组构建的知识结构仅在一定时间内保持不变，但它的长期演化构成了一个时间序列。目前，针对动态知识图谱的研究已经取得了一定的进展。这里将初步探讨如何在知识图谱中引入时间维度，第 7 章将介绍对知识图谱时变关系表征具有作用的时变图神经算法。

动态知识图谱是对于事实三元组 $< h, r, t >$，引入时间元素 τ，构成四元组 $< h, r, t, \tau >$，从而构建知识图谱的过程。

例 3.1.12　TTransE[27] 在例 3.1.1 中的 TransE 的基础上重新设计了时变度量函数 $f_r(h, t) = -\|h + r - t + \tau\|_{1/2}$。

例 3.1.13　文献 [28] 把时间维度划分为若干段 $[\tau_s, \tau_e]$，其中 τ_s 和 τ_e 分别表示时间开始和结束的时刻，并认为知识图谱在一个时间段内为近似静态的。

例 3.1.14　与例 3.1.2 提及的 TransH 类似，HyTE[29] 则构建了时间维度超平面，w_τ 表示超平面的正交向量。TransH 假定超平面上的实体关系应该尽可能地接近，即 $h_\perp + r_\perp \approx t_\perp$，其中 $h_\perp = h - w_\tau^T h w_\tau$，$r_\perp = r - w_\tau^T r w_\tau$ 和 $t_\perp = t - w_\tau^T t w_\tau$。

真实世界中的环境发生变化，实体和关系也都会发生变化，但这些变化之间具有一定的因果关系, 如**出生 → 毕业 → 工作 → 逝世**等, 因此人们提出利用循环神经网络等对时变事件进行编码。

例 3.1.15 文献 [30] 提出利用 LSTM 把时变关系进行编码, 从而输出具备时间信息的关系表征 r_{temp}。在此基础上, 扩展了例 3.1.1 中的 TransE 的度量函数为 $f_r(\boldsymbol{h}, \boldsymbol{t}) = -\|\boldsymbol{h} + \boldsymbol{r}_{\text{temp}} - \boldsymbol{t}\|_{1/2}$。

例 3.1.16 文献 [31] 提出围绕时变关系单独构建一个度量函数, 反映不同时序的关联性, 如 $f(<\boldsymbol{r}_m, \boldsymbol{r}_n>) = \|\boldsymbol{r}_m \boldsymbol{T} - \boldsymbol{r}_n\|_{1/2}$, 其中 $\boldsymbol{T}$ 是时变关系的非对称编码矩阵, 反映了 m 和 n 两个时刻的关联关系。

3.1.2 知识传递与迁移

3.1.2.1 迁移学习与有监督学习

知识工程领域（分类、回归、聚类等）得益于机器学习算法特别是有监督学习算法的迅猛发展, 取得了长足的进步。但是, 这些算法普遍假定训练数据和测试数据来自同一特征空间、满足相同分布。传统上, 当数据分布发生改变时, 大部分统计模型需要重新从头训练。但在真实场景中, 鉴于数据采集昂贵冗繁, 因此实现不同智能体、不同任务领域的知识迁移是必要的。事实上, 知识迁移在不同阶段有不同的名字, 如迁移学习、多任务学习（Multi-task Learning）、元学习（Meta Learning）、归纳学习（Inductive Learning）、渐进学习（Incremental/Cumulative Learning）等[32]。这些概念和定义的共同点是, 通过挖掘任务间相同的隐特征来学习多个不同的任务, 并加速单一任务的学习进程。

在知识迁移的框架下, 一个领域（Domain）$\mathcal{D}$ 通常包含两部分, 即数据空间 $\mathcal{X}$ 和边际概率分布 $\mathbb{P}(X)$, 这里 $X = \{x_1, \cdots, x_n\} \in \mathcal{X}$。通常而言, 如果两个领域不同, 则它们的特征空间或者边际概率分布不同。相应地, 对于一个领域 $\mathcal{D} = \{\mathcal{X}, \mathbb{P}(X)\}$, 一个任务 $\mathcal{T} = \{\mathcal{Y}, f(\cdot)\}$ 包含标签空间 $\mathcal{Y}$ 和目标函数 $f(\cdot)$, 其中目标函数 $f(\cdot)$ 需要依赖训练数据进行学习; 从概率的角度可以理解为对于一个输入 $x \in \mathcal{X}$, 通过一组训练数据 $\mathcal{X} \times \mathcal{Y}$, 使正确的 $y \in \mathcal{Y}$ 的对应概率 $f(x) = \mathbb{P}(y|x)$ 尽可能大。

为了叙述方便, 本书中假定只有一个源域 $\mathcal{D}_S$ 和一个目标域 $\mathcal{D}_T$, 相应的学习任务分别记作 $\mathcal{T}_S$ 和 $\mathcal{T}_T$。迁移学习的目的在于如何更好地利用源域数据集 $\mathcal{X}_S \times \mathcal{Y}_S$ 和源任务 $\mathcal{T}_S$ 来提升目标任务 $\mathcal{T}_T$ 在目标域 $\mathcal{X}_T \times \mathcal{Y}_T$ 中的学习效率。

按照迁移知识的类型, 迁移学习可以包含实例迁移、特征迁移、知识关系迁移等。

1. 实例迁移

实例迁移主要是目标任务 $\mathcal{T}_\mathrm{T}$ 重用源域 $\mathcal{D}_\mathrm{S}$ 的数据,因此比较容易实现,而且迁移的知识量大,应用广泛。这里根据目标域样本是否具有标签介绍两类算法。

❑ 针对目标域样本具有标签的情况,实例迁移直接有效。虽然源域数据并不能完全采用,但重用部分的源域数据依然有助于提升目标域的分类效果。

例 3.1.17 TrAdaboost[33] 是这类实例迁移的代表性算法,是从 Adaboost 演化而来的、面向分类任务的一种代表性实例迁移方法。TrAdaboost 假定源域和目标域训练数据具有相同的数据和标签空间,但两个域的数据分布不一致。考虑到这种不一致造成源域中的部分数据对于目标域是有帮助的,而另外一些数据对于目标任务非但没有益,甚至会产生负面作用,TrAdaboost 算法试图迭代调整源域样本对应的权重 $w \in (0,1)$,使源域中与目标域相似的或者对目标域分类有帮助的样本的权重相应提高,而其他源域样本对应的权重降低。具体而言,TrAdaboost 综合利用源域和目标域数据集训练基础分类算法,提升目标域数据的训练准确率。TrAdaboost 利用与 Adaboost 一样的策略更新目标域数据中误分类的样本,而针对源域数据采用不同的迭代更新策略。

❑ 针对目标域样本不具有标签的情况,实例迁移大多受重要性采样(Importance Sampling)的启发。

例 3.1.18 以经验风险最小化(Empirical Risk Minimization,ERM)为例,假定目标域的任务是寻找最优的参数 θ^* 来最小化平均风险,即 $\theta^* = \arg\min\limits_{\theta \in \Theta} \mathbb{E}_{\mathbb{P}(x,y)}[l(x,y,\theta)]$,其中 $l(x,y,\theta)$ 是 θ 决定的误差函数。由于实际中很难决定分布概率 $\mathbb{P}(x,y)$,因此可以用经验风险近似,即 $\theta^* = \arg\min\limits_{\theta \in \Theta} \dfrac{1}{n} \sum\limits_{i=1}^{n} [l(x_i, y_i, \theta)] = \arg\min\limits_{\theta \in \Theta} \sum\limits_{(x,y) \in \mathcal{D}_\mathrm{T}} \mathbb{P}(\mathcal{D}_\mathrm{T}) l(x,y,\theta)$,其中 n 表示训练数据的大小。由于在目标域没有标签数据,因此需要依赖源域数据集进行学习。如果 $\mathbb{P}(\mathcal{D}_\mathrm{T}) = \mathbb{P}(\mathcal{D}_\mathrm{S})$,则目标域模型求解可以写作 $\theta^* = \arg\min\limits_{\theta \in \Theta} \sum\limits_{(x,y) \in \mathcal{D}_\mathrm{S}} \mathbb{P}(\mathcal{D}_\mathrm{S}) l(x, y, \theta)$;如果 $\mathbb{P}(\mathcal{D}_\mathrm{T}) \neq \mathbb{P}(\mathcal{D}_\mathrm{S})$,则有:

$$
\begin{aligned}
\theta^* &= \arg\min_{\theta \in \Theta} \sum_{(x,y) \in \mathcal{D}_\mathrm{S}} \frac{\mathbb{P}(\mathcal{D}_\mathrm{T})}{\mathbb{P}(\mathcal{D}_\mathrm{S})} \mathbb{P}(\mathcal{D}_\mathrm{S}) l(x, y, \theta) \\
&\approx \arg\min_{\theta \in \Theta} \sum_{i=1}^{n_\mathrm{S}} \frac{\mathbb{P}(x_{\mathrm{T}_i}, y_{\mathrm{T}_i})}{\mathbb{P}(x_{\mathrm{S}_i}, y_{\mathrm{S}_i})} l(x_{\mathrm{S}_i}, y_{\mathrm{S}_i}, \theta)
\end{aligned}
\tag{3.1}
$$

换言之,对 $(x_{\mathrm{S}_i}, y_{\mathrm{S}_i})$ 使用加权因子 $\dfrac{\mathbb{P}(x_{\mathrm{T}_i}, y_{\mathrm{T}_i})}{\mathbb{P}(x_{\mathrm{S}_i}, y_{\mathrm{S}_i})}$,可以从源域数据集得到目标域的优化

结果。此外，由于 $\mathbb{P}(y_{S_i}|x_{S_i}) = \mathbb{P}(y_{T_i}|x_{T_i})$，$\dfrac{\mathbb{P}(x_{T_i}, y_{T_i})}{\mathbb{P}(x_{S_i}, y_{S_i})} = \dfrac{\mathbb{P}(x_{T_i})}{\mathbb{P}(x_{S_i})}$，因此，如果可以准确

估计 $\dfrac{\mathbb{P}(x_{T_i})}{\mathbb{P}(x_{S_i})}$，就可以有效求解这类知识迁移的问题。有兴趣的读者，可以参阅 [34-35]

等文献，发掘 $\dfrac{\mathbb{P}(x_{T_i})}{\mathbb{P}(x_{S_i})}$ 的方法。

2. 特征迁移

特征迁移是指寻找"好"的特征表示方法，从而降低源域和目标域的差异，减少分类或者拟合模型的误差。寻找"好"特征的方法在很大程度上取决于源域数据的类型。如果源域数据包含大量标签数据，那么有监督学习是一种常见的选项；与之相反，无监督学习被广泛应用。

❑ 有监督特征迁移。这类方法也被应用于多任务学习，其基本思想是寻找关联任务之间的低秩表达。

例 3.1.19 通常在有监督特征迁移中，特征可以通过优化求解得到，即

$$\arg\min_{\boldsymbol{A},\boldsymbol{U}} \sum_{t\in\{\mathrm{T,S}\}} \sum_{i=1}^{n_t} l(y_{t_i}, <a_t, \boldsymbol{U}^{\mathrm{T}}x_{t_i}>) + \gamma\|\boldsymbol{A}\|_{2,1}^2 \tag{3.2}$$

$$\text{s.t.}\, \boldsymbol{U}\boldsymbol{U}^{\mathrm{T}} = \boldsymbol{U}^{\mathrm{T}}\boldsymbol{U} = \boldsymbol{I}$$

其中，$\boldsymbol{A} = [a_S, a_T] \in \mathbb{R}^{d\times 2}$，是参数构成的矩阵；$\boldsymbol{U} \in \mathbb{R}^{d\times d}$，是一个 $d\times d$ 的正交矩阵，将高阶数据映射为低阶表达。此外，矩阵 $\boldsymbol{A}$ 的 (r,p) 范数定义为 $\|\boldsymbol{A}\|_{r,p} := \left(\sum_{i=1}^{d} \|a^i\|_r^p\right)^{\frac{1}{p}}$。

式 (3.2) 同时优化 $\boldsymbol{U}^{\mathrm{T}}\boldsymbol{X}_{\mathrm{T}}$、$\boldsymbol{U}^{\mathrm{T}}\boldsymbol{X}_{\mathrm{S}}$ 和 $\boldsymbol{A}$，具体优化方法可以参见文献 [36-38] 等。

❑ 无监督特征迁移。该迁移较多地利用稀疏编码[39-40] 的方法学习高阶特征，从而用于转移学习。

例 3.1.20 通常，无监督特征迁移方法包含两个步骤：

– 在源域优化求解一组基向量 $\boldsymbol{b} = (b_1, b_2, \cdots, b_s)$，即

$$\min_{\boldsymbol{a},\boldsymbol{b}} \sum_i \left\| x_{S_i} - \sum_j a_{S_i}^j b_j \right\|_2^2 + \beta\|a_{S_i}\|_1 \tag{3.3}$$

$$\text{s.t.}\, \|b_j\|_2 \leqslant 1, \quad \forall j \in \{1, \cdots, s\}$$

换言之，$\boldsymbol{a} = (a_{S_i}^1, \cdots, a_{S_i}^s)$ 是 x_{S_i} 在基 $\boldsymbol{b} = (b_1, b_2, \cdots, b_s)$ 下的系数；β 用于平衡稀疏程度的物理量。

— 根据学习到的基 $\boldsymbol{b} = (b_1, b_2, \cdots, b_s)$ 在目标域求解对应的系数，即

$$a_{\mathrm{T}_i}^* = \min_{a_{\mathrm{T}_i}} \sum_i \|x_{\mathrm{T}_i} - \sum_j a_{\mathrm{T}_i}^j b_j\|_2^2 + \beta\|a_{\mathrm{T}_i}\|_1 \tag{3.4}$$

最后，可以利用判别学习算法（Discriminative Algorithm）在目标域中利用 $a_{\mathrm{T}_i}^*$ 和 $\boldsymbol{b} = (b_1, b_2, \cdots, b_s)$ 执行分类或拟合任务。

3. 知识关系迁移

与上述情境不同，基于关系的知识迁移主要考虑社交网络数据中的复杂关系，并不假设从源域中提取的数据是独立同分布的，而是尝试将数据之间的关系从源域直接转移到目标域。通常，关系迁移依赖统计学习来解决这些问题。

例 3.1.21   Mihalkova 等人提出了一种算法 TAMAR[41]，通过跨关系域的马尔可夫逻辑网络（Markov Logic Network，MLN）传递关系知识。这里，MLN 是由一阶逻辑公式及其对应的权值组成的二元组集合。TAMAR 的动机是，如果两个域彼此相关，则可能存在将实体及其关系从源域连接到目标域的映射。例如，"教授-学生"之间的关系类似于"经理-工人"之间的关系。因此，可能存在从"教授"到"经理"的映射以及从"教授-学生"关系到"经理-工人"关系的映射。受此启发，TAMAR 尝试使用源域的 MLN 来帮助学习目标域的 MLN，利用归纳逻辑程序设计（Inductive Logic Programming，ILP）⊖对目标域 MLN 进行修正。

3.1.2.2   迁移强化学习

我们已经介绍了迁移学习在有监督学习中的广泛应用。相对而言，迁移学习同强化学习的结合由于需要在马尔可夫决策过程的框架下进行，因此更加复杂。迁移强化学习主要通过利用状态空间、动作空间、价值函数、转移概率、初始状态、学习轨迹等知识，提升目标域的初始学习性能、渐近（Asymptotic）性能、累积回报、收敛速率等。此外，迁移强化学习还同模仿学习（Imitation Learning）、终身学习（Continual Learning）、分层强化学习（Hierarchical Reinforcement Learning）、多主体强化学习等紧密相关。

迁移强化学习有多种分类方法。为了同迁移学习与有监督学习相一致，我们依然按照迁移知识的类型分类，可以分为实例迁移、变量迁移（如策略迁移、回报迁移）、特征迁移等。

1. 实例迁移

对于迁移强化学习而言，实例迁移是从示范动作（Demonstration）进行学习的。这些示范动作可能来自于不同的源域，例如来自外部专家、已经训练学习的策略等。为了

⊖   ILP 是以一阶逻辑归纳理论为基础，并以一阶逻辑为表达语言的符号规则学习方法。

不失一般性，$\mathcal{D}_S$ 表示一系列实例等集合，每一个实例都可以是马尔可夫决策过程的一组变化，如 $(s, a, s', r) \in \mathcal{D}_S$。通常而言，实例迁移强化学习面向的是源域和目标域的马尔可夫决策过程一致的情况，即 $\mathcal{M}_S = \mathcal{M}_T$，不过也有一些文献 [42] 开始研究不同域的实例迁移。

根据迁移的实例使用时机的不同，实例迁移强化学习可以采用在线（On-line）和离线（Off-line）两种方式。针对离线方式，主要是利用有监督学习预训练强化学习中的状态价值函数[43]、策略函数[44] 或者环境转移动态[45] 等。针对在线方式，迁移的实例直接应用在强化学习中，引导智能体进行更为有效的探索。这里主要讨论后者，展示如何将知识迁移应用到基于策略（Policy Based）的和基于值（Value Based）的强化学习中。

例 3.1.22　在基于实例的直接策略迭代算法（Direct Policy Iteration with Demonstrations，DPID）[46] 中，算法对源域策略 π_S 对应的实例数据集 $\mathcal{D}_S$ 和目标域采集到的数据集 $\mathcal{D}_T$ 的合成数据集 $\mathcal{D}_S \cup \mathcal{D}_T$，使用蒙特卡罗方法估计 Q 值函数 $\hat{Q}$，并利用贪婪方法得到策略 $\pi_T(s) = \arg\max_{a \in \mathcal{A}} \hat{Q}(s, a)$。DPID 算法最后对策略进行正则化，以缩小目标域策略 π_T 和源域策略 π_S 的不一致性，即 $l(\pi_T, \pi_S) = \dfrac{1}{N_S} \sum\limits_{i=1}^{N_S} \mathbb{1}\{\pi_T(s_i) \neq \pi_S(s_i)\}$，其中，$N_S$ 是源域实例数据集的个数、$\mathbb{1}$ 是指示函数。

例 3.1.23　面向 DDPG（Deep Deterministic Policy Gradient）的迁移问题，DDPGfD[47] 利用辅助回放缓存（Replay Buffer）存放迁移的源域数据，并对每一个源域和目标域样本 i 设定采样优先级 $p_i = \delta_i^2 + \lambda \|\nabla_a Q(s_i, a_i|\theta)\|^2 + \epsilon + \epsilon_S$。其中，$\delta_i$ 和 $\nabla_a Q(s_i, a_i|\theta)$ 分别是样本 i 对应的时间差分项（Temporal Difference Error）和误差函数；ϵ 是一个较小的正数，可保证所有样本都会被采样，而 ϵ_S 则保证源域样本以更高概率被采样。

2. 变量迁移

变量迁移可以包括迁移回报整形、策略迁移等诸多方面。

- ❏ 回报整形（Reward Shaping）是指利用迁移知识重建目标域的回报分布，从而更好地指导目标域智能体学习策略。回报整形的优点在于不需要大幅度修改强化学习框架，并能同其他方式相整合。具体而言，回报整形通过一个状态-动作-下一个状态的整形函数 $\mathcal{F} : \mathcal{S} \times \mathcal{A} \times \mathcal{S} \to \mathbb{R}$ 来提供给目标域智能体关于回报的更多信息，从而针对有益的"动作状态对"分配更高的回报值（$\mathcal{R}' : \mathcal{R}' = \mathcal{R} + \mathcal{F}$）。换言之，回报整形使目标域马尔可夫决策过程发生了变化，即 $\mathcal{M}_T = (\mathcal{S}, \mathcal{A}, \mathcal{T}, \gamma, \mathcal{R}) \to \mathcal{M}_T' = (\mathcal{S}, \mathcal{A}, \mathcal{T}, \gamma, \mathcal{R}')$。

例 3.1.24　PBRS（Potential Based Reward Shaping）[48] 是一类经典的流量整形的方法。在文献 [48] 中，PBRS 把两个状态的"势能差"作为回报整形函数，即

$F(s,a,s') = \gamma\Phi(s') - \Phi(s)$，其中 $\Phi(\cdot)$ 来自源域的专家知识，用于评价一个状态的"势能"（即质量）。理论分析表明，PBRS 方法利用了回报设计的自由度，即在目标域中引入势能差 $F(s,a,s')$ 后，目标域的策略保持不变（Policy Invariance）。此外，$\mathcal{M}_T$ 和 $\mathcal{M}_T'$ 中的最优 Q 值函数满足 $Q^*_{\mathcal{M}_T'}(s,a) = Q^*_{\mathcal{M}_T}(s,a) - \Phi(s)$，从而在回报整形和基于优势的学习方法间搭建了桥梁。文献 [49-51] 等进一步把马尔可夫决策过程状态、动作的时间相关性引入其中，对势能差函数 $F(s,a,s')$ 进行改进。

❑ 策略迁移可以分为策略蒸馏和策略重用两种。策略蒸馏可将有监督学习知识蒸馏的方式引入强化学习，目标域智能体基于多个源域智能体的策略，利用有监督学习的方式制定自身策略。策略重用则直接使用源域策略进行进一步的学习。

例 3.1.25　文献 [52] 提出了一种从 N 个源域迁移到目标域的策略蒸馏方法。假定每一个源域 i 都包含状态和策略构成的迁移组 $\mathcal{D}_{Si} = \{s_i, \pi_i\}$，则目标域利用 KL 散度方法分析源域策略间的差异，从而得到自身策略 $\pi_T^* = \arg\min \text{KL-Divergence}(\pi_{\mathcal{D}}|\pi_T) \approx \arg\min \sum_{i=1}^{N} \text{softmax}\left(\frac{\pi_i}{\tau}\right) \ln \frac{\text{softmax}(\pi_i)}{\text{softmax}(\pi_T)}$。

例 3.1.26　TACT（Transferred Actor-CriTic）算法[53] 是一种迁移策略重用的方法，可在目标域中定义包含本地策略 π_L 和源域迁移策略 π_S 的全局策略 π_O，并按照 $\pi_O = [(1-\zeta)\pi_L + \zeta\pi_S]_a^b$ 更新。这里的 $[\cdot]_a^b$（$b > a$）表示在区间 [a,b] 的欧几里得投影；$\zeta \in (0,1)$ 表示迁移因子，随迭代次数增加而减少。在初始阶段，源域迁移策略 π_S 将对最终的全局策略起决定作用：当环境进入状态 s 时，π_S 会使源任务在状态 s 的动作 a 被优先执行，从而带来更优的初始性能。另一方面，随着迭代次数增加，迁移因子 $\zeta \to 0$，迁移来的外部策略 π_S 的影响将逐渐降低。

3. 特征迁移

特征迁移是指假定源域和目标域的状态空间、动作空间甚至回报空间处于不同的、相互正交的子空间中，利用源域的特征辅助目标域进行学习。

例 3.1.27　基于特征重用的思想，文献 [54] 提出了一种渐进神经网络架构，逐步地在多个强化学习任务之间迁移知识。具体而言，在文献 [54] 中，渐进神经网络包含多个"列"（Column），每一个列对应一个特定任务的策略网络。最开始，仅包含针对一个任务的对应列；随着列数的增加，列数逐步增加。当训练一个新的任务时，既有列内的神经网络权重将被冻结，并被并行应用于新任务对应的列中，辅助新任务的学习。数学上而言，$h_i^{(k)} = f\left(\boldsymbol{W}_i^k h_{i-1}^{(k)} + \sum_{j<k} \boldsymbol{U}_i^{(k:j)} h_{i-1}^{(j)}\right)$，其中 $h_i^{(k)}$ 是任务 k 对应的第 i 个隐藏层，$\boldsymbol{W}_i^k$ 是对应的权重矩阵；$\boldsymbol{U}_i^{(k:j)}$ 表示任务 j 的 $i-1$ 层与当前任务 k 的 i 层的连接矩阵。

例 3.1.28　受神经科学的启发，Successor Representation（SR）[55] 将源域的状态特征与回报函数解耦，从而仅在回报空间不同的多个马尔可夫决策过程（$\mathcal{R}_i \neq \mathcal{R}_j$，$\forall \mathcal{M}_i, \mathcal{M}_j$）中进行知识迁移。具体而言，与状态价值函数或 Q 函数把状态与回报进行关联不同，SR 算法分解状态价值函数为 $V^\pi(s) = \sum_{s'} \psi(s, s') w(s')$，其中 $\psi(s, s') = \mathbb{E}_\pi \left[\sum_{i=t}^{\infty} \gamma^{i-t} \mathbb{1}[S_i = s'] \middle| S_t = s \right]$，把一个状态 s 的后继（Successor）状态作为特征，计算策略 π 下智能体经历的状态或者状态-动作对的非归一化分布；$w(s')$ 是把状态映射为标量的回报映射函数。SR 算法适用于任意的时间差分学习算法。

3.1.3　角色与任务分解

现实世界中普遍存在着各式各样的合作式多智能体问题，如无人车（机）队[56-57]、传感器网络[58] 等。但是针对上述群体智能系统，学习和设定合适的控制策略仍然面临着很多挑战。早期的研究[59] 倾向于利用系统的全局信息，集中式地制定各类策略；但由于现实中的每个智能体往往受到视界或者通信的限制，因此这类全局信息往往不可得。另一方面，其他的研究者提出了独立学习（Independent Learning）框架[60]：允许每个智能体将其他智能体作为环境的一部分，从而更加关注学习自身策略。但实践中发现，独立学习面临着非平稳学习环境的制约，具有较差的稳定性。

近年来，集中式训练、去中心化执行（Centralized Training with Decentralized Execution，CTDE）[61-62] 综合了全局集中式学习和独立学习的优点，被普遍提及和应用[63-64]。顾名思义，CTDE 在训练阶段通过全局共享的环境观察结果、执行的动作内容、神经网络参数等信息，集中式地学习策略。但 CTDE 由于在全局环境状态-执行动作内进行搜索，因此面临着智能体个数增加带来的"维度灾难"问题，造成了在大规模群体智能系统下难以实现有效的学习[65]。

事实上，人类可以更为有效地学习。例如，在执行复杂任务时，人类往往通过任务分工，让具有不同业务专长的个体执行不同的子任务，从而规避大任务难以入手的困局，提升学习效率[66-67]。受此启发，针对大规模群体智能系统，集中式训练、去中心化执行的关键在于有效分解任务、制定策略、选择角色等[68-71]，从而实现达到系统可扩展的（Scalable）目的。对于某些多智能体场景，可以很容易地定义全局奖励函数，但在定义局部奖励函数时，由于必须保证局部奖励函数的最大化以使得整体性能改善，同时又需要较为准确地反映单个智能体对整体性能的贡献，因此单个智能体的奖励函数（即局部奖励函数）可能较难定义。然而，在局部奖励函数最大化的同时，单个智能体有可能会对环境中的其他智能体产生影响，从而不能使整体性能向最优的方向前进；如果局部奖励函数不能准确反映智能体的贡献，那么可能导致智能体学到较差的策略。如果简单地将全局奖励函数用作局部奖励函数，那么可能导致出现"懒惰"智能体的问题，即个别智能体什么都不做，只依赖其他智能体努力获取更高的全局奖励函数。因此，研究人员认为可以利用深度学习方法，让单个智能体能够准确评价自身对整体性能贡献的大小，实现任务分解和策略共享。

❏ 价值函数分解网络（Value Decomposition Network，VDN）[68] 直接对奖励函数进行处理。VDN 假定每个智能体均采用 DQN 方法，训练时对所有 DQN 输出的 Q 函数值简单求和来作为整体奖励函数。同时，VDN 采用了参数共享（Sharing Weights）以提升其效果。

❏ 相反多智能体（Counterfactual Multi-Agent，COMA）策略梯度[72] 首先计算整体 Q 函数值，在评估每个智能体的 Q 函数值时，该方法用整体 Q 函数值减去整体 Q 函数值对当前智能体动作的数学期望，即得到当前智能体采取当前动作时对整体 Q 函数值的贡献，将其作为当前智能体的优势价值函数值（Advantage Value Function），并设为当前智能体的优化目标。

❏ QMIX[62] 类似于 VDN，但相对而言，QMIX 并非将各个智能体的 Q 函数值相加而得到整体 Q 函数值，而是将各个智能体的 Q 函数值送入混合网络通过计算得到整体函数值。QMIX 也不限制各个智能体的 Q 函数值之和为整体 Q 函数值，只要求整体 Q 函数值与各个智能体的 Q 函数值成单调关系。

❏ QTRAN[70] 不再限制整体 Q 函数值与各个智能体的 Q 函数值为相加或者单调关系，从而在 VDN 和 QMIX 的基础上进一步放松了整体 Q 函数值与各个智能体的 Q 函数值之间关系的假设；但相关研究指出 QTRAN 放松假设的方法不合理，会导致其效果不佳[73]。

❏ 空间维度奖励函数再分配（Agent-level Reward Redistribution，ALRR）与 VDN 类似，但与 VDN "全局奖励函数 → 全局价值函数 → 局部价值函数"步骤不同的是，ALRR 利用"全局奖励函数 → 再分配奖励函数 → 局部价值函数"进行任务分解。这一改进有益于改进 VDN 的一些不足。首先，VDN 采用了参数共享，同时参数共享对 VDN 的性能有着较大影响[68]，而当各个智能体的策略或者任务存在较大区别时，采用参数共享显然不合理。相比之下，ALRR 不需要采用参数共享。其次，由于 VDN 简单地将各个智能体的 Q 函数值通过求和进行训练，当各个智能体采用的神经网络结构存在较大差别时，会导致各个智能体的神经网络训练程度显著不一致。具体来讲，采用较为复杂的神经网络结构的智能体的训练速度会较慢，而采用较为简单的神经网络结构的智能体的训练速度会较快，从而降低整体的训练效果[74]。相比之下，ALRR 将各个智能体的神经网络训练解耦合，因而不会存在 VDN 的这一问题。总而言之，VDN 的设计思想更加面向于同构 MADRL 环境，即环境中的所有智能体都采用相同的神经网络结构甚至是相同的参数；而 ALRR 的设计思想则将所有智能体的神经网络训练过程完全解耦合，从而不需要限制 MADRL 环境是同构的或是异构的，具有更好的适应性。

例 3.1.29　VLRR 首先定义一个由一组 N 个智能体 $\mathcal{I}$ 组成的多智能体 MDP $\hat{\mathcal{M}}_m$。$\hat{\mathcal{M}}_m$ 的状态空间、动作空间、奖励函数空间和状态迁移概率的定义均与单智能体 MDP 保持一致。对于智能体 $i \in \mathcal{I}$，在时间步 t 可以得到对环境的观测 $o_{i,t}$，并采取局部动作 $c_{i,t}$。特别地，所有智能体在时间步 t 的观测共同组成状态 s_t，采取的局部动作共同组成动作 a_t。环境在第 $t+1$ 个时间步反馈全局奖励函数 $\tilde{R}_{t+1}$。这里假设全局奖励函数反馈整体性能，并满足马尔可夫性质，同时假设观测、状态和动作均满足马尔可夫性质。接下来，将时间步 t 所有用户的观测-局部动作对写为观测-局部动作对集合：

$$\mathbf{oc}_{h:k,t} = \{(\boldsymbol{o}_{h,t}, c_{h,t}), \cdots, (\boldsymbol{o}_{i,t}, c_{i,t}), (\boldsymbol{o}_{j,t}, c_{j,t}), \cdots, (\boldsymbol{o}_{k,t}, c_{k,t}), h, i, j, k \in \mathcal{I}\} \qquad (3.5)$$

注意，$\mathbf{oc}_{h:k,t}$ 和 $\boldsymbol{o}_{j,t}$ 通过加粗表示向量，在 $\mathbf{oc}_{h:k,t}$ 中并不限制上式中智能体 h, i, j, k 的具体顺序。换言之，$\mathbf{oc}_{h:k,t}$ 本质上是一个集合。可以定义一个奖励函数预测函数（Reward Prediction Function）f 用于预测全局奖励函数。该函数应当满足：

$$f(\mathbf{oc}_{h:k,t}) = \tilde{R}_{t+1} \qquad (3.6)$$

即给定所有智能体的观测-局部动作对来作为 f 的输入时，f 应当输出全局奖励函数。在实际操作过程中，可以用一个 LSTM 神经网络[75] 拟合 f。此时，式 (3.6) 定义了训练过程中的输入特征和标签，即输入为 $\mathbf{oc}_{h:k,t}$，标签为 $\tilde{R}_{t+1}$。假设 $\tilde{R}_{t+1}$ 可以分解成：

$$\tilde{R}_{t+1} = \sum_{j \in \mathcal{I}} R_{j,t+1} \qquad (3.7)$$

其中，$R_{j,t+1}$ 为智能体 j 的再分配奖励函数。VDN[68] 同样应用了该假设，尽管 VDN 并未明确计算 $R_{j,t+1}$ 的具体数值。根据以上内容，$R_{j,t+1}$ 可由以下公式给出：

$$R_{j,t+1} = f(\mathbf{oc}_{h:j,t}) - f(\mathbf{oc}_{h:i,t}) \qquad (3.8)$$

上式中，$\mathbf{oc}_{h:i,t}$ 为从 $\mathbf{oc}_{h:j,t}$ 删除 $(\boldsymbol{o}_{j,t}, c_{j,t})$ 后得到的集合。特别地，当 f 的输入为空（即输入为 $\mathbf{oc}_{\mathrm{NULL},t}$）时，设置 $f(\mathbf{oc}_{\mathrm{NULL},t}) = 0$。式 (3.8) 可以从一个非常直观的角度进

一步解释。假定将 $(o_{j,t}, c_{j,t})$ 纳入预测全局奖励函数的信息（即 $\mathbf{oc}_{h:j,t}$）时，预测得到的全局奖励函数是 $f(\mathbf{oc}_{h:j,t})$；假定仅将 $(o_{j,t}, c_{j,t})$ 从用于预测全局奖励函数的信息中移除时，预测得到的全局奖励函数是 $f(\mathbf{oc}_{h:i,t})$。因此，二者之差，即 $f(\mathbf{oc}_{h:j,t}) - f(\mathbf{oc}_{h:i,t})$，可被看作 $(o_{j,t}, c_{j,t})$ 对全局奖励函数的贡献，可被设置为 $R_{j,t+1}$。根据式 (3.8)，如果在所有智能体的观测-局部动作对集合 $\mathbf{oc}_{h:k,t}$ 的基础上逐个移除每个智能体的观测-局部动作对，即可计算得到所有智能体的再分配奖励函数 $R_{j,t+1}$。

由此可以看出，与 Arjona-Medina 等人[69] 提出的"时间维度奖励函数再分配"类似，ALRR 是从所有观测-局部动作对集合中逐个删除所有观测-局部动作对，计算每个观测-局部动作对对预测的全局奖励函数的影响大小，并将其作为每个观测-局部动作对的贡献。相比于 VDN，ALRR 将各个智能体的神经网络的参数更新解耦合，从而具有更好的通用性。

3.2　知识表达与计算

信息经济元语言（IEML）[76] 是针对群体智能设计的一种知识表达语言。从字面上来看，它可以分为"信息经济"和"元语言"两部分。信息经济是数字媒介创造的一种新经济状态：一旦信息被创建，它可以以忽略不计的财务成本被复制和传送；所有代理人有虚拟访问其他代理人的权利。"元语言"则表明其属于一种符号系统，用来索引自然语言表征的信息，并区别于其他人工语言或计算机编程语言。作为一种通用的分类系统，它横跨各种语言、文化、规则，让计算机自动提取信息中的意义内容，人类用自然语言与其交流，来帮助分析理解数据。

提及符号系统，自然会想到图书馆人员和文献学家开发的各类标识、索引和编目系统。但除了重要馆藏管理员使用的文献语言之外，每种文化、知识传统、学科或理论都有自己的术语和概念分类，元数据（摘要、关键词、科目、评估等）存储的多样性让问题的理解可能产生偏差。IEML 采用通用的计算机语言，再将其转换为用户最为熟知的自然语言，减少理解歧义。

另外，自然语言的实际使用存在巨大的语法差异（这是语言正常生活的一部分），相关的解释取决于自身所处的背景。出于这个原因，前述知识表征方法较多地基于统计和概率论方法，用深度神经网络进行。与之不同，IEML 则采用了更可靠的代数或拓扑方法。

再者，商业搜索引擎虽然向互联网用户提供大量有价值的服务，但这些服务也存在一定的局限性。首先，谷歌、必应或雅虎仅索引大约 25% 的网络文档，其余部分被信息研究专家称为"深度网络"。此外，商业搜索引擎的搜索基于字符链，而不是概念。主要的商业引擎不仅不允许搜索概念（而不是自然语言中的单词），而且它们也无法适应非典型的观点，无法根据用户选择的标准对结果进行排序、为信息分配值等。除此之外，搜索算法是一种商业机密，也缺乏透明度。相对而言，IEML 通过透明、公开的算法让用户进行有针对性的个人知识管理，并通过网络与他人进行分享交流，从而在更大程度上利用群体智能。

3.2.1　IEML 的基本概念

3.2.1.1　IEML 的基本构成

作为一种元语言，IEML 既有与英语、法语等自然语言的相似之处，也有很大的不同。英语、法语的单词的基本构成都是 26 个字母，类似地，IEML 也定义了 6 个符号，称为"基元"，这 6 个基元分别为 E、S、B、T、U、A，其示意图如图 3-1 所示。

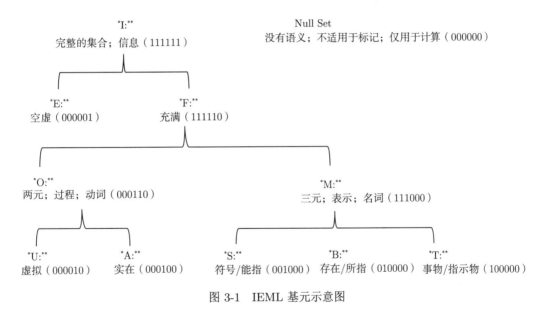

图 3-1　IEML 基元示意图

与英语、法语的这 26 个字母不同的是，IEML 的 6 个基元本身就具有一定的含义：E 代表空虚（Emptiness）；S 代表符号/能指（Sign/Signifier）；B 代表存在/所指（Being/Signified）；T 代表事物/指示物（Thing/Referent）；U 代表虚拟（Virtual）；A 代表实在（Actual）。在此基础上，又引入了基元 O、M、F、I。

类似于中国传统文化里的"阴"和"阳"，基元 U 和 A 表达了类似的含义并组成了基元 O。O 辩证表达了能量在两极之间的循环或运动，因此它代表的是一种过程，以 O 开头的 IEML 序列可归类为动词。

起源于古希腊和欧洲中世纪的三学科（语法、辩证法、修辞学），基元 S、B、T 表达了类似的含义并组成了基元 M。M 涵盖了某一特定领域 3 种不同的状态分类，例如经济学中的价格（S）、财产（B）和公用（T），因此它是一种表示形式，以 M 开头的 IEML 序列可归类为名词。

大体而言，自然语言表达的术语可分为名词和动词，因此基元 O 和 M 可组成基元 F 并用来表达充满的含义。

自然语言的最终目的是进行信息的交换，因而在 IEML 中，以基元 E 开头的序列可归纳为辅助词，并和基元 F 组成了基元 I 以用来表示信息的概念。

比起自然语言无规律的单词构成方法，IEML 序列由 3^{λ} 单个基元构成，其中 λ 称为序列层，它的取值范围为 0~6，因此 IEML 序列的长度分别为 1、3、9、27、81、243 和 729 个基元，第 n 层的序列是由 3 个第 $n-1$ 层的序列构成的。为了在计算机中更好地区分 IEML 序列所在层数，IEML 在序列表达式的末尾分别选取几种标点符号来指示不同层：

  : 表示序列位于第 0 层。

  . 表示序列位于第 1 层。

  - 表示序列位于第 2 层。

  ' 表示序列位于第 3 层。

  , 表示序列位于第 4 层。

  _ 表示序列位于第 5 层。

  ; 表示序列位于第 6 层。

例如，*U:S:E:.** 根据末尾的标点符号来判断就是一个位于第 1 层的序列。

3.2.1.2　IEML 概念表达

在互联网浏览网页时常会通过输入网址转到自己想要访问的资源，换言之，每一个网页都唯一对应了一个统一资源定位符（Uniform Resource Locator，URL）。而在 IEML 中，每个网络资源都唯一对应了一个统一语义定位符（Uniform Semantic Locator，USL）。

每个概念对应的 USL 并不是单独的某一层的 IEML 序列，而是不同层的 IEML 序列的集合：较低层的序列指定了最通用的语义组成，而最高层的序列则代表了最精确的语义组成。以"XML"为例，它的 USL 表达为：

(A:+S:)

/

b.

/

we.b.-/we.g.-

/

e.o.-we.h.-'/b.i.-b.i.-'/t.e.-d.u.-'

/

(i.i.-we.h.-',b.-j.-'E:.-'E:A:.g.-',E:T:x.-',__

+

i.i.-we.h.-',s.a.-t.a.-',E:E:T:.-',__)

　　其中，第 0 层的序列表明 XML 属于文献网络；第 1 层的序列表明它是一种语言；第 2 层的两个序列分别表示它培育信息系统、统一文档；第 3 层的 3 个序列代表它建立规范和标准，是一种数字媒介并响应信息的需求；最后的序列代表采用统一的正式结构，从而保证数据的兼容。USL 越来越精准的概念表达能更好地计算它与其他 USL 之间的关系和语义距离，从而链接更多的语义资源，最大化利用数字媒体。

3.2.1.3　IEML 表示的群体智能网络

　　人类发展涉及了生活的很多方面，如经济、教育、农业、医疗等，但这些领域的发展规划基本上使用了不同的方式和理论途径，并没有统一的模型去进行指导。因此，在文化交流对人类发展产生的效果有限的情况下，集体认知的反思作为推进人类发展的另一个途径，使用 IEML 为其提供了一个理论化模型，如图 3-2 所示。IEML 将人类发展划分为认知资本、道德资本、实用资本、交流资本、社会资本和生物资本之间的资源交换和互依赖过程。

- ❏ 认知资本主要存储了头脑里的想法和符号形式。
- ❏ 道德资本存储的是社区的治理方式、价值观和共享视角。
- ❏ 实用资本主要是职业技能的获得和金融流动性。
- ❏ 交流资本是文化资源和积累存储的媒介传播。
- ❏ 社会资本是个体之间不同的社会角色和信任关系。
- ❏ 生物资本则是环境的质量、公共健康和技术设备。

　　IEML 对网络资源进行第一步的分类就是这 6 个资本的识别，以此为基础，可以再进一步对概念进行更细致的划分。

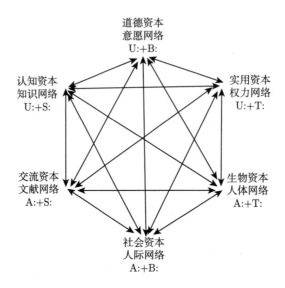

图 3-2　IEML 表示的人类发展模型

3.2.2　IEML 模型

IEML 的目的之一是提高人类的认知能力，在现实生活中，我们是在人脑网络中进行符号处理、群体感知的，将其称为"Cortex"；而 IEML 利用数字媒介的计算能力和数据的即时访问能力，构造了一个反映象征认知的模拟图像机制，称为"Hypercortex"，它的模型通用结构如图 3-3 所示。

❑ 操纵符号的功能由一个抽象的语义机器来完成，它具有计算语义领域所表征的图像的作用。

❑ 操纵概念的功能由可计算的元语言来完成，它架起了 IEML 与自然语言转换的桥梁。

❑ 操纵数据的功能由语义机器的应用程序来完成，它具有根据创造性对话的论述和价值组织数字存储的能力，并可以产生具有互操作性的想法。

	操纵符号（S）	操纵概念（B）	操纵数据（T）
Cortex (A)			
Hypercortex (U)	IEML机器（S）	IEML元语言（B）	IEML游戏（T）

图 3-3　IEML 模型通用结构

3.2.2.1　IEML 策略

IEML 策略（Game）对个人和社区的知识管理具有协助作用：个人可以通过这种集体性解释策略组织、指导学习；社区则可以以思想生态圈的形式共享存储。因此，IEML 策略将思想分解成语义信息单元，并对其产生解释作用，它的模型如图 3-4 所示。语义信息单元由 USL、C、URL 构成，其中 C 是表征多媒体基准 (URL) 和对其进行分类的语义地址（USL）之间的连接强度的语义流[9]。它具有极性和强度两个变量：极性表示的是数据的质量和数量，它的值可以表示数据的重要性、有效性、适配性等；而强度表示的是数据的下载或点击量、数据流的大小或使用频率等。

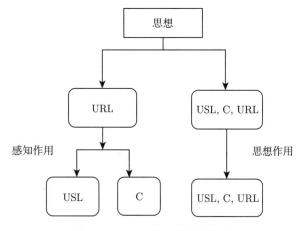

图 3-4　IEML 策略的解释作用

语义信息单元的产生方式有两种：

❑ 当输入的是 URL 表示的数据时，通过感知作用产生现实的想法及其对应的 USL 和 C。

❑ 当输入的是其他信息单元时，通过思想作用产生新的信息单元。思想作用产生的信息单元是对感知作用产生的想法的理论或叙述性解释。

3.2.2.2　IEML 元语言

语义信息单元中的 USL 对概念进行了具体描述，所以概念的模型如图 3-5 所示。

为了理解 USL，IEML 在元语言基础上引入了语法规则和词典的概念，它们分别定义了序列之间的横组合和纵聚合关系，称为语义流。横组合和纵聚合是自然语言处理中表示词与词关系的专业术语。如图 3-6 所示，"我喜欢吃苹果""我喜欢吃梨"和"他喜欢吃苹果"，其中的"喜欢"和"吃"常常出现在相似的语境中，因此它们之间存在一种横组合关系；而"苹果"和"梨"在语境中具有相似的上下文，它们之间可以替代，因此是一种纵聚合关系。

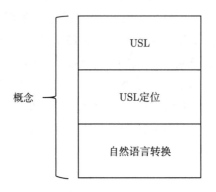

图 3-5   IEML 概念的模型

	1	2	3
我	1	1	0
喜欢	1	1	1
吃	1	1	1
苹果	1	0	1
梨	0	1	0
他	0	0	1

a）"喜欢"和"吃"的行向量相同，
存在横组合关系

	我	喜欢	吃	苹果	梨	他
我	0	2	0	0	0	0
喜欢	2	0	3	0	0	1
吃	0	3	0	2	1	0
苹果	0	0	2	0	0	0
梨	0	0	1	0	0	0
他	0	1	0	0	0	0

b）"苹果"和"梨"的行向量相似，
因而它们之间存在纵聚合关系

图 3-6   横组合关系及纵聚合关系

3.2.2.3   IEML 语义机器

IEML 语义机器可用于计算 USL 之间的句法关系，因此可将其功能分为以下模块：

❑ 文本机器实现对 USL 的操纵。固定的语法产生数学形式上的常规语言，其中 USL 是变换组的一个变量。这意味着 IEML 文本可以自动产生、识别和转换。

❑ 语言机器实现对 USL 和语义电流之间转换的操纵。算法使用定义的语法规则和多语言字典将支持语言的含义分配给 IEML 文本（USL）。

❑ 概念机器实现对语义电流的操纵。USL 之间的横组合和纵聚合关系可以自动用图像表示，其中的点和线含义也用自然语言翻译。USL 组成的图像是变换组的另一个变量，这意味着它也能被自动产生、识别和转换。这里的语义电流及它们的变换用"语义拓扑"来定义。

3.2.3　IEML 算法结构

IEML 的算法结构分成 5 层，如图 3-7 所示。

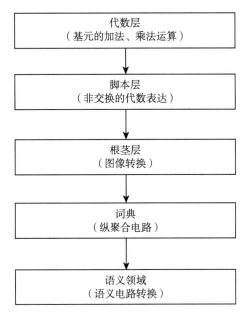

图 3-7　IEML 算法结构

3.2.3.1　代数层

我们已经知道，第 n 层的序列是由 3 个第 $n-1$ 层的序列连接而成的，并且这 3 个序列承担了不同的句法作用。这种构造序列的代数运算称为乘法运算。IEML 序列生成操作是一个以 3 个义素（Seme）为操作数的操作。

❑ 第一操作数称为物质（Substance），它决定了 IEML 序列表达的语法取向和主体。如图 3-1 所示，如果物质的第一个基元属于 O 维度，那么它就属于一个动词或动词根；如果物质的第一个基元属于 M 维度，那么它就属于一个名词或名词根；如果物质的第一个基元属于 E 维度，那么它就属于一个辅助词。

❑ 第二操作数称为属性（Attribute），它是对物质的一种质量、特性的补充。在词典的第 0～3 层的术语中，物质表明了序列最主要的语义概念，属性就表明了概念中的一些变化的地方；在动词短语中，属性可以充当物质位的动词的主语、宾语或其他补充项；在名词短语中，属性可以充当物质位的名词的所有格等。

❑ 第三操作数称为模式（Mode），它用于决定物质和属性之间的关系。例如，在单词的构造过程中，模式用于标记性别、数字、人的顺序、心情的变化等；在句子的构造过程中，模式明确了物质和属性之间的语法关系。

以"wu.d.-da.-E:E:S;.-'"为例，这一序列的 3 个操作数分别为"wu.d.-""d.a.-"和"E:E:S;.-'"。"wu.d.-"代表的意思是"观察"，"d.a.-"代表的意思是"研究者"，"E:E:S;.-'"表明物质和属性之间是主格关系，即研究者是观察的主体，所以这个 IEML 序列的意思就是"研究者观察"。而操纵序列集的所有操作（如并集、交集或对称差异）都称为加法运算，因为这些运算的结果总是可以理解为序列集的并集。例如，"U:+A:"可以合并为"O:"，就是一种加法运算。来自同一层的 IEML 序列集称为类别（Categories），来自同一层的类别集称为 Catsets，来自不同层的类别集则称为 USLs。

3.2.3.2　脚本层

脚本层编码实际上是对代数层的一种标注。所以，按照序列的加法和乘法运算来构造脚本时，类别集、Catsets 和 USLs 的排序有 3 个前提标准：

❑ 第一，按照层的顺序从小到大排列，第 0 层的序列应放在第 1 层的序列之前，第 1 层的序列应放在第 2 层的序列之前，以此类推。

❑ 第二，在同一层的情况下，根据序列的规模大小从小到大排序。例如，某一类别集中包含"U:B:E:."　"O:B:E:."和"M:B:E:."。由于"U:B:E:."仅包含了一个单一的序列 {UBE}，而"O:B:E:."包含了 {ABE, UBE}，"M:B:E:."中包含了 {SBE, BBE, TBE}，所以三者的规模大小分别为 1、2、3。因此，表达时需按从小到大的顺序排列。

❑ 第三，按照基元的二进制数值大小排列。在序列规模相等的情况，根据序列首个基元的二进制数值从小到大排列，基元的二进制数值如表 3-1 所示。

表 3-1　IEML 基元二进制数值

基元	E	U	A	S	B	T
二进制数值	2^0	2^1	2^2	2^3	2^4	2^5

与此同时，考虑到脚本的目的是构造根茎图，因此一个脚本必须满足以下拓扑约束：

❑ 加法运算不存在交换律和结合律。例如，"U"的二进制数值小于"A"的二进制数值，"U:+A:"不能写成"A:+U:"。

❑ 乘法次数最小化，当第 n 层的序列能表示成 3 个第 $n-1$ 层的序列的情况下，不能表示成第 $n-1$ 层的序列相加。例如，{USS,UBS,UTS} 应表示成"U:M:S:."，

而不是 "U:S:S:. +U:B:S:.+U:T:S:."。

- 当存在多个提供相同最小乘法次数的脚本时，通常系统地采用标准排序中的第一个。例如，{USS, UTS, UTB, STB, SSB, SSS} 应表示为 "U:(S:+T:)S:. + S:S:(S:+B:). + (U:+S:)T:B:."。

因此，从代数层转换到脚本层的算法步骤如下：

- 对输入的 IEML 序列 s 进行分组，记作 X：每个字符串都由 3 个等长子串（Semes）组成，把含有两个和以上相同义素的字符串分成一组；如果特定组不包含两个或更多成员，或者已找到它，则不会存储它。

- 如果上一步产生的分组为空集、只包含一个元素，或者其包含的所有元素之间的所有交叉都产生空集，则算法终止。如果有分组两两之间产生交集，就把后者从要考虑的字符串集中删除。然后，将剩余的分组组合生成新变量 Y，并进行递归调用。

- 对于 Y 中的任意变量，若其与 s 没有交集，则添加到参数 Z 中，并把 Z 按照规定的排序规则返回脚本的表达。

3.2.3.3 根茎层

根茎图是一种具有比传统树结构更复杂的规则分形图。图的顶点称为鳞茎（Bulb）；图的边集称为花丝（Filament）；因为鳞茎之间存在 4 种类型的关系，所以花丝之间也存在对应的 4 种类型的关系，如表 3-2 所示。

表 3-2 IEML 花丝的 4 种关系类型

花丝	乘法 $\otimes$	加法 $\oplus$
排序（Order）>	乘性排序 $\otimes$ >	加性排序 $\oplus$ >
对称（Symmetry）Π	乘性对称 $\otimes\Pi$	加性对称 $\oplus\Pi$

从图论的角度分析，排序关系构造了树结构；对称关系构造了团[77]；加性树中的叶子和根都是同一层的顶点；而乘性树中每条根部对应 3 片叶子，且属于根部的前一层。

例 3.2.1 以鳞茎 "M:A:S:." 为例：它与鳞茎 "S:A:S:." 之间存在加性排序关系，可表示为 "M:A:S:. $\oplus$ > S:A:S:."；它由鳞茎 "M:" "A:" "S:" 通过乘法运算组成，因此 "M:" "A:" "S:" 之间存在乘性排序关系，可表示为 "M:A:S:.$\otimes$ > [M: A: S:]"。由于 "M:A:S:." 可分解为 "S:A:S:.+B:A:S:.+ T:S:S:."，而这三者之间存在加性对称关系，"M:A:S:." 可表示为 "S:A:S:.$\oplus\Pi$B:A:S:.$\oplus\Pi$ T:S:S:."。"M:S:U:." 和 "S:M:U:." 之间存在乘性对称关系，可表示为 "M:S:U:. $\otimes\Pi$ S:M:U:."。所以，"M:A:S:." 对应的根茎

图如图 3-8 所示。

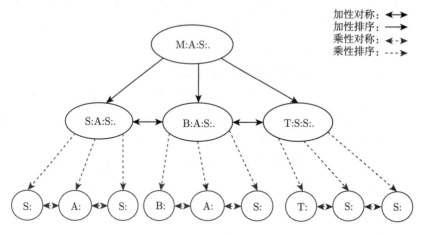

加性对称：◄►
加性排序：►
乘性对称：◄-►
乘性排序：◄- - -►

图 3-8 M:A:S:. 对应的根茎图

因此，从脚本转换到树形图的算法可以归纳如下：

❏ 首先通过脚本提供的加性关系识别 L_k 层的鳞茎；再从确定的鳞茎之间从 L_k 层编织加性排序和对称的花丝；再从确定的鳞茎编织乘性排序的花丝（根部到 L_{k-1} 层）。较低层的以此类推。

❏ 鳞茎首先从第一个字符开始构建：通过第一个字符中包含的加性关系字符，识别相应的鳞茎；再从确定的鳞茎之间从 L_k 层编织有序和加性对称的花丝；最后编织第一个字符中确定的鳞茎的乘性顺序（根部到 L_{k-1} 层）的花丝。第二个字符的构造方法以此类推。

3.2.3.4 词典

IEML 词典包括基本词库和字段叙词表。它由一组可互操作的纵聚合网络组成，称为密钥（key）。这些网络的节点代表词典的术语，这些网络之间的链接代表术语之间的语义关系。

原始密钥包括普通密钥和超级密钥。普通密钥的基本分类单元，即其对应加性树的最后一片叶子是单个序列。例如，"s.u.-m.u.-"就是一个普通密钥；而超级密钥的基本分类单元则是普通密钥对应加性树的根。例如，"M:O:.a.-+M:O:.u.-+M:O:.i.-"就是一个超级密钥，它的 3 个基本单元"M:O:.a.-""M:O:.u.-"和"M:O:.i.-"都是对应加性树的根。原始密钥存在词源关系（Etymological Relation）、互补关系（Relation of Complementarity）、分类关系（Taxonomic Relation）、并存关系（Relation of Concurrence）等 4 种聚合关系。

例 3.2.2　这里以密钥 "O:O:." 为例，可以表示的关系如图 3-9 所示。密钥 "O:O:."
共包含 27 个词源关系、3 个互补关系、12 个分类关系和 6 个并存关系。例如，"O:O:."
分别由 "O:" "O:" "E:" 组成，因此 "O:O:." 与这三者分别构成了词源关系；"U:O:."
和 "O:U:." 在物质和属性位拥有相反的基元，具有互补关系；"O:U:." 由 "wo." "wu."
相加，因此 "O:U:." 分别与 "wo." 和 "wu." 存在分类关系，而 "wo." 和 "wu." 之间
存在并存关系。

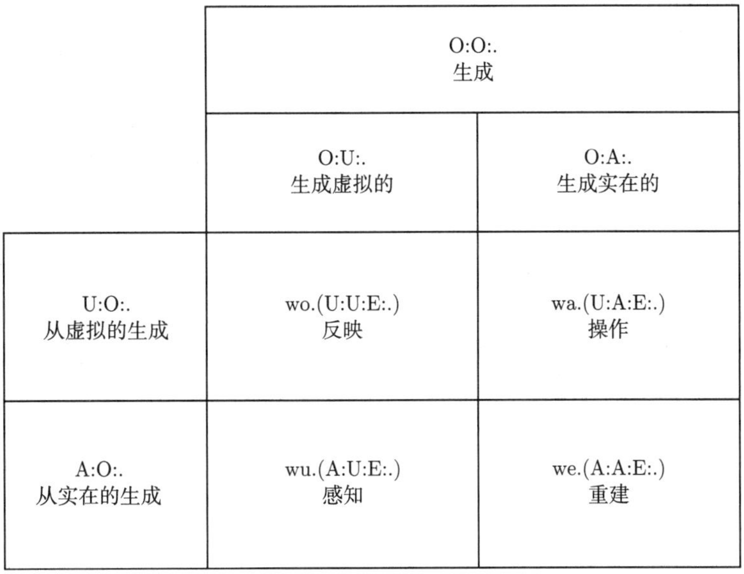

O:O:. 生成		
	O:U:. 生成虚拟的	O:A:. 生成实在的
U:O:. 从虚拟的生成	wo.(U:U:E:.) 反映	wa.(U:A:E:.) 操作
A:O:. 从实在的生成	wu.(A:U:E:.) 感知	we.(A:A:E:.) 重建

图 3-9　密钥 "O:O:." 表示的关系

衍生密钥包括相似密钥和特殊密钥。相似密钥电路的形式与原始密钥完全相同，唯
一改变的是应用于术语的自然语言描述符集；而特殊密钥由自然语言的描述符限定，适
用于特定的词库。原始密钥和衍生密钥通过同义词库地址来区分。表示地址的命题须以
"o.h.n.-" 开头，并以 "E:E:T:." 结束。例如，我们想从时间的角度解释密钥 "O:O:."，
就必须事先声明 "o.h.n.-'t.o.-n.o.-' E:E:T:.-'"。这里，"t.o.-n.o.-" 表示了常规的日
历时间。类似地，衍生密钥也存在比较关系（Relation of Comparison）、相似关系
（Relation of Resemblance）、构造关系（Relation of Construction）、相反关系（Relation
of Opposition）等 4 种纵聚合关系。

3.2.3.5 语义领域

语义领域通过词典规定的纵聚合电路和从代数层到根茎层语法规则定义的横组合电路将 USL 翻译成自然语言并计算它们之间的关系。其中，横组合电路包括组合（命题）、命题间（文本或 USL）和互文（超文本）电路。

- 命题描述了语句中术语之间的语义关系。在命题中，术语相加可以产生语素（Morpheme），即 $m_i = t_i \oplus t_j \oplus \cdots$；语素相乘可以产生单词（Word），即 $w_i' = m_i,\ w_i'' = m_i \otimes E \otimes m_j$；单词相乘可以产生子句（Clause），即 $c_n =$
$$\begin{cases} w_i \otimes w_j \otimes w_k & n = 1 \\ p_{n-1} \otimes p_{n-1} \otimes p_{n-1} & n \geqslant 2 \end{cases}$$ ；子句组合可以产生短语（Phrase），直到产生最高等级的短语，即 $p_n = c_n \oplus c_n \oplus \cdots$。其中，$t$ 表示术语；m 表示语素；w 表示单词，它分为单词语素 w' 和变形单词 w''，变形单词的属性是基元 E 的集合；c 表示子句；p 表示短语。

- 文本可以被认为是它包含的命题之间的加法结果（每个命题与包含它的文本是加性顺序的关系），即 $\text{USL}_i = P_i \oplus P_j \oplus \cdots$；默认情况下，相同文本的不同命题关系是加性对称的。而超文本（Hypertext）则是由文本之间的加法和乘法的递归运算产生的含义单元，即：

$$\text{HC}_n = \begin{cases} (\text{USL}_i \oplus \text{USL}_j \cdots) \otimes (\text{USL}_m \oplus \text{USL}_n \cdots) \otimes (\text{USL}_s \oplus \text{USL}_t \cdots), n = 1 \\ H_{n-1} \otimes H_{n-1} \otimes H_{n-1}, n \geqslant 2 \end{cases}$$

$H_n = \text{HC}_n \oplus \text{HC}_n \oplus \cdots$。其中，USL 表示文本；HC 表示超文本的子句；H 表示超文本。

根据语义电路与自然语言的映射关系，可得出语义图 $\mathcal{G}$。

- 对于任意术语 t，更新自然语言映射关系 M。
- 对于任意单词 w，顶点 $v = \{w_{\text{sub}}, w_{\text{mod}}\}$，边 $e = (w_{\text{sub}}, w_{\text{mod}})$，更新 $\mathcal{G} = \{(v, e)\}$。
- 对于任意单词 c，顶点 $v = \{w_{\text{sub}}, w_{\text{att}}\}$，边 $e = (w_{\text{sub}}, w_{\text{att}})$，更新 $\mathcal{G} = \{(v, e)\}$。

3.2.4 IEML 语义计算

考虑到自然语言中的话语含义已经在人类意识中实现，所以没有必要使用 IEML 语义机制人为地再现这种自然语言。IEML 语义计算主要实现 IEML 文本和语义电路的组织结构，并基于该结构计算语义距离的各种可能性，从而实现 IEML 与自然语言之间的相互翻译。比起构建一个能够有意识地理解语义的机器，IEML 将自动化处理使用 IEML 编码的文本，并在 IEML 文本和自然语言中关联的可读语义电路之间建立双向映射关系，从而达到传播和测量语义的目的。

IEML 语义计算运用图论形成的语义拓扑提供了一个新的理论框架，可以简要总结为以下 4 点：

❑ 语义领域图的节点和链接具有意义，并在 USL 中进行标记。

❑ USL 上有一个转换组。

❑ USL 上的转换组导致由 USL 标记的语义图上也存在转换组。

❑ USL 和语义图之间存在自动化的对应关系。

IEML 语义图的节点不仅由 USL 标记，而且每个不同的 USL 标签本身都对应于不同的语义图。这意味着语义领域中的每个节点和链接都在语义领域的图中投射包含其含义的图像。语义范围的拓扑是自反射的。正是由于这种自反射特性，IEML 语义领域才可以用作符号认知的坐标系统。在这个坐标系统中，类似统计和概率计算，语义图都可以进行路径自动化，自动推理（将真值归因于节点或确定语义电流的能量），然后获得能量并具有新意义。

参考文献

[1] RICHENS R H. Preprogramming for mechanical translation[J]. Mech. Transl. Comput. Linguistics, 1956, 3(1): 20-25.

[2] EBISU T, ICHISE R. TorusE: knowledge graph embedding on a lie group[C]//AAAI'18: The Thirty-Second AAAI Conference on Artificial Intelligence. New Orleans: AAAI, 2018.

[3] BORDES A, USUNIER N, GARCIA-DURAN A, et al. Translating embeddings for modeling multi-relational data[C]//NIPS'13: The 26th International Conference on Neural Information Processing Systems - Volume 2. Lake Tahoe: NIPS, 2013.

[4] WANG Z, ZHANG J, FENG J, et al. Knowledge graph embedding by translating on hyperplanes[C]//AAAI'14: volume 28 The Twenty-Eighth AAAI Conference on Artificial Intelligence. Québec: AAAI, 2014.

[5] LIN Y, LIU Z, SUN M, et al. Learning entity and relation embeddings for knowledge graph completion[C]//AAAI'15: Proceedings of the Twenty-Ninth AAAI Conference on Artificial Intelligence. Austin: AAAI, 2015.

[6] JI G, HE S, XU L, et al. Knowledge graph embedding via dynamic mapping matrix[C]//IJCNLP'15: The 53rd Annual Meeting of the Association for Computational Linguistics and the 7th International Joint Conference on Natural Language Processing. Beijing: IJCNLP, 2015: 687-696.

[7] WANG Q, MAO Z, WANG B, et al. Knowledge graph embedding: a survey of approaches and applications[J]. IEEE Trans. Knowledge Data Eng., 2017, 29 (12): 2724-2743.

[8] WANG Z, MNIH V, BAPST V, et al. Sample efficient actor-critic with experience replay[C]//ICLR'17: The 5th International Conference on Learning Representations. Toulon: ICLR, 2017.

[9] JI S, PAN S, CAMBRIA E, et al. A survey on knowledge graphs: representation, acquisition, and applications[J]. IEEE Trans. Neural Netw. Learn. Syst., 2021, 33(2): 1-21.

[10] LIU H, WU Y, YANG Y. Analogical inference for multi-relational embeddings[C]//ICML'17: The 34th International Conference on Machine Learning. Sydney: ICML, 2017: 2168-2178.

[11] TROUILLON T, WELBL J, RIEDEL S, et al. Complex embeddings for simple link prediction[C]//ICML'16: The 33rd International Conference on International Conference on Machine Learning. New York: ICML, 2016: 2071-2080.

[12] SUN Z, DENG Z H, NIE J Y, et al. RotatE: knowledge graph embedding by relational rotation in complex space[C]//ICML'18: The 35th International Conference on Machine Learning. Stockholm: ICML, 2018.

[13] HE S, LIU K, JI G, et al. Learning to represent knowledge graphs with gaussian embedding[C]//CIKM'15: Proceedings of the 24th ACM International on Conference on Information and Knowledge Management. New York: Association for Computing Machinery, 2015: 623-632.

[14] XIAO H, HUANG M, ZHU X. TransG: a generative model for knowledge graph embedding[C]//ACL'16: The 54th Annual Meeting of the Association for Computational Linguistics. Berlin: Association for Computational Linguistics, 2016.

[15] XIAO H, HUANG M, ZHU X. From one point to a manifold: knowledge graph embedding for precise link prediction[C]//IJCAI'16: The Twenty-Fifth International Joint Conference on Artificial Intelligence. New York: AAAI Press, 2016: 1315-1321.

[16] NICKEL M, TRESP V, KRIEGEL H P. A three-way model for collective learning on multi-relational data[C]//ICML'11: The 28th International Conference on International Conference on Machine Learning. Madison: Omnipress, 2011.

[17] DONG X, GABRILOVICH E, HEITZ G, et al. Knowledge vault: a web-scale approach to probabilistic knowledge fusion[C]//KDD'14: The 20th ACM SIGKDD International Conference on Knowledge Discovery and Data Mining. New York: Association for Computing Machinery, 2014: 601-610.

[18] DETTMERS T, MINERVINI P, STENETORP P, et al. Convolutional 2D Knowledge Graph Embeddings[C]//AAAI'18: number 1 The Thirty-Second AAAI Conference on Artificial Intelligence. New Orleans: AAAI, 2018.

[19]　GUO L, SUN Z, HU W. Learning to exploit long-term relational dependencies in knowledge graphs[C]//ICML'19: The 36th International Conference on Machine Learning. Long Beach: PMLR, 2019.

[20]　SHI B, WENINGER T. ProjE: embedding projection for knowledge graph completion[C]//AAAI'17: number 1 The Thirty-First AAAI Conference on Artificial Intelligence. San Francisco: AAAI, 2017.

[21]　NEELAKANTAN A, ROTH B, MCCALLUM A. Compositional Vector Space Models for Knowledge Base Completion[C]//IJCNLP'15: The 53rd Annual Meeting of the Association for Computational Linguistics and the 7th International Joint Conference on Natural Language Processing. Beijing: IJCNLP, 2015: 156-166.

[22]　XIONG W, HOANG T, WANG W Y. DeepPath: a reinforcement learning method for knowledge graph reasoning[C]//EMNLP'17: The 2017 Conference on Empirical Methods in Natural Language Processing. Copenhagen: Association for Computational Linguistics, 2017: 564-573.

[23]　ROCKTÄSCHEL T, RIEDEL S. End-to-end differentiable proving[C]//NIPS'17: volume 30 The Thirty-first Annual Conference on Neural Information Processing Systems. Long Beach: Curran Associates, Inc., 2017.

[24]　VASWANI A, SHAZEER N, PARMAR N, et al. Attention is all you need[C]//NIPS'17: volume 30 The Thirty-first Annual Conference on Neural Information Processing Systems. Long Beach: Curran Associates, Inc., 2017.

[25]　XIONG W, YU M, CHANG S, et al. One-shot relational learning for knowledge graphs[C]// EMNLP'18: The 2018 Conference on Empirical Methods in Natural Language Processing. Brussels: EMNLP, 2018.

[26]　CHEN M, ZHANG W, ZHANG W, et al. Meta relational learning for few-shot link prediction in knowledge graphs[C]//EMNLP'19: The 2019 Conference on Empirical Methods in Natural Language Processing. Hong Kong: EMNLP, 2019.

[27]　LEBLAY J, CHEKOL M W. Deriving validity time in knowledge graph[C]//WWW'18: The Web Conference 2018. Lyon: International World Wide Web Conferences Steering Committee, 2018: 1771-1776.

[28]　MA Y, TRESP V, DAXBERGER E. Embedding models for episodic knowledge graphs[Z]. 2018.

[29]　DASGUPTA S S, RAY S N, TALUKDAR P. HyTE: hyperplane-based temporally aware knowledge graph embedding[C]//EMNLP'18: The 2018 Conference on Empirical Methods in Natural Language Processing. Brussels: Association for Computational Linguistics, 2018.

[30]　García-Durán A, DUMANČIĆ S, NIEPERT M. Learning sequence encoders for temporal knowledge graph completion[Z]. 2018.

[31] JIANG T, LIU T, GE T, et al. Encoding temporal information for time-aware link prediction[C]//EMNLP'16: The 2016 Conference on Empirical Methods in Natural Language Processing. Austin: Association for Computational Linguistics, 2016: 2350-2354.

[32] PAN S, YANG Q. A survey on transfer learning[J]. IEEE Trans. Knowledge Data Eng., 2010, 22(10): 1345-1359.

[33] DAI W, YANG Q, XUE G R, et al. Boosting for transfer learning[C]//ICML'07: The 24th Annual International Conference on Machine Learning. Corvallis: ICML, 2007.

[34] SUGIYAMA M, NAKAJIMA S, KASHIMA H, et al. Direct importance estimation with model selection and its application to covariate shift adaptation[C]//NIPS'07: The Twenty-First Annual Conference on Neural Information Processing Systems. Vancouver: NIPS, 2007.

[35] HUANG J, SMOLA A J, GRETTON A, et al. Correcting sample selection bias by unlabeled data[C]//NIPS'06: The 19th International Conference on Neural Information Processing Systems. Vancouver: NIPS, 2006: 601-608.

[36] SMITH V, CHIANG C K, SANJABI M, et al. Federated multi-task learning[C]//NIPS'17: The Thirty-first Annual Conference on Neural Information Processing Systems. Long Beach: NIPS, 2017.

[37] EVGENIOU T, PONTIL M. Regularized multi-task learning[C]//KDD'04: The Tenth ACM SIGMOD International Conference on Knowledge Discovery and Data Mining. Seattle: KDD, 2004.

[38] SMITH V, FORTE S, MA C, et al. CoCoA: a general framework for communication-efficient distributed optimization[J]. J. Mach. Learn. Res., 2017, 18(1): 8590-8638.

[39] LEE H, BATTLE A, RAINA R, et al. Efficient sparse coding algorithms[C]//NIPS'06: The 19th International Conference on Neural Information Processing Systems. Vancouver: MIT Press, 2006.

[40] MAIRAL J, BACH F, PONCE J, et al. Online learning for matrix factorization and sparse coding[J]. J. Mach. Learn. Res., 2010, 11: 19-60.

[41] MIHALKOVA L, HUYNH T, MOONEY R J. Mapping and revising Markov logic networks for transfer learning[C]//AAAI'07: The Twenty-Second Conference on Artificial Intelligence. Vancouver: AAAI Press, 2007: 608-614.

[42] LIU F, LING Z, MU T, et al. State alignment-based imitation learning[C]//ICLR'20: The 8th International Conference on Learning Representations. Addis Ababa: ICLR, 2020.

[43] ZHANG X, MA H. Pretraining deep actor-critic reinforcement learning algorithms with expert demonstrations[Z]. 2018.

[44] SILVER D, HUANG A, MADDISON C J, et al. Mastering the game of Go with deep neural networks and tree search[J]. Nature, 2016, 529(7587): 484-489.

[45] SCHAAL S. Learning from demonstration[C]//NIPS'96: The 9th International Conference on Neural Information Processing Systems. Denver: NIPS, 1996.

[46] CHEMALI J, LAZARIC A. Direct policy iteration with demonstrations[C]//IJCAI'15: The Twenty-Fourth International Joint Conference on Artificial Intelligence. Buenos Aires: IJCAI, 2015: 3380-3386.

[47] VECERIK M, HESTER T, SCHOLZ J, et al. Leveraging demonstrations for deep reinforcement learning on robotics problems with sparse rewards[Z]. 2017.

[48] NG A Y, HARADA D, RUSSELL S J. Policy invariance under reward transformations: theory and application to reward shaping[C]//ICML'99: The Sixteenth International Conference on Machine Learning. San Francisco: Morgan Kaufmann Publishers Inc., 1999.

[49] DEVLIN S, KUDENKO D. Theoretical considerations of potential-based reward shaping for multi-agent systems[C]//AAMAS'11: The Tenth International Conference on Autonomous Agents and Multiagent Systems. Taipei: AAMAS, 2011.

[50] DEVLIN S, KUDENKO D. Dynamic potential-based reward shaping[C]//AAMAS'12: The 11th International Conference on Autonomous Agents and Multiagent Systems. Richland: AAMAS, 2012.

[51] BADNAVA B, MOZAYANI N. A new potential-based reward shaping for reinforcement learning agent[Z]. 2019.

[52] RUSU A A, COLMENAREJO S G, GULCEHRE C, et al. Policy distillation[Z]. 2015.

[53] LI R, ZHAO Z, CHEN X, et al. TACT: a transfer actor-critic learning framework for energy saving in cellular radio access networks[J]. IEEE Trans. Wireless Commun., 2014, 13(4): 2000-2011.

[54] RUSU A A, RABINOWITZ N C, DESJARDINS G, et al. Progressive neural networks[Z]. 2016.

[55] DAYAN P. Improving generalization for temporal difference learning: the successor representation[J]. Neural Computation, 1993, 5(4): 613-624.

[56] PHAM H X, LA H M, Feil-Seifer D, et al. Cooperative and distributed reinforcement learning of drones for field coverage[Z]. 2018.

[57] LYU Y, PAN Q, HU J, et al. Multi-vehicle flocking control with deep deterministic policy gradient method[Z]. 2018.

[58] ZHANG C, LESSER V. Coordinating multi-agent reinforcement learning with limited communication[C]//AAMAS'13: The 12th International Conference on Autonomous Agents and Multiagent Systems. Richland: AAMAS, 2013.

[59] CLAUS C, BOUTILIER C. The dynamics of reinforcement learning in cooperative multi-agent systems[C]//AAAI'98/IAAI'98: The 15th National Conference on Artificial Intelligence. Madison: IAAI, 1998.

[60]   TAN M. Multi-agent reinforcement learning: independent vs. cooperative agents[C]//
ICML'93: The Tenth International Conference on International Conference on Machine
Learning. Amherst: ICML, 1993.

[61]   FOERSTER J, ASSAEL I A, DE FREITAS N, et al. Learning to communicate with deep
multi-agent reinforcement learning[C]//The Thirtieth Conference on Neural Information
Processing Systems. Barcelona: NIPS, 2016.

[62]   RASHID T, SAMVELYAN M, SCHROEDER C, et al. QMIX: monotonic value function fac-
torisation for deep multi-agent reinforcement learning[C]//ICML'18: The 35th International
Conference on Machine Learning. Stockholm: ICML, 2018.

[63]   MAHAJAN A, RASHID T, SAMVELYAN M, et al. MAVEN: multi-agent variational ex-
ploration[C]//NeurIPS'19: The Thirty-third Conference on Neural Information Processing
Systems. Vancouver: NeurIPS, 2019.

[64]   DAS A, GERVET T, ROMOFF J, et al. TarMAC: Targeted multi-agent communica-
tion[C]//ICML'19: The 36th International Conference on Machine Learnin. Long Beach:
ICML, 2019.

[65]   SAMVELYAN M, RASHID T, DE WITT C S, et al. The StarCraft multi-agent challenge[Z].
2019.

[66]   BUTLER E. The Condensed Wealth of Nations[M]. London: The Adam Smith Institute
(Research) Ltd, 2011.

[67]   斯密. 国富论 [M]. 南京: 译林出版社, 2011.

[68]   SUNEHAG P, LEVER G, GRUSLYS A, et al. Value-decomposition networks for cooper-
ative multi-agent learning based on team reward[C]//AAMAS'18: The 17th International
Conference on Autonomous Agents and MultiAgent Systems. Richland: AAMAS, 2018.

[69]   ARJONA-MEDINA J A, GILLHOFER M, WIDRICH M, et al. Rudder: return decom-
position for delayed rewards[C]//WALLACH H, LAROCHELLE H, BEYGELZIMER A,
et al. NIPS'19: The Thirty-third Conference on Neural Information Processing Systems.
Vancouver: NIPS, 2019.

[70]   SON K, KIM D, KANG W J, et al. QTRAN: learning to factorize with transformation
for cooperative multi-agent reinforcement learning[C]//ICML'19: The 36th International
Conference on Machine Learning. Long Beach: ICML, 2019.

[71]   WANG T, GUPTA T, MAHAJAN A, et al. RODE: learning roles to decompose multi-agent
tasks[Z]. 2020.

[72]   FOERSTER J, FARQUHAR G, AFOURAS T, et al. Counterfactual multi-agent policy
gradients[C]//AAAI'18: volume 32 The Thirty-Second AAAI Conference on Artificial In-
telligence. New Orleans: AAAI, 2018.

[73]　XU Z, ZHANG B, BAI Y, et al. Learning to coordinate via multiple graph neural networks[Z]. 2021.

[74]　GOODFELLOW I, BENGIO Y, COURVILLE A. Deep learning[M]. Cambridge: MIT Press, 2016.

[75]　GREFF K, SRIVASTAVA R K, KOUTNÍK J, et al. LSTM: a search space odyssey[J]. IEEE trans. Neural Netw. Learn. Syst., 2017, 28(10): 2222-2232.

[76]　LEVY P. The semantic sphere 1: computation, cognition and information economy[M]. Hoboken: Wiley-ISTE, 2011.

[77]　DIESTEL R. Graduate texts in mathematics: volume 173 graph theory[M]. Berlin: Springer, 2017.

第 4 章

因果涌现与群体智能

4.1 涌现的定义与分类

科学界普遍认为，如果能更好地描述一个复杂系统的详细因果机制，就能更好地理解该系统的运行机理。从直觉上来说，若需充分理解一个系统的运行机理并准确预测其行为，似乎就需要对微观尺度上的因果作用机制有更充分的理解。例如，大脑可以从宏观尺度上的脑部区域和路径、中观尺度上的局部神经元群体，或微观尺度上的神经元和突触来表征[1]。然而有时，求助于"宏观"级别的描述可能对研究系统的因果机制是更有效的，其原因有两个方面。一方面，有些系统在某些"微观"尺度的状态数据是难以量化和获取的。另一方面，有些粗粒化的模型可能更符合对该系统因果机制进行分析的最终目标。

在该基础上，我们其实更关心宏观与微观的尺度是如何定义以及不同尺度之间是如何作用的问题。尽管我们公认物理世界的大多数表述都是分层次、分尺度的，但是对于这个层次中的各个"层"如何相互作用仍然没有达成共识。

- 还原论（Reductionism）[2]认为，当给定一个系统的微观物理机制时，它的所有宏观尺度的行为也相应地可以被确定，这种关系被定义为"随附性"（Super-venience）。这意味着微观机制在最大程度上决定了系统中的因果关系，也即微观尺度是因果完整的。还原论坚持在宏观尺度上研究系统的因果关系没有实际意义，否则就会有"多重因果关系"的存在[3]。

- 涌现论（Emergentism）认为，层级之间具有自主性，有时宏观尺度比微观尺度更能有效描述系统的因果关系（即因果涌现）。涌现理论是更符合直觉的，但提出严格的涌现理论来挑战还原论为主导的现代科学世界观是一件非常困难的事。很长一段时间，学者们的研究工作都是基于定型的分析，典型的例子包括生物群的行为[4]、蚁群的行为[5]、大脑[6] 和人类社会[7]。

本章首先介绍涌现的定义、属性与分类，并重点讨论该领域关注度最高的由哥伦比亚大学 Erik Hoel 于 2013 年提出的并不断完善的因果涌现量化理论框架，探讨因果涌现理论在深度神经网络中的应用以及群体智能涌现在自然中的案例。

由于涌现是一个模棱两可的词，因此从一个明确的定义开始是有必要的。在下文中，涌现（Emergence）和涌现的（Emergent）是这样定义的[8]：

- 涌现。涌现是涌现的属性和结构在更高层次组织或复杂性上的显现。《牛津哲学指南》将涌现属性定义为不可预测和不可还原的：一个复杂系统的属性被说成是涌现的，是因为尽管它是从表征较简单成分的属性和关系中产生的，但它既不能从这些较低层次的特征中预测出来，也不能被还原成这些特征。《剑桥哲学词典》对结构和规律、描述性涌现和解释性涌现进行了区分。描述性涌现（Descriptive Emergence）意味着整体的一些属性不能通过部分的属性来定义。解释性涌现（Explanatory Emergence）意味着系统中更复杂情况的规律，不能通过任何构成或共存规律从更简单或最简单的情形中推导出来。
- 涌现的。如果一个系统的属性不是其任何基本元素的属性，那么该属性就是涌现的。

解释、还原、预测和因果关系等概念是深入理解涌现的核心。文献 [9] 据此提出了以下关于涌现的分类属性和标准，这些属性并非完全独立，多层次的涌现过程肯定比单一层次还具有更高的多样性。

- 所创建系统的多样性（如涌现系统的可能状态）。
- 外部影响的数量（在涌现过程中）。
- 维持系统身份的约束类型（完全的或条件的）。
- 层次的数量，多层次的涌现（一个层次、两个层次，或多个层次）。

文献 [8] 提出的基于不同反馈类型、因果关系及效应整体结构的新分类法，近年来受到广泛认可。该文献 [8] 认为因果效应是所有涌现的自然秩序，尽管涌现中的因果是不能被立刻看到或显现的效果或事件。一个关于涌现过程的问题总是一个因果关系或因果性问题，即为一个明显的效果寻找一个隐藏的原因。不同类型的涌现据此可以大致分为 4 种类型，如图 4-1 所示。

- 第一型涌现：简单/名义涌现（Simple/Nominal Emergence），没有下向反馈。
- 第二型涌现：弱涌现（Weak Emergence），包含下向反馈。作为研究多重涌现和强涌现的基础，本节将着重介绍弱涌现。

❑ 第三型涌现：多重涌现（Multiple Emergence），具有多重反馈。

❑ 第四型涌现：强涌现（Strong Emergence），包含所有反馈。

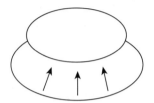 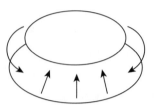

第一型涌现   第二型涌现
简单/名义涌现（Simple/Nominal Emergence）   弱涌现（Weak Emergence）

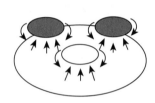 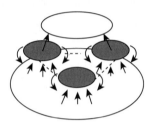

第三型涌现   第四型涌现
多重涌现（Multiple Emergence）   强涌现（Strong Emergence）

图 4-1　涌现的 4 种类型

1. 简单/名义涌现

作为第一型涌现，简单/名义涌现完全不包含反馈，只有前馈关系。其可以进一步被细分为有意简单涌现和无意简单涌现。

❑ 有意简单涌现指人们创造出来的系统展现出功能和目的一致性的现象。可以理解为单个零件和组件在计划下受控地交互而呈现的复杂机器功能。因此，每个部分的行为总是相同的，与其他部分的状态、系统的整体状态和环境无关。例如，一台机器的功能是其组件的涌现属性，一个软件系统的功能是底层代码的涌现属性，一个句子的语义信息是句子中声音和单词的涌现属性。

❑ 无意简单涌现出现在由许多松散耦合、无组织和平等元素组成的系统中，它拥有某些平均属性。它可以勉强被称为属性，是因为把大量个体的属性描述为了一个平均属性总和。平均量本身并不是一种涌现特征，但如果它们依赖于粒子之间的关系，定义聚合体属性的统计量则可以被称为简单涌现特性，如热力学属性（压力、体积、温度）、特征路径长度、波阵面 (Wave-Front)、沙堆坡度等。

2. 弱涌现

弱涌现包括从宏观到微观层面自上而下的反馈。如果一个宏观状态或属性只能从微观动态通过模拟得到，那么这种状态就是弱涌现的。与微观和宏观层次之间只存在唯一因果方向的简单/名义涌现不同，在弱涌现中，微观和宏观在两个方向上都有因果关系，这种宏观与微观的互动可以分为直接交互和间接交互两种类型。

- □ 直接交互指系统中的主体或实体直接相互作用，导致群体和集群的形成后，反过来影响主体或实体本身行为，如蜂群、鸟群、鱼群和狼群等。
- □ 间接交互指系统的主体通过各自的行为改变整个系统和环境状态，环境的变化反过来影响主体行为。这种交互可以表现为主体通过具有全局性和持久性影响的长期局部变化来操控环境，如使用信息素的共识主动性、社会人口迁移过程等。

以上两种形式也可能混合存在。一方面，通过直接互动产生的群体集群可以影响环境的状态；另一方面，通过环境的间接反馈往往导致群体的强化，例如在具有同步行动的社会集体仪式中，群体"涌现"为无个体意识的一个整体。

依据两种不同类型的可能反馈，弱涌现可进一步分为由负反馈导致的稳定态和正向反馈导致的不稳定态。

- □ 稳定的弱涌现是多样性和统一性、探索和利用、自下而上的创造性过程和自上而下的约束性反馈的平衡。多样性产生于系统自下而上的过程，这源自各组成部分的自主性和个体独特性。统一性产生于自上而下的约束性反馈过程。稳定的弱涌现在自然界中广泛存在，例如，蚁群中的蚂蚁由于不同的个体环境和随机影响探索各个方向的同时，它们有着一个集体目标，并被迫遵循自己的信息素轨迹；鸟群中的鸟儿向不同方向飞去，以避免碰撞，但同时又紧紧地靠在一起，试图与邻居的速度相匹配，并以鸟群所认为的中心进行转向。
- □ 非稳定的弱涌现表现为上下之间进入了不受抑制趋于崩溃的正反馈循环，如从众效应、名人效应、社会动荡的突然爆发、经济市场的泡沫与崩溃等。这一类型更多地探讨社会经济学层面的模仿与连带效应等问题，本节不展开叙述。

3. 多重涌现

多重涌现指在许多复杂系统中，展现出稳定和非稳定弱涌现的结合。当股票上涨时，投资者愿意相信进一步上涨，这使得价格涨得更多（正反馈）；但到某个阶段，人们倾向于认为价格一定有一个高峰，市场预期因此下降，阻止了买家的购入（负反馈）。股票下跌的情况也类似。短期正反馈和长期负反馈的结合导致了泡沫化以及动荡的泡沫序列。一个气泡触发自某种波动或不规则，它通过正反馈扩大，通过负反馈再缩小，是多重涌现的典型例子。

适应性涌现是一种典型的多重涌现，它出现在具有多重反馈和许多约束生成过程的复杂自适应系统（CAS）中。它代表着突然变化（如大规模灾难等重大事件）的出现作为催化剂，使得系统向更高形式的复杂性过渡这一进程大大加速，类似于量子理论中的隧穿过程（Tunnelling Process）。

4. 强涌现

强涌现定义为在更高层次的组织或复杂性上出现的涌现结构（新的进化系统）。这些结构拥有真正的新特性，但不能被解释为基本部分的属性和规律的累积效应。例如，生命是基因、遗传密码与核酸/氨基酸的强涌现属性；总体而言，文化则是模因（Memes）、语言和书写系统的强涌现属性。Laughlin 在他的书中[10] 提出了相关性屏障（Barrier of Relelance）的概念，即如果微观层面被其他东西取代，只要中间或中间层面保持不变，宏观层面仍然是不变的。强涌现则跨越了这种相关性屏障，它通常与巨大的复杂性跃迁和重大演化转变有关，并伴随着新的复制因子（基因、模因等）和全新的演化形式（生物、文化等）。通过强涌现产生的多尺度系统依赖于下层系统，因为它们是基于下层系统的最低层次上实现的，但同时它们又独立于下层系统，因为它们服从于自己的宏观语言，对微观细节不敏感。

依据边界、反馈和跃迁类型，不同复杂性类型的涌现分类如图 4-2 所示。

类型		边界	反馈	跃迁
简单涌现	有意	[主体–系统] 边界（仅单向）	无反馈完全服从命令或约束	预定或静态式跃迁到高层次组织
	无意	[主体–主体] 边界	同尺度反馈（点–点）	波动式没有明显跃迁到高层次组织
弱涌现	宏观	[主体–集群（系统）] 边界 [双向]	交叉尺度反馈（上–下）正向或反向	动态式跃迁到高层次组织
多重涌现	斑图	[主体–集群（系统）] 边界 [双向]	交叉尺度反馈（上–下）正向且反向	动态式跃迁到高层次组织
	隧穿	复杂进化系统的巨大适应性屏障	系统的多重反馈	量子跃迁式（复杂自适应系统）
强涌现	质变随附性	不同演化阶段的边界相关性屏障	以上全部反馈在不同系统之间	至新阶段（进化到新系统）

图 4-2　依据边界、反馈和跃迁类型，不同复杂性类型的涌现分类

4.2 因果涌现建模理论

2013 年，Erik P. Hoel 等人在文献 [11] 中，基于信息论定义了一种对因果关系的度量方法，即"有效信息"（Effective Information），并对简单系统在微观和宏观尺度上分别计算其有效信息。结果发现，当发生因果涌现，也就是粗粒化处理后的宏观机制相比于底层微观机制呈现更高的有效信息时，宏观尺度上的模型可以更有效地对系统中的因果关系进行建模。本节将从基本定义、案例分析等方面深入讨论文献 [11] 中的量化因果涌现理论。

4.2.1 基本理论框架

这里考虑由相互关联的二值化微观元素组合的离散系统 S，象征着内在因果机制的系统逻辑函数作用于输入信号上，经过系统的因果效应影响，得到对应的输出状态。我们首先引入一个关于状态的因果关系度量，即单个系统状态的"原因信息"和"结果信息"。在此基础上，定义描述系统 S 在系统层面（不依赖于单个状态）的有效信息（Effective Information）。

1. 状态的因果分析

系统 S 在微观时间步长 t 上从状态到状态的转移概率矩阵（Transition Probability Matrix，TPM）象征系统的微观机制。基于由 Judea Pearl 提出的用于因果分析的施加扰动方法论，转移概率矩阵可以通过在 t_0 时刻以相等的概率 $1/n$ 对系统 S 中所有可能的 n 个初始状态施加扰动得到。该扰动可以用 do 函数进行数学表达 $[\mathrm{do}\,(S = s_i)\,, \forall i \in 1, \cdots, n]$。这样的扰动对应于无约束可能原因集合 U^C，而系统在 $t_0 + 1$ 时刻的输出概率对应于无约束的可能结果集合 U^E。系统的当前状态 $S = s_0$ 既与所有可能造成它的过去状态概率分布相关联（原因集合 $S_P | s_0$），又与所有可能成为其结果的未来状态概率分布（结果集合 $S_F | s_0$）相关联。因此，一个系统的内在机制和当前状态限制了可能的原因 U^C 和可能的结果 U^E。该系统中，因果相互作用的信息度量可以定义为上述无约束分布与给定状态 s_0 时的有约束分布之间的差异，可以用 Kullback-Leibler 散度进行评价，记为 D_{KL}：

$$原因信息(s_0) = D_{\mathrm{KL}}\left((S_P \mid s_0)\,, U^C\right)$$

$$结果信息(s_0) = D_{\mathrm{KL}}\left((S_F \mid s_0)\,, U^E\right)$$

原因/结果信息取决于两个属性：一是系统状态空间的大小，两者的上界都是 $\log_2(n)$；二是系统机制在确定系统过去和未来状态方面的有效性。为了将有效性与系统尺寸区分开来，该理论中定义了以下标准化系数：

$$原因系数\,(s_0) = \frac{原因信息\,(s_0)}{\log_2(n)}$$

$$结果系数\,(s_0) = \frac{结果信息\,(s_0)}{\log_2(n)}$$

"原因系数"描述了通过一个状态可以确定其过去的原因状态的程度，而"结果系数"指出了这种状态用于确定其未来结果的必要性。考虑到

$$结果系数 = 确定性系数\,(s_0) - 简并性系数\,(s_0)$$

$$= \frac{1}{\log_2(n)} \sum_{s_F \in U^E} p\,(S_F \mid s_0) \log_2\,(n \cdot p\,(S_F \mid s_0)) -$$

$$\frac{1}{\log_2(n)} \sum_{S_F \in U^E} p\,(S_F \mid s_0) \log_2\,(n \cdot p\,(S_F))$$

结果系数可以看作两个指标，即"确定性"和"简并性"的函数：

- ❑ 确定性系数是结果集合与系统状态均匀分布之间的"距离" $D_{\mathrm{KL}}\,((S_F \mid s_0)\,, U)$，除以 $\log_2(n)$，它衡量 s_0 在多大程度上可靠地决定系统的未来状态：如果当前状态以概率为 $p = 1$ 转移至单一未来状态，则其确定性系数是"1"（完全确定性）；如果当前状态以均匀概率（即 $p = 1/n$）转移至所有可能的未来状态，则其确定性系数是"0"（完全非确定性或噪声）。

- ❑ 简并性系数衡量从其他状态收敛到 s_0 表示的未来状态的确定性程度（即这种状态转移不是由于噪声导致的）。当由 s_0 确定的未来状态与所有其他状态确定的未来状态都相同时，其简并性系数为 1（完全简并性）；当 s_0 确定一个唯一的未来状态时，其简并性系数为 0（没有简并性）。

例 4.2.1 从图 4-3 能看出，在完全噪声或完全简并性的系统中（图 4-3c、图 4-3d），原因系数和结果系数取最小值 0，在确定性且非简并性的系统中，其原因和结果系数取最大值为 1。通过分解结果系数，可以针对每种状态对系统的确定性和简并性进行分析。

2. 不依赖于状态的因果分析

为了获得系统层面的因果有效性的度量，文献 [11] 还定义了一个不依赖于单个状态的对系统因果机制的基于信息论的度量方法，即取所有系统状态的原因信息或结果信息的期望值，并证明了二者的等价性。该度量被称为有效信息（Effective Information，EI）：

$$\mathrm{EI}(S) = \langle 原因信息\,(s_0)\rangle = \sum_{s_0 \in U^E} p\,(s_0)\,D_{\mathrm{KL}}\left((S_P \mid s_0)\,,U^C\right)$$

$$= \langle 结果信息\,(s_0)\rangle = \frac{1}{n}\sum_{s_0 \in U^C} D_{\mathrm{KL}}\left((S_F \mid s_0)\,,U^E\right)$$

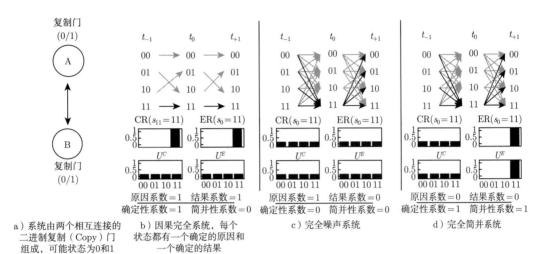

图 4-3 不同因果机制的案例系统中因果系数分析

作为因果关系的度量，有效信息描述了原因如何有效地（确定地和唯一地）在系统中产生结果，以及如何从结果中识别产生它原因的有效性。类似于关于状态的因果度量，系统内因果机制描述的有效性（Effectiveness，Eff）也需要将有效信息相对于系统的大小进行标准化处理。类似地，该有效性也能分为确定性（Determinant）和简并性（Degeneracyx）两部分。

$$\mathrm{Eff}(S) = \mathrm{EI}(S)/\log_2(n)$$

$$= \langle 确定性系数\,(s_0)\rangle - \langle 简并性系数\,(s_0)\rangle$$

$$= \langle D_{\mathrm{KL}}\left((S_F \mid s_0)\,,U\right)\rangle/\log_2(n) - D_{\mathrm{KL}}\left(U^E \mid U\right)/\log_2(n)$$

因此，当系统状态数目给定时，系统有效信息的最大值为 1，并且随着不确定性（噪声的发散）或简并性（确定性收敛）的增加而减小。所以，对于完全噪声或简并系统，$\mathrm{Eff}(S) = 0$。

例 4.2.2 在一个具有完美因果机制的系统中（如图 4-3b 所示），每个原因都有一个唯一的结果，每个结果都有一个唯一的原因。因此，这样一个系统（其中 $\mathrm{Eff}(S) = 1$）

是完全可追溯/可预测的。因为从转移概率矩阵（TPM）中不仅可以推断出所有状态的唯一未来轨迹，还可以推断出所有状态的唯一过去轨迹，也称为完全因果可逆性。

3. 分析尺度

一个有限的离散系统 S 可以从不同尺度上考虑，包括从最细粒度微观因果模型 S_m 到各种粗粒度因果模型 S_M。假设所有宏观尺度 S_M 在微观尺度 S_m 上是"随附的"，即给定 S_m 中的微观元素及其之间的因果关系，则系统的所有可能因果模型集即可固定。虽然 S_m 确定 S_M，但任何 S_M 都可以通过许多不同的低尺度模型来确定，这是一种被称为"多重可实现性"的属性。

4. 分组

微观元素可以在空间上、时间上或时空上分组归并为宏观元素。微观状态可以通过映射 $M : S_m \to S_M$ 按组分入宏观状态，但这种映射必须是穷尽的和互斥的，即一个微观元素的所有状态必须映射到同一个宏观元素的状态；并且只要宏观尺度系统的状态空间减小，宏观元素也可以由单个微观元素构成。此外，映射必须确保在宏观尺度上没有可用的微观尺度的信息（即分组到宏观元素中的微观元素的特征将被丢弃）。例如，如果将两种微观元素的 4 种状态分组为一种宏观元素的两种状态，那么 $[[00,01,10] = \text{off}$，$[11] = \text{on}]$ 是被允许的，而 $[[00,01]$、$[10,11]]$ 分组是不被允许，因为为了区分 01 和 10 这两个状态，就需要知道微观元素的标识。

5. 因果涌现/退化

通过评估 S_m 的所有粗粒化实现上的 EI(S)，就能分析得到在 S 的哪个尺度上因果关系度量能够达到最大值。至此，Erik 提出了因果涌现的解析定义，用比特表示为 CE $=$ EI(S_M) $-$ EI(S_m)。如果 CE > 0，则发生了因果涌现；如果对于每一种宏观尺度 CE < 0，则该系统具有因果退化的特性。如上所述，EI(S) 既取决于系统状态空间的大小，也取决于其因果机制的有效性。当系统从一个尺度跨到另一个尺度时，这两项因素都会随着状态空间的变大或变小而改变。单个状态空间相对于过去的可回溯性可能增加或减小，相对于未来的确定性也可能变大或变小。系统状态空间大小和因果机制的有效性对 ΔEI(S) 的信息贡献可以分别表示为：

$$\Delta I_{\text{Eff}} = (\text{Eff}(S_M) - \text{Eff}(S_m)) \cdot \log_2(n_M)$$

$$\Delta I_{\text{Size}} = \text{Eff}(S_m) \cdot (\log_2(n_M) - \log_2(n_m))$$

其中，n_m 和 n_M 为 S_m 和 S_M 的状态空间。由此可见：

$$\Delta\text{EI} = \Delta I_{\text{EI}} + \Delta I_{\text{Size}} = \text{CE}$$

正的 ΔI_{Eff} 可能是由于宏观尺度的描述减少了微观尺度描述的简并性，增加了其确定性，或者同时发生。考虑微观尺度粗粒化为宏观尺度的过程，ΔI_{Size} 始终是负的。因此只有当有效性 ΔI_{Eff} 的增加超过 ΔI_{Size} 的减少时，才会发生因果涌现。

例 4.2.3　如图 4-4a 所示，有一个由 4 个二值元素 $S_m = \{A, B, C, D\}$ 组成的系统，每个微观机制都是一个作用于两个输入信号的与门，并在一些系统固有噪声的影响下工作，按图示设置从 [0000] 到 [1111] 的所有可能的微观状态转移概率，进而构建一个 16×16 的 S_m 的转移概率矩阵（即 TPM），如图 4-4c 所示。在微观尺度上，有效信息 $\mathrm{EI}(S_m) = 1.15$ 比特，其有效性 $\mathrm{Eff}(S_m) = 0.29$。

另一方面，如图 4-4d 所示，宏观尺度 S_M（见图 4-4b）是微观尺度 S_m 的粗粒化，该宏观尺度由两个元素 $\{\alpha, \beta\}$ 构成，每个元素都有开、关两个状态。通过按图设置为从 [关, 关] 到 [开, 开] 所有可能的宏观状态转移概率，得到 4×4 的转移概率矩阵（如图 4-4e 所示）。宏观尺度的有效信息为 1.55 位，高于微观尺度的 1.15 位。因此 $\mathrm{CE}(S) = 0.40$ 比特，说明在这种情况下，宏观 S_M 战胜了微观 S_m，更接近于完全有效性。

微观机制 $(ABCD)$

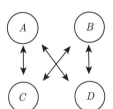

$t_{-1} \backslash t_0$	0	1
00	.7	.3
01	.7	.3
10	.7	.3
11	0	1

确定性系数 $= 0.34$，简并性系数 $= 0.05$

a）系统 S 的微观尺度 S_m

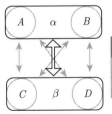

宏观机制 (α, β)

$t_{-1} \backslash t_0$	off	on
off	.81	.09
on	0	1

确定性系数 $= 0.78$，简并性系数 $= 0.006$

b）系统 S 的宏观尺度 S_M

转移概率矩阵

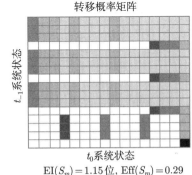

$\mathrm{EI}(S_m) = 1.15$ 位，$\mathrm{Eff}(S_m) = 0.29$

c）微观转移概率矩阵

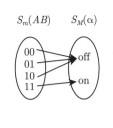

d）S_M 及其宏观机制

转移概率矩阵

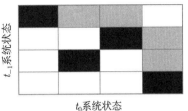

$\mathrm{EI}(S_M) = 1.55$ 位，$\mathrm{Eff}(S_M) = 0.78$

e）宏观转移概率矩阵[11]

图 4-4　空间因果涌现（提升确定性）

4.2.2 信息转换观点

为了更清晰地认识涌现, Thomas Varley 和 Erik Hoel 在文献 [12] 中提出, 涌现是一种更高尺度上的信息转换。信息可分为简单、冗余和协同信息。而涌现中信息转换的过程具体体现为微观层面的冗余信息转换为宏观层面的协同信息。

在分析多个变量之间的关系时, 可以用互信息来表征观测到一个变量 Y 后变量 X 不确定性的减少。然而当系统中有多个变量时, 互信息这一方法并不能直观地展示信息在多个相互作用的变量上是如何分布的。因此, 文献 [13] 提出, 在多变量系统中, 多变量提供的信息可以被分为单独（Unique Information）、冗余（Redundancy）、协同（Synergy）等 3 类。文献 [12] 以三变量的信息结构为例, 对这个分类进行了阐释。为了分析两个随机变量 R_1、R_2 对随机变量 S 的影响 $I(S; R_1, R_2)$, 可以独立或者组合随机变量 R_1、R_2。令集合 $\{R_1\}$、$\{R_2\}$ 和 $\{R_1, R_2\}$ 分别用符号 A_1、A_2、A_3 表示。

❑ 已知变量 R_1、R_2 时, 造成 S 不确定性减少的冗余信息（Redundancy Information）可以表示为:

$$\text{Rdn}(S; R_1, R_2) = I_{\min}(S; \{A_1, A_2, \cdots, A_k\})$$

$$= \sum_s p(s) \min_{A_i} I(S = s; A_i)$$

上式中的 A_k 是系统内全体随机变量的任意子集。

❑ 基于冗余信息, 能自然推出 R_1 和 R_2 对 S 提供的单独信息（Unique Information）。不失一般性, R_1 的单独信息可以表示为:

$$\text{Unq}(S; R_1) = I(S; R_1) - \text{Rdn}(S; R_1, R_2)$$

❑ 协同信息可表示为:

$$\text{Syn}(S; R_1, R_2) = I(S; R_1, R_2) - I(S; R_1) - I(S; R_2) + \text{Rdn}(S; R_1, R_2)$$

容易发现, 随着系统随机变量的增加, 变量之间的冗余与协同效应变得更为复杂。为了更清晰地描述各变量为目标变量 S 提供的信息量, 常使用部分信息晶格结构（Partial Information Lattice）来描述各个变量的单独信息和它们组合之间的冗余、协同信息对 S 的贡献, 如图 4-5 和图 4-6 所示。

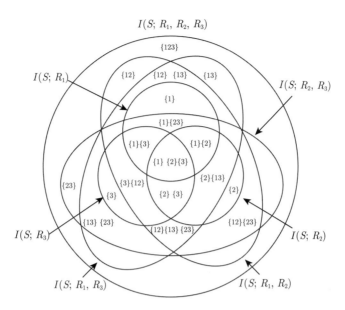

图 4-5 变量 R_1、R_2、R_3 对 S 的互信息结构

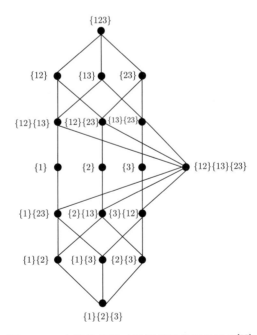

图 4-6 3 个随机变量对目标变量的晶格结构[13]

结合上述信息分解理论，Thomas Varley 在论文 [12] 中利用部分信息晶格的每一

层提供的信息量，量化了当前系统的协同偏差（Synergy Bias）：

$$B_{\mathrm{syn}}(S) = \sum_{i=0}^{|S|} \frac{i}{|S|} S_i$$

其中，S_i 指晶格结构中第 i 层元素的信息量之和，$|S|$ 指结构的总层数。可以发现，高层的信息被赋予了更大的权值，这是因为越高层的信息越象征着元素之间更协同的效应，所以 $B_{\mathrm{syn}}(S)$ 对每一层的加权结果都象征着当前已知变量对目标变量 S 的协同效应强弱。$B_{\mathrm{syn}}(S)$ 越大，代表当前随机变量的协同性越强，意味着需要获得所有随机变量的值才能消除目标量 S 的不确定性。

等价地，冗余偏差可定义为：

$$B_{\mathrm{red}}(S) = 1 - \sum_{i=0}^{|S|} \frac{i}{|S|} S_i$$

例 4.2.4　图 4-7 给出了每一层信息占全部互信息的比例。图 4-7a 所表示的系统有较低的协同偏差（0.276），关于目标变量状态的大部分信息都由 R_1、R_2、R_3 冗余地提供；图 4-7b 则具有较高的协同偏差（0.771），意味着需要综合考量 R_1、R_2、R_3 的信息才能有效获取目标变量的信息。

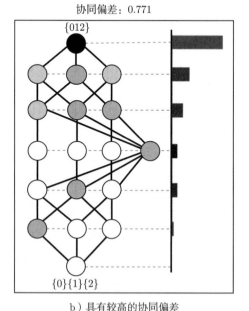

a）具有较低的协同偏差　　　　　　b）具有较高的协同偏差

图 4-7　不同系统协同性的差异表现出协同偏差不同[12]

此外，论文 [12] 通过构造互信息总体不变的多尺度模型，提出并仿真验证了宏观态比微观态更协同，且宏观态的协同偏差由微观态的协同偏差转换而来。换言之，因果涌现可以被看作一种信息转换。当系统的动力学（状态转移概率）发生改变时，在宏观系统层面的确定性（冗余性）随之发生改变。

4.2.3　获得微观到宏观的最佳抽象

前面小节的讨论可以得出如下结论：从系统的微观视角转移到宏观视角后，可能会使确定性增加或简并性减少，从而提升系统的有效信息（Effective Information）。但微观到宏观的抽象方式是不唯一的，并且不是每一种系统的宏观状态都相对原微观态出现"涌现"现象。因此，本节将介绍 3 种不同算法[14]，以找到从微观到宏观的最佳抽象。

在讨论这 3 种算法之前，需要先介绍马尔可夫毯（Markov Blanket）的概念。假设有一节点 v_i，其马尔可夫毯代表着一个集合，其中包括 v_i 节点的父节点（指向 v_i 的节点）、子节点（v_i 指向的节点）以及子节点的父节点（v_i 节点以及其他指向 v_i 子节点的节点）。

1. 贪婪算法

在 Thomas 和 Erik 的早期仿真研究中使用的就是贪婪算法。贪婪算法对系统中的每对节点进行迭代检查，从某个节点 v_i 开始，与每个节点 $v_j \in B_i$ 进行配对，并合并为一个节点。其后依据新的转移概率矩阵计算 EI，然后对下一个新节点开始同样的操作，直到所有节点都接受了检验。这样，最终得到 EI 最大的抽象方式。

对于一个具有 n 节点的网络，贪婪算法为了检查某个节点对结合后是否形成因果涌现，需要先构造宏观网络并更新状态转移概率，这需要 $O(n^2)$ 时间复杂度；随后通过 TPM 计算该宏观网络的有效信息也需要 $O(n^2)$ 时间复杂度。在最坏的情况下，贪婪算法需要检查 $\binom{n}{2}$ 对节点的有效信息 EI。因此，贪婪算法的总时间复杂度为 $[O(n^2) + O(n^2)] \times O(n^2) = O(n^4)$。如果每次的涌现验证只重新计算和存储 EI 的变化，那么时间复杂度可以被优化为 $O(n^3)$。

2. 谱分析法

Ross Griebenow 首次提出将谱分析法（特征值分解法）应用于判断宏观划分是否构成涌现[14]。这种方法将矩阵分解以及聚类算法相结合。当系统节点之间的状态转移概率表示为 $\boldsymbol{W}_{\mathrm{out}}$ 时，算法的流程可以简述为：

- ❑ 计算 $\boldsymbol{W}_{\mathrm{out}}$ 的特征值分解，得到特征值集合 $\boldsymbol{\Lambda} = \{\lambda_i\}$ 与特征向量集合 $\boldsymbol{E} = \{e_i\}$。
- ❑ 将矩阵 $\boldsymbol{W}_{\mathrm{out}}$ 的核（$\{\boldsymbol{v} \in \mathbb{C}^n : \boldsymbol{Mv} = \boldsymbol{0}\}$）从集合 $\boldsymbol{E}$ 中删去，并对特征向量赋予特征值的权重，得到 $\boldsymbol{E}' = \{\lambda_i(e_i) \mid \lambda_i \neq 0\}$。

❑ 利用 E' 将每个节点 v_j 映射到一个向量，由每个特征向量中与节点 v_j 有关项组合而成。计算这些向量两两之间的余弦相似度，作为节点之间的距离；当一对节点不在彼此的马尔可夫毯中时，则将距离置为 ∞。

❑ 以节点间的距离为目标变量，使用 OPTICS 聚类算法进行聚类，据此可以将网络中的节点分为若干类。

❑ 通过调整 OPTICS 算法中的参数 ϵ 得到网络中不同的节点划分（宏观抽象），通过比较不同宏观划分的 EI 增益，判断哪种粗粒化实现了最佳的因果涌现。

对于具有 n 个节点的图，对其邻接矩阵进行特征值分解的时间复杂度为 $O(n^3)$，计算 OPTICS 可达图的复杂度为 $O(n\log n)$，而对给定 ϵ 计算聚类的时间复杂度为 $O(n)$。故对系统进行常数 C 次迭代时，谱分析的时间复杂度为 $C[O(n^3)+O(n\log n)+O(n)]=O(n^3)$。

3. 梯度下降法

梯度下降法对于许多优化问题都是强有力的解决工具。由于我们需要针对 EI 进行优化，也即对划分函数（粗粒化过程）进行优化，但是这个函数却是不可微的，不满足应用梯度下降的前提条件，所以并不能直接运用于寻找好的宏观网络划分。因此，为了松弛这个可微要求，对于给定网络，我们将划分函数换成矩阵 $M \in \mathbb{R}^{n \times n}$ 来研究，矩阵元素 $m_{i\mu} = \mathbf{Pr}(v_i \in v_\mu)$ 中的 v_i 为微观节点、v_μ 为宏观节点。直觉上，元素 v_μ 代表了当前算法认为节点 v_i 应该被划分到宏观节点 v_μ，以增加有效信息 EI 的置信度。矩阵 M 表示为无约束实数。为了实现优化的目的，需要借助 softmax 函数：对于 $\boldsymbol{x} = (x_1, \cdots, x_k) \in \mathbb{R}^k, \sigma(\boldsymbol{x}) = \exp x_i / \sum_{j=1}^{k} \exp x_j, i = 1, \cdots, k$，将 M 的列向量进行归一化，从而转换为有效概率分布。

通过这样的松弛方式，我们利用 M 的可微函数和网络邻接矩阵计算潜在粗粒化方式对应的有效信息值。优化具体步骤如下：

❑ 通过微观转移概率矩阵 $\times M$，获得候选宏观网络转移概率矩阵。

❑ 通过宏观转移概率矩阵，计算该粗粒化方式对应的有效信息 EI。

❑ 计算有效信息 EI 关于 M 的梯度。

❑ 利用上述所求梯度，使用标准梯度下降算法对 M 进行更新，以最大化 EI。

其中，M 矩阵的初始化是随机的，利用上述规则进行迭代更新，直到收敛或者达到训练上限。当算法收敛时，结果和贪婪算法与谱分析法所获得的粗粒化方式相同。梯度下降法的缺点是 M 矩阵的收敛过程与 M 的随机初始化、学习率、最大迭代次数紧密相关，所以最佳收敛效果较难通过直接设计达到。

梯度下降法的单次循环时间复杂度由矩阵乘法次数决定，其中矩阵的尺寸与被粗粒化的网络尺寸有关，一次梯度下降迭代过程的时间复杂度为 $O(n^3)$。故对系统进行常数 C 次迭代时，总的时间复杂度为 $O(n^3)$。

4.3　深度学习中的因果涌现

深度神经网络已经在语音合成、图像识别、语言翻译等许多领域上取得了很好的成绩，然而我们仍然缺乏对其强大性能背后工作原理的足够理解。例如，机器学习基本理论表明，参数量足够大的深度神经网络模型极易陷入过拟合，从而缺乏泛化能力。然而实践表明，这种深度神经网络往往具有良好的泛化能力。

在这一节，我们将介绍一种量化神经网络因果结构强弱[15] 的方法，该方法可以视作因果涌现理论在深度神经网络上的扩展。通过使用该方法，我们可以直接观察到深度神经网络在训练过程中整体因果结构的变化，这可能有助于打开神经网络"黑箱"。

4.3.1　神经网络可解释性

已有许多学者对神经网络的可解释性进行了较为深入的研究，其中具有代表性的是 Ravid Schwartz-Ziv 于 2017 年提出的信息瓶颈理论[16]。信息瓶颈理论认为，神经网络的训练过程是在尽量保留 X 关于 Y 的信息的情况下，尽可能降低 X 的码率，过程如图 4-8 所示。其中，T_i 代表一个隐藏层，X 代表输入，Y 代表标签。因此，$I(X)$ 代表输入的信息量，$I(Y)$ 代表标签的信息量。而 $I(X;T_i)$ 代表第 i 层的输入信息平面（Information Plane）的量化值，即输入的互信息量；同理，$I(T_i;Y)$ 为标签的互信息量。文献 [16] 的理论说明了神经网络的学习过程，存在两个阶段：

- ❑ 最小化实验误差（Empirical Error Minimization，ERM）。针对输入的有监督数据 (X,Y)，神经网络在快速收敛的过程中。在实验过程表现为，损失函数会迅速减小，并趋于收敛。
- ❑ 表征压缩（Representation Compression），即相较于接收 X 的所有信息，神经网络模型则是学习众多 X 之中最核心的有效信息。表征压缩提升的是模型的泛化能力。模型学到的核心知识越好，网络的泛化能力就越强。在实验过程中往往表现为参数更新后期的损失函数震荡过程。

例 4.3.1　针对利用随机梯度下降训练深度神经网络的过程，文献 [16] 分析了每一层参数的均值和方差随迭代次数的变化情况。相关结果确认了整个训练过程互信息量经历了两个阶段。第一个阶段，X 和 Y 的互信息量都在增大，精度收敛比较快。这是因为在最小化实验误差阶段中，梯度范数远大于它们的随机波动，导致标签变量 Y 的互信息迅速增加。第二个阶段，X 的互信息量在减少。这是由于在这个过程中向权重（神

经元的 w）添加了随机噪声，造成梯度的波动远大于它们的均值，权重也随着维纳过程或随机扩散而变化，从而使 I_X 逐渐降低。

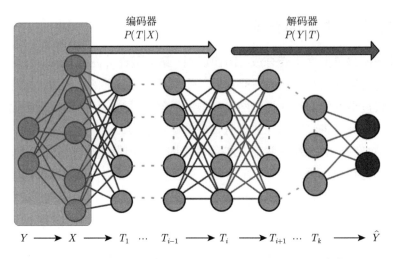

图 4-8   神经网络训练可抽象为样本编码和解码的过程[16]

4.3.2   神经网络与有效信息

信息瓶颈理论的一个局限在于只能在数据集已知的情况下对神经网络的训练过程进行观察。因此在未知数据集的场景中，就无法对算法的特征进行合理的解释。为弥补这一缺陷，Scythia Marrow 提出了使用有效信息 EI 度量神经网络因果结构的方法[15]，来解释数据集未知时神经网络的训练特征。

不失一般性，为了分析神经网络中的两个相邻层 L_1、L_2 的因果关系，可以将这两层结构中的有效信息定义为，当对 L_1 层进行最大熵干预（即 L_1 中所有的节点 i 同时获得独立的最大熵扰动）时，L_1 与 L_2 层的互信息值为：

$$\mathrm{EI} = I\left(L_1, L_2\right) \mid \mathrm{do}\left(L_1 = H^{\max}\right)$$

其中，函数 do 已在第 4.2.1 节的"状态的因果分析"部分进行了定义。

例 4.3.2   为了探究有效信息在神经网络中的具体表现，文献 [15] 分析了一个简易神经网络中有效信息的情况。假设 L_1 层只有一个节点 A，L_2 层只有一个节点 B，A 到 B 通过权值 W 进行连接，且在 B 处有激活函数对 $W \times A$ 进行激活处理。通过改变权值 W，可以绘制出节点 A 与节点 B 之间的有效信息曲线。文献 [15] 结果表明，节点 A、B 之间的有效信息 EI 是随着权值的增加而先增大至峰值再减小的；且当神经网络

结构变为 $A, B \to C$ 时，其有效信息变化曲面也会在两个权值同时较小时得到极值后下降的类似的规律。

在例 4.3.2 的神经网络模型下，对 L_1 层和 L_2 层的干预，等效于对 A、B 节点的干预。通过针对两个节点的情况进行扩展，可以得到灵敏性（Sensitivity）的概念：

$$灵敏性 = \sum_{(i \in L_1, j \in L_2)} I(t_i, t_j) \mid \mathrm{do}\,(i = H^{\max})$$

其表征的意义是对神经网络中两层间所有节点对之间的互信息进行求和。当每层神经网络只有一个节点时，有效信息和灵敏性是等价的。与第 4.2.1 节讨论类似，当结构进一步复杂化，有效信息 EI 应被分解为灵敏性和简并性（Degeneracy），即 EI = 灵敏性 – 简并性。

例 4.3.3 为了验证有效信息理论在神经网络训练过程中的效果，文献 [15] 讨论了 Iris 鸢尾花分类（利用 4 种特征将花分成 3 个类别）和 MNIST 手写数字识别（识别手写的图片中对应的数字是多少）两个任务中神经网络有效信息的情况。相关分析发现，在简单的 Iris 任务上训练的网络比在 MNIST 任务上训练的网络显示出更少的层间分化。在过拟合期间，所有路径都随着时间的推移变得越来越不平滑，在因果平面上移动的距离也越来越短。有效信息平面可以显示哪些层是冗余的：具有单一隐藏层的 MNIST 训练网络显示了显著的信息变化；而对于具有 5 个隐藏层的 MNIST 训练网络，所有层在有效信息平面上的变化都很小。通过构造并比较不同模型在训练过程中因果平面上模型的移动状态，分析出层与层之间的因果结构，进而判断哪些层是冗余的，哪些层是必要的。这在神经网络的设计阶段有重要的指导意义。

可以发现，基于有效信息的理论提供了一种不同于信息瓶颈理论[16] 的方法，其侧重于使用互信息来度量输入和节点活动之间的相关性。这两种理论均用于解释 DNN 的可泛化性，并且在形式上都有相似之处。基于有效信息的理论侧重层与层之间的因果结构本身，而不仅仅是深度神经网络的输入层。

4.4　群体智能中的涌现

学者很早就尝试研究动物集体运动，如鱼类学家早在 20 世纪六七十年代就提出了鱼类集体运动中的基本原则。遗憾的是，因为相关研究太过于超前，并没有得到重视。而到了 20 世纪 80 年代，随着计算机科技的发展，动物集体运动的原则重新被计算机科学家 Craig W. Reynolds 发现了，并在计算机图形学的会议上进行了发表。具体而言，Reynolds 总结了群体运动模拟的几个核心的要点：

❑ 体积排斥：每个模拟的个体（Boid）都会占据一定体积，而这些体积永远不会相交，即每个个体都会避免与最近的个体发生碰撞。

❑ 速度对齐：每个个体与其临近的个体保持速度同步。

❑ 聚集倾向：粒子不会倾向于独立行动（粒子群保持维持状态），每个个体与附近的个体都尽量靠近以避免被孤立。

这些基本要点初步刻画了集体运动中个体之间的相互作用。当许许多多的个体聚集在一起时，动物的群体就可以产生各种各样复杂的运动模式，如成千上万只鸟儿成群结队地飞翔、羊群突然聚集在一起、鱼群组合成一条看起来更大的鱼等。今天见到的许多动画、电影中的大场面，通常都是用类似的方法让计算机生成的。

4.4.1　鸟群中的涌现

2021 年，诺贝尔奖颁发给 Giorgio Parisi 以表彰他对复杂系统理论的开创性贡献，特别是发现了"从原子到行星尺度的物理系统中无序和波动的相互作用"。事实上，除了原子和宇宙，Parisi 着迷于鸟群没有统一的指挥却能如同一个整体自由变换形状，专门研究过鸟群的波动，他与其他物理学家合作，拍摄并记录了大量的鸟群飞行数据，用统计物理方法计算并分析了数十万只鸟如何形成一个整体[17]。

一只鸟因为各种不确定性因素、外界刺激或者突发奇想，稍稍改变了它的运动方向，那么它的这种行为能影响到多大的范围呢？这里的影响力范围就是"关联长度"。正如《大数据时代》一书所言，"关联"（相关）跟"因果"是相对的。在物理学里，直接的相互作用就对应于"因果"。例如，两只相邻的鸟为了防止相互碰撞而产生相互排斥的效果，如果不是"因为"鸟 A 如此靠近，鸟 B 也不至于要到改变运动方向的"结果"。而"关联"则更多的是因为间接的相互作用所造成的。例如，处在鸟群的外围、直接观察到了捕食者的鸟跟位于鸟群另一侧的鸟之间显然不存在直接的相互作用，但它们的运动依然能相互影响，这就是"关联"。

为了解释鸟群的关联性，需要引入"关联函数"的定义。当鸟群朝着某一个共同方向以平均速度 v 运动时，其中不可避免地存在些许个体的运动速度会与这个 v 的方向或大小有所偏离。这里假定每一只鸟 i 对应一个偏差 $u_i = \vec{v}_i - \frac{1}{N} \sum_{k=1}^{N} \vec{v}_k$。考虑鸟群中距离为 r 的两只鸟 i, j，可以通过与平均速度做差后得到相对速度 u_i 和 u_j，并可以进一步得到相对速度的内积 (u_i, u_j)。接下来，通过这种速度偏差进行关联分析，鸟群的关联函数 $C(r)$ 则定义为：

$$C(r) = \frac{1}{c_0} \sum_{ij} \frac{u_i^{\mathrm{T}} u_j \delta(r - r_{ij})}{\sum_{mn} \delta(r - r_{mn})}$$

关联函数 $C(r)$ 表示了鸟群中所有距离为 r 的鸟之间相对速度的内积平均值。关联函数是以距离 r 为自变量的函数,描述鸟群在 r 距离上速度的关联程度。

进一步地,Andrea Cavagna 等人提出了关联函数理论,并且从实际的鸟群观测数据中得到了有力支撑[17]。通过分析鸟群关联函数随距离、鸟群尺寸增长的变化情况,可以发现:距离很近的两只鸟之间的速度相关性更强,行为更倾向于协同;当距离增加到一定程度后,$C(r)$ 会降到 0。为此,可以将 $C(r) = 0$ 的距离 ξ 定义为 "关联长度"。当 $r > \xi$ 时,鸟与鸟的速度关联可能为负,即这些鸟倾向于往相反的方向运动。而对于规模越大的鸟群,代表临界关联距离的关联长度越大(正比关系),这意味着鸟群个体之间关联影响的范围和鸟群规模一起增加了。并且结果显示,ξ 所象征的临界范围会随着系统的扩张而有无限增大的趋势。

Andrea Cavagna 等人提出的关联函数在一定程度上体现了鸟个体对群体的 "影响力"。通过鸟群统计结果进行一般化,可以发现较长的关联长度意味着各只鸟都有较大的影响力范围。如果在运动过程中鸟群始终没有达到临界距离 ξ,那么对于不同大小的鸟群而言,关联长度等效于常数。例如,假设 100 只鸟的鸟群和 1000 只鸟的鸟群尺寸都没有超过关联函数的临界距离,那么这两个鸟群中的每一只鸟的影响力范围都是相同的(可能都是 N 米);然而如果鸟群尺寸达到了临界距离 ξ,那么个体鸟的影响力将会变得非常大。在这种情况下,虽然每只鸟只受到附近较少的几个近邻的影响(保持速度的一致性),但在群体中,任意一只鸟的速度如果发生变化(这种变化可能是由于发现了障碍物或者天敌所造成的),那么此时这种速度的变化不只会对这只鸟的邻居产生影响,而且可以遍及整个群体。通过对椋鸟群的观察不难发现,鸟群其实更倾向于保持在临界点。这是因为临界点的长程关联特性保证了任何鸟个体都能将检测到的障碍物等危险信号传递给整个鸟群,从某种程度上来说是最智能的 "团结紧张" 的状态。这种 "有序" 与 "无序" 之间的状态,保证了个体的信息在群体中迅速地被传递,增强了群体的稳定性和自我保护能力。

需要说明的是,部分群体动力学的研究学者认为,Andrea Cavagna 和 Giorgio Parisi 所提出的解释鸟群运动的理论并不完美。因为他们的研究逻辑是通过收集大量自由互动个体的数据集来推断突发的集体运动背后的规则,并且利用提出的物理模型对观测到的数据进行拟合。然而,一方面,不同的微观规则组合可以产生相同的宏观行为。另一方面,因为大多数模型都假设个体的移动决定来自于与邻居的成对交互的平均值,而平均具有衰减原因(Motivation)的效果。因此,每个原因在平均运算与其他原因结合时都被 "稀释" 了,即使一个模型在一组可观测数据上与实验系统相匹配,也很难保证该规则会对其他可观测数据做出合理的响应。所以这种基于拟合的鸟群分析方法具有一定的局限性，相关模型难免受到干扰，无法准确地传递相关细节信息。

4.4.2　鱼群中的涌现

为了研究鱼群的动力学机制，Yael Katz 等人[18] 提出了一种基于力的方法，直接从经验数据推断交互规则。该工作没有使用特定的基于生物假设的模型，以及没有使用数据来拟合其参数或测试其有效性，而是绘制了由于邻近鱼的影响而引起的焦点鱼的瞬时加速（行为响应）。实验从分析两条鱼的自由游动行为开始。将一对金鱼放置在一个大型浅水缸（用于近似二维平面）内，从上面进行较高的空间和时间分辨率拍摄来记录鱼的行为。为了量化鱼类的行为，使用自定义跟踪软件，将每组 2 条鱼和 3 条鱼组成的鱼群超过 13h 的视频数据，以及将每组 10 条鱼和 30 条鱼组成的鱼群超过 6h 的视频数据转换为每条鱼在每个时间点的质心位置组成的轨迹。当鱼在鱼缸里自由游动时，它们的身体形成了一个自然的笛卡儿坐标系。不失一般性，把焦点鱼放在原点，指向北方，然后测量邻近鱼的相对位置和方向。对焦点鱼的有效作用力（即其测量的加速度）被分解为它的加速和转弯分量。如果把焦点鱼受到的力仅仅看作相邻鱼位置的函数，则排斥区和吸引区立即变得明显起来。当邻近的鱼靠近焦点鱼时，一个斥力作用在焦点鱼上，把它推离它的邻居。当邻近的鱼远离时，一种吸引力会作用在焦点鱼身上，把它拉向邻近的鱼。总的来说，加速力取决于邻近的鱼到焦点鱼前面或后面的距离；作为加速力的补充，转向力几乎完全取决于邻近鱼与焦点鱼的距离，而不取决于它与焦点鱼前后的距离。然而除了局部回避区域，该实验没有足够的数据来确定力是如何在映射区域之外衰减的（大于焦点鱼的 4 个体长的区域）。

进一步地，文献 [18] 分析了相邻鱼对焦点鱼的成对影响结构是否能泛化于 10 条和 30 条的更大鱼群。结果显示，在较大的群体中，个体的主要反应是与附近的邻居保持距离，分别减速或加速以避开非常接近的后面或前面的个体，或者避开从两边靠近得非常近的邻居，和小鱼群的加速力和转向力分布表现出一致性。然而随着群体规模的增加，远距离的力量变得更弱，因为当个体周围都有邻居时，这些力更有可能被抵消。远距离相邻鱼产生的作用力对促进群体凝聚力很重要。这些力量的相互作用导致相邻鱼倾向于处于回避和吸引的临界状态，这与 Andrea Carvagna 提出的鸟群中长程关联有着异曲同工之妙。

鉴于视觉是鱼群的一种重要感觉方式，鱼类可能会使用诸如光流（检测每一刻的强度变化）等代理来快速估计这些量[19]。但在现实中，动物不太可能真正测量和存储动态变量，如每个邻居相关的速度和运动方向等。探索动物如何实时整合来自不同来源的信息，以及这种非线性整合如何转换为集体层面的智能反应，是未来重要的研究方向。

参考文献

[1] SPORNS O, TONONI G, KÖTTER R. The human connectome: a structural description of the human brain[J]. PLoS computational biology, 2005, 1(4): e42.

[2] BLOCK N. Readings in philosophy of psychology: volume 1[M]. Cambridge: Harvard University Press, 1980.

[3] KIM J. Supervenience and mind: Selected philosophical essays[M]. Cambridge: Cambridge University Press, 1993.

[4] SETH A K. Measuring emergence via nonlinear granger causality[Z]. 2008.

[5] HÖLLDOBLER B, WILSON E O, et al. The superorganism: the beauty, elegance, and strangeness of insect societies[M]. New York: W.W. Norton & Company, 2009.

[6] SPERRY R. Science & moral priority: merging mind, brain, and human values[Z]. 1983.

[7] SAWYER R K, SAWYER R K S. Social emergence: societies as complex systems[M]. Cambridge: Cambridge University Press, 2005.

[8] FROMM J. Types and forms of emergence[Z]. 2005.

[9] HEYLIGHEN F. Modelling emergence[J]. World Futures: Journal of General Evolution, 1991, 32 (2-3): 151-166.

[10] LAUGHLIN R B. A different universe: reinventing physics from the bottom down[M]. New York: Basic Books (AZ), 2005.

[11] HOEL E P, ALBANTAKIS L, TONONI G. Quantifying causal emergence shows that macro can beat micro[J]. Proceedings of the National Academy of Sciences, 2013, 110 (49): 19790-19795.

[12] VARLEY T, HOEL E. Emergence as the conversion of information: a unifying theory[J]. Philosophical Transactions of the Royal Society A, 2022, 380(2227): 20210150.

[13] WILLIAMS P L, BEER R D. Nonnegative decomposition of multivariate information[Z]. 2010.

[14] GRIEBENOW R, KLEIN B, HOEL E. Finding the right scale of a network: efficient identification of causal emergence through spectral clustering[Z]. 2019.

[15] MARROW S, MICHAUD E J, HOEL E. Examining the causal structures of deep neural networks using information theory[J]. Entropy, 2020, 22(12): 1429.

[16] SHWARTZ-ZIV R, TISHBY N. Opening the black box of deep neural networks via information[Z]. 2017.

[17] CAVAGNA A, CIMARELLI A, GIARDINA I, et al. Scale-free correlations in starling flocks[J]. Proceedings of the National Academy of Sciences, 2010, 107 (26): 11865-11870.

[18]   KATZ Y, TUNSTRØM K, IOANNOU C C, et al. Inferring the structure and dynamics of interactions in schooling fish[J]. Proceedings of the National Academy of Sciences, 2011, 108(46): 18720-18725.

[19]   HUNTER J R. Communication of velocity changes in jack mackerel (trachurus symmetricus) schools[J]. Animal Behaviour, 1969, 17: 507-514.

第二篇

算　法　篇

第 5 章

多智能体强化学习

作为人工智能（Artificial Intelligence，AI）技术的重要分支，强化学习（Reinforcement Learning，RL）的目标是通过学习过程来获得最优的行为策略[1]。在强化学习中，需要事先为目标任务的状态或者动作设计奖励（或收益）函数，而最优行为策略意味着依据该策略可以获得最大的累积奖励值。图 5-1 给出了强化学习的基本结构图，其中假设智能体使用强化学习和外部环境进行交互，在每次迭代中，外部环境都会向智能体提供当前环境的状态信息，智能体需要根据该状态信息决定采取的动作，智能体执行动作会改变外部环境，进而改变在下一次迭代中外部环境提供给智能体的状态信息。除此之外，外部环境每次还会向智能体反馈一个奖励值，智能体可以根据该奖励值来调整当前的行为策略。强化学习的核心思想是通过智能体与外部环境之间的反复交互过程，找到智能体最优的行为策略。已有的研究结果表明[1]，假定学习环境平稳且最优策略唯一存在，当智能体探索过所有的环境状态时，强化学习必定可以找到唯一的最优策略。传统强化学习面临的一大问题是表征函数表示能力的不足，这一问题伴随着近年来深度学习（Deep Learning，DL）的快速发展得到了极大缓解[2-3]。通过将深度神经网络（Deep Neural Network，DNN）作为表征函数，以深度学习的方法来调整和优化模型参数，深度强化学习（Deep Reinforcement Learning，DRL）极大地拓宽了强化学习所能适用的范围，同时使得强化学习的性能得到了极大的提升[4]。

另外，相较于单智能体强化学习，多智能体强化学习在学习最优行为策略、优化群体的累积奖励值的过程中，仍然面临特殊的挑战[5-6]，主要包括：

❑ 部分观测问题：在多智能体强化学习中，通常假设单个主体只能观测到部分的环境状态信息，而状态信息的缺失会影响主体决策判断的准确性。

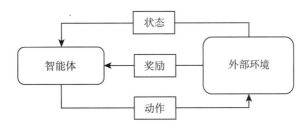

图 5-1　强化学习的基本结构图

❑ 学习环境的非平稳问题：在多智能体强化学习中，其他主体的行为策略也被视为当前主体的学习环境的一部分，因此，当其他主体的行为策略在学习过程中发生变化时，学习环境也会发生变化。

❑ 全局奖励的分配问题：针对目标任务的奖励值通常是所有主体的行为共同作用的结果，其中单个主体的贡献大小往往难以直接体现，导致无法有效地对单个主体的行为策略进行改进。

❑ 主体间的异步问题：当多个主体在系统内分散存在时，多个主体的行动往往是异步的，导致主体环境状态信息的不同步。

❑ 主体间的异构问题：处于同一个环境中的多个主体彼此在状态空间、动作空间以及优化目标上可能存在差异。

针对以上在多智能体强化学习中可能存在的主要问题，当前研究并没有统一且完备的解决方案，这不仅是因为这些问题本身的复杂程度较高，还因为在现实场景中存在的不同系统彼此在系统结构、单元构成以及任务需求等方面存在巨大差异。所以，针对不同的现实任务场景，往往需要设计不同的多智能体强化学习系统。第 2 章和第 3 章分别介绍了多智能强化学习进行组网与通信、知识分解与传递的内容，相关的原理都已经或多或少地应用于多智能体强化学习的算法设计中。限于篇幅限制，本章从另外一个维度探讨多智能体强化学习。

在多智能体强化学习中，依据目标任务的不同，可以将多个主体之间的关系划分成以下 3 类：竞争关系、合作关系和混合关系。

❑ 在竞争关系中，多个主体获得的奖励值之间是完全冲突的，这意味着一个主体的个体奖励值的增加必然会导致其他主体的个体奖励值的减少。在这种情况下，基于零和 (Zero-Sum) 随机博弈理论的算法设计方法在研究中被广泛使用[7]，如 Minimax-Q Learning 算法[8]。纳什均衡 (Nash Equilibrium) 是马尔可夫博弈中的重要概念，代表了多个主体达到的稳定状态。在该稳定状态下，任何一个主体采取与当前策略不同的其他策略都不会获得更高的奖励值。需要注意的是，纳什均衡不一定代表全局最优，并且系统可能存在多个纳什均衡点。均衡求解方法是多智能体强化学习的经典方法，它将强化学习的经典算法（如 Q-learning 算法）和博弈论中的均衡概念进行结合，通过强化学习来求解均衡目标，从而构建针对目标任务的多主体行为策略。

❑ 在合作关系中，多个主体获得的奖励值之间不会产生冲突，并且单个主体的行为选择不会对其他主体的行为选择造成影响。在这种情况下，最大化多主体系统的全局累积奖励值等价于最大化每一个主体的个体累积奖励值。特别地，主体之间的合作关系可以极大地简化多智能体强化学习面临的全局收益分配问题，例如 3.1.3 节介绍的 QMIX 算法[9] 在具有合作关系的任务中采用线性的方式来模拟全局奖励值，并通过分配不同的权重来显示不同主体在其中贡献值的大小，该算法取得了不错的效果。针对具有合作关系的目标任务，通常可以直接应用上文提到的独立强化学习，分别对每个主体的行为策略进行优化。

❑ 在混合关系中，多个主体之间既存在合作关系，又存在竞争关系，混合关系是在多主体系统中最广泛存在的一种关系。在具有混合关系的任务中，需要特别设计针对多主体之间行为冲突的协调机制，目的是提升多主体的协作效果。例如，SIRL 算法[10] 在具有混合关系的任务中提出了冲突避免机制，通过计算和使用主体的动作优先级来缓解多个主体之间的行为冲突，从而提升了目标任务的完成效果。

本章将面向混合关系和竞争关系，分别介绍共识主动性机制和平均场理论同多智能强化学习的结合方法。

5.1 融合共识主动性机制的独立强化学习

5.1.1 SIRL 算法概述

面向一个包含多个智能体的协作型任务，即多个主体被指定协作地完成一项共同的任务，需要最大化任务的全局累积奖励值。在这种情况下，主体之间以合作关系为主，但是在协作过程中会出现以竞争公共任务资源为动机的竞争关系，因此，主体之间的关系本质上是混合的。面向这类任务，本节给出了一种融合共识主动性机制的独立强化学习（Stigmergic Independent Reinforcement Learning，SIRL）模型，该模型的系统结构图如图 5-2所示。需要说明的是，在独立强化学习中，每个主体通常都具有独立的观测、决策以及行动能力，可以执行相对独立的强化学习过程。针对独立强化学习中的部分观测现象，通常可以采用部分可观测马尔可夫模型对主体的决策模型进行建模，这部分将在 5.1.2 节介绍。另外，如第 2 章所述，共识主动性原理在自然界昆虫群体中被广泛地发现和印证[11-13]，并通过介质来记录它们对周围环境的影响。当前，已有研究[14-21] 从不同的角度探究了共识主动性在多智能体系统中的应用。其中，共识主动性通常被用来协调多个智能体的行为，从而提升这些智能体完成目标任务的效率。特别地，这些应用把协作过程的重点放在了数字信息素的维持上，然而智能体本身缺乏学习行为策略的能力。例如，在经典的蚁群优化算法中[14]，群体协作过程会使正确的信息素的浓度上升，然而，每个智能体的行为策略是事先给定的，即以概率的方式随机在多个浓度之间进行选择。在实际应用中，这种假设在自底向上设计多智能体系统时是有效的，因为事先指定智能体的行为策略有利于对系统最终的性能水平进行预测。然而，在一些更加复杂的应用场景中，当智能体的行为策略不能事先给定时，就有必要引入智能体的策略学习和自主协作过程。

如图 5-2所示，在 SIRL 算法中，共识主动性包含 4 个主要元素：媒介、痕迹、状态和动作，它们共同形成了智能体与周围环境之间的反馈环路。需要说明的是，媒介也可以被视为整体环境的一部分。在图 5-2中，环境和媒介分别使用不同的部分来表示，用以区分强化学习中的学习环境和共识主动性机制中的外部环境。此外，智能体通常会在媒介中留下痕迹（即数字信息素），作为其动作引起的环境变化的指示器。不同智能体在媒介中留下的多条痕迹可以自发地扩散并进一步混合。然后，这些数字信息素痕迹的变化模式作为反馈条件会影响其他智能体的后续行动，而这种影响的强弱在很大程度上与智能体之间的距离有关[22]。另一方面，共识主动性也可以被视为全局任务分解的潜在解决方案。例如，白蚁巢穴的建造需要整个蚁群的协作，整个过程会持续蚁群几代的时间。然而，这个蚁群中的单个白蚁对全局目标（即建造一个白蚁巢）并没有清晰的认知，因为它的认知能力有限，蚁群所使用的协作机制必须能够将全局目标分解为单个白蚁能够感知到的多个小任务。因此，共识主动性可以隐式地实现对全局任务的分解效果，帮助多个智能体获得个体奖励。

5.1.2　SIRL 算法模块简介

图 5-2中介绍了 SIRL 算法在训练和测试两个阶段的具体方法：在训练阶段，每个智能体都需要执行独立的强化学习过程，通过与外部环境以及其他协作个体的交互过程来优化决策模型；在测试阶段，每个智能体都需要依据决策模型自主地采取行动。其中，每个智能体只能观测到环境的部分状态，遵循部分观测的假设。如图 5-2的下半部分所示，系统采用了共识主动性机制来作为多个智能体之间的间接通信方式，可以看出，通过痕迹和状态等内在元素，共识主动性机制实现了一种智能体与介质之间的显式反馈环

路。此外，系统在相邻智能体之间引入了冲突避免机制，用来协调多个智能体的行动，从而进一步提升群体协作的性能。另一方面，考虑到单个智能体在训练过程中收集到的数据样本可能有限，致使决策模型的训练性能受到限制。为了缓解这一问题，系统采用了集中式训练的框架来对多个智能体的决策模型进行联合优化，如图 5-2所示，系统额外添加了一个虚拟智能体来实现集中式训练的过程。

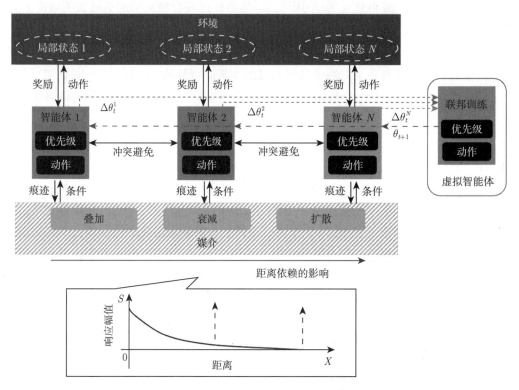

图 5-2　融合共识主动性机制的独立强化学习模型的系统结构图

5.1.2.1　部分可观测马尔可夫决策过程模型

部分可观测马尔可夫决策过程（Partially Observable Markov Decision Process，POMDP）模型是马尔可夫决策过程模型的扩展，该模型假设环境状态只能被部分观测，主体需要根据这些部分观测的信息来做出决策。在多智能体强化学习中，可以进一步定义分布式部分可观测马尔可夫决策过程（Decentralized POMDP，Dec-POMDP）模型，其可以用一个多元组 $\langle \mathcal{I}, \mathcal{S}, \mathcal{A}, \mathcal{T}, \Omega, \mathcal{O}, \mathcal{R}, \gamma \rangle$ 来表示。其中，γ 表示折扣因子；$\mathcal{I}$ 表示 n 个主体的集合；$\mathcal{S}$ 表示环境状态空间；$\mathcal{A} = \times_i \mathcal{A}^{(i)}$，表示所有主体的联合动作空

间；$\mathcal{T}$ 表示环境状态在联合动作下的转移概率分布，即 $\mathcal{T}(s, \boldsymbol{a}, s') = P(s'|s, \boldsymbol{a})$，这里的联合动作 $\boldsymbol{a} = \langle a^{(1)}, \cdots, a^{(n)} \rangle$，并且 $a^{(i)} \in \mathcal{A}^{(i)}$；$\Omega = \times_i \Omega^{(i)}$，表示联合观测空间，在每个时刻，每个主体都会收到一个环境观测 $o^{(i)} \in \Omega^{(i)}$，它们的联合观测 $\boldsymbol{o} = \langle o^{(1)}, \cdots, o^{(n)} \rangle$ 的概率分布由观测函数 $\mathcal{O}$ 给出，即 $\mathcal{O}(\boldsymbol{o}, s', \boldsymbol{a}) = P(\boldsymbol{o}|s', \boldsymbol{a})$。主体的历史观测结果通常可以用来辅助决策，在时刻 t，主体 i 的局部观测历史可以表示为 $\vec{o}_t^{(i)} = (o_1^{(i)}, \cdots, o_t^{(i)})$，其中 $\vec{o}_t^{(i)} \in \vec{O}_t^{(i)}$。单个主体的策略可以表示为 $\pi^{(i)} : \vec{O}_t^{(i)} \mapsto \mathcal{A}^{(i)}$，所有主体的联合策略可以表示为 $\boldsymbol{\pi} = \langle \pi^{(1)}, \cdots, \pi^{(n)} \rangle$。除此之外，$\mathcal{R}$ 表示联合奖励函数，在每个时刻 t，该函数都给出了所有主体的联合奖励值 $r_t = \mathcal{R}(s, \boldsymbol{a}) \in \mathbb{R}$。因此，在无限域的马尔可夫决策过程中，系统模型的优化目标通常可以表示为最大化累积奖励值的期望，即 $\max_{\boldsymbol{\pi}} \mathbb{E} \left[\sum\limits_{t=0}^{\infty} \gamma^t \mathcal{R}(s_t, \boldsymbol{a}_t) \right]$。

5.1.2.2　吸引子的选择

共识主动性机制可以通过数字信息素的部署和利用来实现[23]。与蚁群留下的化学信息素不同，智能体产生的数字信息素是虚拟的，并且可以用存储在内存中的具有数值、时间和位置等属性的记录来表示[24]。此外，在群体觅食过程中，大多数蚂蚁会被这些化学信号所吸引，这些化学信号的分布自然形成了食物目的地和蚁巢之间的信息素图。类似地，SIRL 也包含了一个数字信息素图，用来描述数字信息素的分布，并提供与整个活动区域状态空间有关的信息。整个数字信息素图可以被集中存储在虚拟智能体中，也可以被分成几个部分，分散存储在几个指定的智能体中[23]。此外，数字信息素图的维护方（如虚拟智能体）通过与活动区域内的其他智能体相互通信来不断更新数字信息素图。

在 SIRL 中，数字信息素被认为是智能体在介质中留下的痕迹，而数字信息素图被认为是相应的介质。从图 5-2 中媒介的动态特征可以看出，数字信息素在媒介中经历着不同的演化过程，这些过程需要被精心设计，以使返回的条件对智能体更加有效。在蚁群中，不同蚂蚁留下的化学信息素可以相互叠加以增强影响，受此启发，将不同来源的数字信息素的累积过程建模为线性叠加过程。并且，浓度较高的数字信息素会扩散到周围的区域，而不是被限制在一个单独的区域中。此外，数字信息素的浓度会随着时间的推移而衰减。因此，数字信息素图的维护方应遵循以下 3 个关键原则：

- ❑ 在相同的区域内线性叠加不同来源的数字信息素。
- ❑ 当新的数字信息素被留下后，以一个固定的扩散率将数字信息素扩散到周围的小范围区域内。
- ❑ 在已经被智能体所占据的区域中，以一个固定的衰减率降低数字信息素的浓度。

需要注意的是，扩散率和衰减率都是在 0 和 1 之间的常数。

利用数字信息素图提供的区域状态空间特征，每个智能体都可以感知一定范围内的数字信息素分布。以无人机群的编队控制问题为例，其中，将任意含有数字信息素的方块（即单位区域）作为环境中的吸引子，其对附近的移动智能体具有吸引作用。与经典的蚁群优化算法类似，在局部状态空间内，每个智能体都通过从感知范围内的多个候选吸引子中选择一个合适的吸引子来独立执行动作（即接近一个吸引子），具体可以表示为：

$$C_{i,j}(t) = \frac{D(d_{i,j}(t)) \cdot \varepsilon_j(t)}{\sum\limits_{k \in \xi_i(t)} D(d_{i,k}(t)) \cdot \varepsilon_k(t)} \tag{5.1}$$

其中，$C_{i,j}(t)$ 表示智能体 i 选择吸引子 j 的概率；$\varepsilon_j(t)$、$\varepsilon_k(t)$ 分别表示在时刻 t 时吸引子 j、k 的数字信息素的浓度；$\xi_i(t)$ 表示智能体 i 感知范围内的吸引子集合；$d_{i,j}(t)$ 表示智能体 i 与吸引子 j 之间的欧氏距离；$D(\cdot)$ 是一个单调函数，当 $d_{i,j}(t)$ 增加时，该函数用来降低数字信息素的影响[22]，如图 5-2的底部所示。函数 $D(\cdot)$ 可以使智能体更加关注距离较近的吸引子，避免产生乒乓效应。另外，随机选择吸引子的方式可以使智能体靠近含有较少数字信息素的区域，防止大量智能体在局部区域内聚集。

另一方面，所选吸引子的位置可以作为每个智能体局部状态输入的一部分，根据该输入，每个智能体都可以通过决策模型来选择动作。进一步，根据共识主动性原理，任意执行选定动作的智能体都会在媒介中留下额外的数字信息素，目的是为后续吸引子的选择过程提供新的条件信息，这个过程可以表示为：

$$\varepsilon_j(t+1) = \begin{cases} \varepsilon_j(t) + a_1, & \text{如 } \varepsilon_j \text{ 已标记} \\ \varepsilon_j(t) \cdot b_1, & \text{其他情况} \end{cases}$$

其中，a_1 代表一个智能体一次在标记区域留下数字信息素的固定量；b_1 是 0~1 之间的折扣常数，目的是逐渐移除无用的吸引子。

5.1.2.3　冲突避免机制

在多智能体协作过程中，由于对有限任务资源的争夺，不同智能体的行为可能产生冲突。为了减少这种冲突，同时尽可能地降低智能体在协作过程中需要传输的数据量，提出了一种通过计算不同智能体的行动优先级来避免冲突的机制，示意图如图 5-3所示。在图 5-3中，智能体 1（或 2）代表一个独立学习的智能体。具体地，每个智能体都有两个不同的内部神经网络模块：评估模块和行为模块。评估模块用于高效地计算智能体在当前局部状态下的动作优先级，用于竞争参与行动的机会。行为模块用于在获取行动机会后，根据输入的局部状态为智能体选择合适的动作。

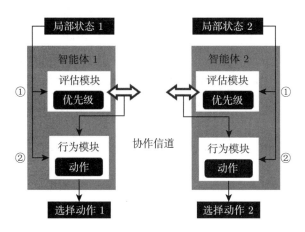

图 5-3　冲突避免机制的直观示意图

在冲突避免机制中，每个智能体都需要通过两个步骤来确定当前状态下的动作选择。如图 5-3 所示，在第一步中，首先将与智能体当前状态相关的输入发送给评估模块，计算动作优先级，然后通过一个协作信道将动作优先级与附近其他智能体的优先级进行比较，得到一定范围内的优先级列表。在第二步中，只有当一个智能体在第一步中具有最高的动作优先级时（一定范围内最高），才可以将同样的输入发送给行为模块来选择合适的动作，否则，智能体就会保持沉默（不采取行动）。需要说明的是，行为模块中的行动策略可能是以自我为中心的（即最大化个体奖励值），这意味着，每个智能体如果单纯依靠行为模块采取行动，则会陷入局部最优而忽略全局目标。因此，额外地加入了评估模块，借助冲突避免机制来改变智能体以自我为中心的行动策略，从而促进协作。

5.1.2.4　动作优先级的决定

本节讨论冲突避免机制中动作优先级的计算方法，对于图 5-3 中的两个神经网络模块，利用两个不同的算法分别对其参数进行优化。首先，对于评估模块，在其内部定义了一个状态值网络，该网络的输出为在状态 $s_t^{(i)}$ 处的确定性累积个体奖励值的期望：

$$V_e(s_t^{(i)}; \theta_e^{(i)}) = \mathbb{E}\left[\widetilde{R}_t^{(i)} | s_t^{(i)} = s, a_t^{(i)} = (a; \theta_p^{(i)})\right]$$
$$a_t^{(i)} = \arg\max_{a \in \mathcal{A}} \pi(s_t^{(i)}, a; \theta_p^{(i)}) \tag{5.2}$$

其中，$s_t^{(i)}$ 表示智能体 i 在 t 时刻观察到的局部状态。下标 e 表示评估模块中的状态值网络，而 $\theta_e^{(i)}$ 表示该网络的相关参数。此外，V_e 表示 $s_t^{(i)}$ 的状态值，该值被认为是智能体 i 在当前局部状态下的动作优先级。$a_t^{(i)}$ 表示 t 时刻智能体 i 所选择的动作。进一步，下标 p 表示行为模块中的策略网络，而 π 表示其动作策略。需要说明的是，在 $s_t^{(i)}$ 处的动作优先级的估计基于在相同的局部状态下确定性执行的动作，同时在评估模块中，状态值网络的训练过程中返回的个体奖励值也是确定性的。因此，定义 $\widetilde{R}_t^{(i)}$ 作为智能体 i 在时刻 t 时确定性的累积个体奖励值，其计算方法为：

$$\widetilde{R}_t^{(i)} = \begin{cases} \widetilde{r}_t^{(i)} + \gamma_2 \cdot V_{\overline{e}}(s_{t+1}^{(i)}; \theta_{\overline{e}}^{(i)}), & \text{如 } s_t^{(i)} \text{ 不是结束态} \\ \widetilde{r}_t^{(i)}, & \text{其他情况} \end{cases} \tag{5.3}$$

其中，γ_2 是一个折扣因子，$\widetilde{r}_t^{(i)}$ 表示返回的确定性个体奖励值。下标 $\overline{e}$ 表示智能体 i 的目标状态值网络，该网络的参数和输出分别用 $\theta_{\overline{e}}^{(i)}$ 和 $V_{\overline{e}}$ 表示。目标状态值网络用于计算下一步局部状态 $s_{t+1}^{(i)}$ 的状态值，进而计算确定性的累积个体奖励值，如式 (5.3) 的第一行所示。此外，目标状态值网络与评估模块中的状态值网络几乎相同，但要排除前者的参数需要定期地对后者的参数进行复制[25]。最后，评估模块中状态值网络的损失函数可以表示为：

$$\mathcal{L}(\theta_e^{(i)}) = 0.5 \cdot \left[\widetilde{R}_t^{(i)} - V_e(s_t^{(i)}; \theta_e^{(i)}) \right]^2$$

对于行为模块，使用 A2C 算法来优化它的参数[26]。具体地，在行为模块中有一个策略网络和一个状态值网络，两个网络共享相同的局部状态输入，它们用于计算神经网络梯度值的损失函数分别表示为：

$$\mathcal{L}(\theta_p^{(i)}) = -\log\pi(a_t^{(i)}|s_t^{(i)}; \theta_p^{(i)}) \left(R_t^{(i)} - V_b(s_t^{(i)}; \theta_b^{(i)}) \right)$$

$$\mathcal{L}(\theta_b^{(i)}) = 0.5 \cdot \left[R_t^{(i)} - V_b(s_t^{(i)}; \theta_b^{(i)}) \right]^2$$

其中，下标 p 和 b 分别表示行为模块中的策略和状态值网络。局部状态 $s_t^{(i)}$ 被发送到两个不同的神经网络（即策略网络和状态值网络）中来计算相应的输出。对于策略网络，输出是动作策略 π，在策略网络的训练阶段，以概率的方式随机选择动作，因此，该训练中返回的个体奖励值是随机的。对于状态值网络，输出为 $s_t^{(i)}$ 的状态值（即 V_b），该状态值可以用于计算动作优势（即 $R_t^{(i)} - V_b(s_t^{(i)}; \theta_b^{(i)})$）以加快策略网络的收敛速度。相应地，$R_t^{(i)}$ 表示智能体 i 累积的个体奖励值，可以表示为：

$$R_t^{(i)} = \begin{cases} r_t^{(i)} + \gamma_1 \cdot V_{\bar{b}}(s_{t+1}^{(i)}; \theta_{\bar{b}}^{(i)}), & \text{如 } s_t^{(i)} \text{ 不是结束态} \\ r_t^{(i)}, & \text{其他情况} \end{cases} \tag{5.4}$$

其中，$r_t^{(i)}$ 表示智能体 i 在 t 时刻收到的个体奖励值；γ_1 是一个折扣因子，通常可以设置为 0~1 之间的常数（如 0.9）。类似地，下标 $\bar{b}$ 表示智能体 i 的另一个目标状态值网络。需要注意的是，在冲突避免机制下，任何具有局部最高动作优先级的智能体都有机会执行所选的动作。由于不同动作的执行顺序是由该动作对应的确定性累积个体奖励值来决定的，这种动作优先级的估计方法有望获得较大的全局奖励值。

5.1.2.5 集中训练算法

为了提升系统模型的可扩展性，假设所有智能体共享相同的神经网络参数。特别地，通过改进异步的 A2C（A3C[26]）算法进一步提出了一种集中式训练算法。该算法采用对所有智能体的神经网络梯度值取平均的方法，同步地优化每个智能体的神经网络参数。在这种集中式训练算法中，每个智能体不仅通过与自身相关的经验，还通过其他协作智能体的神经网络梯度值来优化自身的神经网络模型。假设在 t 时刻参与协作的智能体的数量为 N_t，并且 $N_t \leqslant N$，其中 N 表示智能体的总数。此外，N_t 还可以表示通过冲突避免机制获得行动机会的智能体数量。值得一提的是，来自这些激活的智能体的神经网络梯度值自然地构成了一个批，其功能类似于批在经验回放机制中的功能，但所对应的样本间的相关性会更弱，因为这些样本是从不同的场景中采样获得的。因此，如图 5-2 右侧所示，在系统中设计并添加了一个虚拟智能体，旨在收集相关智能体的本地梯度信息。该虚拟智能体具有与其他智能体完全相同的神经网络结构，但是不采取任何行动。

在冲突避免机制中，评估模块和行为模块通过合作共同获得个体奖励值，进一步地，根据式(5.2)，动作优先级的估计也是基于行为模块的确定性动作策略。因此，在每一轮训练中（每次迭代）都有两个连续的训练环节。如图 5-4 的左半部分所示，在评估模块的训练环节中，将行为模块的参数冻结。类似地，如图 5-4 的右半部分所示，在行为模块的训练环节中，将评估模块的参数冻结。此外，以上两个训练环节都使用到了集中式训练算法。为两个训练环节设置了相同的终止条件：当时间步数达到预先设置的最大值或者全局奖励值为正值时，当前训练环节停止并转到另一个训练环节。多智能体协作的性能可以用全局奖励值来指示，全局奖励值的提高可以隐式地说明当前正在训练的神经网络模块的收敛效果。在图 5-4 中，t 表示时间步的索引，在一个训练环节开始时被设置为 0，$t_{\max}$ 表示在训练过程中时间步的最大值。在每一轮训练中，一个样本被送到两个训练环节以优化不同的神经网络模块。

在多智能体强化学习中，尽管可以使用全局奖励值来指示多智能体协作的性能，但是在大多数情况下它不能直接作为智能体的个体奖励值，原因是全局奖励值是由多个智能体的一系列动作共同决定的。一般来说，个体奖励值可以通过对全局目标的合理分解来得到。在 SIRL 中，在执行选择的动作后，每个智能体都从媒介中获得个体奖励值。由于每个智能体的目标都是接近选择的吸引子，将每个智能体的个体奖励值定义为其位置与选择的吸引子位置之间的欧氏距离变化量，具体可以表示为：

$$r_m^{(i)}(t) = \rho_1 \cdot \max\left([d_{i,j}(t-1) - d_{i,j}(t)], 0\right) \tag{5.5}$$

其中，下标 m 表示 SIRL 中的介质，$r_m^{(i)}(t)$ 表示智能体 i 在 t 时刻从介质中获得的个体奖励值。另外，ρ_1 是一个标量因子，$d_{i,j}(t)$ 表示智能体 i 与所选吸引子 j 之间的距离，其中 $j \in \xi_i(t-1)$。需要注意的是，奖励 $r_m^{(i)}(t)$ 是通过数字信息素图获得的，它展示了共识主动性对全局目标的分解效果。在评估模块的训练环节，$r_m^{(i)}(t)$ 被设置为式 (5.3) 中的 $\tilde{r}_t^{(i)}$，而在行为模块的训练环节，其被设置为式 (5.4) 中的 $r_t^{(i)}$。

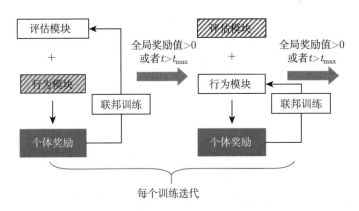

图 5-4　两个连续的训练环节示意图

进一步地，如图 5-4所示，采用集中式训练算法对不同神经网络模块的参数进行优化：

$$\theta_{t+1}^{(v)} = \theta_t^{(v)} + v_t^{(v)} \tag{5.6}$$

$$v_t^{(v)} = \rho \cdot v_{t-1}^{(v)} - l_t \cdot \frac{1}{N_t} \sum_{i=1}^{N_t} \frac{\partial \text{Loss}(\theta_t^{(i)})}{\partial \theta_t^{(i)}} \tag{5.7}$$

其中，上标 v 表示虚拟智能体。在时刻 $t=0$ 时，$v_0^{(v)}$ 被设置为 0。ρ 是一个动量因子，l_t 表示参数的学习率。集中式训练算法受到 A3C 算法的启发，然而，集中式训练算法使用了一个同步更新方法,该方法已被理论证明具有较低的误差收敛上界[27]。此外,还在参数的更新过程中加入了一个动量因子,目的是提升模型收敛的稳定性。由于虚拟智能体具有与其他智能体完全相同的神经网络结构,它可以被用来优化不同神经网络模块的参数。为了便于说明,使用式 (5.7) 中的 $\theta_t^{(i)}$ 来表示智能体 i 的评估模块或者行为模块的参数,并使用 $\theta_t^{(v)}$ 来表示虚拟智能体中对应的神经网络模块的参数。具体地,对于当前正在训练的神经网络模块,首先在参与的 N_t 个智能体中根据相应的损失函数 $\mathcal{L}(\theta_t^{(i)})$ 计算所涉及的神经网络的梯度值,然后发送这些梯度值给虚拟智能体,而后在虚拟智能体处进行梯度值的聚合以及参数的更新。最后,将更新后的参数 $\theta_{t+1}^{(v)}$ 发送给所有智能体,用来更新所有智能体的神经网络模块。

5.1.3 SIRL 算法性能

5.1.3.1 仿真设置

为了验证 SIRL 算法的性能,使用了一个多智能体移动编队的仿真场景,仿真目标是使任务区域内的多个智能体通过自主地移动排列成指定的形状。在仿真中,目标形状是通过二进制归一化的方法对一幅图像转换得到的,该图像取自 MNIST 标准数据集[28]。MNIST 标准数据集是手写数字图像的一个集合,通常被用于训练各种图像处理系统,该集合中的每个图像都有一个标准的尺寸(即 28×28 像素)。仿真使用归一化后的图像中每一个数值非零的像素点来表示一个智能体,而使用每一个数值为零的像素点表示一个空白区域,如图 5-5a 所示。其中,白色方块表示智能体,黑色方块表示一个智能体可以移动前往的位置。仿真将任意两个相邻的方块之间的距离都设置为 1。此外,每个智能体都可以感知一定范围内数字信息素的分布,如图 5-5b 所示。其中,白色虚线圆圈代表智能体的感知边界,颜色深浅不同的灰色方块代表具有不同数字信息素浓度的单位区域,这些灰色方块会对智能体产生吸引作用,可以看作"吸引子"。在任务初始化时,所有智能体随机地分布在整个活动区域中(即整个图像中)。特别地,有关智能体以及任务区域的仿真设置如下:

❑ 每个智能体在每个时刻只能向上、下、左和右 4 个方向之一移动一个方块的距离。

❑ 每个智能体都可以在当前位置留下数字信息素并感知一定范围内的数字信息素的浓度。

❑ 每个智能体都可以识别当前位置是标记区域还是未标记区域。

❑ 每个智能体都可以感知上、下、左和右 4 个相邻位置上邻居的存在以避免碰撞。

❑ 区域内的每个方块一次只能被一个智能体占据。

❑ 整个任务区域可以被划分成标记区域和未标记区域，其中，标记区域对应目标形状。

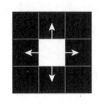
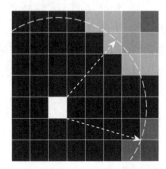

a）每个智能体的移动方式　　　b）智能体感知范围内的数字信息素的分布

图 5-5　仿真设置

此外，每个智能体和最近的 8 个可能存在的邻居之间存在冲突避免机制中的协作信道，这些邻居在移动元胞自动机[29] 中也被称为摩尔（Moore）邻居。在仿真中，使用高斯函数来充当式 (5.1) 中的 $D(\cdot)$，具体可以表示为：

$$D(d_{i,j}(t)) = a_2 \cdot \exp\left(-\frac{(d_{i,j}(t) - b_2)^2}{2c_1^2}\right) \tag{5.8}$$

其中，a_2 表示峰值，在这里被设置为 1；b_2 是均值，在这里被设置为 0；c_1 表示标准差，这里可以被设置为 0.25。

仿真使用相似度 SI 来衡量多智能体协作的性能，相似度是由最终到达标记区域的智能体数量与整个区域内的智能体总数之比确定的，而整个区域内的智能体总数是由形成目标形状所需的数值非零的像素点数量决定的。在训练阶段，仿真将每个时刻前后相似度的增量（即 ΔSI）定义为全局奖励值，其可以是正值，也可以是负值。此外，将经过一定次数迭代后的所有智能体的位置分布作为群体的初始状态，该分布也可以被视为一个样本。在形成目标形状 "4" 的仿真实验中，从不同的迭代阶段提取了大约 7500 个样本来构成训练样本集。特别地，在每轮迭代后，所有智能体新的位置分布会被返回，并用于计算全局奖励值以及个体奖励值，进而优化神经网络模块。另一方面，评估模块和行为模块共享相同的局部状态输入，该输入由一个包含 7 个元素的向量表示。向量的前 4 个元素均由二进制数字表示，分别用于确认上、下、左和右 4 个相邻位置上是否有邻居存在。向量的第 5 个和第 6 个元素用来描述所选吸引子在二维平面中的相对位置。向量的第 7 个元素用来判断当前占据的位置是标记区域还是未标记区域。此外，智能体的动作集合 $\mathcal{A}$ 包含 5 个不同的动作：上移、下移、左移、右移和停止。

5.1.3.2 仿真结果

仿真结果首先验证了 SIRL 算法的收敛性，并将其和其他典型方法进行了比较。在对比方法中，第一种方法是联合学习（Joint Learning，JL），该方法仅仅使用行为模块从联合信息中学习最优行为，其中联合信息由一个级联向量表示，该向量由智能体自身以及所有摩尔邻居的局部状态向量级联构成，但是联合学习没有使用冲突避免机制。第二种方法是独立强化学习（IRL)，其设置与 JL 几乎相同，只是 IRL 的输入只包含智能体自身的局部状态向量。第三种方法是朴素的联合学习（Joint Learning - Original，JL-O）。第四种方法是朴素的独立强化学习（IRL - Original，IRL-O），这两种方法分别通过在 JL 和 IRL 方法的基础上，进一步禁用了共识主动性机制，在输入向量中使用智能体的真实坐标来替换吸引子的相对位置。在这种情况下，每个智能体只有在进入标记区域时才会得到一个非零的个体奖励值，智能体的个体奖励值分布如表 5-1所示，其中，a_3 和 b_3 都是正常数。

表 5-1 针对 JL-O 和 IRL-O 方法的个体奖励值分布

状态变化	奖励值
未标记区域到未标记区域	0
未标记区域到标记区域	a_3
标记区域到未标记区域	0
标记区域到标记区域	$b_3 \cdot \max(\triangle \mathrm{SI}, 0)$

图 5-6中给出了上述 5 种方法的训练和测试性能，并在图 5-7中直观地展示了 SIRL 算法在测试过程中的迭代结果。在训练过程中，神经网络模块每训练 10 轮测试一次。从图 5-6可以看出，使用与未使用共识主动性机制的方法在性能上有明显的差异，从 SIRL、JL 和 IRL 的曲线可以看出，共识主动性能够更好地分解全局目标，从而实现更高的相似度。另外，虽然 JL 使用了联合信息，但是 JL 中的每个智能体都将该联合信息简单地视为含有噪声的信号，没有充分利用。因此，尽管输入不同，JL 和 IRL 的性能几乎相同。此外，SIRL 比 JL 或 IRL 表现得更好，这得益于冲突避免机制，该机制可以缓解不同智能体行动之间的矛盾，进一步提高协作效率。

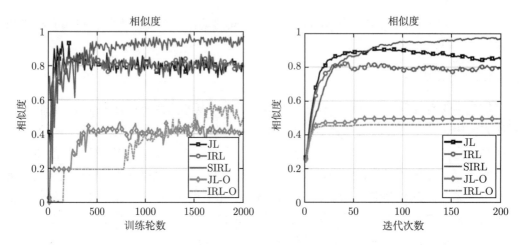

图 5-6　在目标形状"4"的任务中各种方法的训练（左）和测试（右）性能

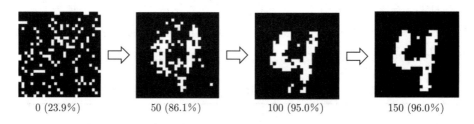

图 5-7　SIRL 算法在测试过程中的迭代结果

5.2　基于平均场理论的多智能体强化学习

随着系统中用户数量的爆炸式增长，多智能体强化学习方法在具体执行时，需要产生的状态—动作空间的维度以及不同智能体之间的信息交互数量都会达到难以处理的规模，从而导致现有的算法无法有效工作。为了应对大规模系统智能体数量激增带来的挑战，本节主要介绍一类基于平均场理论的多智能体强化学习方法。在将平均场理论和多智能体强化学习方法结合之前，有必要对平均场理论有一个概念上的认识。

5.2.1　平均场理论

平均场理论（Mean Field Theory，MFT）是把环境对物体的作用进行集体处理，以平均作用效果代替单个作用效果加和的一种理论。通过平均场的等效，我们可以将高次、多维的复杂问题转化为一个低维问题进行求解。

在具体应用中，由于涉及系统中多个主体的决策过程，平均场理论往往与博弈过程相结合，从而形成平均场博弈（Mean Field Game，MFG）。平均场博弈主要研究大量对象之间的博弈，探索在一个特定环境中，如何分析对象之间的作用或对象如何选择最优的决策。文献 [30] 介绍了几种比较典型的平均场博弈实例。

❑ **物理学分析**。粒子物理学问题的分析往往涉及复杂系统中所有粒子间的相互作用。数量庞大的相互作用使得用精确的模型对问题进行计算和仿真变得难以实现；而这时引入一个或多个描述粒子间相互作用的平均场，就可以对问题进行很好的近似。例如，为了研究原子受到的磁性作用，我们可以将一个磁性原子近场内的所有其他原子对其的作用等效为一个"场"，分析这个平均的"场"对该原子的作用来代替整个系统中其余原子对其的作用，从而简化对问题的求解。

❑ **博弈论**。在 N 个玩家参与的博弈游戏中，每个玩家都根据其余玩家的行为去进行最优决策是一件难以实现的事。实际上，当 N 的数量增长到足够大时，玩家也会逐渐丢失自己对很多其余玩家的观察信息，从而使传统的博弈论方法无法生效。而与此同时，数量 N 的增大会逐渐使玩家们的情况变得愈发相似，即玩家间的差异变得足够小，这样就可以利用平均场的理论对问题进行近似建模。单一玩家根据自己能观测到的部分玩家的动作策略，去估计其他玩家对自己的平均影响，从而完成决策。

❑ **经济学**。根据经济学原理，参与者进行市场行为时往往并不需要额外关注其他参与者，只需看重自己的利益以及市场的价格。例如，有一批土豆需要投入市场，菜场中每个摊位如何定价并不需要去关注，而应该关注的是菜场 A 和菜场 B 中土豆的平均定价，从而决定自己的土豆是投到菜场 A 还是投到菜场 B，才能使自身这次交易获利最大化。其他参与者存在的唯一作用就是维护理性期望的假设——不同参与者在同一位置会做出相同的决策，众人的决策最终影响市场。

上述介绍的平均场博弈的具体应用，希望可以帮助读者更快地了解平均场理论的核心思想——在多主体的场景中，某个对象进行决策所依赖的信息来自于系统中所有相关对象动作/状态的概率分布，而不是对其他每个对象单独考虑。系统在对平均场有效近似后，不断进行个体的策略迭代更新，最终将收敛至纳什均衡的状态或者达到帕累托最优的状态，即每个个体在系统状态下都选择相对最优的策略。

平均场理论在解决类似的博弈问题时已经有了一套相对成熟的体系。研究者考虑到其在分析和应用时的简化性和有效性，在大规模的多智能体强化学习中也借鉴了其思想，提出了一些基于平均场理论的多智能体强化学习方法。

5.2.2　非合作场景中的平均场近似

为了有效解决大规模的多智能体强化学习问题，核心就是要对数量众多的智能体的某些属性进行平均场等效近似，从而简化强化学习的计算过程。本小节和 5.2.3 小节将分别从非合作多智能体强化学习和合作式多智能体强化学习两种场景，介绍平均场近似于多智能体强化学习结合的方法；文中只包含对平均场近似核心过程的介绍，详细证明过程可参见文献 [31-32]。

5.2.2.1　基本原理

假设有 N 个智能体运作在一个全局系统中，每个智能体 i 都会根据当前系统状态 s 决定自己的行动 a^i，并收获一个即刻的奖励值 r^i，随后系统发展至新的状态 s'；智能体用于决定动作的策略 π^i，需要使自己的值函数 v_π^i 最大化。与传统强化学习不同，这里系统状态的发展是受到全部智能体的行动共同影响的，由转移概率 p 表示；同时智能体收获的奖励值也与其他智能体的行动选择密切相关。所以，多智能体强化学习中，对于每个智能体 i 的优化目标——状态价值函数 v_π^i 和动作价值函数 Q_π^i，理论上要依赖于所有智能体的联合策略 $\boldsymbol{\pi} \triangleq [\pi^1, \cdots, \pi^N]$ 和联合动作 $\boldsymbol{a} \triangleq [a^1, \cdots, a^N]$，具体可表示为：

$$v_\pi^i(s) = v^i(s; \boldsymbol{\pi}) = \sum_{t=0}^{\infty} \gamma^t \mathbb{E}_{\boldsymbol{\pi},p}[r_t^i | s_0 = s, \boldsymbol{\pi}]$$

$$Q_\pi^i(s, \boldsymbol{a}) = r^i(s, \boldsymbol{a}) + \gamma \mathbb{E}_{s' \sim p}[v_\pi^i(s')] \tag{5.9}$$

$$v_\pi^i(s) = \mathbb{E}_{\boldsymbol{a} \sim \boldsymbol{\pi}}[Q_\pi^i(s, \boldsymbol{a})]$$

如此，当系统中智能体的数量非常大时，目标函数的计算更新就会变得十分困难。

针对这种智能体数量增大带来的计算困难问题，文献 [31] 中提出了一种对邻居智能体的动作和动作 Q 函数进行平均场等效的方法。首先，智能体 i 的 Q 函数可以用 i 与其邻近智能体两两交互产生的 Q 函数的平均来表示：

$$Q^i(s, \boldsymbol{a}) = \frac{1}{N^i} \sum_{k \in \mathcal{N}(i)} Q^i(s, a^i, a^k) \tag{5.10}$$

其中，$\mathcal{N}(i)$ 表示智能体 i 的邻居智能体的集合，N^i 表示其大小。其次，假设智能体 i 的所有邻居的平均动作为 $\bar{a}^i$，任意邻居智能体 k 的动作 a^k 和 $\bar{a}^i$ 的关系可通过下式表示：

$$a^k = \bar{a}^i + \delta a^{i,k} \tag{5.11}$$

其中，$\bar{a}^i = \dfrac{1}{N^i} \sum\limits_k a^k$，$\delta a^{i,k}$ 是邻居 k 的动作和平均动作 $\bar{a}^i$ 之差，在平均场的假设下可视作一个较小的波动。

文献证明，经过以上两次的平均等效，智能体 i 的 Q 函数可以用其邻居平均动作产生的 Q 函数近似表示：

$$Q^i(s, \boldsymbol{a}) = \frac{1}{N^i} \sum_k Q^i(s, a^i, a^k)$$

$$\approx Q^i(s, a^i, \bar{a}^i) \tag{5.12}$$

也就是系统中的智能体与其他每个智能体交互的复杂过程，可以近似为智能体和一个由其他智能体共同作用所等效的虚拟平均智能体的交互，从而大大降低交互的复杂度。文献证明，经过上述的平均场等效和一定次数的迭代更新后，系统中的智能体策略将最终收敛至纳什均衡点附近。

5.2.2.2　代表性算法

通过前面章节的介绍，我们了解到在深度强化学习中常见的两种方法——基于值函数的学习方法（DQN 方法）和基于值和策略函数的学习方法（Actor-Critic 方法）。面对非合作式的多智能体强化学习，文献 [31] 在提出了平均场的近似后，使用一种集中式训练的方式，基于这两种方法提出了对应的平均场多智能体强化学习算法——MF-Q 和 MF-AC。

由平均场近似，我们已经得到了智能体 i 的等效平均场 Q 函数 $Q^i(s, a^i, \bar{a}^i)$，进一步可以计算出此时的状态价值函数 v^i：

$$v_t^i(s') = \sum_{a^i} \pi_t^i(a^i | s', \bar{a}^i) \mathbb{E}_{\bar{a}^i(\boldsymbol{a}^{-i}) \sim \boldsymbol{\pi}_t^{-i}} \left[Q_t^i(s', a^i, \bar{a}^i) \right] \tag{5.13}$$

其中，$\boldsymbol{a}^{-i}$ 和 $\boldsymbol{\pi}_t^{-i}$ 分别表示除智能体 i 以外的联合动作和联合策略。每个邻居节点 k 都根据其策略 π^k 和过去的平均动作 $\bar{a}_-^k$，采样得到新的动作 a^k；节点 i 也就可以计算出其新的平均场动作 $\bar{a}^i$：

$$\bar{a}^i = \frac{1}{N^i} \sum_k a^k, a^k \sim \pi_t^k(\cdot | s, \bar{a}_-^k) \tag{5.14}$$

其中，智能体 i 的策略 π^i 通过玻尔兹曼策略进行如下更新：

$$\pi_t^i(a^i | s, \bar{a}^i) = \frac{\exp(-\beta Q_t^i(s, a^i, \bar{a}^i))}{\sum\limits_{a^{i'}} \exp(-\beta Q_t^i(s, a^{i'}, \bar{a}^i))} \tag{5.15}$$

经过这样不断的迭代, 策略最终将会收敛至纳什均衡点附近。具体迭代计算的执行则通过神经网络的形式进行, 即 MF-Q 和 MF-AC 算法。

算法 5.1 MF-Q 平均场 Q 学习算法

1: 初始化估计网络 Q_{ϕ^i}、目标网络 $Q_{\phi^i_-}$, 以及对所有智能体 i 的邻居平均动作初始化为 $\bar{a}^i$;

2: **while** 训练未完成 **do**

3:     每个智能体 i 根据式 (5.14) 从 Q_{ϕ^i} 网络中进行动作选择 a^i;

4:     每个智能体根据式 (5.15) 计算新的平均动作 $\bar{a}^i$;

5:     智能体采取联合动作 $\boldsymbol{a} = [a^1, \cdots, a^N]$, 并得到奖励 $\boldsymbol{r} = [r^1, \cdots, r^N]$ 和系统下一状态 s';

6:     将 $< s, \boldsymbol{a}, \boldsymbol{r}, s', \bar{\boldsymbol{a}} >$ 存入记忆库 $\mathscr{D}$, 其中 $\bar{\boldsymbol{a}} = [\bar{a}^1, \cdots, \bar{a}^N]$;

7:     **for** $i = 1 \rightarrow N$ **do**

8:         从记忆库 $\mathscr{D}$ 中采样 K 组经验缓存 $< s, \boldsymbol{a}, \boldsymbol{r}, s', \bar{\boldsymbol{a}} >$;

9:         $\bar{a}^i_- \leftarrow \bar{a}^i$, 并从目标网络 $Q_{\phi^i_-}$ 中进行动作选择 a^i_-;

10:        令 $y^i = r^i + \gamma v^{MF}_{\phi^i_-}(s')$;

11:        通过最小化损失函数 $\mathscr{L}(\phi^i) = \frac{1}{K} \sum (y^i - Q_{\phi^i}(s, a^i, \bar{a}^i))^2$ 来更新 Q 网络;

12:        以学习率 τ 更新目标网络参数:

$$\phi^i_- \leftarrow \tau\phi^i + (1 - \tau)\phi^i_-$$

13:     **end for**

14: **end while**

算法 5.2 MF-AC 平均场 Actor-Critic 算法

1:     初始化 Critic 估计网络 Q_{ϕ^i}、目标网络 $Q_{\phi^i_-}$、Actor 估计网络 π_{θ^i}、目标网络 $\pi_{\theta^i_-}$, 以及对所有智能体 i 的邻居平均动作初始化为 $\bar{a}^i$;

2: **while** 训练未完成 **do**

3:     每个智能体进行动作采样 $a^i = \pi_{\theta^i}(s)$; 计算新的平均动作 $\bar{\boldsymbol{a}} = [\bar{a}^1, \cdots, \bar{a}^N]$;

4:     智能体根据联合动作向量 $\boldsymbol{a} = [a^1, \cdots, a^N]$ 采取动作, 并得到奖励向量 $\boldsymbol{r} = [r^1, \cdots, r^N]$ 和系统下一状态 s';

5:     将 $< s, \boldsymbol{a}, \boldsymbol{r}, s', \bar{\boldsymbol{a}} >$ 存入记忆库 $\mathscr{D}$;

6:     **for** $i = 1 \rightarrow N$ **do**

7:　　从记忆库 $\mathscr{D}$ 中采样 K 组经验缓存 $<s, \boldsymbol{a}, \boldsymbol{r}, s', \bar{\boldsymbol{a}}>$；

8:　　令 $y^i = r^i + \gamma v^{MF}_{\phi^i_-}(s')$；

9:　　通过最小化损失函数 $\mathscr{L}(\phi^i) = \dfrac{1}{K} \sum (y^i - Q_{\phi^i}(s, a^i, \bar{a}^i))^2$ 来更新 Critic；

10:　　使用采样策略梯度更新 Actor：

$$\nabla_{\theta^i} \mathscr{F}(\theta^i) \approx \frac{1}{K} \sum \nabla_{\theta^i} \log \pi_{\theta^i}(s') Q_{\phi^i_-}(s', a^i_-, \bar{a}^i_-)|_{a^i_- = \pi_{\theta^i_-}(s')}$$

11:　　以学习率 τ_ϕ 和 τ_θ 更新目标网络的参数：

$$\phi^i_- \leftarrow \tau_\phi \phi^i + (1 - \tau_\phi)\phi^i_-\ ;\ \theta^i_- \leftarrow \tau_\theta \theta^i + (1 - \tau_\theta)\theta^i_-$$

12:　　**end for**

13: **end while**

上述两种基于平均场的算法是非合作式的多智能体场景下通用的中心式训练、分布式执行算法，如在高斯模型、伊辛模型以及混合式竞争—合作对抗游戏中这 3 种场景下应用算法，发现其能够使系统中的智能体快速收敛至最优策略，其收敛速度、得分表现等也相较一般的多智能体强化学习算法有较大提升[31]。

5.2.3　合作场景中的平均场近似

5.2.3.1　基本原理

类似地，假设 N 个不同智能体有相同的状态空间 $\mathcal{X}$ 和动作空间 $\mathcal{U}$，$\mathcal{P}(\cdot)$ 表示空间 $(\cdot)$ 的概率测量空间，不同的智能体享有独立的状态和动作；t 时刻全部智能体的联合状态用向量 $\boldsymbol{x}_t \triangleq [x_t^{1,N}, \cdots, x_t^{N,N}]$ 表示，联合动作向量 $\boldsymbol{u}_t \triangleq [u_t^{1,N}, \cdots, u_t^{N,N}]$ 表示，单个智能体 i 的奖励 $\tilde{r}^i(\boldsymbol{x}_t, \boldsymbol{u}_t)$ 和状态转移概率 $P^i(\boldsymbol{x}_t, \boldsymbol{u}_t)$ 受 $\boldsymbol{x}_t$ 和 $\boldsymbol{u}_t$ 影响；进一步地，智能体 i 的下一状态 $x_{t+1}^{i,N}$ 由其转移概率 P^i 决定；我们希望通过一个中心控制器的控制去最大化所有智能体的累积期望奖励：

$$\sup_{\boldsymbol{\pi}} \frac{1}{N} \sum_{i=1}^{N} v^i(\boldsymbol{x}, \boldsymbol{\pi}),\ \text{where}\ v^i(\boldsymbol{x}, \boldsymbol{\pi}) = \mathbb{E}\left[\sum_{t=0}^{\infty} \gamma^t \tilde{r}^i(\boldsymbol{x}_t, \boldsymbol{u}_t) \Big| \boldsymbol{x}_0 = \boldsymbol{x} \right] \tag{5.16}$$

其中，v^i 表示给定的初始状态 $\boldsymbol{x}_0 = \boldsymbol{x}$，折扣因子 $\gamma \in (0, 1)$ 以及策略向量 $\boldsymbol{\pi} = \{\boldsymbol{\pi}_t\}_{t=0}^{\infty}$，$v^i$ 是执行策略 $\boldsymbol{\pi}_t = (\pi_t^1, \cdots, \pi_t^N)$ 后主体 i 的累积奖励。

与非合作式场景中所有智能体在集中式训练下共享相同系统状态的假设不同，这里进一步考虑每个智能体的状态也是独立的；当智能体数量上升后，此处多智能体强化学习算法的采样和计算复杂度会呈指数级上升，最终导致算法失效。

文献 [32] 中考虑利用带有学习的平均场控制（Mean field control，MFC）框架来解决上述问题。平均场控制就是利用平均场知识，将多主体下的最优控制问题进行简化求解的一种方法。根据平均场的假设，每个智能体受到其他智能体的影响是仅以其状态和动作的概率分布决定的。同时，当智能体数量足够大时，智能体之间的表现将趋于相似，所以在分析时可以以一个智能体代表为例。

通过平均场控制的假设，智能体 i 的奖励 $\widetilde{r}^i(\boldsymbol{x}_t, \boldsymbol{u}_t)$ 和状态转移概率 $P^i(\boldsymbol{x}_t, \boldsymbol{u}_t)$ 可以近似表示为：

$$\widetilde{r}^i(\boldsymbol{x}_t, \boldsymbol{u}_t) \to \widetilde{r}(x_t^i, \mu_t, u_t^i, \nu_t)$$
$$P^i(\boldsymbol{x}_t, \boldsymbol{u}_t) \to P(x_t^i, \mu_t, u_t^i, \nu_t) \tag{5.17}$$

其中，μ_t 是状态的分布，表示为 $\mu_t^N(x) = \dfrac{\sum\limits_{i=1}^N 1(x_t^{i,N} = x)}{N}$ ；ν_t 是动作的分布，表示为

$\nu_t^N(u) = \dfrac{\sum\limits_{i=1}^N 1(u_t^{i,N} = u)}{N}$。

为了简化符号，定义 h_t 表示中心控制器的策略 π_t：$h_t(\cdot) := \pi_t(\cdot, \mu_t)$，且 $\mathcal{H} := \{h : \mathcal{X} \to \mathcal{P}(\mathcal{U})\}$ 表示 $h_t(\cdot)$ 的状态空间。同时，将所有策略的集合 Π 定义如下：

$$\Pi := \left\{\pi = \{\pi_t\}_{t=0}^{\infty} | \pi_t : \mathcal{P}((X)) \to \mathcal{H} \text{ 是可测量的}\right\} \tag{5.18}$$

当定义 $\nu(\mu, h)(\cdot) := \sum\limits_{x \in \mathcal{X}} h(x)(\cdot)\mu(x)$ 后，状态分布的发展 $\{\mu_t\}_{t \geqslant 0}$ 可写为：

$$\mu_{t+1} = \Phi(\mu_t, h_t) \tag{5.19}$$

其中，$\Phi(\mu_t, h_t) := \sum\limits_{x \in \mathcal{X}} \sum\limits_{u \in \mathcal{U}} P(x, \mu_t, u, \nu(\mu_t, h_t))\mu_t(x)h_t(x)(u) \in \mathcal{P}(\mathcal{X})$。

进一步地，在平均场控制中，值函数 v^π 可表示为：

$$v^\pi(\mu) = \sum_{t=0}^{\infty} \gamma^t r(\mu_t, h_t) \tag{5.20}$$

其中，$r(\mu_t, h_t) := \sum\limits_{x \in \mathcal{X}} \sum\limits_{u \in \mathcal{U}} \widetilde{r}(x, \mu_t, u, \nu(\mu_t, h_t))\mu_t(x)h_t(x)(u)$。

最终，系统的优化目标也就变成求解带有初始条件 $x_0^{i,N} = x^{i,N}(i = 1, 2, \cdots, N)$ 和

$$\mu_0^N(x) = \mu^N(x) := \frac{\sum\limits_{i=1}^{N} 1(x^{i,N} = x)}{N} \ (x \in \mathcal{X})\ \text{的如下问题：}$$

$$\sup_{\pi} v_N^\pi(\mu^N) := \sup_{\pi} \frac{1}{N} \sum_{i=1}^{N} v^{i,\pi}(x^{i,N}, \mu^N)$$

$$= \sup_{\pi} \frac{1}{N} \sum_{i=1}^{N} \mathbb{E} \left[\sum_{t=0}^{\infty} \gamma^t \widetilde{r}(x_t^{i,N}, \mu_t^N, u_t^{i,N}, \nu_t^N) \right], \tag{5.21}$$

$$\text{s.t. } x_{t+1}^{i,N} \sim P(x_t^{i,N}, \mu_t^N, u_t^{i,N}, \nu_t^N),$$

$$u_t^{i,N} \sim \pi_t(x_t^{i,N}, \mu_t^N), \ 1 \leqslant i \leqslant N,$$

由于主体间的相似性，定义 $v_N^\pi(\mu^N) := \dfrac{1}{N} \sum\limits_{i=1}^{N} v^{i,\pi}(x^{i,N}, \mu^N)$。同时，假设满足

$$v_N^{\pi^\epsilon} \geqslant \sup_{\pi} v_N^\pi - \epsilon \tag{5.22}$$

的 π^ϵ 称为多智能体强化学习下的 ϵ-帕累托最优，文献 [32] 证明，当 $N \to \infty$ 时，通过动态规划原则（Dynamic Programming Principle, DPP）的计算，上述平均场控制最优策略将趋近于系统的帕累托最优，即平均场近似过程是有效的。

5.2.3.2　代表性算法

经过第 5.2.3.1 小节中介绍的合作场景中的平均场近似，可以将合作式的多智能体强化学习问题建模为一个平均场下的最优控制问题，并通过动态规划准则求解。为了方便推导，首先对空间 $\mathcal{H}$ 和 $\mathcal{C} := \mathcal{P}(\mathcal{X}) \times \mathcal{H}$，引入度量函数 $d_{\mathcal{H}}(h1, h2) = \max\limits_{x \in \mathcal{X}} \|h_1(x) - h_2(x)\|_1$ 和 $d_{\mathcal{C}}((\mu_1, h_1), (\mu_2, h_2)) = \|\mu_1 - \mu_2\|_1 + d_{\mathcal{H}}(h_1, h_2)$。

同时，定义给定策略 π 下的 Q 函数 Q^π 和最优 Q 函数，分别为：

$$Q^\pi(\mu, h) := \left[\sum_{t=0}^{\infty} \gamma^t r(\mu_t, h_t) \Big| \mu_0 = \mu, \pi_0(\mu_0) = h \right]$$

$$Q(\mu, h) := \sup_{\pi \in \Pi} Q^\pi(\mu, h) \tag{5.23}$$

根据贝尔曼方程，可得：

$$Q(\mu, h) = r(\mu, h) + \gamma \sup_{\tilde{h} \in \mathcal{H}} Q(\Phi(\mu, h), \tilde{h}) \tag{5.24}$$

文献 [32] 基于上式提出了一种基于核的 Q 学习算法（MFC-K-Q）来计算平均场近似下的最优控制问题。为了应对问题中的连续状态—动作空间，算法使用一种核回归的方式从观察到的离散空间数据中估计状态—动作对。假设 N_ϵ 是 $\mathcal{C}_\epsilon$ 的大小，如果有 $\min_{1 \leqslant i \leqslant N_\epsilon} d_\mathcal{C}(c, c^i) < \epsilon, c \in \mathcal{C}$，则称 $\mathcal{C}_\epsilon = \{c^i = (\mu^i, h^i)\}_{i=1}^{N_\epsilon}$ 是定义在空间 $\mathcal{C}$ 上的 ϵ-网络。此外，定义核回归执行器 Γ_K：

$$\Gamma_K f(c) = \sum_{i=1}^{N_\epsilon} K(c^i, c) f(c^i) \tag{5.25}$$

算法 5.3 MFC-K-Q 基于核的平均场控制 Q 学习算法

输入： 初始状态分布 μ_0，$\epsilon > 0$ 关于 $\mathcal{C}$ 的 ϵ 网络为 $\mathcal{C}_\epsilon = \{c^i = (\mu^i, h^i)\}_{i=1}^{N_\epsilon}$，探索策略 π 以及网络的回归核 K；

1: 初始化：$\hat{r}(c^i) = 0$, $\hat{\Phi}(c^i) = 0$, $N(c^i) = 0 \ \forall i$;

2: **while** $N(c^i) \leqslant 0, \exists i$ **do**

3:     在当前的状态分布 μ_t 下，根据策略 π 执行动作 h_t，随后观察新的状态分布 $\mu_{t+1} = \Phi(\mu_t, h_t)$ 和奖励 $r_t = r(\mu_t, h_t)$;

4:     **for** $1 \leqslant i \leqslant N_\epsilon$ **do**

5:         **if** $d_\mathcal{C}(c^i, (\mu_t, h_t)) < \epsilon$ **then**

6:             $N(c^i) \leftarrow N(c^i) + 1$

7:             $\hat{r}(c^i) \leftarrow \dfrac{N(c^i) - 1}{N(c^i)} \cdot \hat{r}(c^i) + \dfrac{1}{N(c^i)} \cdot r_t$

8:             $\hat{\Phi}(c^i) \leftarrow \dfrac{N(c^i) - 1}{N(c^i)} \cdot \hat{\Phi}(c^i) + \dfrac{1}{N(c^i)} \cdot \mu_t$

9:         **end if**

10:     **end for**

11: **end while**

12: 初始化：$\hat{q}_0 = 0, \forall c^i \in \mathcal{C}_\epsilon, l = 0$;

13: **while** 未收敛 **do**

14:     **for** $c^i \in \mathcal{C}_\epsilon$ **do**

15:         $\hat{q}_{l+1}(c^i) \leftarrow \left(\hat{r}(c^i) + \gamma \max_{\tilde{h} \in \mathcal{H}_\epsilon} \Gamma_K \hat{q}_l(\hat{\Phi}(c^i), \tilde{h}) \right)$

16:     **end for**

17:     $l = l + 1$

18: **end while**

其中，$K(c^i, c) \geqslant 0$ 是核函数的权重。最后得到定义在 ϵ-网络 $\mathcal{C}_\epsilon$ 上的近似贝尔曼执行器 B_ϵ：

$$(B_\epsilon q)(c^i) = r(c^i) + \gamma \max_{\tilde{h} \in \mathcal{H}_\epsilon} \Gamma_K q(\Phi(c^i), \tilde{h}) \tag{5.26}$$

通过上述补充可以给出详细的 MFC-K-Q 算法。实际应用时，应考虑用加噪后的估计 $\{\tilde{r}(c^i), \tilde{\Phi}(c^i)\}_{i=1}^{N_\epsilon}$ 代替真实数据 $\{r(c^i), \Phi(c^i)\}_{i=1}^{N_\epsilon}$ 进行计算。

文献 [32] 在一个网络业务拥塞控制问题下测试 MFC-K-Q 算法，并与其他一些算法进行效果对比，发现提出的算法在智能体数量上升后能够达到更高的回报奖励。

参考文献

[1] TESAURO G. Temporal difference learning and td-gammon[J]. Communications of the ACM, 1995, 38(3): 58-68.

[2] ZHANG Y, CLAVERA I, TSAI B, et al. Asynchronous methods for model-based reinforcement learning[Z]. 2019.

[3] SILVER D, LEVER G, HEESS N, et al. Deterministic policy gradient algorithms[C]//Proceedings of the 31st International Conference on Machine Learning. Beijing, 2014: 387-395.

[4] ARULKUMARAN K, DEISENROTH M, BRUNDAGE M, et al. Deep reinforcement learning: a brief survey[J]. IEEE Signal Processing Magazine, 2017, 34(6): 26-38.

[5] BUSONIU L, BABUSKA R, SCHUTTER B D. A comprehensive survey of multiagent reinforcement learning[J]. IEEE Trans. on Systems, Man, and Cybernetics, Part C, 2008, 38(2): 156-172.

[6] LITTMAN M L. Markov games as a framework for multi-agent reinforcement learning[M]. San Francisco: Morgan Kaufmann, 1994: 157-163.

[7] ARDI T, TAMBET M, DORIAN K, et al. Multiagent cooperation and competition with deep reinforcement learning[J]. Plos One, 2017, 12(4): e0172395.

[8] ZHU Y, ZHAO D. Online minimax q network Learning for two-player zero-sum markov games[J]. IEEE Transactions on Neural Networks and Learning Systems, 2022, 33(3): 1228-1241.

[9] RASHID T, SAMVELYAN M, SCHROEDER C, et al. QMIX: monotonic value function factorisation for deep multi-agent reinforcement learning[C]//Proceedings of the 35th International Conference on Machine Learning. Stockholm, 2018: 4295-4304.

[10] XU X, LI R, ZHAO Z, et al. Stigmergic independent reinforcement learning for multiagent collaboration[J]. IEEE Trans. on Neural Networks and Learning Systems, 2022, 33(9): 4285-4299.

[11] PAGáN O R. The brain: a concept in flux[J]. Philosophical Transactions of The Royal Society B Biological ences, 2019, 374(1774): 20180383.

[12] RICCI A, OMICINI A, VIROLI M, et al. Cognitive stigmergy: towards a framework based on agents and artifacts[C]//Proceedings of the 3rd International Conference on Environments for Multi-Agent Systems. Berlin, 2006: 124-140.

[13] YONG C H, MIIKKULAINEN R. Coevolution of role-based cooperation in multiagent systems[J]. IEEE Trans. on Autonomous Mental Development, 2009, 1: 170-186.

[14] DORIGO M, BIRATTARI M, BLUM C. Ant colony optimization and swarm intelligence [J]. Lecture Notes in Computer Science, 2004, 49(8): 767-771.

[15] SCHOONDERWOERD R, BRUTEN J L, HOLLAND O E, et al. Ant-based load balancing in telecommunications networks[J]. Adaptive Behavior, 1996, 5(2): 169-207.

[16] CARO G D, DORIGO M. AntNet: distributed stigmergetic control for communications networks[J]. Journal of Artificial Intelligence Research, 1999, 9(1): 317-365.

[17] MARU C, ENOKI M, NAKAO A, et al. QoE control of network using collective intelligence of SNS in large-scale disasters[C]//IEEE International Conference on Computer and Information Technology (CIT). Nadi, 2017.

[18] Kanamori R, Takahashi J, Ito T. Evaluation of anticipatory stigmergy strategies for traffic management[C]//IEEE Vehicular Networking Conference (VNC). Seoul, 2012: 33-39.

[19] KASSABALIDIS I, EL-SHARKAWI M, MARKS R, et al. Swarm intelligence for routing in communication networks[C]//GLOBECOM'01. IEEE Global Telecommunications Conference: volume 6. San Antonio, 2001: 3613-3617.

[20] WERFEL J, NAGPAL R. Extended stigmergy in collective construction[J]. IEEE Intelligent Systems, 2006, 21(2): 20-28.

[21] LEE D, LIN Y R, OSGOOD N, et al. Stigmergy-based modeling to discover urban activity patterns from positioning data[J]. Lecture Notes in Computer Science, 2017, 10354(35): 292-301.

[22] XU X, ZHAO Z, LI R, et al. Brain-inspired stigmergy learning[J]. IEEE Access, 2019, 7: 410-424.

[23] PARUNAK H V D, BRUECKNER S A, SAUTER J. Digital pheromones for coordination of unmanned vehicles[J]. Lecture Notes in Computer Science, 2005, 3374: 246-263.

[24] MAMEI M, ZAMBONELLI F. Programming stigmergic coordination with the TOTA middleware[C]//Proceedings of the 4th International Joint Conference on Autonomous Agents and Multiagent Systems. New York, 2005: 415-422.

[25] VOLODYMYR M, KORAY K, DAVID S, et al. Human-level control through deep reinforcement learning[J]. Nature, 2015, 518(7540): 529-533.

[26] GRONDMAN I, BUCSONIU L, LOPES G A D, et al. A survey of actor-critic reinforcement learning: standard and natural policy gradients[J]. IEEE Trans. on Systems, Man, and Cybernetics, Part C, 2012, 42(6): 1291-1307.

[27] DUTTA S, WANG J, JOSHI G. Slow and stale gradients can win the race[J]. IEEE Journal on Selected Areas in Information Theory, 2021, 2(3): 1012-1024.

[28] LECUN Y, BOTTOU L, BENGIO Y, et al. Gradient-based learning applied to document recognition[J]. Proceedings of the IEEE, 1998, 86(11): 2278-2324.

[29] MIRAMONTES O, SOLé R V, GOODWIN B C. Collective behaviour of random-activated mobile cellular automata[J]. Physical Nonlinear Phenomena, 1993, 63(1-2): 145-160.

[30] GUÉANT O, LASRY J M, LIONS P L. Mean field games and applications[C]//Paris-Princeton Lectures on Mathematical Finance 2010. Paris, 2010: 205-266.

[31] YANG Y, LUO R, LI M, et al. Mean field multi-agent reinforcement learning[J]. Proc. 35th Int. Conf. Mach. Learn., 2018.

[32] GU H, GUO X, WEI X, et al. Mean-field controls with q-learning for cooperative marl: Convergence and complexity analysis[Z]. 2020.

第 **6** 章

合作式梯度更新

近年来，伴随着新一代无线通信技术和物联网技术的快速发展，越来越多的分布式系统倾向于使用多智能体系统来构建系统模型，如无人机集群的控制、车联网的控制以及边缘网络的资源管理等。在这些应用中，传统的基于中心控制器的解决方案在系统的有效性、稳定性和可扩展性等方面的表现差强人意，因此如何设计和训练符合预期的分布式多智能体系统是一个迫切需要被解决的问题。另一方面，作为一种分布式机器学习架构，如何通过分布在不同设备上的数据样本来训练特定的模型，仍然有待解决。由于对数据隐私的保护需求以及通信带宽或时延的限制[1]，可以采用联邦学习等方式，允许分布式设备在本地计算模型的梯度值，然后将这些梯度值上传到中心服务器，以便集中地更新模型的参数。本章讨论多智能体合作式梯度更新方法，并进一步分析和探讨不同条件下模型的收敛性能。

6.1 基本原理

在分布式多智能体系统中，当数据样本分散存在时，单个智能体在训练过程中能够收集到的数据样本有限。由于智能体模型的优化效果和用于训练的数据样本的数量以及多样性密切相关，因此，为了提升智能体模型的训练效果，可以通过合作式梯度更新的方式来增强每个智能体的样本信息。以联邦学习为例，由于中心节点集中地聚合多个智能体的本地梯度值，并将更新后的模型参数共享给所有智能体，可以间接地丰富智能体的样本信息，提升分布式多智能体系统的性能水平。

在系统模型方面，考虑多个智能体模型同构的分布式系统。假设系统包含 m 个智能体，每个智能体都执行分布式地、独立地学习或训练过程。智能体依据收集的训练样本计算模型的梯度值,并通过联邦学习来相互协作。其中,每个智能体 i($i \in \{1, 2, 3, \cdots, m\}$)都维护一个参数化的函数模型,模型参数用 $\theta_k^{(i)}$ 来表示,这里的 k 表示训练迭代的索引。除此之外,假设系统额外地包含一个中心节点,该中心节点可以和每个智能体进行通信,并且拥有相同的函数模型。

6.1.1 随机梯度下降

在机器学习中,随机梯度下降(Stochastic Gradient Descent,SGD)算法是用来优化模型参数的一种常见方法,其基本原理是将模型参数沿着梯度下降的方向进行更新,直至性能收敛。为了便于分析,假设所有智能体在参数更新时的学习率为 η,并且采用相同的损失函数 $\mathcal{L}$。损失函数通常被定义为目标函数的负数,而目标函数需要体现智能体或者系统的优化目标。一般地,模型参数的更新方式可以表示为:

$$\theta_{k+1} = \theta_k - \eta \nabla_{\theta_k} \mathcal{L} \tag{6.1}$$

不失一般性,用 ϕ_t 表示智能体在 t 时刻收集到的训练样本,该训练样本可以被用来计算模型参数的梯度值。一般地,为了在提升训练速度的同时降低样本梯度的方差,智能体会将收集到的多个训练样本形成一个批(Mini-batch),然后在每次迭代中使用批量样本来更新模型参数。因此,智能体在训练过程中使用到的实际梯度值可以表示为:

$$g(\xi_k; \theta_k) = \frac{1}{|\xi_k|} \sum_{\phi_t \in \xi_k} \nabla \mathcal{L}(\phi_t; \theta_k) \tag{6.2}$$

其中,ξ_k 表示在迭代 k 时的批量样本,$|\cdot|$ 表示取模运算。

6.1.2 联邦学习

联邦学习(Federated Learning)是 Google 研究院在 2016 年提出的一种机器学习框架,原本运用在 Gboard(Google 键盘)上,通过联合用户的终端设备,利用用户的本地数据训练本地模型,再将训练过程中的模型参数聚合与分发,最终实现精准预测下一词的目标。联邦学习可以在保障数据交换时的信息安全以及保护终端数据和个人数据隐私的前提下,在多参与方或多计算结点之间开展高效率的机器学习。联邦学习可使用的机器学习算法不局限于神经网络,还包括随机森林等重要算法。

联邦学习是一种带有隐私保护、安全加密技术的分布式机器学习框架,除了包括传统的机器学习模型训练技术外,还包含协调方与参与方高效传输的通信技术、隐私保护加密技术等。在典型的联邦学习方案中，算法模型训练过程可以简单概括为以下步骤：

❑ 中央服务器建立基本模型，并将模型的结构与参数告知各参与方（也称为客户端、终端或参与节点）。

❑ 各参与方利用本地的数据进行模型训练，并将模型训练的结果参数返回给中央服务器。

❑ 中央服务器根据各参与方上报的模型训练参数，构建更加精准的全局模型参数，以提升模型整体性能。由于各参与方上报给中央服务器的是本地模型训练的参数，中央服务器或其他参与方不会看到任何一个参与方的原始数据。因此，联邦学习可以让分散的各参与方在不向其他参与者暴露隐私数据的前提下，协作进行机器学习的模型训练。

联邦学习的主要特征包括：

❑ 多方协作：有两个或两个以上的参与方进行协作，共同构建一个共享的机器学习模型，每一方都有各自进行模型训练的数据。

❑ 各方平等：联邦学习的各参与方之间都是平等的，没有主次之分。

❑ 数据隐私保护：在联邦学习的模型训练过程中，每一个参与方拥有的数据都仅限于各自使用，不存在训练数据的共享，即数据不离开数据所有者，可以保障数据的隐私和安全。

联邦学习可以解决本地数据隐私问题，但由于模型的参数仍由中心服务器控制，仍存在中心服务器不可控的风险。此外，这种架构也降低了整个系统的容错性，一旦中心服务器受到攻击或者是出现异常，整个系统就无法工作。

在考虑联邦学习的多智能体系统中，多个智能体需要在每次迭代中根据训练样本计算模型的梯度值，然后将梯度值统一上传到中心节点，如图 6-1a 所示。需要说明的是，在本章中，联邦学习的使用重点放在了梯度信息的聚合过程上，而对信息的加密或者压缩过程暂不做讨论。假设智能体向中心节点传输的是依据本地训练样本计算的模型梯度值，并且中心节点对所有智能体上传的梯度值采用平均聚合的方式进行处理。中心节点负责将更新后的模型参数发送给所有智能体，这些参数代表了联邦学习在每次迭代后的输出值，其更新公式可以表示为：

$$\overline{\theta}_{k+1} = \overline{\theta}_k - \eta \frac{1}{m} \sum_{i=1}^{m} g(\xi_k^{(i)}; \theta_k^{(i)}) \tag{6.3}$$

其中，$\overline{\theta}_k$ 表示中心节点在迭代 k 时维护的模型平均参数；m 表示在每次迭代中，与中心节点进行交互的智能体数量。

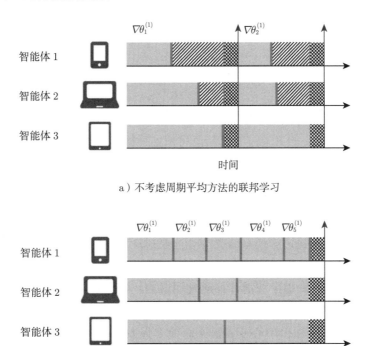

a）不考虑周期平均方法的联邦学习

b）本地更新次数 $\tau = 5$ 的联邦周期平均方法示意图

图 6-1 联邦周期平均方法

6.1.3 联邦周期平均方法

在联邦学习中，由于智能体需要在每次迭代中将梯度值上传到中心节点，当系统包含大量的智能体或者迭代次数时，智能体和中心节点之间频繁地信息交互会产生过多的通信开销。因此，联邦学习通常允许智能体向中心节点上传本地梯度值之前，在一个周期内对模型执行几次本地更新，即联邦周期平均方法，如图 6-1b 所示。联邦周期平均方法因为降低了智能体和中心节点之间的信息交互频率，因此能够成倍地减少两者之间的通信开销。然而，在联邦周期平均方法中，智能体本地更新次数的增加会增大样本梯度的方差，并最终影响模型的收敛性能，因此，联邦周期平均方法对模型训练性能的影响需要被认真考虑。此外，现实应用中的多个智能体可能面临不同的学习环境，学习环境的异质性可能导致多个智能体的本地更新过程异步，这里的异步是指在相同的周期内，不同智能体完成本地更新次数的不同，如图 6-1b 所示。在联邦周期平均方法中，智能体的模型参数通过以下方式进行更新：

$$\theta_{k+1}^{(i)} = \begin{cases} \dfrac{1}{m}\sum_{i=1}^{m}\left[\theta_k^{(i)} - \eta g(\xi_k^{(i)};\theta_k^{(i)})\right], & \text{当 } k \bmod \tau = 0 \text{ 时} \\[3mm] \theta_k^{(i)} - \eta g(\xi_k^{(i)};\theta_k^{(i)}), & \text{其他情况} \end{cases} \tag{6.4}$$

其中，τ 表示智能体在一个周期内对模型执行本地更新的次数。需要说明的是，式 (6.4) 中的第一行隐含了 $\bar{\theta}_{k+1}$ 的更新过程，其值用来更新每个智能体的模型参数 $\theta_{k+1}^{(i)}$。为了表述方便，本章在后续讨论中将使用 $g(\theta_k^{(i)})$ 来代替 $g(\xi_k^{(i)};\theta_k^{(i)})$。

6.2 更新方式的影响

由于联邦学习并未对训练模型的类型进行限制，为了便于描述，通过多智能体强化学习（Federated Multi-Agent Reinforcement Learning，FMARL）来建立系统模型，如图 6-2所示。在图 6-2中，每个智能体都通过联邦学习进行训练，同时通过决策模型自主地行动。在联邦学习中，传统的中心服务器可以通过部署一个虚拟智能体来实现，虚拟智能体可以是一个远端的云中心或者是某个能力强大的本地智能体。和 Dec-POMDP（Decentralized Partially Observable MDP）[2] 类似，这里假设系统中的每个智能体只能观测到环境的部分状态，并且在一个动作执行完成后会立即收到一个个体奖励值。与此同时，为了充分利用多智能体协作的优势，在必要的时候，允许智能体与相邻的其他个体通过 D2D（Device-to-Device）通信来交换本地梯度值。

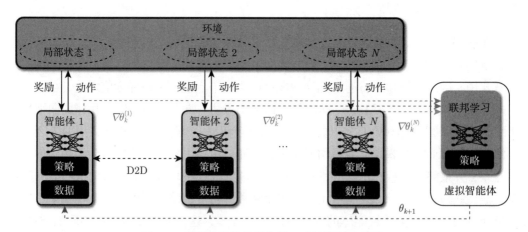

图 6-2 联邦多智能体强化学习系统模型示意图

不失一般性，假设强化学习中一幕（Epoch）的最大长度为 T，并且用于训练的幕的总数为 U。为了提升强化学习中策略的收敛速度[3]，一幕被进一步均匀地分成多步（Step），每步通常都包含一定数量的连续马尔可夫状态转换样本。具体地，这里假设每步最多包含 P 个转换样本，并且一步的转换样本可以构成一个批（Mini-batch）。另一方面，根据随机策略梯度算法，对任意一幕，策略迭代的优化目标可以表示为：

$$\pi_\theta = \arg\min_{\theta \in \mathbb{R}^d} \mathbb{E}_t \left[\mathcal{L}(\pi_\theta; \phi_t) \right] \tag{6.5}$$

其中，t 表示一幕中时间步的索引，π_θ 表示参数化的策略函数，d 表示策略参数的维度。为了实现式 (6.5) 中的优化目标，可以对策略参数 θ 采用随机梯度下降算法。在后面的讨论中，本章会用 θ 来代替 π_θ。进一步地，可以定义如下的经验风险函数：

$$F(\theta) := \mathcal{L}(\theta; \xi) \tag{6.6}$$

在实际应用中，由于经验风险函数 $F(\theta)$ 可能是非凸的，因此学习模型的收敛可能会落到局部最优点或者鞍点。与已有研究[4-6]类似，可以使用模型梯度的范数期望来作为模型收敛的指示器，目的是保证模型可以收敛到一个稳态点：

$$\mathbb{E}\left[\frac{1}{K} \sum_{k=0}^{K-1} \left\| \nabla F(\bar{\theta}_k) \right\|^2 \right] \leqslant \psi_1 \tag{6.7}$$

其中，K 表示迭代的总次数，并且 $K = UT/P$。ψ_1 表示模型收敛后的误差上界，其值与模型的收敛性能水平成反比。$\|\cdot\|$ 表示 ℓ_2 向量范数。$\bar{\theta}_k$ 表示模型在迭代 k 时的平均参数，该参数可以被视为系统在该次迭代的输出结果，并且参数为 $\bar{\theta}_k$ 的模型由虚拟智能体维护，其周期性的更新方式为：

$$\bar{\theta}_k = \bar{\theta}_{t_0} - \eta \frac{1}{m} \sum_{i=1}^{m} \sum_{s=t_0}^{k-1} \mathrm{I}(\tau_i > s - t_0) \, g(\theta_s^{(i)}) \tag{6.8}$$

其中，$t_0 = z\tau$，$z \in \mathbb{N}$，并且 t_0 表示迭代的索引，在该迭代处，虚拟智能体执行迭代 k 之前最近一次的周期平均。$\mathrm{I}(\cdot)$ 表示示性函数。相应地，定义 $\bar{\theta}_0$ 为所有智能体模型的初始参数，因此可以得到：

$$\psi_2 := \mathbb{E}\left[\left\| \nabla F(\bar{\theta}_0) \right\|^2 \right] \tag{6.9}$$

其中，ψ_2 表示初始模型梯度的范数期望，其值代表了模型的初始误差。为了分析和提升模型的收敛性能，可以对 ψ_1 的表达式和影响因素进行计算和分析，并通过降低收敛误差上界的方式来提升模型的训练效果。在后续讨论中，将在联邦周期平均方法的基础上，分析多个智能体本地更新的时机对模型收敛性能的影响。

6.2.1　同步更新

本节首先考虑所有智能体执行本地更新过程同步的情况，即对于 $i \in \{1, 2, 3, \cdots, m\}, \tau_i = \tau$，其中 τ_i 表示智能体 i 在一个周期内执行本地更新的次数。除此之外，在随机梯度下降算法中，学习率 η 通常被设置成一个合适的常数且在学习性能接近饱和时进行衰减。因此，需要探讨学习模型在一个固定学习率下的收敛误差上界。另一方面，为了分析模型的收敛误差，对函数模型以及训练样本做出假设，假设条件如假设 6.1所示，这些假设常见于与随机梯度下降算法有关的研究[6] 中。

假设 6.1

1.（平滑度）：$\left\| \nabla F(\theta) - \nabla F(\theta') \right\| \leqslant L \left\| \theta - \theta' \right\|$。

2.（下界）：$F(\theta) \geqslant F_{\inf}$。

3.（无偏梯度）：$\mathbb{E}_{\xi|\theta}[g(\theta)] = \nabla F(\theta)$。

4.（受限方差）：$\mathbb{E}_{\xi|\theta}\left[\left\| g(\theta) - \nabla F(\theta) \right\|^2 \right] \leqslant \beta \left\| \nabla F(\theta) \right\|^2 + \sigma^2$。

其中，L 表示 Lipschitz 常数，表示经验风险函数 F 是 L-smooth。$F_{\inf}$ 表示 F 的下界，并且假设可以在迭代次数 K 足够大时达到该下界。此外，β 和 σ^2 都是非负常数，它们的值与批 (Mini-batch) 的构成反比。

可以看出，假设 6.1中的条件 3 和 4 对实际梯度值的偏置和方差进行了假设。特别地，条件 4 对梯度值的方差进行了限制，该限制是通过一个随真实梯度值浮动的变量来实现的，相较于使用一个固定的常数[7]，该限制更为宽松。算法 6.1给出了 FMARL 在周期平均方法下的训练算法。依据该算法，可以得到联邦学习在同步更新条件下的收敛误差：

定理 6.1　依据算法 6.1，当智能体的学习模型以及训练样本满足假设 6.1，同时模型迭代的次数 K 足够大，并且 K 可以被 τ 整除时，如果学习率 η 满足[8]：

$$\eta L \left(\frac{\beta}{m} + 1 \right) - 1 + 2\eta^2 L^2 \tau \beta + \eta^2 L^2 \tau(\tau + 1) \leqslant 0 \tag{6.10}$$

算法 6.1　FMARL 在周期平均方法下的训练算法

输入：　模型的初始参数 $\bar{\theta}_0$；

输出：　模型的最终平均参数 $\bar{\theta}_k$；

1: **初始化**：整个环境、学习率 η、损失函数 $\mathcal{L}$、奖励函数 $\mathcal{R}$、一幕的最大长度 T、用
　　于训练的幕的数量 U、批的最大规模 P、智能体 $i=1$ 的本地更新次数 τ、需要上
　　传模型梯度值的智能体数量 m 以及迭代索引 k；

2: **for** 幕 $u = 1, 2, 3, \cdots, U$ **do**

3:　　**for** 时间步 $t = 0, 1, 2, \cdots, T-1$ **do**

4:　　　　**for** 智能体 $i = 1, 2, 3, \cdots, m$ **do**

5:　　　　　　根据从环境中获得的局部状态计算输入向量 s_t；

6:　　　　　　根据 $\theta_k^{(i)}(s_t,\ a_t)$ 选择一个动作 a_t；

7:　　　　　　执行选择的动作并从环境中接收下一个状态 s_{t+1}；

8:　　　　　　根据奖励函数 $\mathcal{R}$ 计算 r_t；

9:　　　　　　存储该状态转换样本 $\phi_t^{(i)}$；

10:　　　　　　**if** $t+1 \bmod P == 0$ **或者** $t == T-1$ **then**

11:　　　　　　　　通过存储的状态转换样本 $\phi_t^{(i)}$ 构成一个批 $\xi_k^{(i)}$；

12:　　　　　　　　计算梯度值：$g(\theta_k^{(i)}) = \dfrac{1}{|\xi_k^{(i)}|} \sum\limits_{\phi_t^{(i)} \in \xi_k^{(i)}} \nabla \mathcal{L}(\theta_k^{(i)}; \phi_t^{(i)})$；

13:　　　　　　　　执行本地更新：$\theta_{k+1}^{(i)} = \theta_k^{(i)} - \eta g(\theta_k^{(i)})$；

14:　　　　　　　　清除储存的状态转换样本 $\phi_t^{(i)}$；

15:　　　　　　　　存储批的梯度值 $g(\theta_k^{(i)})$；

16:　　　　　　　　$k \leftarrow k+1$；

17:　　　　　　**end if**

18:　　　　　　**if** $k \bmod \tau == 0$ **或者** 一个周期结束 **then**

19:　　　　　　　　发送所有累积的梯度值 $g(\theta_s^{(i)})$ 给虚拟智能体并更新接收模型的平均
　　参数：$\bar{\theta}_k = \bar{\theta}_{t_0} - \eta \dfrac{1}{m} \sum\limits_{i=1}^{m} \sum\limits_{s=t_0}^{k-1} \mathrm{I}(\tau_i > s - t_0)\, g(\theta_s^{(i)})$；

20:　　　　　　　　$\theta_k^{(i)} \leftarrow \bar{\theta}_k$；

21:　　　　　　　　清除储存的状态转换样本 $\phi_t^{(i)}$；

22:　　　　　　　　清除累积的梯度值 $g(\theta_s^{(i)})$；

23:　　　　　　**end if**

24:　　　　**end for**

25:　　**end for**

26: **end for**

27: **返回**：模型的平均参数 $\bar{\theta}_k$；

那么模型梯度值的范数期望在 K 次迭代后满足[8]：

$$\mathbb{E}\left[\frac{1}{K}\sum_{k=0}^{K-1}\left\|\nabla F(\bar{\theta}_k)\right\|^2\right] \leqslant \frac{2\left[F(\bar{\theta}_0)-F_{\inf}\right]}{\eta K} + \frac{\eta L\sigma^2}{m} + \eta^2 L^2\sigma^2(\tau+1) \tag{6.11}$$

从定理 6.1可以看出，不等式 (6.10) 给出了学习率 η 的取值上界。除此之外，不等式 (6.11) 表明模型的收敛误差上界受多个关键因素影响。具体地，该上界会随着迭代次数 K 的增加而降低，并且可以通过更好的模型初始参数 $\bar{\theta}_0$ 来减小。当有多个智能体同时参与训练时，增加参与训练的智能体数量 m 可以降低模型的收敛误差上界，但是该方法可能会增加潜在的资源损耗。与此同时，可以观察到，智能体本地更新次数 τ 的增加会增大模型的收敛误差上界，因此，在联邦平均算法中引入智能体的本地更新过程时需要认真考虑系统的通信开销和模型的收敛性能之间的平衡。

6.2.2 异步更新

在联邦周期平均算法下，进一步考虑智能体的本地更新过程异步的情况，其中异步是指多个智能体在相同周期内完成本地更新次数的不同，假设这种异步是由于不同智能体收集训练样本的速度不同而导致的。不失一般性，对智能体在一个周期内执行本地更新的次数做出如下假设：

假设 6.2

1. $\tau_i \in \{1,2,3,\cdots,\tau\}$, 对于 $i=1,2,3,\cdots,m$。

2. $\tau_i \geqslant \tau_{i+1}$, 对于 $i=1,2,3,\cdots,m-1$。

3. $\sum_{i=1}^m \mathrm{I}(\tau_i=\tau) \geqslant 1$。

4. $\frac{1}{m}\sum_{i=1}^m \tau_i = \bar{\tau}_i \xrightarrow{K\to\infty} \nu$。

5. $\frac{1}{m}\sum_{i=1}^m (\tau_i-\bar{\tau}_i)^2 \xrightarrow{K\to\infty} \omega^2$。

需要说明的是，τ 是所有智能体在一个周期内可以执行本地更新的最大次数，需要被事先指定。此外，所有智能体按照本地更新的次数降序排列，其中智能体 $i=1$ 代表了收集训练样本平均时间最短的智能体。假设 6.2中的条件 3 表明，一个周期的持续时间可以通过智能体 $i=1$ 完成 τ 个本地更新过程的时长来动态决定。由于在每个周期内，智能体 $i=1$ 可以收集平均最多的训练样本，对最终的平均模型的影响权重最大，因此，借助该智能体来动态决定一个周期的持续时间。除此之外，为了便于分析，在假设 6.2的条件 4 和 5 中，假设当迭代次数 K 足够大时，参与训练的 m 个智能体本地更新的次数具有均值和方差，即 ν 和 ω^2。

在异步周期平均方法下，虚拟智能体的参数 $\bar{\theta}_k$ 的更新规则由式 (6.8) 决定。同时，在一个周期内，每个智能体的参数 $\theta_k^{(i)}$ 的更新规则可以表示为：

$$\theta_k^{(i)} = \bar{\theta}_{t_0} - \eta \sum_{s=t_0}^{k-1} \mathrm{I}(\tau_i > s - t_0) \, g(\theta_s^{(i)}) \tag{6.12}$$

此外，在异步周期平均方法下，学习模型的训练算法依然可以用算法 6.1 表示。依据算法 6.1，可以得到联邦学习在异步更新条件下的收敛误差。

定理 6.2　依据算法 6.1，当智能体的学习模型、训练样本以及本地更新过程满足假设 6.1 和假设 6.2，同时模型迭代的次数 K 足够大，并且 K 可以被 τ 整除时，如果学习率 η 满足[8]：

$$\eta L\left(\frac{\beta}{m} + 1\right) - 1 + 2\eta^2 L^2 \tau \beta + \eta^2 L^2 \tau(\tau + 1) \leqslant 0 \tag{6.13}$$

那么模型梯度值的范数期望在 K 次迭代后满足[8]：

$$\mathbb{E}\left[\frac{1}{K}\sum_{k=0}^{K-1}\left\|\nabla F(\bar{\theta}_k)\right\|^2\right] \leqslant \frac{2[F(\bar{\theta}_0) - F_{\inf}]}{\eta K} + \frac{\eta L \sigma^2}{m} + \frac{\eta^2 L^2 \sigma^2}{\tau}\left[-\nu^2 + (2\tau + 1)\nu - \omega^2\right] \tag{6.14}$$

可以观察到，与不等式 (6.11) 中的结果相比，不等式 (6.14) 中的结果包含更多的细节。特别地，当固定 τ 的值不变时，不等式 (6.14) 的中括号部分可以被视为一个关于均值 ν 的二次函数。通过进一步分析可以发现，该二次函数的极值在 $\nu = \tau + 1/2$ 处取得，由于假设 6.2 保证 $1 < \nu \leqslant \tau$，因此可以得出结论，在联邦异步周期平均算法下，学习模型的收敛误差上界会随着均值 ν 的增大而单调增加，该现象类似于 τ 增加带来的影响。除此之外，还可以观察到方差 ω^2 的增加会降低模型的收敛误差上界。另一方面，如果 $\nu = \tau$ 且 $\omega = 0$，那么联邦异步周期平均算法会退化成同步的周期平均算法。

6.3　优化方法

尽管联邦周期平均方法可以降低智能体和中心节点之间的通信开销，但是智能体本地更新次数的增加会影响模型的收敛性能。为了缓解这一问题，本节分别提出了基于衰减方法和基于共识方法的两种不同的优化方案，用来在联邦周期平均方法的基础上进一步提升模型的收敛性能。另一方面, 考虑到在现实中的分布式系统中, 不同智能体可能会面临不同的学习环境, 多个智能体的本地更新过程可能是异步的, 因此, 本节将联邦异步周期平均方法作为两种优化方案的实施基础。

6.3.1　基于衰减的优化方法

对于单个智能体, 由于获得样本的分布与实际分布之间可能存在偏差, 因此随机梯度下降的方向可能包含误差。在联邦学习中对模型的本地梯度值进行平均, 这个误差可以通过联合来自不同智能体的多个梯度下降方向来减小。然而, 该平均过程发生的频率在周期平均方法中被极大地降低了, 并且随机梯度下降的误差会随着本地更新过程的进行而不断叠加, 导致模型后续本地梯度值的方差不断变大。为了解决这个问题, 提出了一种基于衰减方法的优化方案, 该方案会随着本地更新的进行而逐渐降低模型后续本地梯度值的对应权重。具体地, 使用一个衰减函数来调整每个批的梯度值的权值, 该函数满足假设 6.3。

假设 6.3

1. $D(s) = D(s + \tau)$, 并且 $s \in \mathbb{N}$。
2. $1 = D(s = t_0) \geqslant D(s = t_0 + 1) \geqslant D(s = t_0 + 2) \geqslant \cdots \geqslant D(s = t_0 + \tau - 1) \geqslant 0$。

可以观察到, 衰减函数 $D(s)$ 被定义为一个离散周期函数, 并且在长度为 τ 的周期内单调递减。在优化方案中, $D(s)$ 用来在更新模型参数时衰减梯度值的权值, 在这种情况下, 每个智能体以及虚拟智能体在长度为 τ 的一个周期内的参数更新规则可以表示为:

$$\theta_k^{(i)} = \bar{\theta}_{t_0} - \eta \sum_{s=t_0}^{k-1} \mathrm{I}(\tau_i > s - t_0) \, D(s) \, g(\theta_s^{(i)}) \tag{6.15}$$

$$\bar{\theta}_k = \bar{\theta}_{t_0} - \eta \frac{1}{m} \sum_{i=1}^{m} \sum_{s=t_0}^{k-1} \mathrm{I}(\tau_i > s - t_0) \, D(s) \, g(\theta_s^{(i)}) \tag{6.16}$$

在基于衰减方法的优化方案中, 除了一个共享的衰减函数 $D(s)$ 需要被事先提供给每个智能体外, 模型的训练算法依然可以用算法 6.1 来表示, 并且模型参数的更新规则需要遵循式 (6.15) 和式 (6.16)。为了便于区分, 使用符号 ψ_3 来代表模型在基于衰减方法的优化方案中对应的理论误差收敛上界 (相对于 ψ_1)。那么, 可以得到定理 6.3。

定理 6.3　在基于衰减方法的优化方案中, 模型的训练过程遵循算法 6.1, 其中智能体依据式 (6.15) 和式 (6.16) 更新参数, 当智能体的学习模型、训练样本、本地更新过程以及衰减函数满足假设 6.1、假设 6.2和假设 6.3时，如果总的迭代次数 K 足够大，并且可以被 τ 整除，那么如果学习率 η 满足：

$$\eta L \left(\frac{\beta}{m} + 1 \right) - 1 + 2\eta^2 L^2 \tau \beta + \eta^2 L^2 \tau (\tau + 1) \leqslant 0 \tag{6.17}$$

则模型梯度的范数期望在 K 次迭代后满足[8]：

$$\psi_3 \leqslant \psi_1 \tag{6.18}$$

这里注意到，不等式 (6.18) 中的 ψ_1 代表了不等式 (6.14) 中的理论误差收敛上界。特别地，ψ_3 和 ψ_1 的差距取决于使用的衰减函数。另一方面，考虑在基于衰减方法的优化方案下的资源损耗，可以发现该优化方法在降低模型误差收敛上界的同时能够保持资源损耗不变，因此可以提升系统的效用值。

为了进一步说明基于衰减方法的优化方案，进一步提供了一个实现案例。具体地，将 $D(s)$ 定义为一个指数函数，可以表示为：

$$D(s) := \lambda^{\frac{s}{2}} \tag{6.19}$$

其中，$\lambda \in (0,1]$，是一个衰减常数。此外，为了便于分析，这里假设参与训练的 m 个智能体本地更新的次数在定义域内均匀分布 (即 $\Pr(\tau_i = \tau_0) = 1/\tau$，对于 $\tau_0 \in \{1,2,3,\cdots,\tau\}$)。该假设在 m 值很大且智能体彼此差异很大时是合理的。因此，根据假设 6.2中的条件 4 和 5，可以得到 $\nu = (1+\tau)/2$ 以及 $\omega^2 = (\tau-1)^2/12$。进一步地，在基于衰减方法的优化方案下，可以得到引理。

引理　在定理 6.3的条件下，假设智能体本地更新的次数在定义域内均匀分布，同时衰减函数被定义为式 (6.19)。如果学习率 η 满足：

$$\eta L \left(\frac{\beta}{m} + 1 \right) - 1 + 2\eta^2 L^2 \tau \beta + \eta^2 L^2 \tau (\tau + 1) \leqslant 0 \tag{6.20}$$

那么模型梯度的范数期望在 K 次迭代后满足[8]：

$$\mathbb{E} \left[\frac{1}{K} \sum_{k=0}^{K-1} \left\| \nabla F(\bar{\theta}_k) \right\|^2 \right] \leqslant \frac{2[F(\bar{\theta}_0) - F_{\inf}]}{\eta K} + \frac{\eta L \sigma^2}{m} + \frac{2\eta^2 L^2 \sigma^2}{\tau} \left[\frac{\tau}{1-\lambda} - \frac{2\lambda}{(1-\lambda)^2} + \frac{\lambda(\lambda+1)(1-\lambda^\tau)}{\tau(1-\lambda)^3} \right] \tag{6.21}$$

可以观察出，当保持 τ 值不变时，不等式 (6.21) 右边第三项的中括号内的部分可以被视为一个关于 λ 的函数。通过计算该函数的一阶导数，可以发现该函数会随着 λ 的增加而单调递增。此外，引理 6.1 中模型的理论误差收敛上界在 $\lambda \to 0$ 时会等于不等式 (6.11) 中的上界，因为 $\tau \to 1$。进一步地，当 $\lambda \to 1$ 时，该上界同样会近似不等式 (6.14) 中得到的理论误差收敛上界，因为 $D(s) \to 1$。在实际应用时，λ 可以被设置成一个略小于 1 的值，例如 $\lambda = 0.98$。

算法 6.2　FMARL 在基于共识的优化方法下的训练算法

输入：　模型的初始参数 $\bar{\theta}_0$;

输出：　模型的最终平均参数 $\bar{\theta}_k$;

1: **初始化：** 整个环境、学习率 η、损失函数 $\mathcal{L}$、奖励函数 $\mathcal{R}$、一幕的最大长度 T、用于训练的幕的数量 U、一个批的最大尺寸 P、智能体 $i = 1$ 的本地更新次数 τ、需要发送模型梯度值的智能体数量 m、迭代索引 k、步长 ϵ 以及局部交互的次数 E;

2: **for** 幕 $u = 1, 2, 3, \cdots, U$ **do**

3:　**for** 时间步 $t = 0, 1, 2, \cdots, T - 1$ **do**

4:　　**for** 智能体 $i = 1, 2, 3, \cdots, m$ **do**

5:　　　根据从环境中收到的局部状态计算输入向量 s_t;

6:　　　根据 $\theta_k^{(i)}(s_t,\, a_t)$ 选择一个动作 a_t;

7:　　　执行选择的动作并从环境中接收下一个状态 s_{t+1};

8:　　　根据奖励函数 $\mathcal{R}$ 计算 r_t;

9:　　　储存状态转换样本为 $\phi_t^{(i)}$;

10:　　　**if** $t + 1 \bmod P == 0$ **或者** $t == T - 1$ **then**

11:　　　　通过存储的状态转换样本 $\phi_t^{(i)}$ 构成批 $\xi_k^{(i)}$;

12:　　　　计算批的梯度值：$g(\theta_k^{(i)}) = \dfrac{1}{|\xi_k^{(i)}|} \displaystyle\sum_{\phi_t^{(i)} \in \xi_k^{(i)}} \nabla \mathcal{L}(\theta_k^{(i)}; \phi_t^{(i)})$;

13:　　　　$g(\theta_k^{(i)}, 0) \leftarrow g(\theta_k^{(i)})$;

14:　　　　等待其他智能体;

15:　　　　**for** 局部交互 $e = 0, 1, 2, \cdots, E - 1$ **do**

16:　　　　　$g(\theta_k^{(i)}, e + 1) = g(\theta_k^{(i)}, e) + \epsilon \displaystyle\sum_{l \in \Omega_i} \left[g(\theta_k^{(l)}, e) - g(\theta_k^{(i)}, e) \right]$;

17:　　　　**end for**

18:　　　　执行本地更新：$\theta_{k+1}^{(i)} = \theta_k^{(i)} - \eta g(\theta_k^{(i)}, E)$;

19:　　　　清除存储的状态转换样本 $\phi_t^{(i)}$;

20:　　　　　　　存储批的梯度值 $g(\theta_k^{(i)}, E)$;

21:　　　　　　　$k \leftarrow k + 1$;

22:　　　　　else

23:　　　　　　　$g(\theta_k^{(i)}, 0) \leftarrow \mathbf{0}$;

24:　　　　　end if

25:　　　　　if $k \bmod \tau == 0$ 或者 一个周期结束 then

26:　　　　　　　发送所有累积的梯度值 $g(\theta_s^{(i)}, E)$ 给虚拟智能体并计算接收模型的平
均参数：$\bar{\theta}_k = \bar{\theta}_{t_0} - \eta \dfrac{1}{m} \sum\limits_{i=1}^{m} \sum\limits_{s=t_0}^{k-1} g(\theta_s^{(i)}, E)$;

27:　　　　　　　$\theta_k^{(i)} \leftarrow \bar{\theta}_k$;

28:　　　　　　　清除储存的状态转换样本 $\phi_t^{(i)}$;

29:　　　　　　　清除累积梯度值 $g(\theta_s^{(i)}, E)$;

30:　　　　　end if

31:　　　end for

32:　　end for

33: end for

34: 返回：模型的平均参数 $\bar{\theta}_k$;

6.3.2　基于共识的优化方法

在基本的联邦学习中，不同智能体独立地执行本地更新过程，并且通过虚拟智能体间接地进行交互。为了充分利用多智能体协作的优势，引入共识算法[9] 来改进每个智能体的本地更新过程，该过程可以通过智能体间的 D2D 通信来实现。由于共识算法的原本目标是使一个 Ad-hoc 网络中的所有分布式节点达到共识，因此该算法可以用来降低多个智能体的梯度值的方差。在基于共识的优化方法中，会使用符号 $g(\theta_k^{(i)}, e)$ 来代替 $g(\theta_k^{(i)})$，其中 e 代表智能体之间局部交互次数的索引，并且 $g(\theta_k^{(i)}, 0) = g(\theta_k^{(i)})$。此外，为了使所有的智能体能够顺利地达成共识，对智能体的网络做出假设，见假设 6.4。

假设 6.4　智能体网络的拓扑 G 是一个强连通的无向图。

需要注意的是，图中的无向连接表明所有智能体相互之间的影响是平等的。根据共识算法，可以得到以下每个智能体的局部交互方式：

$$g(\theta_k^{(i)}, e+1) = g(\theta_k^{(i)}, e) + \epsilon \sum_{l \in \Omega_i} \left[g(\theta_k^{(l)}, e) - g(\theta_k^{(i)}, e) \right] \tag{6.22}$$

其中，Ω_i 表示智能体 i 的邻居集合。在智能体网络中，Ω_i 可以被视为直接与智能体 i

相连的相邻智能体集合。ϵ 表示步长，其在局部交互过程中的作用类似于学习率 η 的功能。除此之外，$0 < \epsilon < 1/\Delta$，其中 Δ 表示图的最大度，定义为 $\Delta := \max_i |\Omega_i| + 1$。进一步地，给出了在基于共识的优化方法下模型参数的更新规则：

$$\theta_k^{(i)} = \bar{\theta}_{t_0} - \eta \sum_{s=t_0}^{k-1} g(\theta_s^{(i)}, e) \tag{6.23}$$

$$\bar{\theta}_k = \bar{\theta}_{t_0} - \eta \frac{1}{m} \sum_{i=1}^{m} \sum_{s=t_0}^{k-1} g(\theta_s^{(i)}, e) \tag{6.24}$$

算法 6.2给出了 FMARL 在基于共识的优化方法中的训练算法。模型训练过程的一个直观示意图如图 6-3所示。可以看出，在基于共识的优化方法中，智能体在执行本地更新前需要和相邻个体交换本地梯度，交换次数的索引和总次数分别用 e 和 E 来表示。需要说明的是，式 (6.23) 和式 (6.24) 中的更新规则符合假设 6.2的条件，因为在获取本地梯度时的时延只会影响 $g(\theta_k^{(i)}, 0)$ 的值，对于某些时延较大的智能体 $g(\theta_k^{(i)}, 0)$ 的值在开始局部交互时等于 0。因此，尽管局部交互同步地发生在相邻的智能体之间，但是对于每个智能体，不必等待所有的邻居完成其梯度值计算过程，这样可以减少训练时间。最后，给出了在基于共识的优化方法下模型的误差收敛上界。

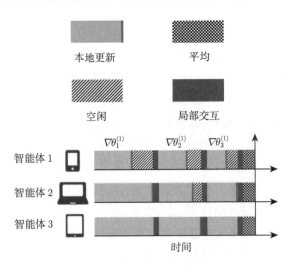

图 6-3 本地更新次数 $t = 3$ 的基于共识的联邦周期平均方法的示意图

定理 6.4 在基于共识的优化方法中，假设模型的训练过程遵循算法 6.2，当智能体的学习模型、训练样本、本地更新过程以及网络拓扑满足假设 6.1、假设 6.2和假设

6.4时，如果总的迭代次数 K 足够大，可以被 τ 整除，并且学习率 η 满足：

$$\eta L\left(\frac{\beta}{m}+1\right)-1+2\eta^2 L^2\tau\beta+\eta^2 L^2\tau(\tau+1)\leqslant 0 \tag{6.25}$$

那么模型梯度的范数期望在 K 次迭代后满足[8]：

$$\mathbb{E}\left[\frac{1}{K}\sum_{k=0}^{K-1}\left\|\nabla F(\bar{\theta}_k)\right\|^2\right]\leqslant\frac{2[F(\bar{\theta}_0)-F_{\inf}]}{\eta K}+\frac{\eta L\sigma^2}{m}+\eta^2\sigma^2 L^2(\tau+1)\left[1-\epsilon\mu_2(\boldsymbol{La})\right]^{2E}$$

$$\tag{6.26}$$

其中，$\boldsymbol{La}$ 表示图 G 的拉普拉斯矩阵⊖。$\mu_2(\boldsymbol{La})$ 表示 $\boldsymbol{La}$ 的次小特征值，也被称为代数连通度[9]。

与在不等式 (6.11) 中获得的模型的理论误差收敛上界相比，可以发现在基于共识的优化方法下获得的误差收敛上界额外地受与智能体网络有关的特征影响，具体如不等式 (6.26) 右边第三项中括号内的部分所示。可以看出，由于 $0<\mu_2(\boldsymbol{La})\leqslant\Delta$，并且等号只在 G 是一个全连接图时才成立，可以得出 $0<1-\epsilon\mu_2(\boldsymbol{La})<1$。因此，可以得出结论，局部交互的引入可以显著地降低误差收敛上界。此外，较大的步长 ϵ 或者一个连接更加密集的智能体网络也有助于降低该收敛上界。在实际应用中，每次较少的局部交互次数就可以明显地降低模型的误差收敛上界，如 $E=2$。

另外，考虑系统在基于共识的优化方法下的资源损耗，可以观察到，系统在该优化方法下的资源损耗增加了，原因是有额外的局部交互过程。然而，由于模型的误差收敛上界也被降低了，因此系统的效用值在某些特殊情况下仍然可能得到提升。例如，当智能体进行 D2D 通信的开销远小于智能体和远端的虚拟智能体进行通信所产生的开销时，该优化方法就会显现其优越性。另外，智能体的网络也可以被设置成一个稀疏网络，用来减少智能体间的局部交互次数，进而降低系统的资源损耗。

参考文献

[1]　HU R, GUO Y, GONG Y. Concentrated differentially private and utility preserving federated learning[Z]. 2020.

[2]　OMIDSHAFIEI S, PAZIS J, AMATO C, et al. Deep decentralized multi-task multi-agent reinforcement learning under partial observability[C]//Proceedings of the 34th International Conference on Machine Learning. Sydney, 2017: 2681-2690.

[3]　TESAURO G. Temporal difference learning and td-gammon[J]. Communications of the ACM, 1995, 38(3): 58-68.

⊖　7.1.2 节将详述图的拉普拉斯矩阵。

[4] LIAN X, HUANG Y, LI Y, et al. Asynchronous parallel stochastic gradient for nonconvex optimization[C]//Advances in Neural Information Processing Systems. Montreal, 2015: 2737-2745.

[5] WANG J, JOSHI G. Cooperative SGD: A unified Framework for the Design and Analysis of Communication-Efficient SGD Algorithms[Z]. 2019.

[6] BOTTOU L, CURTIS F E, NOCEDAL J. Optimization methods for large-scale machine learning[J]. SIAM Review, 2018, 60(2): 223-311.

[7] YU H, YANG S, ZHU S. Parallel restarted SGD with faster convergence and less communication: demystifying why model averaging works for deep learning[Z]. 2018.

[8] XU X, LI R, ZHAO Z, et al. The gradient convergence bound of federated multi-agent reinforcement learning with efficient communication[Z]. 2021.

[9] Olfati-Saber R, Fax J A, Murray R M. Consensus and cooperation in networked multi-agent systems[J]. Proceedings of the IEEE, 2007, 95(1): 215-233.

第 **7** 章

图神经网络

深度学习在处理结构化信息方面取得了很大的成就，是人类实现智能化的重要技术手段。除此之外，图数据因其广泛的应用场景，如知识图谱、推荐系统、通信网络等也受到了广泛的关注。但图数据往往分布于一个不规则的域中，很难用网格化的结构加以表示，因此很难将深度学习的模型直接应用于图数据网络中。图神经网络（Graph Neural Network，GNN）的出现为处理这种非结构化的数据提供了一种新的思路。在考虑图拓扑结构的同时，GNN 有效地挖掘并聚合节点和边上的信息，完成节点分类、关系预测以及社区发现等复杂的非结构化任务。

7.1　图的基本概念

近年来，图数据因其广泛的使用场景，图神经网络（Graph Neural Networks，GNN）这项技术也得到了长足的发展。在关于 GNN 的综述文献[1] 中，将其应用领域分为了知识图谱、计算机视觉、自然语言处理、自然科学研究、图生成以及组合优化 6 个方向，由此可见，GNN 当下发展迅速，在各类机器学习的领域都发挥了很重要的作用。这都得益于其对于图数据强大的构建能力、其自身的推演能力，以及其可以通过与知识图谱等技术相结合，使用端对端的方式将已有的先验知识高效的嵌入学习系统中。

在学习常见的 GNN 模型之前，读者有必要对图的基本定义、常见的操作方式以及应用场景有一个比较正式的认知。

7.1.1　图的定义

当图作为一个研究对象时，通常可以表示为由若干个点和边组成的集合，图用 $G = \langle V, E \rangle$ 表示，其中 $V = \{v_1, v_2, \cdots, v_n\}$ 表示节点的集合，$E = \{e_{ij} | \forall v_i \in V \& v_j \in V\}$

则表示连接两个节点的边的集合。

1. 图的特征

在图数据中进行分类或者预测任务前，首先要做的是从图数据中获得足够的特征信息用于深度学习的处理。图数据在非结构化数据的基础上，额外提供了各节点和边之间的关联信息，善用这些结构化的统计信息可以让任务效果得到很好的提升。下面将介绍几种比较典型的统计特征。

- **邻接矩阵**。邻接矩阵 $A \in \mathbb{R}^{n \times n}$ 通常用来表示节点之间的连接关系。A_{ij} 的计算方式为：

$$A_{ij} = \begin{cases} a & e_{ij} \in E \\ 0 & \text{其他} \end{cases} \tag{7.1}$$

在非加权图中，$a = 1$；在加权图中，a 通常用于表示当前边的权重系数。领接矩阵的存在使得图的拓扑结构可以通过一个二维矩阵来存储。

- **关联矩阵**。关联矩阵则是另一种用来存储图拓扑结构的方式，通过描述节点和边之间的关系来表达图拓扑结构。关联矩阵 $B \in \mathbb{R}^{n \times m}$ 的定义如下：

$$B_{ij} = \begin{cases} 1 & v_i \text{是} e_j \text{连接的一个节点} \\ 0 & \text{其他} \end{cases} \tag{7.2}$$

此处，$E = \{e_1, e_2, \cdots, e_m\}$ 表示边的集合。因为每条边都有且仅有两条与其相连的节点，因此 B 的每一列仅有两个非 0 值，关联矩阵也可以用稀疏矩阵来存储。

- **节点的度**。当两个节点之间存在连接的边时，称这两点为邻居，用 $N(v_i)$ 表示节点 v_i 的邻居集合，节点的度 $d(v_i)$ 用来表示节点的邻居数量。对于无向图，节点的度等于其邻居的数量 $d(v_i) = |N(v_i)|$，也等于其邻接矩阵的每一行的和 $d(v_i) = \sum_{j=1}^{j=n} A_{ij}$（加权图和非加权图的计算方式相同）。而对于有向图，由于边存在明确的指向性，节点的度也分为出度和入度两种，出度表示的是由该节点指向其他节点的边的数量，可以通过邻接矩阵的行和求得到 $out(v_i) = \sum_{j=1}^{j=n} A_{ij}$，而入度则表示由其他节点指向该节点的边的数量，可以通过邻接矩阵的列和求得到 $in(v_i) = \sum_{j=1}^{j=n} A_{ji}$。

- **度矩阵**。图的度矩阵 D 是一个对角阵，对角线上的元素值为对应节点的度。

❑ **节点的中心性**。如果能够掌握节点在图中的重要程度，那么将对问题的分析和解决提供很大的帮助，节点的度可以认为是一种衡量节点中心性的方式。针对不同场景的不同任务，还存在多种中心性度量的方式[2]。

    – 介数中心性，可以用来衡量节点处于两个节点间最短路径上的频率，用于评价该节点的信息传递能力。因此，可以将介数中心性应用于网络拥塞、交通流量控制等任务中。

    – 紧密中心性，可以用来衡量节点到其他各个节点的平均最短路径，用平均最短路径的倒数表示，用于评价该节点的信息聚合能力。

    – 特征向量中心性，该度量方式不但考虑了当前节点的度，还将邻居节点的中心性纳入了考量范围，用于评价节点在全图中的影响力。通常，会将邻接矩阵最大特征值对应的特征向量 e（$Ae = \lambda e$），作为测量各个节点特征向量中心性的指标。

2. 图的分类

通常，图会依照其节点和边的不同表现形式进行分类，主要的分类标准有以下几种。

❑ **有/无向图**。当图中的边存在方向性，即 e_{ij} 表示从节点 v_i 指向 v_j 的边，则称此类图为有向图。反之，若图中的边都为无向边，则称之为无向图。当边的特性反映在邻接矩阵中时，则表现为无向图的邻接矩阵是对称矩阵，而有向边的邻接矩阵则是非对称的。下文若无明确说明，一般都表示非加权无向图。

❑ **同/异构图**。当图中的节点和边都具有相同的属性时，这样的图被称为同构图，可以直接通过网络模型进行处理。当图中的节点和边具有异质属性时，可能存在一些关键的信息，因此对于异构图，往往需要进一步分析节点和边相对应的属性，从而进行特殊处理。以推荐系统为例，社交网络上的好友推荐场景可以构建成一张同构图，而商品推荐场景则应该被视为一张异构图。

❑ **静/动态图**。静态图通常用来表示属性和拓扑结构相对稳定的图结构。当属性和拓扑结构会随着时间发生一定程度的改变时，这种图结构将被视为动态图，需要加入时间信息进行处理分析。化学结构是一张静态图，而交通网的流量预测任务则应该被视为一张动态图进行分析。

7.1.2　图的拉普拉斯矩阵

拉普拉斯矩阵（Laplacian Matrix）作为图谱论的基础，是分析图拓扑结构时的重要研究对象。相较于直观地用邻接矩阵去表示图拓扑结构，拉普拉斯矩阵通过对邻接矩阵进行变换处理而获得了更多可分析的数学特性。

1. 拉普拉斯矩阵

对于一个含有 n 个节点的图 G 来说，其拉普拉斯矩阵可以表示为度矩阵与邻接矩阵的差，定义为：

$$L = D - A \tag{7.3}$$

其中：

$$L_{ij} = \begin{cases} d(v_i) & i = j \\ -A_{ij} & e_{ij} \in E \\ 0 & \text{其他} \end{cases} \tag{7.4}$$

2. 拉普拉斯矩阵的二次型

用 x 表示图中所有节点的特征信息，当其与 L 相乘时：

$$Lx = (D - A)x = \left[\cdots, \sum_{v_j \in N(v_i)} A_{ij}(x_i - x_j), \cdots \right]^{\mathrm{T}} \tag{7.5}$$

从公式中可以得到，图的拉普拉斯矩阵可以视为一个局部平滑的算子。此外，其二次型计算如下：

$$\begin{aligned} x^{\mathrm{T}} L x &= x^{\mathrm{T}} \left[\cdots, \sum_{v_j \in N(v_i)} A_{ij}(x_i - x_j), \cdots \right]^{\mathrm{T}} \\ &= \sum_{i=1}^{i=n} \sum_{v_j \in N(v_i)} A_{ij} x_i (x_i - x_j) \\ &= \sum_{e_{ij} \in E} A_{ij}(x_i - x_j)^2 \end{aligned} \tag{7.6}$$

该二次型计算了各边连接的两个节点的信息差值的平方和，刻画了整体的平滑度。对比处理非结构化数据时使用的拉普拉斯算子，拉普拉斯矩阵在实现平滑性的同时还考虑结构化数据中的图拓扑结构，因此拉普拉斯矩阵在图信号分析、图扩散抑或是图神经网络中都有着举足轻重的地位。

3. 拉普拉斯矩阵的性质

一个用于表示图拓扑结构的拉普拉斯矩阵，通常具有如下特性：

❑ 对称性：L 是一个对称矩阵，因为 D 是一个对角阵，而 A 是一个对称矩阵。

❑ 半正定性：从式 (7.6) 中不难发现，L 的所有特征值都大于或等于 0（$\lambda_i \leqslant 0, \forall i \in n$），$L$ 是一个半正定矩阵。

❑ 由于对于任何 x，式 (7.6) 均成立，当 $x = (1, \cdots, 1)^{\mathrm{T}}$ 时，其二次型结果为 0，因此，L 有 n 个非负特征值且最小特征值为 0。

4. 拉普拉斯矩阵的归一化

拉普拉斯矩阵有两种常见的归一下方式：

❑ 对称归一化 (Symmetric Normalized)：

$$L_{sym} = D^{-1/2} L D^{-1/2} = I - D^{-1/2} A D^{-1/2} \tag{7.7}$$

❑ 随机游走归一化 (Random Walk Normalized)：

$$L_{rw} = D^{-1} L = I - D^{-1} A \tag{7.8}$$

7.1.3　图网络的任务

图网络学习的应用场景可以依据预测和分类任务主要作用的层面分为节点、边、图 3 种不同层面的任务。

1. 节点层面

节点层面的任务的目标往往是聚焦于节点上的，包括节点分类、节点回归、节点聚类等常见的任务类型。节点分类时，期望通过分析节点属性、边属性以及图网络的拓扑关系对图中的节点进行正确的分类。而节点回归则是希望利用以上信息使节点获得一个连续的值。节点聚类聚焦于将节点划分成几个不相交的族群，族群内的节点具有相似的属性。常见的节点层面的任务有社交网络用户群体分类、机器人账号监测，蛋白质网络中对不同功能的蛋白质进行分类以及通过社区发现在金融交易场景中发现诈骗群体等。

2. 边层面

边层面的任务则是聚焦于节点之间的连接链路，包括边分类以及链路预测。边分类时，依据特征信息对现有的边进行分类。针对给定的两个节点，链路预测是否存在一条连通边。在推荐场景中，链路预测有着非常重要的作用，可以将用户视为节点，通过模型预测用户之间是否存在相似关系，预测用户组群的图拓扑结构，为邻居用户提供相似的产品推荐。

3. 图层面

图层面的任务则涵盖了图分类、图回归以及图匹配等，这些任务是基于模型学习全图的表示完成的，在化学分子的属性分类场景中有着比较多的应用。

当下，GNN 因其强大的表征能力以及推演能力，被广泛应用于各类领域，尤其是对多主体系统进行研究时，GNN 强大的协同通信能力可以为之提供很大的帮助。下面将介绍几个常见的图网络应用场景。

- ❑ **推荐系统**。推荐系统作为互联网高速发展的核心技术，为社交网络、电子购物以及短视频技术的发展提供了很大的帮助。面对不同的推荐系统，GNN 可以提供高效的节点分类、链路预测等问题的解决方案。例如针对社交网络，GNN 以用户为图节点，构建一张同构网络，依据节点自身的属性信息以及相互之间的好友关联链路对节点进行分类，或者执行社区发现等任务，为同一社群的用户推荐相似的产品；又如针对电子购物场景，GNN 可以将商品和用户构建成一张异质网络，依据用户的购物特点以及商品的属性来预测商品和用户间的潜在联系，进行链路预测，为用户更好地推荐需要的产品。

- ❑ **交通控制**。交通拥堵问题成了很多大城市的痛点，用图网络技术对车流量、信号灯进行控制，或者为车主进行最佳的路径规划，逐渐成为当下的研究热点。面对交通调度任务时，GNN 技术可以将十字路口视为节点，利用 GNN 强大的表征能力以及协同能力，通过对邻居路口交通情况的分析，对该路口下一步的调度方式进行预判，可以有效地缓解交通压力。又或者将车流量作为网络节点的属性，去预测未来可能的交通流量变化情况。

- ❑ **通信调度**。移动通信网络是一个非常复杂的系统，涵盖物理层、传输层、应用层等等。和交通网有着类似的特点，当下与日俱增的流量给通信网络的调度任务带来了不小的压力。如何在有限资源的基础上实现信息的快速传递，是技术工作者的研究重点。通信系统中遍布的各类节点（基站、路由器、移动通信设备）以及各种链接链路，为图网络的建模提供了天然的优势。在通信图拓扑网络上，GNN 技术可以执行数据包路径规划，基站带宽资源智能调度等各类任务。

- ❑ **生化研究**。在生物和化学研究领域，分子结构是最常见的图拓扑结构。GNN 可以对化学结构本身进行建模，从而预测分子的化学性质及其作用方式等，为生化领域的研究提供帮助。

7.2 常见的图神经网络模型

相较于非结构化的数据类型，GNN 要在此基础上聚焦于传播计算模块，设计在图结构中聚合和传递信息的机制，以捕捉各节点的特征信息以及图拓扑结构信息。在设计传播模块的时候，卷积算子和循环算子通常被用于对邻居节点进行信息聚合，并通过跳跃连接操作从节点的历史状态中收集信息，缓解过平滑的问题。其中，卷积算子是 GNN 模型中最常见的传播方式。在处理非结构化数据的算法领域中，卷积算法已经得到了长足的发展，如何对卷积结合图数据的拓扑结构实现高效的信息提取是本节的核心内容。针对卷积算子的作用域不同，文献 [1] 将当下常见的 GNN 模型分为谱域卷积模型和空域卷积模型两类，如图 7-1所示。

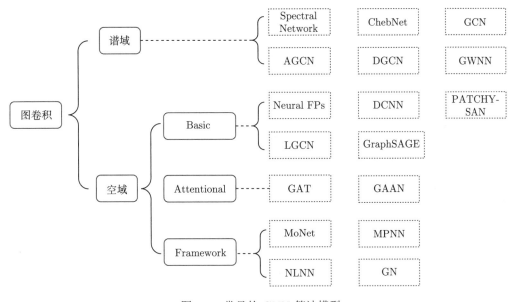

图 7-1 常见的 GNN 算法模型

7.2.1 谱域图神经网络模型

谱域的卷积操作是依靠图信号处理和图谱论实现的[3]。使用图谱论对图信号进行分析的第一步是将空域中的图信号转换到谱域上来，这样才能执行后续的卷积操作。延续上文的定义，用一个 n 维的矢量 $\boldsymbol{x} \in \mathbb{R}^{n \times n}$ 表示图信号。$\boldsymbol{L}_{sym}$ 是一个实对称半正定矩阵，其可以被特征分解成如下形式：

$$\boldsymbol{L}_{sym} = \boldsymbol{U} \boldsymbol{\Lambda} \boldsymbol{U}^{\mathrm{T}} \tag{7.9}$$

其中，$\boldsymbol{U}$ 是一个酉矩阵，$\boldsymbol{U} \boldsymbol{U}^{\mathrm{T}} = \boldsymbol{I}$，$\boldsymbol{U}^{\mathrm{T}} = \boldsymbol{U}^{-1}$。依据图拉普拉斯变换，其拉普拉斯变换和反变换定义如下：

$$\mathcal{F}(\boldsymbol{x}) = \boldsymbol{U}^{\mathrm{T}}\boldsymbol{x}$$
$$\mathcal{F}^{-1}(\boldsymbol{x}) = \boldsymbol{U}\boldsymbol{x} \tag{7.10}$$

基于以上的图傅里叶变换形式，滤波器 $\boldsymbol{g}$ 对 $\boldsymbol{x}$ 的卷积处理被定义如下：

$$\boldsymbol{g} * \boldsymbol{x} = \mathcal{F}^{-1}(\mathcal{F}(\boldsymbol{g}) \odot \mathcal{F}(\boldsymbol{x})) = \boldsymbol{U}(\boldsymbol{U}^{\mathrm{T}}\boldsymbol{g} \odot \boldsymbol{U}^{\mathrm{T}}\boldsymbol{x}) \tag{7.11}$$

在这个公式中，$\boldsymbol{U}^{\mathrm{T}}\boldsymbol{g}$ 是滤波器 $\boldsymbol{g}$ 在谱域中的表现形式，可以用一个可训练的对角阵 $\boldsymbol{g}_w \in \mathbb{R}^{n \times n}$ 对其进行简化，由此获得一个基础的图卷积公式：

$$\boldsymbol{g} * \boldsymbol{x} = \boldsymbol{U}\boldsymbol{g}_w\boldsymbol{U}^{\mathrm{T}}\boldsymbol{x} \tag{7.12}$$

1. 谱网络（Spectral Network）

基于式 (7.12)，最基础的谱网络[4] 被提出，其神经网络层被定义为如下形式：

$$\boldsymbol{x}' = \boldsymbol{g} * \boldsymbol{x} = \sigma(\boldsymbol{U}\boldsymbol{g}_w\boldsymbol{U}^{\mathrm{T}}\boldsymbol{x}) \tag{7.13}$$

它用一个可训练的对角阵 $\boldsymbol{g}_w = \mathrm{diag}(\boldsymbol{w})$ 作为图卷积的滤波算子，进行图信号的聚合和传递。$\sigma(\cdot)$ 为激活函数。该算法实现了图卷积的操作，但也存在一些不可避免的问题，主要可以概括为以下几点。

❑ **计算复杂度高。** 对拉普拉斯矩阵进行特征分解，其算法复杂度为 $\mathcal{O}(n^3)$，当图的规模不断扩大时，这将耗费巨大的算力。

❑ **空域上的意义不够明确。** 从谱域角度出发，该模型给出了一个可训练的图滤波器层，可以通过有监督学习的训练得到卷积算子；但从空域角度出发，仅能认为是引入了一个自适应的图位移算子，无法对应到每个节点上。

❑ **过拟合。** 该模型引入了过多的带训练参数，容易发生过拟合问题。

2. 切比雪夫网络（ChebNet）

切比雪夫网络[5] 提出使用切比雪夫多项式对卷积核进行近似，用于降低谱网络的计算复杂度并实现图卷积算子的局部化。

为了解决参数过多导致的过拟合问题，ChebNet 可以把谱网络中的卷积核 $\boldsymbol{g}_w$ 视作矩阵特征值 $\boldsymbol{\Lambda}$ 的函数，并用一个多项式去近似表示：

$$\boldsymbol{g}_w = \mathrm{diag}(\boldsymbol{w}) = g_w(\boldsymbol{\Lambda}) = \sum_{k=0}^{K} \theta_k \boldsymbol{\Lambda}^k \tag{7.14}$$

此方法将带训练的参数 $\boldsymbol{g}_w$ 转换成了 $\boldsymbol{\theta} = [\theta_1, \theta_2, \cdots, \theta_K]$，而 $K \ll n$，因此减少了带训练的参数个数。同时在该方法中，K 的大小是可以依据场景需要而自由控制的，K 越大，越可以输出高阶的复杂的滤波关系，K 越小，输出的滤波关系越简单。

为了解决计算复杂度高的问题，ChebNet 用切比雪夫多项式的 K 阶截断近似 $g_w(\boldsymbol{\Lambda})$：

$$g_w(\boldsymbol{\Lambda}) \approx \sum_{k=0}^{K} \theta_k T_k(\tilde{\boldsymbol{\Lambda}}) \tag{7.15}$$

此处，$T_k(x)$ 是切比雪夫多项式，$T_k(x) = 2xT_{k-1}(x) - T_{k-2}(x)$，$T_0(x) = 1$，$T_1(x) = x$。$\tilde{\boldsymbol{\Lambda}} = \dfrac{2\boldsymbol{\Lambda}}{\lambda_{\max}} - \boldsymbol{I}$，$\lambda_{\max}$ 表示 $\boldsymbol{L}_{\text{sym}}$ 的最大特征值。此时，ChebNet 的前向传播层可以进一步被表示为：

$$\boldsymbol{x}' \approx \boldsymbol{g} * \boldsymbol{x} = \sigma\left(\boldsymbol{U}\sum_{k=0}^{K}\theta_k T_k(\tilde{\boldsymbol{\Lambda}})\boldsymbol{U}^{\mathrm{T}}\boldsymbol{x}\right) = \sigma\left(\sum_{k=0}^{K}\theta_k T_k(\tilde{\boldsymbol{L}})\boldsymbol{x}\right) \tag{7.16}$$

其中，$\tilde{\boldsymbol{L}} = \dfrac{2\boldsymbol{L}_{\text{sym}}}{\lambda_{\max}} - \boldsymbol{I}$，避免了特征向量矩阵 $\boldsymbol{U}$ 的求解，减少了计算复杂度。

3. 图卷积神经网络（GCN）

图卷积神经网络（Graph Convolution Network，GCN）则是在 ChebNet 的基础上对参数量 K 进一步限制，设 $K = 1$，因此：

$$\boldsymbol{x}' = \sigma(\theta_0 \boldsymbol{x} + \theta_1 \tilde{\boldsymbol{L}} \boldsymbol{x}) \tag{7.17}$$

拉普拉斯矩阵的最大特征值可以近似认为是 2，$\lambda_{\max} \approx 2$，又令 $\theta_0 = -\theta_1$，即：

$$\boldsymbol{x}' = \sigma(\theta_0(\boldsymbol{I} + \boldsymbol{D}^{-1/2}\boldsymbol{A}\boldsymbol{D}^{-1/2})\boldsymbol{x}) \tag{7.18}$$

仿照正则拉普拉斯矩阵的设计，并为了保障网络学习时的稳定性，需要对卷积算子进行归一化 $(\boldsymbol{I} + \boldsymbol{D}^{-1/2}\boldsymbol{A}\boldsymbol{D}^{-1/2})$。将每个节点的信号扩展到多维，即输入信息为 $\boldsymbol{X} \in \mathbb{R}^{n \times d}$，$d$ 表示每一个节点的输入信号为 d 维，最终图卷积层的函数方程被设计成了如下形式：

$$\begin{aligned}
\boldsymbol{X}' &= \sigma(\boldsymbol{W}\hat{\boldsymbol{L}}\boldsymbol{X}) \\
\hat{\boldsymbol{L}} &= \tilde{\boldsymbol{D}}^{-1/2}\tilde{\boldsymbol{A}}\tilde{\boldsymbol{D}}^{-1/2} \\
\tilde{\boldsymbol{A}} &= \boldsymbol{A} + \boldsymbol{I} \\
\tilde{\boldsymbol{D}}_{ii} &= \sum_j \tilde{\boldsymbol{A}}_{ij}
\end{aligned} \tag{7.19}$$

其中，$\boldsymbol{X}'$ 为 GCN 层的输出信息，$\boldsymbol{W}$ 是该层待训练的网络权重参数，$\hat{\boldsymbol{L}}$ 是图卷积核，由节点的度矩阵 $\boldsymbol{D}$ 和节点的邻接矩阵 $\boldsymbol{A}$ 经过转换得到，可以用于表示图的拓扑关系。

$\hat{L}X$ 表示图卷积操作，$\hat{L}$ 作为图卷积核承担了图位移算子的功能。从矩阵乘法的视角出发，当限制了 $K=1$ 时，这一步的卷积计算等价于对一阶邻居节点的特征向量进行聚合操作。此后再与 W 相乘则代表将聚合后的特征向量输入神经网络中进行传递，并使用激活函数进行处理。这一步属于信息的仿射变换，用于学习属性特征之间的交互模式，通过借鉴常规深度学习的处理手段，将卷积神经网络（Convolutional Neural Network，CNN）的结构迁移到 GNN 中。

据此，不难发现 GCN 网络和 CNN 网络在本质上的区别并不大，可以将图像视作一种特殊的邻接矩阵相对固定的图结构，图 7-2所示为多层图卷积神经网络基本结构的信息聚合过程。借鉴 CNN 的模型设计，在设计 GCN 网络是也会引入多层的结构用于扩大模型的感受野，以缓解一层 GCN 只能聚合一阶邻域的弊端，叠加二层 GCN 则可以将信息聚合范围扩大到二阶节点。每一个新卷积层的加入，都可以使节点获得更加抽象化的特征表示。通过堆叠多层的 GCN 层，可以基本实现高阶多项式形式的高阶滤波器的滤波数据提取能力，以此提升模型表达能力。目前，以 GCN 为代表的谱域图卷积模型已然成为各类图网络学习任务的首选。

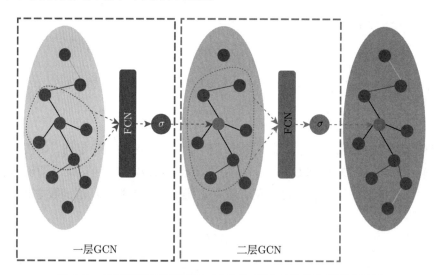

图 7-2　多层图卷积神经网络（GCN）基本结构的信息聚合过程

7.2.2　空域图神经网络模型

谱域的图卷积网络需要进行复杂的矩阵分解过程，对此，也有不少研究者提出是否可以直接通过空域的计算去执行矩阵乘法计算，从而得到空域图卷积模型。空域图神经网络模型的核心思想在于对节点信息进行直接的聚合，无需进行傅里叶变换等复杂的操作，更为直观的展现了卷积算子的作用方式。文献 [1] 参照空域卷积算子在信息聚合方式上的不同，将其分为 3 种类型：基础空域卷积模型，基于注意力机制的空域卷积模型以及基于一般框架的空域卷积模型。本节将针对其中相对基础且热门的空域图卷积模型进行介绍。

1. 归纳式图表示学习（GraphSAGE）

GraphSAGE[6] 是一个归纳式学习的图神经网络模型，该算法能够在空域上实现卷积操作并取得优秀的性能，其关键在于两点：

1）采样模块：通过对邻域中的节点进行有序采样，输出固定数量的邻居节点信息，进行后续的聚合。此操作改善了传统 GNN 模型需要获取全图信息进行训练的弊端，为图的分布式训练的实现提供了条件。

2）聚合模块：使用聚合模块对邻域内的节点信息进行聚合的嵌入式表示，图网络仅需要训练该嵌入式表示的参数，就可以将当前的模型泛化到具有不同拓扑结构的图网络中，提高了网络的泛化能力。

GraphSAGE 的前向传播过程如下算法所示。

算法   GraphSAGE 节点嵌入表示算法

输入： 图 $G = \langle V, E \rangle$；节点的输入特征矩阵 $\boldsymbol{X} = \{\boldsymbol{x}_i, \forall v_i \in V\}$；神经网络层数 K，每层的参数矩阵为 $\boldsymbol{W}^k, \forall k \in \{1, \cdots, K\}$；非线性激活函数 σ；可微的聚合函数 $\text{AGGREGATE}^k, \forall k \in \{1, \cdots, K\}$；

输出： 所有节点的嵌入表示 $\boldsymbol{X}^K = \{\boldsymbol{x}_i^K, \forall v_i \in V\}$；

1: **for** $k = 1$ to K **do**

2:     **for** $i = 0$ to n **do**

3:         $\boldsymbol{x}_{N(v_i)}^k \leftarrow \text{AGGREGATE}^k(\{\boldsymbol{x}_u^{k-1}, \forall u \in N(v_i)\})$;

4:         $\boldsymbol{x}_i^k \leftarrow \sigma\Big(\boldsymbol{W}^k \cdot \text{CONCAT}(\boldsymbol{x}_i^{k-1}, \boldsymbol{x}_{N(v_i)}^k)\Big)$;

5:     **end for**

6:     $\boldsymbol{x}_i^k \leftarrow \boldsymbol{x}_i^k / \|\boldsymbol{x}_i^k\|_2, \forall v_i \in V$;

7: **end for return** $\boldsymbol{X}^K = \{\boldsymbol{x}_i^K, \forall v_i \in V\}$

GraphSAGE 的采样和聚合过程如图 7-3 所示。

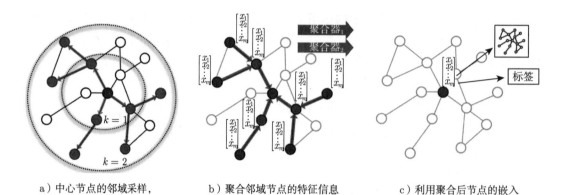

a）中心节点的邻域采样，
$S_1 = 3$，$S_2 = 5$

b）聚合邻域节点的特征信息

c）利用聚合后节点的嵌入
表示预测节点内容或者标签

图 7-3　GraphSAGE 的采样和聚合过程

结合图 7-3对 GraphSAGE 算法进行分析，其主要步骤为:

❏ **邻域采样**。空域的 GNN 模型从本质上看就是一个不断聚合邻域内节点信息的过程。若对邻域内的所有节点信息都进行聚合，那么可能会因为邻域大小的不可控性而导致计算复杂度飙升，最差的情况下需要聚合当前图内所有节点的信息。此外，当网络层数不断增加时，所涉及的节点数会呈现指数级的上升趋势，此时的计算复杂度将会无法控制。因此，GraphSAGE 设计了采样模块对邻域进行采样，从节点的邻域中采样出固定数量的邻接节点进行下一步的聚合操作。S_k 用来表示第 k 层神经网络可以采样的邻接节点数量，此时的计算复杂度就被控制在 $\mathcal{O}(\prod_{k=1}^{K} S_k)$ 内。图 7-3a 所示为对中心节点的邻域进行采样的过程，此模型的网络层数 $k = 2$，第一层的采样节点个数 $S_1 = 3$，第二层的节点采样个数 $S_2 = 5$。

❏ **信息聚合**。采样后的邻域节点信息需要执行图 7-3b 所示的信息聚合操作。聚合函数需要满足两个条件:

  – 自适应性：面对不同数量的节点特征信息，聚合函数的输出应该是一个固定维度的向量，供后续的分类或者回归网络进行计算。

  – 对称性（排列不变性）：图中的节点通常是无序的，采样后的节点也不一定能够有序地排列，但是面对顺序不同但是内容相同的输入信息，聚合函数应该有相同的输出，即要求聚合函数是对称的。

  文献 [6] 列出了 3 种可行的聚合函数:

  – 均值（Mean）聚合。均值聚合即对采样后邻接节点的信息向量进行逐元素的求均值操作，即算法 **??** 中的第 3、4 行可以合并为：

$$\boldsymbol{x}_i^k \leftarrow \sigma\left(\boldsymbol{W}^k \cdot \text{MEAN}(\{\boldsymbol{x}_i^{k-1}\} \cup \{\boldsymbol{x}_u^{k-1}, \forall u \in N(v_i)\})\right) \tag{7.20}$$

这一类均值聚合器可以被认为是谱域模型 GCN 的局部卷积的粗略线性近似。与算法 **??** 中较为不同的一点是，对于中心节点，该聚合操作也进行了均值求取，而没有进行拼接操作，这可以被认为是"跳跃连接（Skip Connection）"的一种简化表达形式，GraphSAGE 的作者还在论文中证明了该操作对提高网络性能有着积极的影响。

- 长短记忆单元（Long Short Term Memory，LSTM）聚合。与均值聚合函数相比，基于 LSTM 的聚合函数在表达能力方面有着更强大的优势。然而，LSTM 在对称性方面有着一定的欠缺，因为它是基于顺序的方式处理网络的输入信息的。此处，可以通过将 LSTM 应用于不同排列的节点信息，使其适应无序集合的处理方式。

- 池化（Pooling）聚合。池化聚合函数是一个对称且可训练的函数。在该函数中，每一个节点的向量都会通过一个全连接层进行独立的计算，然后对所有的输出向量进行逐元素的"最大池化（Max-pooling）"操作，公式如下：

$$\text{AGGREGATE}_{\text{pool}}^k = \max(\{\sigma(\boldsymbol{W}_{\text{pool}}\boldsymbol{x}_u^k + \boldsymbol{b}), \forall u \in N(v_i)\}) \tag{7.21}$$

此处的全连接网络可以用任意的深度神经网络（Deep Neural Network，DNN）来代替，同时，实验证明最大池化也可以用均值池化（Mean-pooling）代替。

❑ **信息预测。** 对于信息聚合函数输出的表示向量，可以依据目标任务的不同 (回归、分类、聚类等) 使用不同的神经网络结构进行信息预测。

2. 图注意力机制 (GAT)

图注意力机制（Graph Attention Network，GAT）[7] 的核心思想是通过注意力机制[8] 和邻接矩阵的结合对邻居节点的特征进行聚合，以实现对不同的邻居节点进行权重的自适应分配，从而提高网络 GNN 模型的表达能力。

注意力机制的核心技术在于为给定的信息分配相应的权重，对权重高的信息进行重点关注。自然语言处理问题时，图注意力机制可以解决解码器难以正确聚焦的问题，一定程度地提升了 Seq2Seq[9] 的性能，因此在序列数据处理的领域受到了很大的关注。将序列处理技巧应用到图数据处理领域，就是 GAT 所要做的事情。

图 7-4所示为图注意力机制（GAT）的基本结构示意图。

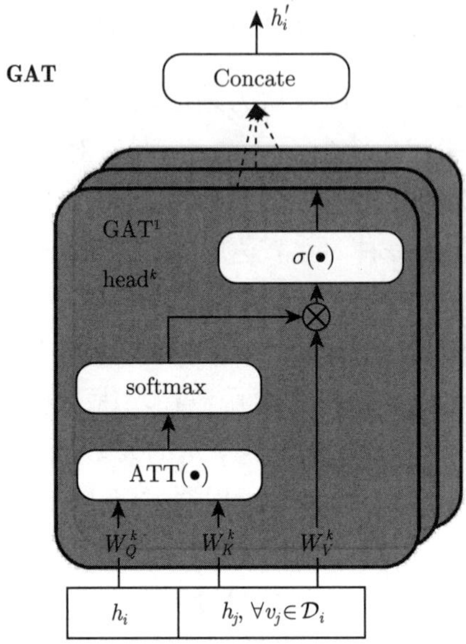

图 7-4　图注意力机制（GAT）的基本结构示意图

在图注意力机制中，将注意力要素 Query 对应于中心节点的特征向量，Key 和 $Value$ 为当前所有邻居的特征向量，因此在进行注意力层计算的时候，可以用如下公式进行表述：

$$e_{ij} = \text{ATT}(W_Q \boldsymbol{h}_i, W_K \boldsymbol{h}_j) \tag{7.22}$$

其中，$\boldsymbol{h}_i$ 是中心节点 v_i 的特征向量，$\boldsymbol{h}_j$ 是节点 v_i 的一阶邻居节点，而 $\text{ATT}(\cdot)$ 是两个节点相关度的函数。为了更好地分配权重，加入 softmax 函数对一阶邻居节点的相关度系数做归一化处理：

$$\alpha_{ij} = \text{softmax}_j(e_{ij}) = \frac{\exp(e_{ij})}{\sum\limits_{\forall v_k \in \mathcal{D}} \exp(e_{ik})} \tag{7.23}$$

最后依据注意力机制加权求和的思路，获得新节点的特征向量 $\boldsymbol{h}_i'$ 为：

$$\boldsymbol{h}_i' = \sigma\left(\sum_{v_j \in \mathcal{D}} \alpha_{ij} W_v \boldsymbol{h}_j\right) \tag{7.24}$$

为了更好地提升注意力层的特征表达能力，学习到不同表示空间中的特征，GAT 引入了多头注意力机制（Multi-head Attention），从图 7-4所示的结构表示可以清晰地看到，所谓的 Multi-head 就是引入多组独立的注意力机制，然后将输出的结果进行求和或者拼接操作。多头注意力层的函数表达如下：

$$\boldsymbol{h}_i' = \mathop{\Big\|}_{k=1}^{K} \sigma\left(\sum_{v_j \in \mathcal{D}} \alpha_{ij}^k W_v^k \boldsymbol{h}_j\right) \tag{7.25}$$

其中，$\|$ 表示对所有单头注意力机制的输出张量进行拼接。

相较于 GCN，GAT 增加了一个新的可学习维度，就是边上的权重系数。与 GCN 用图拉普拉斯矩阵去生成边的权重系数不同的是，GAT 可以对其进行自适应的学习，同时在空域进行运算，避免了复杂的矩阵分解过程，计算复杂度更低，具有非常高效的表达能力。因此，GAT 可以被认为是通过一阶节点卷积学习边的连接特性的 GNN 结构[10]。

7.2.3　时变图神经网络模型

7.2.1 小节和 7.2.2 小节介绍的模型已被广泛应用于图的各类任务中，甚至有一些已经被部署到工业系统中。但是，为了方便研究，大多都基于"图是静态的"这一假设，而以社交网络、交通控制等为代表的实际应用场景中，图结构往往是在动态演进的。一般来说，这种动态性会呈现多种表现形式，如拓扑演化和节点交互。对此，有不少研究者提出通过增加时间维度的特征提取完成动态性的学习，实现动态图神经网络模型的构造。所以，模型的关键就在于如何找到一种合适的方法捕捉演进或者交互过程中的时间特征。文献 [11] 按照提取的方式不同，将其分为两类：离散图模型与连续图模型。本节将简单介绍其中的几个代表模型。

在此之前，由于时间维度的引入，还需要对动态图做出更详细的定义。依然采用 $G = \langle V, E \rangle$ 表示一个图，不过在节点集合 $V = \{(v_1, t_{s1}, t_{e1}), (v_2, t_{s2}, t_{e2}), \cdots, (v_n, t_{sn}, t_{en})\}$ 中，t_s, t_e 分别表示节点的出现时间与消失时间；而对于节点交互集合或者边的集合，则定义 $E = \{(e_{ij}, t_s, t_e) | \forall v_i \in V \& v_j \in V\}$ 来表示，t_s, t_e 在此则表示发生交互的时间与交互完成的时间。不过，上述定义并不一定需要严格遵守，在具体建模时可以对记录的时间戳做出一定的取舍，例如在面对某些节点交互的预测问题时，交互完成时间 t_e 以及节点产生、消失的时间信息对结果的影响可能不会很大，就可以省去这些值。

1. 离散图模型

在通信系统中，由于设备的限制，不可能直接对时域上无限的、连续的模拟信号进行传输，通常会采用抽样定理对该模拟信号进行采样，再经过量化、编码后获取有限的、离散的数字信号。同样，在处理图的动态演进问题时，也不可能记录下所有时间点的信息，一个最直观的方案便是借鉴信号采样的原理，依照一定的时间间隔对该连续过程进行采样，得到一系列的子图再分别处理，这便是离散图模型：

$$DG = \{G^1, G^2, \cdots, G^N\} \tag{7.26}$$

此处，N 代表采样获得的子图的总数，G^n 则表示采样得到的第 n 个子图，由于这个过程与拍照极为相似，所以也可以称呼这些子图为一系列的"快照"。由于获取图的结构信息的时候，实际是在处理瞬时的静态图，所以可以很方便的将前文所展示的 GCN、GAT 等静态图模型扩展到动态图上，最典型的模型如 DySAT 模型[12]。

DySAT 模型的整体结构示意图如图 7-5所示，它主要由两部分组成：结构自注意力层（Structural Self-attention）与时间自注意力层（Temporal Self-attention）。所有注意力层中都采用了多头注意力机制以提高模型的学习能力与稳定性。结构自注意力层利用 GAT 完成局部领域的特征提取，为每个"快照"计算出一个中间向量，随后将这个中间向量作为时间自注意力层的输入，以聚合并获取图演变的时间特征。

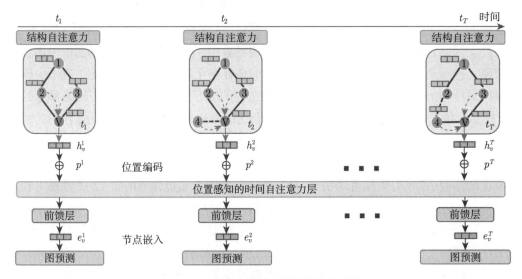

图 7-5　DySAT 模型的整体结构示意图

具体来说，在结构注意力层中，将采样得到的每个时间间隔下的子图输入 GAT 中，为目标点 V 聚合其瞬时邻节点的特征，其主要步骤与前文的 GAT 部分无异，输出中间向量 $\boldsymbol{h}_v^t$，其中，上标表示该子图的采样时间，下标则代表该目标节点。

在完成对某一瞬间的子图的聚合后，为了进一步获取动态图的时间演化特征，模型又进一步设计了一个时间自注意力层。该层的输入即为前文所述的中间向量 $\boldsymbol{h}_v^t$。不过，为了更加准确地把握时间特征的演化情况，模型借鉴注意力机制在自然语言处理中的用法，对每个"快照"的绝对时间进行了位置编码，获得编码后的向量 $\boldsymbol{p}^t$，并以 $\boldsymbol{x} = \boldsymbol{h}_v^t + \boldsymbol{p}^t$ 作为时间自注意力层的完整输入。当然，此处的注意力机制采用的也是类似自然语言处理中的表达式，其具体式子如下：

$$
\begin{aligned}
Z_v &= \beta_v(X_v W_v) \\
\beta_v^{ij} &= \frac{\exp(e_v^{ij})}{\sum\limits_{k=1}^{T} e_v^{ik}} \\
e_v^{ij} &= \left(\frac{((X_v W_q)(X_v W_k)^{\mathrm{T}})_{ij}}{\sqrt{F'}} + M_{ij} \right)
\end{aligned}
\tag{7.27}
$$

其中，F' 代表聚合的个数，M_{ij} 则是一个掩码值（Mask Value），将其设置为 ∞ 可以使某些无效输入的权值为 0，排除干扰。

总而言之，由于输入节点聚合了一定的邻节点信息，通过时间自注意力层后，模型便可以通过查询目标节点的历史表示追踪到它邻域的演变情况。最后再根据下游任务设计合适的目标函数与损失函数，完成模型的训练。

类似 DySAT 模型的处理动态图神经网络的方式都可以认为是一种堆叠式的模型，由于结构相对简单，修改也会相对方便，例如将 GAT 改成其他 GNN，时间注意力层变换成 RNN 或其他变体等。而除了上述堆叠式的结构外，还有一些研究选择将 GNN 与 RNN 融合，用 RNN 来动态更新 GNN 模型的参数完成学习，如 EvolveGCN[13]、GC-LSTM[14] 等。

2. 连续图模型

虽然离散图模型可以充分利用传统的基于静态图的深度学习模型的优势，但是由于采样的时间间隔固定，又缺乏类似信号处理中的奈奎斯特采样定理的理论指导，因此可能需要反复调试以选择合适的采样间隔：如果采样间隔过大，交互或者演进可能扎堆出现，训练时可能会丢失一部分重要的动态信息；而如果采样间隔过小，过于庞大的数据量又会大大增加训练时间，训练效果也会不尽如人意，其实用性会大打折扣。所以，近几年有研究者就提出使用连续时间图的方式完成学习。所谓的连续时间图如图 7-6 所示，其本质也是一种采样，不过采样只在事件发生的时刻进行并会记录事件发生的时间戳，模型再通过分析这些时间信息来提取动态特征。与离散图模型一样，连续图模型也有多个小类可以细化，如基于 RNN 的模型、基于时间嵌入的模型与基于时间点的模型等。

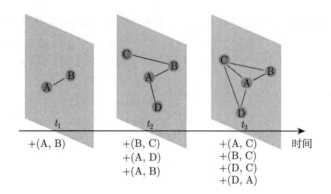

图 7-6   连续时间图

图 7-7所示的 JODIE 模型[15] 就是一种典型的基于 RNN 的模型，它将动态的图按照节点交互的先后顺序改造成序列，并使用 RNN 架构来维护更新图中每个节点的嵌入。这类模型的一个共性就是一旦有新的交互事件产生或网络结构发生变化，相互之间有作用的节点就都会发生更新，使得节点的嵌入能够始终保持最新状态。此外，JODIE 模型中还极富创造性的引入了一个时间映射层，用于将节点表示映射到未来的表示空间中。

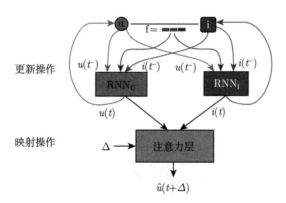

图 7-7   JODIE 模型结构示意图

基于时间点的模型与基于时间嵌入的模型极为相似，不同的是，前者将事件发生的时间戳事件参与的两个节点作为一个神经网络的输入，交由神经网络一同处理，为节点分别聚合出一个融合时间信息的向量表示，再作为图神经网络的输入，其中的代表就是 DyREP[16]。

以 TGAT[17] 为代表的基于时间嵌入的模型也选择将时间戳信息作为输入，图 7-8所示为 TGAT 模型结构的简单示意图。可以发现，该模型的基础依然是 GAT

模型，但不同的是，各节点的输入表示中拼接了一个由 $\Phi(\Delta t)$ 计算而来的向量。这也是此类模型区别于基于时间点模型的最大不同：基于时间嵌入的模型为时间戳信息定义了一个可学习的函数以用于实现对时间戳的编码。

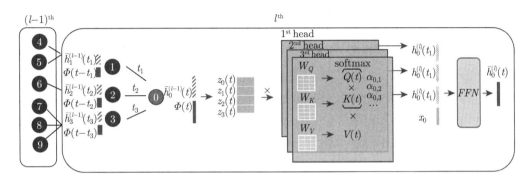

图 7-8　TGAT 模型结构的简单示意图

TGAT 中对时间戳信息的编码，本质也是借鉴了自然语言处理中的注意力机制为了把握单词之间的位置关系而使用的位置编码。为了推导出时间编码函数，它将时间模式的学习转换为核函数的学习问题，并应用经典的泛函分析实现。此外，由于两个事件发生的相对时间会更有利于捕获事件发生的动态特征，时间编码函数便也以 $\Delta t = t_i - t_j$ 的方式进行计算，其具体式子如下：

$$\boldsymbol{\Phi}_{d_T}(\Delta_t) = \sqrt{\frac{1}{d_T}}[\cos(\omega_1\Delta_t), \sin(\omega_1\Delta_t), \cdots, \cos(\omega_d\Delta_t), \sin(\omega_d\Delta_t)]^{\mathrm{T}} \tag{7.28}$$

其中的 $\omega_1, \cdots, \omega_d$ 就是可学习的函数参数。此外，通过多层的堆叠，模型也能实现对更高阶的邻节点的时间与结构特征的学习。

图神经网络的研究一直是近年研究的热点问题，而加入了时间维度的考量，无疑更贴合了实际。总体而言，动态图的学习仍然是一个比较新的领域，特别是在连续图模型的研究与对现有模型的改进扩展等领域都大有可为。

7.3　图神经网络与机器学习

7.3.1　图神经网络与深度学习

GNN 是一种极具应用前景的神经网络技术，凭借着出色的对图数据的拟合能力及强大的推理能力，它既可以被用到具有显式图结构的学习任务，如药物分子分类、酶的分类等，也能对文本、图像等隐式图结构的数据进行分析。不过，若要充分发挥 GNN 的优势，也往往需要视应用场景进行分析，找准定位并与其他的深度学习模型协同配合。本节就以推荐系统为例，介绍 GNN 与其他深度学习模型结合的案例。

推荐系统（Recommender System，RS）是一种面向用户的为他们推荐可能感兴趣物品的软件工具和技术。在推荐系统常见的一些应用场景中，也往往能抽象出一个图的表现形式，例如在视频网站中，业务数据通常可以用一个"用户—内容"的二分图表示，所以图神经网络也就有了用武之地。不过，在这种情景下的推荐系统有以下几点需要特别关注：第一，用户与内容的交互点击是一个动态的演进过程，时间特征在实现对用户的下一步行为的预测任务中也有一定的影响；第二，用户的兴趣受环境影响会有多种类型，比如长期兴趣与短期兴趣，而短期兴趣的动态性会更强；第三，用户对不同内容的偏好是不同的，在使用 GNN 进行聚合时，需要分配不同的权重。综上所述，一个既能及时处理短期兴趣，也能完成动态图的特异化聚合的模型可以在很大程度上为推荐系统带来提升。文献 [18] 提出的 TGN 模型基本满足了上述几点。它是基于前文提到的 TGAT 模型的改进版本，主要增加了一个记忆模块（Memory Module），并在该模块中使用 RNN 完成了对用户兴趣的提取。而且正是因为 RNN 模块的加入，模型对于时间特征的学习又更加地精进，也取得了更好地预测效果。如图 7-9所示，该模型主要由以下部分组成。

❑ **原始信息存储器与历史消息汇总**。作为算法的输入，模型使用"批处理"的方式读入数据，数据的主要内容包含用户节点的初始特征向量、内容节点的初始特征向量、边的初始特征向量与交互发生的时间戳信息等。而在训练模型时，由于相关的"记忆模块"一开始并不会直接接收到梯度，所以需要模型在预测之前就更新该模块，但是这样的操作会带来"信息泄露"问题。为了避免这种情况的出现，可以使模型在计算前先将原始信息存储到一个原始信息存储器（Raw Message Store）中，使计算数据相较于预测结果能滞后一轮。

❑ **消息聚合**。此模块用于对用户的历史数据进行拼接、聚合，以得到用户的短期兴趣表示，这一过程中最简单的策略莫过于仅保留最近一次请求数据或者对短期内的所有过往数据求均值的方法，TGN 的原始模型中便采用上述两种方案。若想更加准确地把握短期兴趣，则可以在此处加入 RNN 或者采用注意力机制。此外，若考虑到历史请求对于预测的时效性，那么也可以引入无线传感器网络中的"信息的年龄"这一概念对数据进行预筛选[19]。

❑ **"记忆"更新**。在 TGN 模型中，记忆模块用于更新每个节点的"记忆"（Memory），一个节点的"记忆"，可以理解为用户的一般兴趣表征（General Interests）。它们能反映一个用户的长期行为特点，而这可以从用户的各个短期行为中获取，所以可以使用 LSTM 或 GRU 等 RNN 的变体，以消息聚合模块的输出为输入来实现。

❏ **节点嵌入**。本模块用于建模用户与内容的动态交互模式，这也是模型的一个重要内容。由于用户的行为模式会受到交互时间、交互内容等多方面的影响，且交互的内容也各有所好，因此以 TGAT 为代表的针对动态图的注意力机制就是该模块的不二之选。而且，使用图神经网络，还能实现多层叠加后即使用户的请求数据比较稀疏，也能通过图神经网络的信息传递聚合特性，利用其他具有相同请求内容的用户数据，完成对目标用户的内容推荐。不过从实验结果来看，往往一层也能取得不错的效果。

❏ **匹配度预测**。本模块的主要作用就是基于上述各个模块得到的用户与内容的向量表示，利用一个多层感知机（Multi-Layer Perception，MLP）对双方的匹配程度进行计算，作为内容推荐的依据。一般来说，此类推荐系统的训练，会采取二值交叉熵损失函数（Binary Cross-Entropy Loss，BCELoss）作为目标函数训练：

$$\mathcal{L} = \frac{1}{n} \sum_{\gamma} -(y_\gamma \log(\tilde{p}_\gamma) + (1 - y_\gamma) \log(1 - \tilde{p}_\gamma)) \tag{7.29}$$

其中，y_γ 是第 γ 个样本的标签，如果 γ 个样本是正样本，则 $y_\gamma = 1$，反之，$y_\gamma = 0$。$\tilde{p}_\gamma$ 是由预测模块计算的第 γ 个样本的预测结果。

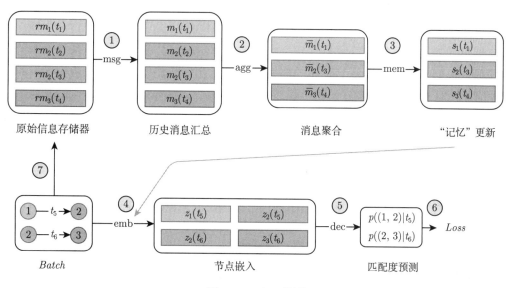

图 7-9　TGN 模型

除了上述 GNN 与 RNN 结合的以 GNN 为主、以其他模型为辅的结构外，还有文献 [20] 提到的以 GNN 辅助 CNN 的方式，实现了一个融合空间信息与语义信息的迭代式视觉推理系统。所谓视觉推理，是指人类可以在角度受限的情况下依据周围的空间特征推理出左上角黄框中的目标为一扇窗户，也可以依据"人开车"这一固有知识推测出右上角绿框中的目标是一个驾驶者。不难发现，人们在对图片中的内容做出推理的时候，除了识别图像目标外，也会借鉴周围的环境布置，以及自身所了解的背景知识。在计算机视觉领域，尽管以 CNN 为代表的模型取得了巨大的成功，但是依然缺乏类似人类的这种基于上下文的推理能力。因此，该模型希望从空间与语义两个角度，并结合图神经网络建立联系的方式实现图像目标的推理识别。

该模型首先使用 CNN 完成对局部图像特征的层次化感知，又利用 GNN 建立图上各特征之间的空间关系以及各个特征与外界知识的语义联系，从"区域—区域""区域—实体—实体"两个方面对图片中某一区域内的目标进行识别推理，随后对两个结果进行融合，从而得到最终的结果。由于 GNN 的辅助，相比于仅使用传统 CNN 的图像处理方法，该模型具有更强的推理能力，对目标的识别效果也有显著的提升。

7.3.2 图神经网络与强化学习

2016 年，由于 AlphaGo[21] 取得的巨大成功，深度强化学习（Deep Reinforcement Learning，DRL）逐渐走进大众的视野。强化学习作为机器学习的重要组成部分，近年来有飞速的发展，经常被用于建模和处理智能体与环境的交互过程，并通过学习策略以达成回报最大化或者实现特定目标。当强化学习算法的优势在单智能体系统上被充分体现后，人们开始思考这种交互式的模型训练过程在多智能体系统中是否也能取得成功。因此，当下的研究热点开始向多智能体系统转移，多智能体强化学习（Multi-agent Reinforcement Learning，MARL）就此出现，目标是寻找一种更高效的协同模型以提高多智能体系统的性能表现。MARL 算法也被广泛应用于自动驾驶、交通信号灯控制、智能电网控制以及多机器人控制等任务中。

GNN 则因其在处理非结构化数据上的良好表现，能够有效地挖掘并聚合节点和边上的信息，为 MARL 算法的研究工作提供了新的解决思路。接下来将简要介绍其中一种基于 GAT 方法的 MARL 算法——图卷积强化学习（DGN）及其应用场景。

1. 图卷积强化学习

DGN[22] 是一种基于 GAT 和深度 Q 网络（Deep Q Network，DQN）的 MARL 算法。该算法利用图网络的思想实现多个主体的动态网络构建，运用注意力机制增强群体中主体之间的有效信息交互利用。在 DGN 算法模型中，有 3 种不同类型的模块，即状态编码器、GAT 模块以及 DQN 模块，如图 7-10所示。

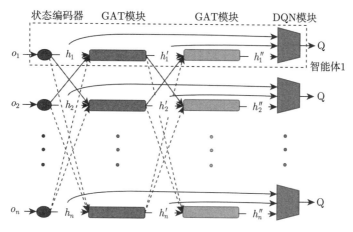

图 7-10　图卷积强化学习（DGN）算法框架

- **状态编码器**。作为算法框架中的输入处理环节，对于每一个被视作图节点的智能体 v_i，其对环境的局部观察信息 o_i 对应上文所述的节点特征信息 $\boldsymbol{x}_i$，并通过该模块的处理来得到维度统一的特征向量 $\boldsymbol{h}_i$。如果观察信息的维度较低，则可以采用多层感知机（Multi-Layer Perception，MLP）实现，如果观察信息为来自视觉传感器的图像信息，则可以采用 CNN 实现。

- **GAT 模块**。GAT 模块主要对特征向量处理，主要作用是将局部区域（包括视作节点的智能体 v_i 以及它的邻居节点集合 $N(v_i)$）的观察信息进行整合以生成特征向量 $\boldsymbol{h}_i'$。通过一层的 GAT 模块，节点 v_i 可以聚合一阶邻域的特征向量。当叠加多层的 GAT 模块时，即使受到有限通信距离的限制，也可以通过邻居节点的信息聚合机制扩展当前节点的感受野，以获取更高阶的关联关系，挖掘更深层次的相互作用，让节点之间的合作更加紧密。但过于复杂的网络结构往往会为网络参数的训练带来很大的阻力，如产生过拟合、梯度消失、梯度爆炸等问题。基于经验和理论，通常叠加两层 GAT 结构较为合适。

- **DQN 模块**。受 DenseNet 思想的启发，对于每个主体而言，以上所有模块和层次的处理结果都会被统一拼接起来并输入 DQN 中。这样可以对来自不同感受域的观察表征和特征值进行组合和重复利用，这对于不同范围内协作策略的形成有着相应的意义与价值。

  在训练过程中，信息元组 $(\mathcal{O}, \mathcal{A}, \mathcal{O}', \mathcal{R}, N)$ 被存储在重放缓冲（Replay Buffer）

存储器 $\mathcal{D}$ 中，其中，$\mathcal{O}$ 表示当前时刻所有局部观察信息的集合，$\mathcal{A}$ 表示智能体执行动作策略的集合，$\mathcal{O}'$ 表示下一时刻环境中获取的局部观察信息集合，$\mathcal{R}$ 表示环境给所有智能体的回报值集合。为了达成训练目标，执行训练的时候，会从 $\mathcal{D}$ 中随机采样一个子集 S，在该子集上进行优化训练，目的是最小化损失函数：

$$\mathcal{L}(\theta) = \frac{1}{S} \sum_S \frac{1}{n} \sum_{i=1}^n (y_i - Q(O_{i,N(v_i)}, a_i; \theta))^2 \tag{7.30}$$

其中，$y_i = r_i + \gamma \max_{a'} Q(O'_{i,N(v_i)}, a'_i; \theta')$，$O_{i,N(v_i)} \in \mathcal{Q}$ 表示主体 v_i 的感受域中的智能体观察值集合，γ 是折扣因子，DQN 的超参数是 θ，DQN 将 $O_{i,N(v_i)}$ 作为输入，输出的是智能体 v_i 的 Q 值 y_i。因为智能体的动作可能会改变当前的网络连接形式，即可能改变下一个时隙中图网络的状态，这会使得 Q 函数的学习更加困难。所以在训练过程中，在计算 Q 的损失函数时，将两个连续时隙内的图拓扑结构视作不变，以此来降低学习的难度。所有智能体 Q 函数损失的梯度累积起来以更新 Q 函数的超参数，于是这里采用软更新（Softly Update）的形式对目标网络的超参数进行更新 $\theta' = \beta\theta + (1 - \beta)\theta'$。

- 时间关系正则化。DGN 认为 GAT 层输出的表征关系与特征提取的权值高度相关，而在 DQN 中，目标网络中对于这类权值的更新往往是滞后于当前网络的，此处又只关心当前网络连接状态所提取出的关系表征是否具有自我一致性。所以这里并不像传统 DQN 中使用目标网络来生成当前网络的训练目标那样，而是在下一状态中直接使用当前网络以产生新的关系表征，并且将其作为 DQN 中的目标网络。于是考虑到时间关系正则化，DGN 算法在损失函数中加入了采用 KL 散度（Kullback-Leibler Divergence）来衡量两种不同状态下注意力权值分布之间的距离，其形式如下：

$$\mathcal{L}(\theta) = \frac{1}{S} \sum_S \frac{1}{n} \sum_{i=1}^n (y_i - Q(O_{i,N(v_i)}, a_i; \theta))^2 + \lambda D_{\mathrm{KL}}(\mathcal{G}^k(O_{i,N(v_i)}; \theta) \| z_i) \tag{7.31}$$

其中，$\mathcal{G}^k(O_{i,N(v_i)}; \theta)$ 表示第 k 个 GAT 层中智能体 v_i 的输出关系表征中注意力权值的分布，而 $z_i = \mathcal{G}^k(O'_{i,N(v_i)}; \theta)$，$\lambda$ 是正则化损失的相关系数。

2. 数据包传输路径优化

DGN 原文[22] 中给出了其在 3 种不同场景中的应用效果。其中，数据包传输路径优化场景是对真实任务的仿真建模。

在数据传输网络中存在 Z 台路由器,每台路由器都会随机连接到其他的路由器上,该图的拓扑结构是相对固定的。场景中存在 n 个大小随机的数据包,每个数据包都需要从源路由器中选择一条合适的传输路径到达目标路由器。若同时通过同一链路的数据包总量大于链路的带宽,则需要进行排队。

该任务的优化目标是在避免拥塞的条件下使得数据包能够快速地到达目的地。在选择传输链路时,如果数据包间可以进行通信,了解周围路由器的实时情况以及其他数据包的属性,则可以做出相对合理的路径规划。当使用 DGN 算法处理该任务时,可以将数据包作为智能体,将其自身属性(当前所在路由器、目标路由器以及数据包大小)、当前链路的信息(负载、长度)等作为智能体的局部观测向量。智能体的动作空间是下一跳可以选择的路由器集合,将数据包从起始到结束所需要经过的链路长度的线性函数作为系统回报。一旦智能体到达目的地,它就离开此多智能体系统,另一个数据包经随机初始化进入系统。

为了凸显 DGN 算法的优越性,选择了分布式的 DQN 算法[23]、CommNet 算法[24],以及 MFQ 算法[25] 进行对比。为了公平起见,在实验过程中,各类算法的参数是可以共享的,超参数的设定也是基本相同的,并且模型参数的规模也是相近的。相关结果表明[22],在相同条件下,DGN 算法相较于其他多主体强化学习算法可以取得更高的平均回报值,具有更优的系统性能表现。

3. 交通信号灯控制

除了 DGN 原文中介绍的 3 种场景外,也有其他学者提出了类似 DGN 的想法,即将 GAT 算法与 DRL 算法相结合,用于加强多主体系统的协同,以提高系统效用。CoLight[26] 则是首次将这种思想应用到了交通信号灯的控制中去。论文提出,在交通信号灯控制领域,如果能够加强相近路口信号灯之间的协作关系,则可以更加灵活地控制车流走向以缓解交通压力。当将路口的信号灯视为一个智能体,或视为一个图节点,那么复杂的交通网络则可以被视为一张拓扑结构相对固定的图,因此使用 GAT 算法去优化多主体强化学习算法来实现系统性能的提升是一个可行的方案。DGN 应用于交通信号灯控制任务中的算法框架——CoLight 包含了状态编码器来对观测向量进行嵌入表示,包含了 GAT 模块来执行信息聚合,包含多层 GAT 模块来扩展节点的聚合范围,以及包含了 DQN 模块来预测 Q 值并输出所要执行的动作。在这个场景中,交通信号灯控制任务的优化目标是尽可能缩短系统中所有汽车的行驶时间。在建模阶段,局部观测向量由信号灯当前的属性、当前十字路口每个方向车辆的排队长度等组成;智能体的动作空间是信号灯下一时刻的属性;由于所有车辆的行驶时间很难加以统计,因此将每个路口在该时刻的排队长度总和作为回报。通过在多个模拟数据集和真实城市道路数据集上进行测试，CoLight 算法相较于其他深度学习算法有更好的性能表现。

4. 网络资源调度

由于 5G 基站的高频特性以及部分小基站和移动基站的有限资源导致了单基站可覆盖的信号面积有限，而提供全覆盖且流畅的网络服务势必需要多基站协同，因此密集基站场景就此出现。在密集基站场景中，用户移动性会导致用户在相邻基站间进行切换的问题更加凸显。DGN 模型能够为该场景提供一个合理的基站信息交互模式，实现多基站的协作，可以通过高效聚合相邻基站间的数据信息分析其间的关系，以达到学习用户移动性导致的基站切换带来的请求数在时空中的波动信息，优化多基站环境的网络切片资源分配策略[27]。

在网络资源调度场景中，系统的优化目标是通过设计合理的网络切片资源分配策略，在有限的资源条件下，让移动用户的服务满意率尽可能高的同时，实现较高的频谱资源利用率，为用户提供流畅的网络服务。

在该场景中，要实现 DGN 算法的建模，基站可以被视为一个智能体；局部观测向量则为当前基站的数据请求信息以及当前资源消耗情况等；由于基站的资源分配策略可能是连续空间的，因此可以使用不同的切分粒度对其进行离散化，构建离散的资源调度动作空间来供基站选择以制定合理的网络切片资源调度策略。实验结果表明，GAT 模块能够有效地加强基站之间的协同合作，DGN 算法能够取得更高的系统性能。

7.3.3　图神经网络与联邦学习

以图神经网络为代表的人工智能技术的发展，在创造巨大机遇的同时，也带来了更大的挑战。如图 7-11a 所示，当想要训练使用一个 GNN 模型实现推荐系统时，往往需要十分庞大的数据量支持，而这个存储与训练过程也往往由一个集中式的服务器完成。然而，将用户的交互等隐私数据进行集中处理，很可能会带来一些隐私问题以及数据泄露的风险。为此，可以采取图 7-11b 所示的方案，仅将原始数据存储在本地的用户设备上，并基于此学习 GNN 模型。但在这个过程中，个别用户的数据量太小难以训练出好的模型，此时可以通过协调其他用户数据的方式来改善，但如此一来，又不得不再次面临隐私保护问题。而以联邦学习（Federated Learning，FL）为代表的分布式机器学习技术则可以很好地解决上述问题。

所谓联邦学习，简单来说是多个分布式节点（客户）在中央节点的协调下协作处理机器学习问题的技术。每个客户的原始数据都存储在本地，且不会参与彼此的通信，训练模型的过程中仅仅传输神经网络的梯度等运算结果，所以这种机器学习方式能很好地起到隐私保护的作用。联邦学习的具体内容已经在第 6.1.2 节中做了详细介绍，此处不再过多赘述。

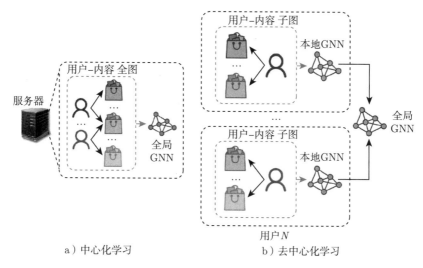

a）中心化学习 b）去中心化学习

图 7-11　模型的中心化学习与去中心化学习对比

考虑到隐私保护问题与图神经网络的广泛应用，已经有研究者开始着手将二者融合，联邦图神经网络（Federated Graph Neural Networks，FedGNNs）也由此提出。下面以推荐系统为例，简单介绍一种采用联邦学习机制训练的基于隐私保护的 GNN[28]。在该场景中，记录着用户对不同内容的打分，文章希望依据过去的打分预测用户对不曾有过交互的内容的评分情况。

1. 联邦图神经网络

基于联邦图神经网络的推荐系统框架如图 7-12所示，它主要由一个中央服务器与多个用于本地模型训练的客户端组成。每个用户客户端都保留了一个本地数据构成的子图，该子图记录了用户与内容的交互历史以及该用户的邻节点用户。客户端为了训练出一个性能良好的 GNN 以完成对子图上各节点的嵌入，在训练时，需要要将模型的梯度上传至中央服务器，再由中央服务器聚合来自其他客户端的梯度并回传结果，帮助本地模型更新参数。其具体训练过程如下。

❑ **模型的本地训练**。模型在本地进行训练时，需要对节点向量进行初始化。本地记录的子图中，除了包含用户与其交互的内容外，还记录着用户的邻节点用户，他们可能是用户的朋友或者关注者。文献 [28] 通过实验发现，模型在训练时，

由于前期没有很好的参数，用户的嵌入不够准确，所以需要先排除邻节点用户
的学习，在训练完若干轮次后再添加到模型。完成初始化后，模型就可以利用
本地的 GNN 模块对图上节点的结构信息进行嵌入，这个过程可以使用任何成
熟的图神经网络模型，包括 GCN、GAT 等。由 GNN 模块完成节点间信息的
传递聚合后，就可以得到用户与其交互内容的向量表示，随后通过使用多层感
知机或其他方式对用户与内容的交互进行评分预测。完成预测后，模型再利用
损失函数计算偏差，其形式如下：

$$\mathcal{L}(\theta) = \frac{1}{K} \sum_{j=1}^{K} |\hat{y}_{i,j} - y_{i,j}|^2 \tag{7.32}$$

其中，$\hat{y}_{i,j}$ 表示用户 u_i 对某个内容 t_j 的预测评分。完成模型的损失函数的计算
后，导出本地模型的梯度值 g_i^m，与模型计算得到的用户嵌入表示的梯度 g_i^e 一
同发送给中央服务器。

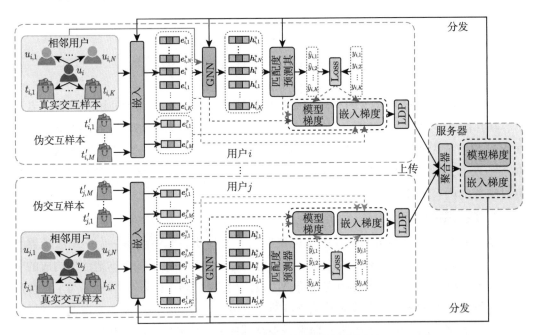

图 7-12　基于联邦图神经网络的推荐系统框架

- **基于联邦学习的模型更新**。中央服务器在接收到来自客户机上传的梯度后需要
  对所有结果进行聚合，以计算全局梯度。计算全局梯度的方法有很多，文献在
  这里采用 FedAVG [29]，即使用对所有的梯度值进行加权求和的方式进行聚合，

再将结果回传给客户机，以 $\theta_i' = \theta_i - \alpha g$ 的方式更新模型，其中 θ_i 与 θ_i' 表示更新前后用户 i 的模型参数，α 则表示机器学习中的学习率。模型依照上述过程进行迭代，直至收敛。

2. 隐私保护

尽管使用联邦学习能在很大程度上改善隐私问题，但是由于 GNN 的特性，在计算传输节点的嵌入表示的梯度时，因为这部分数据会与用户的请求数据息息相关，所以可能会有攻击者会利用这一特性进行成员推断攻击，窃取用户隐私数据。另一方面，由于 GNN 对节点聚合时，若要实现更好的性能表现，往往需要更高阶的邻节点数据，但是仅靠记录用户交互情况的本地子图是无论如何也实现不了的。综上所述，就需要对模型的隐私保护部分做更多的优化，其主要内容有以下两点。

❑ **基于隐私保护的模型更新**。针对隐私保护问题，有些研究采用同态加密技术，即对数据进行加密，然后在密文上进行后续运算，同时要保证对密文的操作带来的效果与在明文上一样。但是这种方法也意味着客户端需要长期维护并传输一个经过同态加密的向量嵌入表，即意味着巨大的存储与通信开销是不切实际的。为此，该模型采用了两个策略：

　– 伪交互样本抽样（Pseudo Interacted Item Sampling）。对未发生交互的内容进行采样，并使用与真实样本的梯度有相同均值、方差的随机数生成器生成它们的梯度 g_i^p，将这部分数据与前面的模型梯度和真实嵌入梯度一起，以 $g_i = (g_i^m, g_i^e, g_i^p)$ 的形式作为传输的内容交由中央服务器处理。

　– 本地差分隐私保护（Local Differential Privacy）。差分隐私保护作为一种比较成熟的隐私保护技术也被广泛应用，它通过将原始数据集中到一个"可信的数据中心"，再对计算结果添加随机噪声，对数据源中由于一些微小的改动而导致的问题进行隐私保护。而本地差分隐私保护，直接对数据在本地完成差分计算，消除"可信的数据中心"的影响。模型基于 $L - \infty$ 范数以一个阈值 Δ 裁切局部梯度，并为其添加一个零均值的拉普拉斯噪声的本地差分隐私：

$$g_i = \mathrm{clip}(g_i, \delta) + \mathrm{Laplace}(0, \lambda) \tag{7.33}$$

其中，λ 为拉普拉斯噪声的强度。

完成上述两步隐私保护处理后，再将数据传输至中央服务器进行后续处理。

❑ **基于隐私保护的子图扩展**。这一模块旨在帮助模型在隐私保护的前提下扩展本地子图，聚合高阶邻节点信息，提升模型性能。图 7-13所示为该模块的具体结构。为了实现该功能，中央服务器需要首先生成一个公钥，客户端接收密钥后，对用户及其交互内容的 ID 进行同态加密。加密后的 ID 与本地计算的嵌入表示一同被上传至第三方服务器，服务器再行匹配，回传具有相同交互内容的用户的向量表示。这个过程中，中央服务器不会接收到用户的隐私数据，而第三方服务器无法解密 ID 数据。通过这样的方法，保证数据传输的隐私性，也因为同态加密的对象仅仅是 ID 值，因此其存储与通信开销也都相对可以接受。

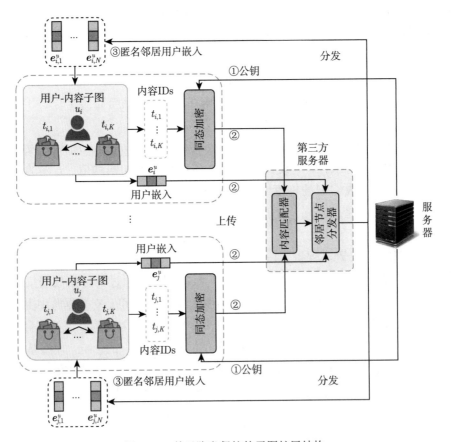

图 7-13　基于隐私保护的子图扩展结构

参考文献

[1] ZHOU J, CUI G, HU S, et al. Graph neural networks: a review of methods and applications [J]. AI Open, 2020, 1: 57-81.

[2] NEWMAN M. Networks: an introduction[M]. Oxford: OUP, 2010.

[3] SHUMAN D I, NARANG S K, FROSSARD P, et al. The emerging field of signal processing on graphs: extending high-dimensional data analysis to networks and other irregular domains[J]. IEEE signal processing magazine, 2013, 30(3): 83-98.

[4] BRUNA J, ZAREMBA W, SZLAM A, et al. Spectral networks and locally connected networks on graphs[Z]. 2013.

[5] DEFFERRARD M, BRESSON X, VANDERGHEYNST P. Convolutional neural networks on graphs with fast localized spectral filtering[J]. Advances in neural information processing systems, 2016, 29: 3844-3852.

[6] HAMILTON W, YING Z, LESKOVEC J. Inductive representation learning on large graphs [J]. Advances in neural information processing systems, 2017, 30: 1025-1035.

[7] VELIČKOVIĆ P, CUCURULL G, CASANOVA A, et al. Graph attention networks[C]. Vancouver: Proc. ICLR. 2018.

[8] VASWANI A, SHAZEER N, PARMAR N, et al. Attention is all you need[C]//Advances in Neural Information Processing Systems: volume 30. Long Beach, 2017.

[9] SUTSKEVER I, VINYALS O, LE Q V. Sequence to sequence learning with neural networks[C]//Advances in Neural Information Processing Systems. Montreal, 2014: 3104-3112.

[10] ISUFI E, GAMA F, RIBEIRO A. Edgenets: edge varying graph neural networks[J]. IEEE Transactions on Pattern Analysis and Machine Intelligence, 2021, 44(11): 7457-7473.

[11] SKARDING J, GABRYS B, MUSIAL K. Foundations and modeling of dynamic networks using dynamic graph neural networks: a survey[J]. IEEE Access, 2021, 9: 79143-79168.

[12] SANKAR A, WU Y, GOU L, et al. DySAT: deep neural representation learning on dynamic graphs via self-attention networks[C]//Proceedings of the 13th International Conference on Web Search and Data Mining. Houston, 2020.

[13] PAREJA A, DOMENICONI G, CHEN J, et al. Evolvegcn: evolving graph convolutional networks for dynamic graphs[C]//Proceedings of the AAAI Conference on Artificial Intelligence. New York, 2020.

[14] CHEN J, WANG X, XU X. GC-LSTM: graph convolution embedded LSTM for dynamic network link prediction[J]. Applied Intelligence, 2022, 52(7): 7513-7528.

[15] KUMAR S, ZHANG X, LESKOVEC J. Predicting dynamic embedding trajectory in temporal interaction networks[C]//Proceedings of the 25th ACM SIGKDD international conference on knowledge discovery and data mining. Anchorage, 2019.

[16] TRIVEDI R, FARAJTABAR M, BISWAL P, et al. DyRep: learning representations over dynamic graphs[C]//International conference on learning representations. New Orleans, 2019.

[17] XU D, RUAN C, KORPEOGLU E, et al. Inductive representation learning on temporal graphs[C]//International conference on learning representations. Virtual Edition, 2020.

[18] ROSSI E, CHAMBERLAIN B, FRASCA F, et al. Temporal graph networks for deep learning on dynamic graphs[C]//International Conference on Machine Learning 2020 Workshop on Graph Representation Learning. Virtual Edition, 2020.

[19] ZHU J, LI R, ZHAO Z, et al. AoI-based temporal attention graph neural network for popularity prediction in icn[C]//2022 IEEE Wireless Communications and Networking Conference (WCNC). Austin: IEEE, 2022.

[20] CHEN X, LI L J, FEI-FEI L, et al. Iterative visual reasoning beyond convolutions[C]//2018 IEEE/CVF Conference on Computer Vision and Pattern Recognition. Salt Lake City, 2018.

[21] SILVER D, HUANG A, MADDISON C J, et al. Mastering the game of go with deep neural networks and tree search[J]. Nature, 2016, 529(7587): 484-489.

[22] JIANG J, DUN C, LU Z. Graph convolutional reinforcement learning for multi-agent cooperation[Z]. 2018.

[23] MNIH V, KAVUKCUOGLU K, SILVER D, et al. Human-level control through deep reinforcement learning[J]. Nature, 2015, 518(7540): 529-533.

[24] SUKHBAATAR S, FERGUS R, et al. Learning multiagent communication with backpropagation[J]. Advances in neural information processing systems, 2016, 29: 2252-2260.

[25] YANG Y, LUO R, LI M, et al. Mean field multi-agent reinforcement learning[C]//International Conference on Machine Learning. Stockholmsmässan: PMLR, 2018: 5571-5580.

[26] WEI H, XU N, ZHANG H, et al. Colight: learning network-level cooperation for traffic signal control[C]//Proceedings of the 28th ACM International Conference on Information and Knowledge Management. Beijing, 2019.

[27] SHAO Y, LI R, HU B, et al. Graph attention network-based multi-agent reinforcement learning for slicing resource management in dense cellular network[J]. IEEE Transactions on Vehicular Technology, 2021, 70(10): 10792-10803.

[28] WU C, WU F, CAO Y, et al. FedGNN: federated graph neural network for privacy-preserving recommendation[Z]. 2021.

[29] MCMAHAN B, MOORE E, RAMAGE D, et al. Communication-efficient learning of deep networks from decentralized data[C]//Proceedings of Machine Learning Research: Proceedings of the 20th International Conference on Artificial Intelligence and Statistics. Ft. Lauderdale, 2017.

第 **8** 章

仿生物智能学习

一些生物群体虽然个体智能较低，但整个群体却表现出超出个体的智能行为。群体智能最初是在对以蚁群、蜂群等为代表的昆虫的群体行为研究的基础上发展而来的。本章首先介绍仿生物智能学习中经典的蚁群算法以及常见的改进方法和策略，然后在此基础上进一步介绍了群体学习——一种借鉴仿生物智能与区块链相结合而形成的去中心化分布式机器学习方法。

8.1 蚁群算法

蚁群算法（Ant Colony Optimization，ACO）又称蚂蚁优化算法，最初由意大利学者 Marco Dorigo 等人通过模拟自然界中蚂蚁群体觅食行为而提出的一种仿生物智能优化算法[1]。生物学家发现，蚂蚁在寻找食物时，会在其经过的路径上释放一种称为信息素 (Pheromone) 的化学物质。蚁群内的蚂蚁能感知信息素，它们会倾向于沿着信息素浓度高的路径行走。当蚂蚁找到食物源时，最初是在蚁巢和食物源的路径上随机行走。由于路径越短，蚂蚁往返一次的时间越短，因此在单位时间内的较短距离上往返的蚂蚁数目就越多，留下的信息素也越多，从而吸引更多的蚂蚁走这条路径。这就形成了一种类似正反馈的机制。经过一段时间后，整个蚁群就会在蚁巢和食物源之间找到一条最优的路径。

8.1.1 蚁群算法描述

蚁群算法是根据模拟蚁群寻找食物的最短路径行为来设计的一种仿生智能算法，本质上是一种基于进化算法的启发式全局优化算法。一般而言，蚁群算法可以用来解决最短路径问题，比如旅行商问题（Traveling Salesman Problem，TSP）等。

本节以经典的 TSP 求解来详细描述蚁群算法。TSP（旅行商问题）是指在 n 个城市中旅行，每个城市只经历一次然后回到出发城市，求解所走路程中最短的一条路径。基于蚁群算法解决 TSP 的基本思路如下：

❑ 初始化参数，如群规模（蚂蚁数量）、信息素重要程度因子、启发函数重要程度因子、信息素挥发程度因子、信息素释放总量、最大迭代次数等。

❑ 每只蚂蚁分别独立进行路径搜索。

❑ 每只蚂蚁完成一次路径搜索后，在行进的路上释放信息素，信息素强度与解的质量成正比。

❑ 每只蚂蚁对路径的选择都与路径上的信息素强度（初始信息素强度设为相等）和两点之间的距离有关，采用随机的局部搜索策略。

❑ 为每只蚂蚁设置禁忌表，确保只能走合法路线（经过每个城市一次且仅一次）。

❑ 所有蚂蚁完成一次路径搜索就是一次迭代，每迭代一次就对所有的边做一次信息素更新。

❑ 信息素的更新包括原有信息素的挥发和经过的路径上信息素的增加。

❑ 达到预定的迭代步数，或出现停滞现象（所有蚂蚁都选择同样的路径，解不再变化），则算法结束，以当前最优解作为问题的最优解。

与其他优化算法相比，蚁群算法具有以下几个特点：

❑ 采用正反馈机制，使得搜索过程不断收敛，最终逼近最优解。

❑ 每个个体都可以通过释放信息素来改变周围的环境，且每个个体都能够感知周围环境的实时变化，个体间通过环境进行间接通信。

❑ 搜索过程采用分布式计算方式，多个个体同时进行并行计算，大大提高了算法的计算效率和运行效率。

❑ 启发式的概率搜索方式使算法不容易陷入局部最优，易于找到全局最优解。

图 8-1 所示为蚁群算法流程图。蚁群算法的大致流程如下：

❑ 步骤一：初始化参数。

假设整个蚂蚁群体中蚂蚁的数量为 m，城市的数量为 n，城市 i 与城市 j 之间的距离为 $d_{ij}(i, j = 1, 2, \cdots, n)$，$t$ 时刻城市 i 与城市 j 连接路径上的信息素浓度为 $\tau_{ij}(t)$。初始时刻，各个城市间连接路径上的信息素浓度相同，设为 $\tau_{ij}(0) = \tau_0$，同时将 m 只蚂蚁随机放置在 n 个城市。

❑ 步骤二：计算转移概率。

蚂蚁 $k(k = 1, 2, \cdots, m)$ 根据各个城市间连接路径上的信息素浓度决定下一个访问城市，设 $P_{ij}^k(t)$ 表示 t 时刻蚂蚁 k 从城市 i 转移到城市 j 的转移概率，其公式为：

$$P_{ij}^k(t) = \begin{cases} \dfrac{[\tau_{ij}(t)]^\alpha \times [\eta_{ij}(t)]^\beta}{\sum\limits_{s \in \text{allow}_k} [\tau_{ij}(t)]^\alpha \times [\eta_{ij}(t)]^\beta} , S \in \text{allow}_k \\ 0, S \notin \text{allow}_k \end{cases} \tag{8.1}$$

其中，$\eta_{ij}(t) = \dfrac{1}{d_{ij}}$ 为启发函数，表示蚂蚁从城市 i 转移到城市 j 的期望程度。为了保证分母不为零，一般将对角线上的元素零修正为一个非常小的正数（如 10^{-4} 或 10^{-5} 等）。allow_k 为蚂蚁 k 待访问城市的集合，开始时，allow_k 中有 $n-1$ 个元素，即包括除了蚂蚁 k 出发城市的所有其他城市，随着时间的推进，allow_k 中的元素不断减少，直至为空，即表示所有的城市均访问完毕。α 为信息素重要程度因子，其值越大，表示信息素的浓度在转移中起的作用越大。β 为启发函数重要程度因子，其值越大，表示启发函数在转移中的作用越大，即蚂蚁会以较大的概率转移到距离短的城市。当 $\alpha = 0$ 时，算法即为传统的贪心算法；而当 $\beta = 0$ 时，算法就成了纯粹的正反馈的启发式算法。

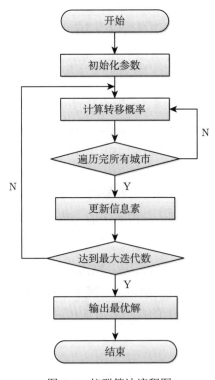

图 8-1 蚁群算法流程图

需要注意的是，如果蚂蚁在每次搜索中都寻找转移概率最大的城市，则可能会出现过早陷入局部最优的问题，难以实现全局最优解。因此，一般都会让一部分蚂蚁选择转移概率最大的城市，另外一部分蚂蚁则具有随机性，以更好探索到全局最优解。在实际算法实现中，可以采用轮盘赌选择法（Roulette Wheel Selection）来选择转移的城市。

❑ 步骤三：遍历完所有城市。

每只蚂蚁都要遍历完所有的城市，已经走过的城市放入禁忌表中。当蚂蚁走完所有的城市，即完成一次循环后，每只蚂蚁所走过的路径就是一个解。

❑ 步骤四：更新信息素。

由于信息素具有挥发性，蚂蚁在释放信息素的同时，各个城市间连接路径上的信息素会逐渐消失，这里设参数 $\rho\,(\,0 < \rho < 1\,)$ 表示信息素的挥发程度。蚂蚁在一次迭代过程中，也就是在遍历所有点的过程中，信息素浓度保持不变。当所有蚂蚁完成一次迭代后，各个城市间连接路径上的信息素浓度需进行实时更新，即：

$$\tau_{ij}\,(t+1) = (1 - \rho)\,\tau_{ij}\,(t) + \triangle\tau_{ij} \tag{8.2}$$

$$\triangle\tau_{ij} = \sum_{k=1}^{m} \triangle\tau_{ij}^{k} \tag{8.3}$$

其中，$\triangle\tau_{ij}^{k}$ 表示第 k 只蚂蚁在城市 i 到城市 j 连接路径上释放的信息素浓度；$\triangle\tau_{ij}$ 表示所有蚂蚁在城市 i 到城市 j 连接路径上释放的信息素浓度之和。

针对蚂蚁释放信息素问题，M.Dorigo 等人曾给出 3 种不同的模型，分别称之为 Ant Cycle System、Ant Quantity System 和 Ant Density System，其计算公式分别如下：

— Ant Cycle System 模型：

$$\triangle\tau_{ij}^{k} = \begin{cases} \dfrac{Q}{L_k}, & \text{第 } k \text{ 只蚂蚁从城市 } i \text{ 访问城市 } j \\ 0, & \text{其他} \end{cases} \tag{8.4}$$

— Ant Quantity System：

$$\triangle\tau_{ij}^{k} = \begin{cases} \dfrac{Q}{d_{ij}}, & \text{第 } k \text{ 只蚂蚁从城市 } i \text{ 访问城市 } j \\ 0, & \text{其他} \end{cases} \tag{8.5}$$

— Ant Density System：

$$\triangle\tau_{ij}^{k}=\left\{\begin{array}{ll} Q, & \text{第 } k \text{ 只蚂蚁从城市 } i \text{ 访问城市} j \\ 0, & \text{其他} \end{array}\right. \tag{8.6}$$

上述 3 种模型中，Ant Cycle System 模型利用蚂蚁经过路径的整体信息（经过路径的总长）计算释放的信息素浓度；Ant Quantity System 模型利用蚂蚁经过路径的局部信息（经过各个城市间的距离）计算释放的信息素浓度；Ant Density System 模型更为简单地将信息素释放的浓度取为恒值，并没有考虑不同蚂蚁经过路径长度的影响。因此，一般选用 Ant Cycle System 模型计算释放的信息素浓度，即蚂蚁经过的路径越短，释放的信息素浓度越高。

- 步骤五：判断是否终止一次迭代，就是指 m 只蚂蚁都走完所有的城市后，将每只蚂蚁所走的路径进行比较，选择长度最短的路径，并将当前的最短路径与过往的最短路径长度进行对比，最短的路径即为目前得到的最优解。

若当前达到了最大迭代次数，则终止计算，输出最优解；否则，清除上一轮蚂蚁的行走路线和禁忌表，并将 m 只蚂蚁重新随机放置在各个城市，重新开始新一轮的迭代，返回步骤二。综合上述步骤，一个完整的参考代码如下：

```
%% 初始化参数
m = 100;                          % 蚂蚁数量
alpha = 1;                        % 信息素重要程度因子
beta = 5;                         % 启发函数重要程度因子
rho = 0.1;                        % 信息素挥发因子
Q = 1;                            % 常系数
Eta = 1./D;                       % 启发函数
Tph = ones(n,n);                  % 信息素矩阵
Path_table = zeros(m,n);          % 路径记录表
iter = 1;                         % 迭代次数初值
iter_max = 200;                   % 最大迭代次数
Route_best = zeros(iter_max,n);   % 最佳路径
Length_best = zeros(iter_max,1);  % 最佳路径的长度
Length_ave = zeros(iter_max,1);   % 路径的平均长度

%% 迭代寻找最佳路径
while iter <= iter_max
    % 随机产生各个蚂蚁的起点城市
    start = zeros(m,1);
    for i = 1:m
        temp = randperm(n);
        start(i) = temp(1);
```

```
    end
Path_table(:,1) = start;
% 构建解空间
citys_index = 1:n;
% 逐个蚂蚁路径选择
for i = 1:m
    % 逐个城市路径选择
    for j = 2:n
        visited = Path_table(i,1:(j - 1));            % 已访问的城市集合(禁忌表)
        allow_index = ~ismember(citys_index,visited);
        allow = citys_index(allow_index);   % 待访问的城市集合
        P = allow;
        % 计算城市间转移概率
        for k = 1:length(allow)
            P(k) = Tph(visited(end),allow(k))^alpha ...
                * Eta(visited(end),allow(k))^beta;
        end
        P = P/sum(P);
        % 轮盘赌法选择下一个访问城市
        Pc = cumsum(P);
        target_index = find(Pc >= rand);
        target = allow(target_index(1));
        Path_table(i,j) = target;
    end
end
% 计算各个蚂蚁的路径距离
Length = zeros(m,1);
for i = 1:m
    Route = Path_table(i,:);
    for j = 1:(n - 1)
        Length(i) = Length(i) + D(Route(j),Route(j + 1));
    end
    Length(i) = Length(i) + D(Route(n),Route(1));
end
% 计算最短路径距离及平均距离
if iter == 1
    [min_Length,min_index] = min(Length);
    Length_best(iter) = min_Length;
    Length_ave(iter) = mean(Length);
    Route_best(iter,:) = Path_table(min_index,:);
else
    [min_Length,min_index] = min(Length);
    Length_best(iter) = min(Length_best(iter - 1),min_Length);
    Length_ave(iter) = mean(Length);
```

```
        if Length_best(iter) == min_Length
            Route_best(iter,:) = Path_table(min_index,:);
        else
            Route_best(iter,:) = Route_best((iter-1),:);
        end
    end
    % 更新信息素
    Delta_Tph = zeros(n,n);
    % 逐个蚂蚁计算
    for i = 1:m
        % 逐个城市计算
        for j = 1:(n - 1)
            Delta_Tph(Path_table(i,j),Path_table(i,j+1)) = ...
                Delta_Tph(Path_table(i,j),Path_table(i,j+1)) + Q/Length(i);
        end
        Delta_Tph(Path_table(i,n),Path_table(i,1)) = ...
            Delta_Tph(Path_table(i,n),Path_table(i,1)) + Q/Length(i);
    end
    Tph = (1-rho) * Tph + Delta_Tph;
    % 迭代次数加1，清空路径记录表
    iter = iter + 1;
    Path_table = zeros(m,n);
end
```

8.1.2　蚁群算法的改进

8.1.2.1　蚁群算法缺陷分析

蚁群算法除了应用在 TPS 优化中外，也广泛应用在负载均衡调度、集成电路设计、网络路由、资源优化以及机器人路径优化等领域。蚁群算法具有较快的收敛速度，但也存在算法搜索停滞和易陷入局部最优等问题。

蚁群算法常见问题[2] 如下：

❑ 收敛速度慢。蚁群算法中的信息素初值相同，因此在最初做路径选择时倾向于随机选择。虽然随机选择能探索到更大的任务空间，有助于找到潜在的全局最优解，但是需要较长的时间才能发挥出正反馈的作用，导致算法在初期的收敛速度较慢。

❑ 局部最优问题。蚁群算法具有正反馈的特点，初始时刻环境中的信息素完全相同，蚂蚁几乎按随机方式完成解的构建，这些解必然会存在优劣之分。在信息素更新时，蚁群算法在较优解经过的路径上留下更多的信息素，而更多的信息素又吸引了更多的蚂蚁，这个正反馈过程会迅速扩大初始的差异，引导整个系统向最优解的方向进化。虽然正反馈使算法具有较好的收敛速度，但是如果算法开始得到的较优解为次优解，那么正反馈会使次优解很快占据优势，使算法陷入局部最优，且难以跳出局部最优。

☐ 优化能力问题。蚁群算法中的参数众多且具有一定的关联性，虽然蚁群算法在很多领域都有广泛应用，但是参数选择更多地依赖经验和试错，不恰当的初始参数会减弱算法的寻优能力。当进行路径规划时，为避免形成环形路径或者重复访问某些节点，可在算法中设置禁忌表，但是禁忌表很容易造成"死锁"现象，减少种群中的有效蚂蚁数量，降低算法的优化效率。

☐ 种群多样性与收敛速度的矛盾。种群多样性对应于候选解在问题空间的分布。个体分布越均匀，种群多样性就越好，得到全局最优解的概率就越大，但是寻优时间就越长；个体分布越集中，种群多样性就越差，不利于发挥算法的探索能力。正反馈加快了蚁群算法的收敛速度，却使算法较早地集中于部分候选解，因此正反馈降低了种群的多样性，也不利于提高算法的全局寻优能力。

8.1.2.2 蚁群算法的改进

针对蚁群算法的一些不足，目前已经有大量的改进方法和策略。根据蚁群算法求解问题的基本模型和流程，为了能够加快蚁群算法的收敛速度，提高全局搜索能力以避免局部最优等，目前主要从参数设置与优化、信息素更新策略优化、搜索策略优化以及与其他算法的融合优化等 4 方面进行改进。

1. 参数设置与优化

蚁群算法的参数较多，且各个参数之间存在紧密的耦合关系，因此确定最优的算法参数成为一个极其复杂的问题。文献 [3] 研究了蚁群算法中可调参数的优化配置策略，通过一系列实验，提出了蚁群算法可调参数的"三步"优化配置策略。

信息素在整个参数设置中起着非常重要的作用。传统蚁群算法中各节点的信息素初值设置相同。该方法简单易行，但在算法初期会导致搜索时的盲目性，用于路径规划时容易出现死锁现象，影响算法的收敛速度与优化能力。为解决这一问题，许多学者都采用不均匀分配初始信息素的方式，加强先验路径信息来指导全局寻找最优路径的能力。如文献 [4] 提出了基于路径长度、转弯次数及坡度平滑性 3 种因素共同影响的改进启发函数，综合计算转移概率，采用非均匀初始信息素的方法，防止过多蚂蚁走入死路，提升全局搜索能力和加快算法收敛速度。文献 [5] 采用栅格法进行环境建模，利用粒子群算法得到蚁群算法初始信息素分布，加快算法的收敛速度，同时采用分布式技术实现蚂蚁之间的并行搜索，提升求解速度。

参数设置与优化方法通常根据蚁群算法的优化特征进行参数优化。这些优化会将传统蚁群算法中的参数由固定不变改为动态调整模式，用较小的计算负担提高算法的优化性能，降低算法对参数的敏感性。这些动态调整通常针对特定场景人为设定参数变化规律或者引入新的参数来划分不同的运行过程，使得这类改进缺乏适应性。

2. 信息素更新策略优化

信息素更新策略是蚁群算法中很重要的一个环节。信息素更新包括全局信息素更新和局部信息素更新。这两种更新都包括信息素挥发和信息素增强。信息素挥发有助于探索问题空间的未知区域，降低陷入局部最优的概率。信息素增强则是强化蚂蚁所经过路径上的信息素值，增大对后续蚂蚁的吸引力，有助于正反馈。

文献 [6] 提出了 Max-Min Ant System（最大—最小蚁群系统，MMAS），这是一种经典的蚁群改进算法。MMAS 设置了信息素值的上下限，并将信息素的初始值设定为最大值，以增加算法在初始阶段的寻优能力。同时，MMAS 只允许最优路径上的信息素更新，将蚂蚁的路径搜索集中到最优解附近，提升了算法的收敛速度和求解质量。文献 [7] 针对蚂蚁之间的协作不足而存在滞后的缺陷，通过建立信息素扩散模型，提出一种基于信息素扩散的蚁群算法，使相距较近的蚂蚁之间能更好地进行协作，有效提高算法的收敛速度和寻优能力。

此外，还有众多针对信息素调整策略的改进算法，如采用双信息素更新策略、引入惩罚函数降低较差路径的选择概率、定义方向信息素以强化最优路径等，都在一定程度上提高了算法的求解性能。

3. 搜索策略优化

蚁群算法在寻优过程中的路径搜索策略优化有利于增加路径选择的多样性，减小算法陷入局部最优的可能性，提升算法的性能。目前已经有一系列的搜索策略优化方法。

文献 [8] 借鉴增强学习中的概念提出了 Ant-Q 算法，采用伪随机比例状态转移规则构造候选解，在进行全局信息素更新中强化精英蚂蚁对信息素的影响，加快算法的收敛。文献 [9] 在蚁群算法中加入回退和死亡策略，通过改进状态转移规则和优化信息素的组成结构，降低无效信息素对后续蚁群的影响，同时避免过多的蚂蚁选择同一路径的负面现象，提高算法的优化能力。

其它的搜索策略改进思想还包括通过引入灾变算子使算法更好地跳出局部最优、定义动态搜索诱导算子动态调节算法在不同寻优阶段的搜索方向、采取非相交选择策略对相交路径的信息素进行差异化更新等。这些对算法搜索策略的改进，提高了算法在搜索时的全局性，避免了算法的过早停滞。

4. 与其他算法的融合优化

蚁群算法的的分布式计算能力，使蚁群算法很容易与其他算法相融合。融合后的混合算法能改善蚁群算法的不足，进行优势互补，提高算法对优化问题求解的整体性能。从蚁群算法提出至今，已经有大量对蚁群算法与其他智能算法的融合研究和应用。本部分重点介绍蚁群算法与遗传算法、粒子群算法以及模拟退火算法的典型融合研究。

文献 [10] 将路径规划分为两步，首先采用遗传算法生成初始路径，将较优路径作为蚁群算法信息素初始化的参考信息，减少蚁群算法搜索初期的盲目性，然后利用蚁群算法对初始路径进一步优化，在避免局部最优的同时加快算法的收敛速度。文献 [11] 结合遗传算法、粒子群优化和蚁群优化的进化思想，提出了一种两阶段混合群体智能优化算法。在第一阶段，利用遗传算法和粒子群优化的随机性、快速性和完整性来获得一系列次优解（粗搜索）来调整信息素的初始分配。在第二阶段，利用并行、正反馈和求解精度高的这些优点来实现整个问题的求解（详细搜索）。文献 [12] 利用多态蚁群算法和模拟退火算法的优点提出一种新的融合优化算法。模拟退火用于优化每轮迭代后的路径，使得信息素释放更好的反映路径的质量；退火思想用于信息素更新机制，避免算法早熟、停滞，较差的路径按照退火竞争机制释放信息素。优化每轮迭代的最优路径，提高搜索效率。同时，对新发现的最优路径允许释放更多的信息素，使得蚁在后续迭代中能够记住这条新路径，提高全局搜索能力。

8.2 群体学习

蚁群算法是一种解决 NP-hard 问题的优化方法。借鉴生物智能，更多的仿生物智能学习的方法不断涌现。随着人工智能特别是深度学习技术的不断发展，越多越多的基于人工智能的解决方案在本质上依赖于大规模的训练数据集。但由于现实世界中，数据本身往往是分散的，同时数据本身的所有权、机密性、隐私以及对数据安全性和数据垄断的担忧，传统集中式的解决方案在实际场景中难以适用。借鉴生物智能、群体学习（Swarm Learning，SL）[13]，一种结合边缘计算以及区块链的分布式的机器学习方法被提出以用于不同医疗机构之间数据的整合。本节将重点介绍群体学习这种新的仿生物智能学习方法。

8.2.1 群体学习框架

在一些疾病的诊断领域，AI 的准确率已经超过了医生。高准确度的诊断结果依赖于海量数据集上的机器学习。理论上，如果本地拥有足够多的数据和计算能力，则完全可以在本地执行机器学习。然而实际中可用于训练的医疗数据非常分散，各家机构难以完全掌握足够的数据。基于云计算的模式，将数据集中到云端进行集中计算，可以增加用于训练的数据量，提升机器学习的性能。但云计算的模式存在重复的数据流等缺点，以及对数据隐私和安全的挑战，特别是把各地分散的数据都集合起来，又会引发对数据所有权、隐私性、保密性、安全性的担忧，甚至对数据垄断的威胁。联邦学习[14] 可以解决上述的一些问题，但联邦学习模型的参数由中心协调器（Central Coordinator）集中处理。中心协调器对应中心服务器，容易造成权力的集中，且它的星形架构也导致容错性降低。

由于大量的医疗数据掌握在世界各地成百上千万的医疗机构手中，很难安全高效地共享，而各自的本地数据又难以满足机器学习的训练。针对医疗领域的这一问题，波恩大学的 Joachim Schultze 和他的合作伙伴提出了群体学习。蚂蚁在寻觅食物的路径上通过释放信息素来传递学习到的经验（最佳的路径），每只蚂蚁都从所在群体中的其他蚂蚁的经验中学习，并不停地向群体反馈学习的结果，最终整个蚁群根据单个个体的反馈而得到最佳的路径。类似地，群体学习中的每个节点都进行本地学习，学习的结果（机器学习模型的算法和参数）通过区块链进行收集并传递给其他节点。传统的蚁群算法中，蚁群之间共享的是最佳路径，而在群体学习中，共享的是机器学习模型的算法和参数。从这种意义上来讲，群体学习是传统蚁群算法的一种升华和提升。

群体学习是相对于目前主流的联邦学习的一种改进，其中，联邦学习已经在 6.1.2 节进行了介绍，不再赘述。

和联邦学习一样，群体学习训练是在局部/边缘进行的。但与联邦学习不同的是，群体学习没有中心服务器，学习的内容通过区块链技术进行交换。

在群体学习框架中，多个群体（Swarm）边缘节点组成群体网络。节点之间通过群体网络进行参数共享。每个节点对应一个参与方或者参与方的一个实体。每个节点都使用各自的私有数据和群体网络提供的模型来训练各自的模型。在整个群体网络中，只有预先授权的参与者才可以加入。新加入网络的参与者通过区块链的智能合约进行注册，获取模型，执行本地模型训练，直到本地模型训练满足定义的同步条件后，才可以通过群体的应用程序编程接口 (API) 与群体网络交换模型参数，并在新一轮训练开始之前合并新的参数配置来更新模型。

群体学习采用区块链技术以保障各参与方的权利，同时也对试图破坏群体网络的不诚实参与者采取强有力的措施。各参与方所遵循的规则以智能合约的形式进行约束，确保所有参与方以合作的方式参与到群体网络中。群体学习框架包括 Swarm Learning（SL）Node、Swarm Network（SN）Node、Swarm Learning Command Interface Node、SPIRE 服务器节点和 License Server Node。

❑ Swarm Learning（SL）Node 运行机器学习算法，分为中间件和应用层。
  - 中间件为应用环境，由机器学习平台、区块链和 SL Library（包括在异构硬件基础设施中执行 SL 的容器和 Swarm API）组成。
  - 应用层则包含应用模型，例如分析来自白血病、肺结核和 COVID-19 患者的血液转录组数据或放射影像等得到的分类模型。

❑ Swarm Network（SN）Node 是组成区块链网络的节点。在群体学习中，区块链采用的是基于 Ethereum 的私有区块链，用于维护模型的全局信息。

❑ Swarm Learning Command Interface Node 用于对群体学习框架进行状态查看、控制和管理。

❑ SPIRE 服务器节点用于为整个网络提供安全保障，验证节点的身份信息。

❑ License Server Node 用于为群体网络的节点进行 License 的安装和管理。

因此，群体学习是一种去中心化的深度学习框架，可以在不共享数据的情况下对机器学习模型进行分散训练，在性能与中心模型、联邦学习基本相同或更优的情况下，有效保护数据隐私，提高安全性，并且不需要大量的数据传输。与其他机器学习方法的框架对比，群体学习的优势可以归纳为以下几点：

❑ 可以将数据保存在数据所有者的本地。

❑ 不需要交换原始的数据，减少数据流量。

❑ 可以提供高水平的数据安全保护。

❑ 无需中央服务器就可以保证分散的成员安全，保障成员透明、公平地加入。

❑ 所有成员一律平等，可以平等地合并参数。

❑ 相比于中心式的控制，可以更好地保护机器学习模型免受攻击，提高整个系统的安全性。

8.2.2 群体学习性能分析

为了验证群体学习的可行性，研究人员使用群体学习开发了针对白血病、COVID-19 和结核病的疾病分类器，并在 16400 个血液转录组和 95000 个胸部 X 光片的数据集上进行验证。结果证明，在满足数据保密规定的同时，基于群体学习的分类器的性能优于单个站点上开发的分类器。

本节重点引述文献 [13] 中基于 PBMC（外周血单个核细胞）数据集来预测白血病的案例，以此介绍分析群体学习的性能。

在模型的训练和测试中，数据集使用的是 12029 份 PBMC 数据。将 PBMC 数据分成 3 个独立的数据集，用于测试在单个节点和群体学习构建的模型。分类器采用的是标准的深度全连接神经网络[⊖]。

在群体网络中模拟 3 个网络节点。每个节点都可以代表一个医疗中心、一个医院网络、一个国家或任何其他独立的组织。这些组织会产生有隐私要求的本地医疗数据。对于每个真实场景，样本被分为不重叠的训练数据集和一个全局测试数据集，用于测试单个节点和 SL 构建的模型。在训练数据中，样本以不同的分布被"隔离"在每个节点中，从而模仿临床相关场景，使用急性髓系白血病（AML）患者的样本作为病例（Case），所有其他样本作为对照组。此外，在以下场景进行验证：①节点之间不均匀地分布病例和对照组；②在测试节点使用均匀分布的样本以及在节点之间使用均匀分布的样本；③在节点之间使用均匀分布的样本，但将特定临床研究中的样本分散到专门的训练节点，并在节点之间改变病例/对照比率；④在指定的训练节点使用不同的技术生成孤立样本等。

文献 [13] 的结果表明，在所有这些场景中，群体学习的性能都优于单个节点，并且接近或相当于中心模型。使用群体学习的模型来识别结核病或肺部病变患者，结果也是如此。且减少训练样本的数量以后，群体学习的预测效果虽然下降，但仍优于任何一个单独的节点。在使用群体学习的模型来诊断新冠病毒时，结果显示，在区分轻度和重度患者时，群体学习的表现都优于单个节点。

文献 [13] 进一步指出：群体学习作为一种去中心化的学习系统，有望取代当前跨机构医学研究中数据集中共享的范式。群体学习的区块链技术针对试图破坏群体网络的不诚实参与者或对手提供了强有力的措施。同时，群体学习通过设计提供保密性机器学习，可以集成隐私算法、功能加密或加密转移学习等加密方法。理论上，群体学习可以适用于通过人工智能进行分类识别的任何类型信息，而不仅限于基因组数据、X 射线图像等数据。因此，群体学习是一种实用性非常高的学习方法，可以用于包含大量离散的人工智能算法节点与具有一定隐私性、安全性要求的场景，可以有效扩展人工智能在实际场景的应用。

参考文献

[1] DORIGO M. Optimization, learning and natural algorithms[D]. Milano: Politecnico di Milano, 1992.

[2] 张松灿, 普杰信, 司彦娜, 等. 蚁群算法在移动机器人路径规划中的应用综述[J]. 计算机工程与应用, 2020, 56(8): 10-19.

⊖ 完整的分类器代码参见 https://github.com/schultzelab/swarm_learning/blob/master/Prediction/sequential NN(fit2)_with_preproccesing.ipynb 。

[3] DUAN H, MA G, LIU S. Experimental study of the adjustable parameters in basic ant colony optimization algorithm[C]//2007 IEEE Congress on Evolutionary Computation. New York: IEEE, 2007: 149-156.

[4] 李理, 李鸿, 单宁波. 多启发因素改进蚁群算法的路径规划[J]. 计算机工程与应用, 2019, 55(5): 225-231.

[5] 邓高峰, 张雪萍, 刘彦萍. 一种障碍环境下机器人路径规划的蚁群粒子群算法[J]. 控制理论与应用, 2009(8): 879-883.

[6] STÜTZLE T, HOOS H H. Max–min ant system[J]. Future generation computer systems, 2000, 16(8): 889-914.

[7] 黄国锐, 曹先彬, 王煦法. 基于信息素扩散的蚁群算法[J]. 电子学报, 2004, 32(5): 865.

[8] DORIGO M, GAMBARDELLA L M. A study of some properties of ant-q[C]//International Conference on Parallel Problem Solving from Nature. Berlin: Springer, 1996: 656-665.

[9] WU X, WEI G, SONG Y, et al. Improved aco-based path planning with rollback and death strategies[J]. Systems Science & Control Engineering, 2018, 6(1): 102-107.

[10] WANG L, LUO C, LI M, et al. Trajectory planning of an autonomous mobile robot by evolving ant colony system[J]. International Journal of Robotics and Automation, 2017, 32(4): 1500-1515.

[11] DENG W, CHEN R, HE B, et al. A novel two-stage hybrid swarm intelligence optimization algorithm and application[J]. Soft Computing, 2012, 16(10): 1707-1722.

[12] 杜振鑫, 王兆青, 王枝楠, 等. 基于二次退火机制的改进多态蚁群算法[J]. 中南大学学报: 自然科学版, 2011, 42(10): 3112-3117.

[13] WARNAT-HERRESTHAL S, SCHULTZE H, SHASTRY K L, et al. Swarm learning for decentralized and confidential clinical machine learning[J]. Nature, 2021, 594(7862): 265-270.

[14] KONEČNÝ J, MCMAHAN H B, YU F X, et al. Federated learning: Strategies for improving communication efficiency[Z]. 2016.

第三篇

应 用 篇

第 **9** 章

6G与内生智能

9.1 移动通信网络发展趋势

9.1.1 5G 能力浅析

9.1.1.1 5G 标准化进程与技术标准[1]

　　5G 的相关标准化工作是在国际电信联盟（ITU）的主导下进行的。ITU 在 2012 年开始在全球业界开展 5G 标准化前期研究工作，推动形成全球的 5G 行业共识，并在 2015 年正式确定"IMT-2020"为 5G 官方名称。从 3G 开始，ITU 便以 IMT（国际移动电信）为前缀定义每一代移动通信的官方名称，3G 和 4G 的官方名称分别为"IMT-2000"和"IMT-Advanced"，同时考虑到 5G 会在 2020 年左右实现商用，因此我国采用"IMT-2020"来命名 5G，最终被 ITU 所采纳。

　　2015 年底，ITU 完成了《IMT-2020 愿景》《IMT 未来技术趋势》《面向 2020 年及以后的 IMT 流量》和《IMT 系统部署于 6GHz 以上频段的可行性研究》等多个建议书，制定了 5G 技术的宏伟蓝图，并在 2017 年 6 月确定了 5G 技术方案的最低技术指标要求及其对应的评估方法，为后续候选技术方案的评判奠定基础。2020 年底，ITU 通过征集 5G 候选技术方案评估并确定了 5G 技术标准。

　　《IMT-2020 愿景》明确了 5G 将主要面向的三大应用场景：增强移动宽带（Enhanced Mobile Broadband，eMBB）、超高可靠低时延通信（Ultra-reliable and Low Latency Communications，URLLC）、海量机器类通信（Massive Machine Type Communications，mMTC），如图 9-1所示。其中，eMBB 是对当前移动网络的升级，进一

步提升了用户体验, 同时凭借其高带宽也可应用于 AR/VR 等服务, 低时延和可靠性高的 URLLC 则可应用于自动驾驶、远程手术等服务, 而 mMTC 则因为连接密度大而应用于物联网、智能家居等服务。ITU 同时还提出了八大关键能力指标, 其中既包括了传统的峰值速率、移动性、时延、频谱效率, 也包括了新增的用户体验速率、连接数密度、流量密度、能效指标, 从而尽可能满足多样化的 5G 场景和业务需求。

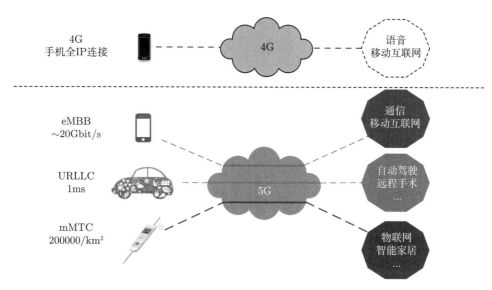

图 9-1　5G 网络经典应用场景

其实早在 2014 年 5 月, 我国 IMT-2020 (5G) 推进组面向全球发布了《5G 愿景与需求》白皮书, 详述了我国在 5G 业务趋势、应用场景和关键能力等方面的核心观点。我国提出 5G 关键性能指标应主要包括用户体验速率、连接数密度、端到端时延、流量密度、移动性和用户峰值速率, 其中用户体验速率、连接数密度和端到端时延为 5G 最基本的 3 个性能指标。根据不同的应用场景, 用户体验速率应达到 100Mbit/s~1Gbit/s, 连接数密度应达到每平方千米 100 万个连接, 而端到端时延则控制在毫秒级。除此之外, 5G 还需要提高网络部署和运营的效率, 包括提高频谱效率、能源效率和成本效率来实现可持续发展, 同时顺应国家的节能减排计划。之后我国逐步将各项研究成果提交至 ITU, 最后在 5G 关键能力指标方面, 除成本效率外, 我国主推的关键能力均被 ITU 所采纳, 且取值也基本一致。

9.1.1.2　5G 智能化

万物互联时代, 5G 移动通信网络的传输速率、传输时延、连接规模等关键性能指标获得了飞跃性的提升，大大拓展了应用场景。此外，5G 让移动通信网络具备了支撑垂直行业数字化转型的强大动力，显著提升整个社会经济活动的效率。与此同时，近些年，随着人工智能技术的逐渐成熟及在各行各业的广泛应用，AI 和通信的融合也逐渐成为业界共识，例如利用 AI 技术及时感知网络流量、资源利用、用户需求和可能的威胁变化，并进一步实现对终端、基站和网络实体的智能协调。

为了更好地提供智能服务，研究者开始在 5G 中加入适合 AI 服务的网络设计，如引入网络数据分析功能网元（Network Data Analytics Function，NWDAF）等。具体而言，NWDAF 可以收集和分析来自其他 5G 网元的数据，训练可用于网络服务的 AI 模型，从而推动实现基于 AI 的网络自动化，并优化相关的网络功能，增加 5G 核心网的智能水平。同时，5G 无线接入网（RAN）采用类似的机制，如基于现有的 SON/MDT（Self-Organizing Networks and Minimization of Drive Tests）收集和分析数据。然而受 5G 的架构设计范围所限，这些机制只关注如何利用 AI 来优化网络本身，而并不关注如何让终端用户来使用各类智能功能。换言之，NWDAF 只是融合 AI 与通信的起点。

对此，ITU 的电信标准化部门（ITU-T）和第三代合作伙伴计划（3GPP）都开展了如何将 AI 框架集成到移动通信系统中的研究工作，并提出了未来网络的机器学习规范[2]。学术界也在试图理解通信和 AI 之间的关系，并揭示了有意义的结果，包括卓越的 AI 连接性能[3] 和 AI 增强的网络资源使用 [4-5]。

9.1.2　6G 远景展望

9.1.2.1　6G+AI 背景简介

如 9.1.1 节所述，5G+AI 更多的是采用 NWDAF 这样的功能叠加方式或是单独提供 AI 算法等外挂的方式，因此在实践中的数据获取及质量保证、AI 模型的应用效果上面临着诸多挑战，导致人工智能的性能和效率远远低于预期。其根本原因还是在于 5G 通信系统引入 AI 功能的时间点较晚，在整体的架构设计中并没有很好地考虑如何将 AI 功能与通信网络进行适配。如图 9-2所示，放眼无线网络演进史，2G 到 5G 所提供的不同类型的普惠性质的基础服务背后都离不开原生架构能力的支持，即每一代无线网络都是通过原生设计来支持内生功能的。因此，尽管 5G 还需要几个版本来逐步增强，但我们还是很有必要思考和反思 6G 将在网络架构层面提供哪些新的原生设计。不仅如此，5G 也面临着一系列挑战，如网络复杂化、业务差异化、用户需求多样化等。若能成功将 AI 技术融合进 6G 网络，则网络的覆盖范围、通信容量、传输时延和用户连接能力均会得到极大的提升，上述挑战在一定程度上将迎刃而解。网络也将具备更加泛在、智能、安全、可信的公共移动信息基础服务能力。与此同时，AI 在 6G 中的应用场景主要分为以下 3 个类别[6]：

❑ 网元智能。指网元设备的原生智能化，如传统的无线资源管理（Radio Resource Management, RRM）、无线传输技术（Radio Transmission Technology, RTT）的智能化以及网元智能体等。

❑ 网络智能。指智能体网元协同产生网络级的群体智能，主要是网络系统层面的优化场景，通过数据与知识驱动的智能极简网络，实现网络自动、自愈、自优、自治，带给用户全新的体验并可全自动运维等，如自动驾驶网络（Autonomous Driving Network, ADN）。

❑ 业务智能。指整个无线通信系统为业务提供的智能服务，主要是第三方通过网络为 AI 提供多种支撑能力，使得 AI 的训练或推理更有效率、更实时的实现，或者提高数据安全隐私保护等，如用户可以利用 6G 网络的基础模型、数据集、算力、连接等服务，辅助和优化其业务的 AI 训练或推理，从而更高效、安全的获得期望的 AI 模型。

因此，6G 需要搭建一套统一的架构来提供完整的 AI 环境和 AI 服务，将 AI 从中心云带到移动通信系统，让每个人都可以拥有能够随时随地访问智能服务的能力；并基于无处不在的大数据，将 AI 功能赋予各个领域的应用和场景，通过广域覆盖和场景的智能适应，实现从"万物互联"到"万物智联"，创造一个"智能泛在"的世界[7-11]。

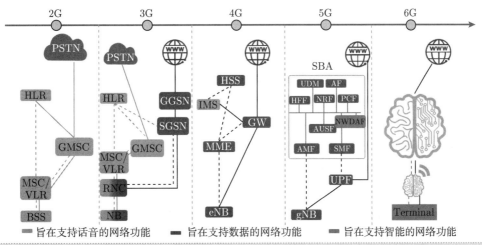

图 9-2 移动通信系统演变趋势

9.1.2.2　以任务为中心的网络架构

在传统的通信业务中，典型的应用场景是在两个特定终端或是终端与服务器之间提供可靠的连接，因此传统的系统都采用以通信连接为中心的设计，在架构层面提供完整的包括端到端隧道的创建、修改、删除等流程的通信连接管理机制和会话 QoS 保障，且对计算和存储资源的需求量均不高。

然而与传统的通信业务不同，6G 相关的业务涉及 AI 等数据和计算密集型业务。为了使其拥有原生的 AI 能力，需要设计新维度资源的管理和控制机制，引入新的资源维度，如异构的算力资源和存储资源、新型的计算任务以及 AI 所需和生成的数据等。与此同时，6G 网络还将拥有更全面的感知能力，如目标检测、定位、3D 成像等，这些能力都需要多节点场景下的各类资源（连接、计算、算法、数据等）协同和调配来共同完成特定的目标。这种在 6G 网络层面实现多维度协同并完成某个特定目标的过程可以被定义为"任务"，而连接、计算、算法、数据可视为任务相关的四要素。因此，6G 在网络层面需要保证任务相关的四要素的协同、建立完整的任务生命周期管理机制。从网络架构的角度，6G 将从传统的以通信连接为中心转为以任务为中心。同时，面对各式各样的 AI 服务需求，也需要设计一套指标体系，通过量化或分级的方式表达用户层面的需求以及通过网络编排控制 AI 各要素的综合效果，即通过可靠的 AI 服务 QoS 指标来保障服务质量。

从总体上看，6G 内生智能架构至少应该满足以下几个要求：

❑ 在基础服务方面，需要从传统的面向通信连接的服务转变为处理人工智能等计算密集型服务。

❑ 在数据管理方面，需要处理来自不同技术和业务领域的复杂数据收集，并提供符合安全和隐私法规的数据服务。

❑ 在运维管理方面，需要为 AI 工作流提供端到端的编排和管理，实现网络资源编排和管理的无缝集成。

❑ 在第三方人工智能业务方面，需要方便灵活地在移动通信系统中深度部署第三方人工智能业务。

有关内生智能架构的具体内容将在 9.2 节中详细介绍。

9.2　内生智能架构初探

图 9-3介绍了 6G 内生智能的整体逻辑架构[12]。从本质上讲，它具有以下几个关键结构：

❑ 独立的数据面。

❑ 新颖的智能面。

❑ 提供融合通信与计算（"C+C"）服务的网络功能面。

❑ 用于构建健康、稳健的移动生态系统的 XaaS（一切即服务）平台。

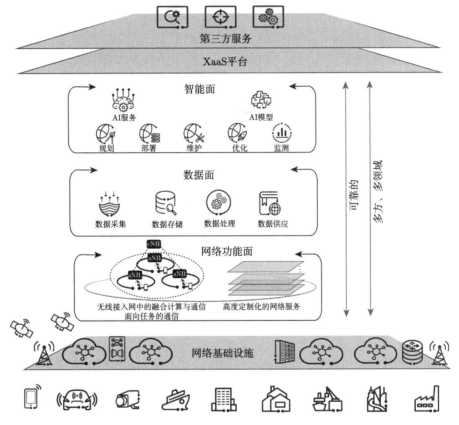

图 9-3　6G 内生智能的整体逻辑架构

9.2.1　独立数据面与数据治理框架

数据是 6G 通信系统中的关键角色。不管是从人工智能运营到管理，从企业到消费者，还是从环境感知到处理终端，整个 6G 系统所涉及数据的类型和量级都发生了巨大的变化，因此需要建立一个能够高效采集、整理、脱敏（Desensitize）、存储、访问数据的统一的数据治理框架（Data Governance Framework），进而为其他第三方数据应用提供更好的支持，并满足其数据隐私保护的要求。此时采用一个独立的数据面可以更有效地实现上述框架，如图 9-3所示。

9.2.1.1　数据收集和所有权

6G 系统将从技术和业务领域产生大量不同的数据，而独立的数据面在各方面都有助于在考虑隐私保护的同时更高效地组织和管理数据。

- 基础设施。移动通信系统中的各种物理和虚拟资源会演变为潜在的数据源，数据面可以帮助积累来自异构基础设施的不同数据。
- 运营和业务支持。一方面，数据面可以方便地存储和分析对网络运营和管理有用的信息；另一方面，得益于与业务逻辑相关的所有数据（如客户关系、合作伙伴关系管理）以及更重要的与客户订阅相关的信息（如用户个人数据或企业级数据），数据面可以授予客户（无论是订阅类型还是企业类型）完全控制自己数据的能力。
- 垂直行业。垂直行业可以在数据面中找到空间来存储他们感兴趣的与用例操作、欣赏和维护相关的数据。此外，他们还可以通过自己的存储库来安全地存储和访问数据。
- 终端。数据面可为终端增加专用空间，用于存储通信与计算资源相关数据、服务使用概况和感知知识。需要注意的是，数据收集应在使用权利和义务方面遵守数据源所在地区或国家的数据保护政策和法规，如欧盟出台的《通用数据保护条例》（GDPR）。

9.2.1.2　数据处理、存储和发放

根据法规和数据使用政策，数据处理功能可以在数据面上执行，从而实现人工智能模块，或者也可以将其插入其他面（如无法将原始数据导出至数据面，则应在数据源中进行预处理）。如今，收集和存储敏感数据往往存在着隐私风险，必须承担起保护数据隐私的责任，因此有必要将数据脱敏模块作为数据平面的关键数据处理服务。同时需要按照监管规则和非监管规则（Regulatory as well as Non-regulatory Rules）（如地理限制）等设计处理数据的数据策略执行模块，以保证数据处理的完整性和合法性。为了支持不同的数据服务，数据面也包含了数据处理模型库。此外，它还可以将其功能共享给其他面，并对实体进行访问控制，以访问和使用其数据服务。

9.2.2　智能面

在 6G 系统中存在以下 4 个问题：

- 如何利用 6G 系统能力来提供实时、高可靠的人工智能服务？

❏ 如何编排和管理异构、分布式资源？

❏ 如何定义一个通用且高效的机制来提供感知、数据挖掘、预测、推理等多样化的 AI 服务？

❏ 如何实现与其他网络服务的无缝编排？

针对以上问题，我们可以通过设计一个智能面来构建移动通信系统的综合智能能力，类似于认知科学中的全局工作空间，允许功能专用组件通过公共通信通道共享信息[13]，如图 9-4 所示。在智能面中，网络 AI 管理编排（Network AI Management and

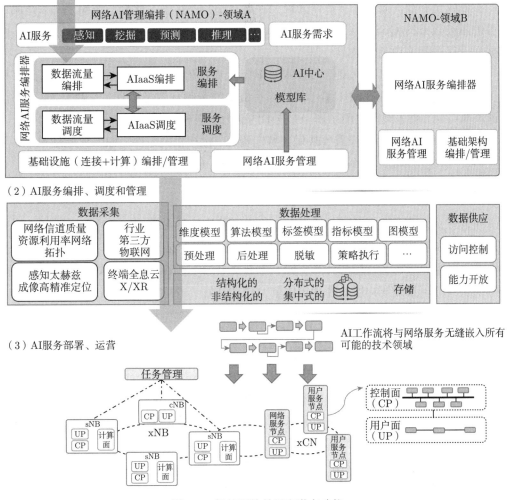

图 9-4 智能面的前景和潜在功能

Orchestration, NAMO）是核心设计，负责对端到端网络人工智能相关的服务和资源进行编排、管理和调度。

9.2.2.1 AI 服务和基础架构编排

AI 服务编排专注于网络 AI 服务的解析和编排，将一个 AI 服务映射到一个逻辑 AI 工作流，即一组（独立的）处理模块。根据特定的 AI 服务，逻辑 AI 工作流可以由多个利用不同的 AI 算法和模型的模块组成，模块通过从数据面获取数据，并由输入模块依次对数据进行串行或基于有向无环图的进一步处理。在业务部署时，逻辑 AI 工作流还会关联到物理层相关的参数。逻辑 AI 工作流中定义的每个处理模块都需要分配特定的参数或超参数，而这些参数作为模型存储在 AI Hub 中。此外，逻辑 AI 工作流还应考虑相关服务的 QoS 要求。若涉及基础数据，如数据采集、数据预处理等服务，则数据面应启用相关功能模块。

值得注意的是，当下深度学习技术效率极低（如在能源使用方面），而目前已有很多工作能够通过一定程度的压缩（如智能手机中的音频和图像处理）来优化神经网络，因此在执行 AI 服务编排之前了解 AI 技术的能力上限和可行性是非常有必要的[13]。

另外，AI 工作流的执行需要映射到特定资源，包括相关组件（如图形处理单元、网络连接），这是由基础架构编排器在大规模异构和分布式资源上实现的。

9.2.2.2 AI 服务和基础设施管理

顾名思义，AI 服务管理主要负责 AI 服务的状态维护和管理，通过拟定管理策略来增加、修改和删除逻辑（Logical）层及物理（Physical）层的 AI 工作流。同样，AI 基础设施负责管理分布式通信与计算资源。上面提到的 NAMO 属于逻辑功能，会具体部署并映射到不同基础架构层的物理实体上，包括基站（xNB）、用户终端（UE）等。

9.2.2.3 标准化或开源

NAMO 是一套本地多域解决方案，其中，域可以是一个移动运营商的不同区域网络或来自不同移动运营商的网络。此外，为了便于部署并吸引外部服务提供商，NAMO 应该能够通过标准化的接口和协议来协调资源。换句话说，为了让 AI 业务能在 6G（边缘或中心）中更易于部署，智能面应该允许更方便的服务操作。因此，了解哪些技术组件在 3GPP 等标准化的范围内以及哪些可以依赖于开源的方法是非常有必要的。例如，可以利用典型的 AI 工作流编排框架，如 Kubeflow 和 ModelArts 来加速 AI 工作流的设计，同时应采用持续集成/持续开发（Continual Integration/Continual Development）方法进行无缝服务开发和供应。

9.2.3　网络功能面

6G 系统的网络功能面是提供跨无线接入网（RAN）、核心网络（CN）和传输网络（TN）等不同技术领域的融合通信与计算服务（Converged Communications and Computing Services）的基础。特别地，它有望支持具有智能和感知能力的大规模分布式系统，从而更好地从移动通信系统本身的海量数据中获益。因此，网络功能面应该继承基于服务的架构（Service-based Architecture，SBA）、云化等基本设计原则，同时还需要在顶层添加新的功能。

9.2.3.1　无线接入网中的深度融合通信计算服务

6G 无线接入网设想包含以点对点模式（Ad-hoc Manner）组织的异构资源，可以同时涵盖陆地和非陆地通信，基站也可以是固定或移动的（如汽车、无人机甚至卫星）。此外，6G 无线接入网应能够支持具有关键性能要求的动态 AI 服务部署。

智能无线接入网不仅可以在边缘位置安装机架式服务器和对点状突发流量进行边缘处理，还应该提供深度融合的通信与计算融合服务能力。因此，一个 6G 基站（为了与 5G 保持一致，记为 xNB）可以进一步分为控制基站（cNB）和业务基站（sNB）两部分：控制基站在大范围内提供控制功能（如连接和计算控制）；而业务基站则在小范围内（如小区级）提供高速数据传输和计算服务。两者分离有助于提高系统效率，便于部署，以及降低控制开销。同时，控制基站和业务基站与 5G 无线接入网有一定的相似之处，如控制面（CP）和用户面（UP）功能。举例来说，控制基站提供的控制功能包括通用计算资源控制、UE 特定（UE-specific）的计算资源控制、无线电资源控制（如 MIB/SIB、分页、UE 特定的 RRC 信令等）。除此之外，引入一个独立的计算面（CmP）也是很有必要的，它可以用来承载某些服务（如 AI 或其他第三方应用）和其他扩展的核心网络功能。不仅如此，当 AI 服务部署在无线接入网络层面时，为了提供高性能的通信和实时 AI 服务，需要在终端和这些功能之间建立直接连接，所以需要定义新的计算面与控制面、计算面与用户面的接口，以支持业务的动态部署。

9.2.3.2　面向任务的连接

传统的通信系统是面向连接的，典型的服务可以在两个特定的终端之间建立连接，因此通信源和目标由最终用户及其打算使用的服务或计划与之通信的其他用户明确定义。在 6G 中，除了面向连接的服务外，还应该提供基于 AI 的服务，如为汽车执行完全自动驾驶提供预测的 QoS。为了满足这些服务，多个终端和网络设备之间应以主动或被动的方式显式或隐式地建立连接，并调度计算资源。因此需要以任务的形式在多终端、多基站、多计算资源之间进行协调和通信。典型的任务场景可能是在智能制造场景中提供 AI 服务以提高现场级通信的可靠性，或在特定地区的基站采用 AI 服务以更好地利用资源。为了执行这些任务，需要适当地协调多个分布式节点，使其执行非常相似的操作来实现面向任务的通信。这就对 6G 网络功能面的设计提出了新的挑战，可能会出现新的功能来进行任务管理和控制，例如可以分别在控制基站和业务基站中具体设计任务控制面（T-CP）和用户面（T-UP）。同时，新的任务协议栈可以承载在 6G 无线电控制信令（如 RRC）或无线电数据协议（如 PDCP 或 SDAP）上，从而传输任务消息以实现任务分解、分发、激活等。任务管理实体也可以设计在无线接入网之外。

9.2.3.3　以用户为中心的网络服务

为了给用户创造一个高度定制化、安全的网络环境，在系统架构设计中引入以用户为中心的理念是非常有必要的，用于支持用户参与网络服务的定义和运营，并为用户提供对数据所有权的完全控制。为了实现这一设计，网络架构应分为用户服务节点和网络服务节点（User Service Node 和 Network Service Node）。例如，用户服务节点在终端用户层面包含定制化的业务和网络策略，以满足 6G 时代多样化的业务需求。同时，作为副产品，它还可以进一步帮助能反映物理实体的用户形象的建立。

9.2.4　一切即服务平台

6G 时代必将具有的关键特征是全面协作的生态系统可以轻松部署大量 AI 应用程序。除了 AI 支持的网络功能（如 AI 支持的通道预测和移动管理）之外，6G 还可以使来自商业伙伴和消费者的第三方 AI 应用程序受益，如自动驾驶和智能制造等。这些应用在资源使用方面对空间和时间的灵活性要求较高，并共享许多类似的能力组件，而数据面和智能面的引入极大地优化了这些应用的开发、部署和管理效率。因此，6G 应该向 XaaS 平台转型，在基础设施即服务层（IaaS）提供通信与计算基础设施服务，在平台即服务层（PaaS）提供基础组件服务，在服务即服务层（SaaS）提供 AI 应用。这样的 6G XaaS 平台也会为商业模式创新奠定坚实的基础。

9.3　智能通信网络典型场景

智能通信网络具有服务多样化的特点，而这是传统的单一物理网络难以做到的，需要通过网络切片技术将一个物理网络切割成多个虚拟网络切片，在相同的物理基础设施上建设具有不同特性的逻辑网络，每一个切片都提供一种服务。在这种情况下，当用户的服务需求发生变化时，通信网络需要及时地进行切片资源的重新分配和管理。然而此类变化较为频繁，且用户的移动也会导致服务基站的变更，这就导致动态管理资源的难度大大增加。但是通信网络若能抓取这些变化中的时空特征，则可以大幅提高动态分配的准确性，做到更好的预测。目前，对资源动态管理的研究仍处于起步阶段，业界也正在进行各种尝试，采用了包含机器学习方法在内的各类算法，其中较为可行的一类为强化学习算法[14-18]。

9.3.1　算法介绍

本节将简要介绍以下 3 种算法和适用的场景：GAN-DQN[16]、LSTM-A2C[17]、GAT-DDQN[18]。其具体内容如表 9-1 所示。

表 9-1　3 种算法和适用场景

算法	业务与环境性质	切入点	算法创新
GAN-DQN	单基站	环境的波动、无线接入网信道噪声	GAN：用对抗生成网络去拟合信道的噪声模型，预测噪声干扰模型
LSTM-A2C	单基站 + 移动用户	用户移动带来的潮汐性波动	LSTM：用长短期记忆单元学习时间上的潮汐波动情况，预测数据波动模型
GAT-DDQN	密集基站 + 移动用户	空间关联	GAT：用图注意力机制加强基站间的有效协作，提高协作效率

1. GAN-DQN

针对用户移动性较小的环境，网络切片上用户请求数量的波动一般是由业务自身的特性所决定的，利用深度强化学习中的深度 Q 网络（DQN）可以进行较为准确的预测。同时，无线侧的资源管理呈现以下特点：一是随机性的显著增强；二是业务差异性的显著增强；三是算法实时性的显著增强。蜂窝网、无线网络切片 SLA 中对切片支持的用户数、吞吐率、时延等准确、可靠、稳定的传输要求，要求 AI 算法在尽量少的训练序列和迭代次数上收敛。单纯的强化学习算法会随着网络参数和应用场景的增加而面临有效性和稳定性的考验。因此，在基础的 DQN 之上，可以引入对抗生成网络（GAN）用于学习实际的动作值分布。生成器（Generator）学习生成逼近实际动作值分布的输出，通过判别器（Discriminator）去鉴别它和真实动作值分布的 1-Wasserstein 距离，从而让网络地预测值不断地靠近真实的动作值的分布特点，从而提升算法预测的稳定性和准确性。此外，GAN-DQN 算法还引入了强化学习中的 dueling 技巧，将动作值分布拆解成状态值分布和动作优势值，这样做可以提高训练样本的利用率和生成器的学习效率。

2. LSTM-A2C

针对一些室外环境，除了业务自身带来的请求数量波动外，用户移动性所导致的基站范围内切片请求包的变化也不容忽视。如果能够通过过去数据的积累预测出未来请求包的变化趋势，实时地分配资源，那么将为算法的性能提升做出很大的贡献。LSTM-A2C 算法考虑了面向用户移动性的网络切片按需调配问题。通过长短期记忆（LSTM）单元学习建模用户移动与切片服务请求数据包量之间的变化关系，同时利用 A2C 算法对 LSTM 的输出进行动作值函数的预测，选取最优的带宽分配策略。结果表明，LSTM可以辅助强化学习算法以更好地获取状态变量在时域上的波动情况，从而更快、更好地学习最优策略。

3. GAT-DDQN

针对密集基站网络环境，如 5G 基站高频特性导致的较低的覆盖面和密集基站的部署，用户的移动性会导致用户在相邻基站间进行频繁的切换。那么若能够加强基站之间的协同，捕获用户在基站之间移动地时空特性，就可以根据用户请求的实时波动，动态地调配网络资源。因此，可以采用图注意力机制（GAT）聚合相邻基站间的数据信息，分析其间的关系，以达到学习用户移动性导致的基站切换带来的请求数在时空中的波动信息。此后，将 GAT 网络聚合的信息传入强化学习网络来学习动作值函数的分布，以选取最优的切片动作，即可驱动智能体选择最佳的资源分配策略。

9.3.2　性能分析

图 9-5 所示为无线接入网中蜂窝网络环境与深度强化学习智能体之间的交互。

为了验证图 9-5 所示的深度强化学习算法的性能，我们搭建了一个对应的智能网络切片平台来将深度强化学习算法应用于无线接入网（RAN）切片的资源分配当中。该平台附带一个实际搭建的 5G 小基站以及能够与之连接的 6 台移动终端设备。平台支持对文件下载（FTP）、视频点播（Video）以及低时延通信（LLC）这 3 类服务类型进行切片，且每类切片最多支持两个移动终端接入。平台工作的整体流程被划分为图 9-6所示的 4 个阶段。

- ❑ 在启动阶段，服务器和 5G 小基站分别按照与 3GPP 相符的默认配置启动。
- ❑ 在接入阶段，移动终端接入 RAN 当中，5G 小基站向智能网络切片平台上报必要的统计信息，其中各个切片所传输的包的数量会作为马尔可夫决策过程（MDP）的状态。此外，平台使用与 3GPP TS 38.214 中的表 5.1.3.1-1 相对应的调制与编码策略（MCS）来计算频谱效率 SE，而下行速率以及经由 5G小基站的无线链路控制层产生的时延将会被综合考虑并反映到用户服务满意度

（SSR）上。最后，智能网络切片平台接收到 SE 和 SSR 后会将它们用于计算奖励。

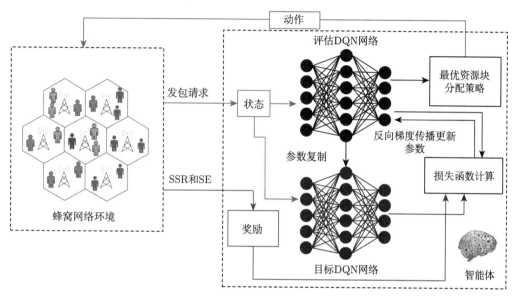

图 9-5　无线接入网中蜂窝网络环境与深度强化学习智能体之间的交互

❑ 在自适应调度阶段，智能网络切片平台周期性地接收 5G 小基站上报的统计信息，从其中得到状态、奖励等，并用于训练自身搭载的深度强化学习网络，同时将学习到的策略用于决定各个切片中的带宽分配。

❑ 在结束阶段，智能网络切片平台中断与 5G 小基站的通信，在这之后，5G 小基站按照自身的默认设置进行工作。

平台搭载了硬切片算法以及 DQN 算法[19] 作为基线算法，其中，硬切片算法采取的是将带宽平均分配给各类切片的静态策略，DQN 作为经典的深度强化学习算法也能够学习到相对有效的资源分配策略。图 9-7a 为平台运作期间移动终端上 3 类业务的使用情形。图 9-7b 和 9-7c 分别为 3 类业务的期望下行速率以及时延与平台上得到的实际结果的对比，可以发现 3 类业务都达到了比期望更高的下行速率以及更低的时延，进而满足了服务等级协议 SLA。

为了进一步说明深度学习网络决策的动态性，在实际的切片资源分配决策过程中得到了图 9-7d 所示的 3 类切片的带宽分配曲线。中间 FTP 和 Video 的带宽发生了明显变化，这是因为接入的移动终端数量发生了变化，因此平台的策略也做出了相应的变动，而随后移动终端数量恢复到了最初的状态，因此平台的策略也进行了回退。此外，可以看到，在业务需求随时间发生变化的同时，平台的策略也会做出微调，这对应了图 9-7d 中的曲线出现的微小波动。

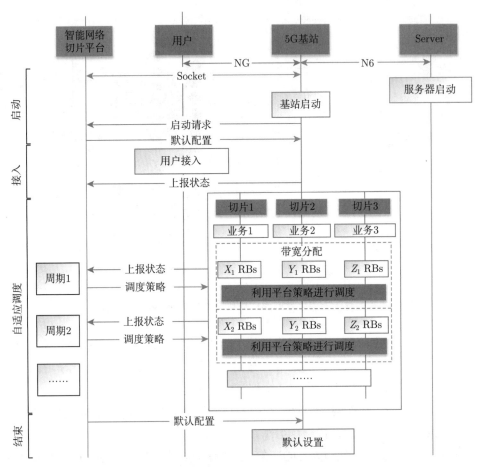

图 9-6 智能网络切片平台的运作流程图

我们还在视频点播业务中将前述的两类基线算法与 GAN-DDQN 进行了性能分析和比较，如图 9-8所示。显然，对于硬切片的静态策略，视频点播业务的带宽不足，导致视频播放不流畅、时常出现卡顿，其下行速率曲线也相当不平滑。DQN 能够学习到较优的策略，虽然下行速率较高，曲线相比于硬切片也要平滑得多，但还是会出现性能下降和卡顿的情形。而 GAN-DDQN 学习到的动态策略则很好地适配了业务的需求，有着更高的下行速率，因而视频的播放非常流畅，没有出现卡顿的情形。

a) 6台移动终端设备上的3类业务使用情形

	FTP	Video	LLC
实际下行速率(Mbps)	4.78	4.83	0.24
期望下行速率(Mbps)	4.00	4.40	0.20

b) 每类切片的下行速率

	FTP	Video	LLC
实际时延(ms)	15	18	12
期望时延(ms)	25	25	20

c) 每类切片的时延

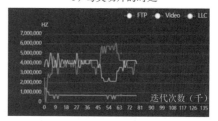

d) 实时带宽分配曲线

图 9-7 智能网络切片平台的一些细节

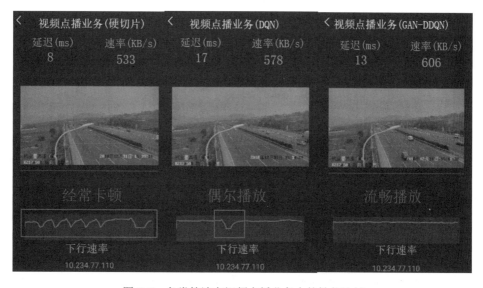

图 9-8 各类算法在视频点播业务中的性能比较

参考文献

[1] 刘晓峰, 孙韶辉, 杜忠达, 等. 5G 无线系统设计与国际标准[M]. 北京: 人民邮电出版社, 2019.

[2] Focus group on machine learning for future networks including 5G[EB/OL]. [2023-09-18]. https://www.itu.int/en/ITU-T/focusgroups/ml5g/.

[3] LI R, ZHAO Z, XU X, et al. The collective advantage for advancing communications and intelligence[J]. IEEE Wireless Communications, 2020, 27(4): 96-102.

[4] LI R, ZHAO Z, ZHOU X, et al. Intelligent 5g: when cellular networks meet artificial intelligence[J]. IEEE Wireless communications, 2017, 24(5): 175-183.

[5] BEGA D, GRAMAGLIA M, PEREZ R, et al. Ai-based autonomous control, management, and orchestration in 5g: from standards to algorithms[J]. IEEE Network, 2020, 34(6): 14-20.

[6] 吴建军, 邓娟, 彭程晖, 等. 任务为中心的 6G 网络 AI 架构[J]. 无线电通信技术, 2022, 48(4): 599-613.

[7] 童文, 朱佩英. 6G 无线通信新征程：跨越人联、物联, 迈向万物智联[M]. 北京: 机械工业出版社, 2021.

[8] 中信科移动通信技术股份有限公司. 全域覆盖场景智联-6G 场景、能力与技术引擎白皮书[Z]. 2021.

[9] 刘光毅, 金婧, 王启星, 等. 6G 愿景与需求: 数字孪生, 智能泛在[J]. 移动通信, 2020, 44(6): 3-9.

[10] YANG Y, CHEN X, TAN R, et al. Intelligent iot for the digital world: Incorporating 5g communications and fog/edge computing technologies[M]. New York: John Wiley & Sons, 2021.

[11] YANG Y. Multi-tier computing networks for intelligent iot[J]. Nature Electronics, 2019, 2 (1): 4-5.

[12] WU J, LI R, AN X, et al. Toward native artificial intelligence in 6g networks: System design, architectures, and paradigms[Z]. 2021.

[13] GOYAL A, DIDOLKAR A, LAMB A, et al. Coordination among neural modules through a shared global workspace[Z]. 2021.

[14] LI R, ZHAO Z, SUN Q, et al. Deep reinforcement learning for resource management in network slicing[J]. IEEE Access, 2018, 6: 74429-74441.

[15] QI C, HUA Y, LI R, et al. Deep reinforcement learning with discrete normalized advantage functions for resource management in network slicing[J]. IEEE Communications Letters, 2019, 23(8): 1337-1341.

[16] HUA Y, LI R, ZHAO Z, et al. Gan-powered deep distributional reinforcement learning for resource management in network slicing[J].IEEE Journal on Selected Areas in Communications, 2019, 38(2): 334-349.

[17] LI R, WANG C, ZHAO Z, et al. The lstm-based advantage actor-critic learning for resource management in network slicing with user mobility[J].IEEE Communications Letters, 2020, 24(9): 2005-2009.

[18] SHAO Y, LI R, HU B, et al. Graph attention network-based multi-agent reinforcement learning for slicing resource management in dense cellular network[J].IEEE Transactions on Vehicular Technology, 2021, 70(10): 10792-10803.

[19] MNIH V, KAVUKCUOGLU K, SILVER D, et al. Human-level control through deep reinforcement learning[J/OL]. Nature, 2015, 518(7540): 529-533[2017-10-16]. http://www.nature.com/nature/journal/v518/n7540/full/nature14236.html.

第 **10** 章

车联网与自动驾驶

10.1　无人驾驶技术简介

自动驾驶技术，在广义上应用到包括汽车、飞机、船舶、机器人等通过人工智能、机器视觉、雷达、自动控制等技术实现的无人系统，在本章范畴内，主要应用在自动驾驶汽车（Autonomous Vehicles 或 Self-driving Automobile）领域。自动驾驶是群体智能和智能网联技术的重要应用领域，是行业内外的关注焦点，符合交通行业的信息化、数字化、智能化发展的必然趋势。

10.1.1　无人驾驶分级标准

依据美国汽车工程师协会（SAE）在 2014 年制定的自动驾驶分级标准（按照自动驾驶对于汽车操纵的接管程度和驾驶区域），自动驾驶可以分为 L0~L5 共 6 级，如表 10-1所示。自动驾驶按照 L0 ~ L5 自动化程度的不同分级，将经历辅助驾驶 (Driver Assistant System，DAS，对应 L1 级)、高级辅助驾驶（Advanced Driver Assistant System，ADAS，对应 L2 级）、高度自动驾驶（Highly Autonomous Driving，HAD，对应 L3 级）、L4+ 完全自动驾驶（Autonomous Driving，AD，对应 L4 级及 L5 级）等 4 个阶段，如图 10-1所示。目前全球正处于汽车高级自动化的初级阶段，在特定环境下开始实现无人驾驶功能。

表 10-1　美国汽车工程师协会（SAE）2014 年制定的自动驾驶分级标准

自动驾驶等级	名称	定义	驾驶操作	周边监控	接管	应用场景
L0	完全人工驾驶	由驾驶员全权驾驶汽车	人类驾驶员	人类驾驶员	人类驾驶员	无
L1	机器辅助驾驶	车辆对方向盘和加减速中的一项操作提供驾驶，人类驾驶员负责其余的驾驶动作	人类驾驶员与车辆	人类驾驶员	人类驾驶员	限定场景
L2	部分自动驾驶	车辆对方向盘和加减速中的多项操作提供驾驶，人类驾驶员负责其余的驾驶动作	车辆	人类驾驶员	人类驾驶员	
L3	有条件自动驾驶	车辆对方向盘和加减速中的绝大部分操作提供驾驶，人类驾驶员需要保持注意力集中以备不时之需	车辆	车辆	人类驾驶员	
L4	高度自动驾驶	由车辆完成所有驾驶操作，人类驾驶员无须保持注意力，但限定道路与环境条件	车辆	车辆	车辆	
L5	完全自动驾驶	由车辆完成所有驾驶操作，人类驾驶员无须保持注意力	车辆	车辆	车辆	所有场景

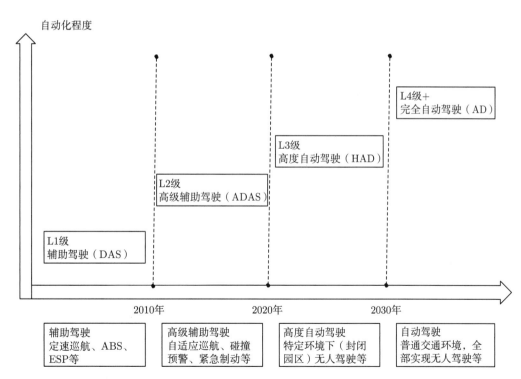

图 10-1　全球自动驾驶发展阶段

10.1.2　无人驾驶系统架构

目前主流的自动驾驶技术，基本上主要依靠车载摄像头、激光雷达、毫米波雷达等感知设备，通过车载计算设备来实现对交通环境和状态的感知，同时使用 GNSS（Global Navigation Satellite System）并结合惯性导航方法，基于高精度地图进行定位、规划与控制，实现车辆的自动驾驶。全球自动驾驶发展阶段如图 10-2所示。各种自动驾驶系统差异的很大，但是感知、定位、规划、控制和系统管理等基本功能必不可少，核心的部分包括云端服务层、软件层与硬件层。硬件层包括车载计算单元、GPS（Global Positioning System）/IMU（Inertial Measurement Unit）、摄像头、激光雷达、毫米波雷达、超声波传感器、人机接口（HMI）、黑匣子等；软件层包括实时操作系统。运行时框架以及各种应用算法模块；云端服务层主要面向无人车提供数据采集、仿真模拟、信息安全控制、软件升级等软件服务。

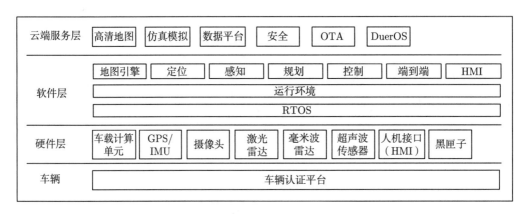

图 10-2　全球自动驾驶发展阶段

实现车路协同辅助自动驾驶的车端系统，通常包括感知、定位、规划、控制和系统管理等基本模块。感知：对内获取车辆自身的速度、加速度等内部状态，对外获取通行区域、交通参与者、交通信号和障碍物等信息；定位：用于识别车辆在全球坐标系中的位置等信息；规划：根据感知和定位系统的输入确定宏观的行驶路径，以及微观的驾驶行为，包括直行、换道、加速、刹车等；控制：按照规划的微观驾驶行为和动作转换为车辆操纵的命令；系统管理：指对上述系统进行监管并提供人机交互的界面。图 10-3所示为导航模式软件系统架构。

感知作为自动驾驶的基础业务，基本采用了多种类型的传感设备，既有目前在安防等领域普遍应用的摄像头等，也有激光雷达、毫米波雷达、超声波传感器等新设备。表10-2分析归纳了相关传感器的原理与优缺点。

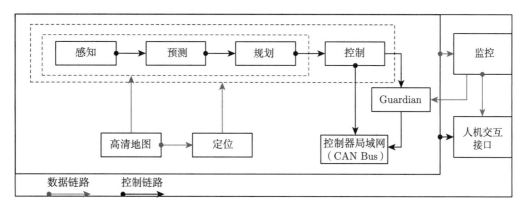

图 10-3 导航模式软件系统架构

表 10-2 自动驾驶中主要传感器的原理与优缺点

传感器	原理	优点	缺陷
摄像头	被动式计算机视觉	范围宽，距离远，成本低	无法精确测距，不具备全天候工作条件
激光雷达	主动式机器视觉	测距准确，初步具备全天候工作条件	成本高，不含语义信息
毫米波雷达	主动式，多普勒频移测速	测量速度/距离比较准确	噪点多，非金属障碍物识别率低
超声波传感器	主动式	近距离测距	位置感知粗糙，无法精准定位，主要用于避障

❑ 摄像头是对交通环境感知的基础设备，主要采用目前最为成熟的计算机视觉技术，能够对车道线、交通标志、车辆与行人等交通参与者、可通行与不可通行区域、障碍物和边界等信息进行识别。摄像头的优势是具备足够的精度，技术成熟且成本低廉，同时可以提取丰富的语义信息以辅助环境的感知与定位。其主要缺陷是目前的计算机视觉技术缺少全天候的工作条件，在复杂的交通和气候条件下难以实现较高的可靠性。

❑ 为具备全天候工作能力而采用的激光雷达，主要采用机器视觉技术，从而具备环境映射功能，显著提升了不良天气情况下的感知精度。目前主要的缺陷是由于制造工艺的不成熟而导致了高成本。为满足全天候工作条件，激光雷达在雨雪雾等极端天气下采集的数据量过大，成本较高，同时也无法像摄像头计算机视觉技术那样提供丰富的语义信息。

❑ 毫米波雷达通过检测移动物体的多普勒频移来感知物体的相对移动速度，其主要优势是检测精度高，实现了对远距离移动物体的高精度和高可靠检测。毫米波雷达的主要缺陷是，它的切向检测精度远小于径向检测速度，导致对于临近车道的检测能力弱。同时，在行车环境下，在多重波段并存的环境下对毫米波雷达的影响较大。

❑ 超声波传感器在汽车中已经获得了广泛应用，其主要原理是采用超声波实现距离的测量，主要应用于短距离测量，通常用于避障。其主要的缺陷是对温度敏感，同时无法对物体位置实现精准的描述。

另外，定位作为自动驾驶的基础，也是规划、控制的前提与条件。定位系统用于识别车辆的具体位置，以做出正确的驾驶行为和决策。常见的定位方法和系统包括全球卫星导航系统（GNSS）、惯性运动单元（IMU）、基于机器视觉和雷达的地图辅助类定位、其他的协作式定位方法等。

❑ 全球卫星导航系统（GNSS）包括 GPS、GLONASS、北斗等，典型的定位精度在几米到 20 几米之间，无法满足自动驾驶所需要的车道级（分米级）或厘米级精度要求，通常会采用 DGPS（差分 Differential GPS）、AGPS（辅助 Assisted GPS）或 RTK（实时动态 Real-Time Kinematic）等。其中，DGPS 的基本原理是基于 GPS 误差在两个临近的 GPS 之间产生相关性，通过计算此相关误差来对定位精度进行校正和提升。通常，DGPS 通过使用固定基础设施的已知位置定期计算临近区域内位置测量中的局部误差，并将该局部区域的误差广播到 GPS 单元中进行校正，从而实现 1~2m 的定位精度。AGPS 通过卫星接收定位信号的同时利用网络基站的信息，从而完成定位。AGPS 的优势包括其首次定位的时间相比传统 GPS 需要的几分钟，最快仅需几秒钟。RTK 运用载波相位差分技术，通过实时处理两个测量站载波相位观测量的差分方法，将基准站采集的载波相位发给用户接收机，进行求差解算坐标。

❑ 同步定位与地图构建（Simultaneous Localization And Mapping，SLAM）是地图辅助类定位方法的代表，其目标是在构建地图的同时实现定位。当然在实际中，事先使用视觉摄像头和激光雷达等传感器对运动环境进行地图的构建。实际使用时，将 3D 激光雷达的扫描数据对照事先构建的高精度地图进行匹配比对。激光雷达的点云数据匹配可以实现高精度的全局定位，但是该方法过于依赖事先构建好的高精度地图，而且点云匹配的计算开销比较大。同时，在车辆高速行驶中进行实时计算时，控制的实时性要求比较高，成本很高。

规划与控制是自动驾驶中的重要组成部分，规划模块通过上述的感知以及参照高精度地图下的定位（包括外部信息，如通行区域、障碍物、交通参与者、车道线和交通标志物等，也包括内部信息，如当前车辆的状态和自我位置信息等的获取），计算出安全无碰撞的行驶轨迹。控制模块则将规划转换成控制车辆可执行的命令，包括加速、制动、转向等，并通过控制器局域网（CAN Bus）实现对线控地盘的操作。

10.2　车路协同与无人驾驶

10.2.1　无人驾驶演进趋势

自动驾驶技术的演进，可以分为单车智能与车路协同两大技术路线，目前仍以依靠车辆自身的高精度感知—规划—导航—控制系统和高精度地图（即所谓的单车智能）为主流。单车智能技术已经逐步进入高级辅助驾驶的阶段，单车智能的技术在处理复杂交通环境、天气、盲区等情况下感知与决策问题仍然会有不小的挑战。基于此，另一类基于车联网技术的车路协同辅助自动驾驶方案应运而生，基于新一代移动通信与网络技术和云边协同计算技术的发展，实现了具有超视距感知和分布式计算等功能的车—路—网—云协同。

基于车联网的车路协同辅助自动驾驶技术日益成为未来高度自动驾驶发展的主要方向，其中，V2X（Vehicle to Everything）通信技术是车联网的基础和保障，它包括基于 802.11p 的专用短程通信（Dedicated Short Range Communication，DSRC）技术和基于蜂窝移动通信网络的 C-V2X（Cellular V2X）。DSRC 技术是国际标准化组织（International Standards Organization，ISO）为智能交通系统专门定义的通信系统架构和相关基础设施标准。C-V2X 技术在 2013 年主要基于 4G LTE 提出蜂窝通信与D2D（Device to Device）通信融合的概念，于 2017 年在 3GPP 主导下完成 LTE-V2X标准化，并演进为 NR-V2X，已经成为主流的车联网通信标准。

10.2.2　车路协同系统网络架构

常见的基于云—边—端架构的车路协同系统网络架构如图 10-4所示。

❑ 终端层包括车载终端（OBU）、路侧单元（RSU）、路侧感知设施（摄像头、雷达等）和路侧交通基础设施（信号灯、指示牌等）。RSU 和 OBU 具备基于 V2X的直连通信能力、本地数据存储和处理能力、驾驶环境信息感知的能力。OBU可以将车辆自身情况通过 V2X 通信实时传递给周围的车辆和 RSU，RSU 可以对接路侧基础设施，能够接收和处理从路侧基础设施传递的信息，也可将云端信息和路侧交通信息通过 V2X 下发给车端。此外，RSU 和 OBU 都集成了 5G通信能力，可以与云端实时通信。OBU 与 RSU 软件架构如图 10-5所示。车和基础设施之间协同感知与协同控制，能够促进智能交通信息感知、管理控制、车辆智能化控制等。

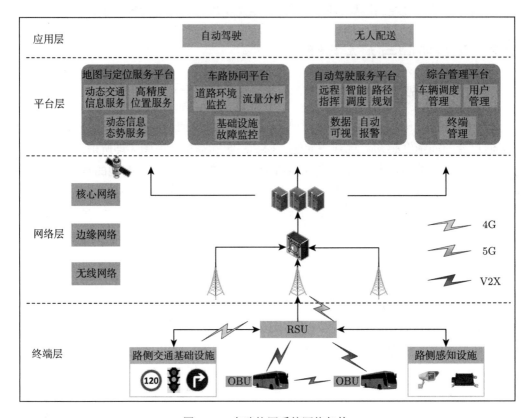

图 10-4　车路协同系统网络架构

- ❑ 网络层包括核心网络、边缘网络和无线网络三大部分。核心网络主要支撑云系统的通信，提供数据、业务、应用、安全和隐私保护等业务能力和业务应用；边缘网络具备多接入能力和本地业务处理能力，能够接收和处理多来源感知信息，能够根据业务需求输出本地业务控制策略，并输出给车载子系统和路侧单元，实现业务下沉，降低网络传输时延。边缘网络还可以通过网络切片保证不同的业务流服务能力，鉴权与认证机制保证车联网通信的安全性。无线网络主要支撑车载终端、路侧终端和智能手机的通信。图 10-6 给出了边缘网络计算软件架构图。
- ❑ 平台层基于车端和路侧感知得到信息，进行融合分析后，面向不同应用场景提供联合决策和协同控制，实现编队、远程驾驶、自动驾驶、路况监控的业务管理。云系统作为应用的总入口，具有各类信息回传和指令下发的功能，需要对网络质量进行全方位监测，实时为业务规划网络路径，提供可靠的保障。如图10-7所示，根据功能的不同，可以分为 4 个子平台，分别是地图与定位服务平台、自动驾驶服务平台、车路协同平台、综合管理平台。

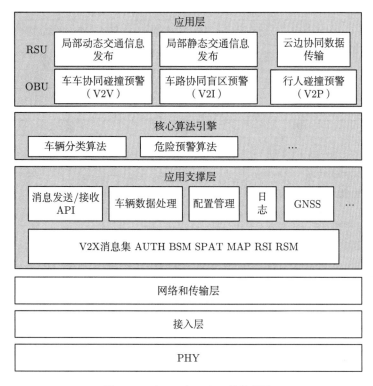

图 10-5　OBU 与 RSU 软件架构

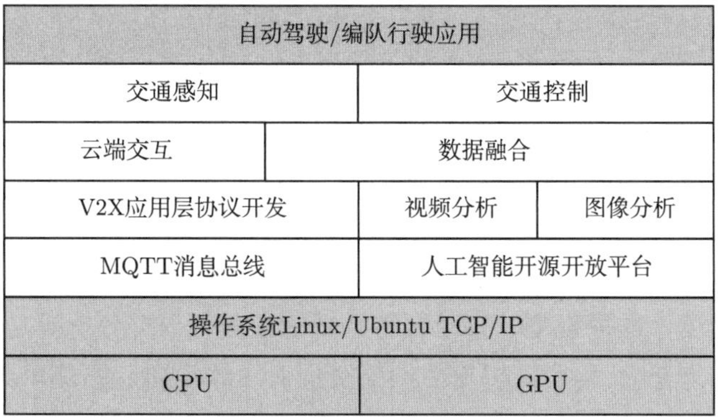

图 10-6　边缘网络计算软件架构

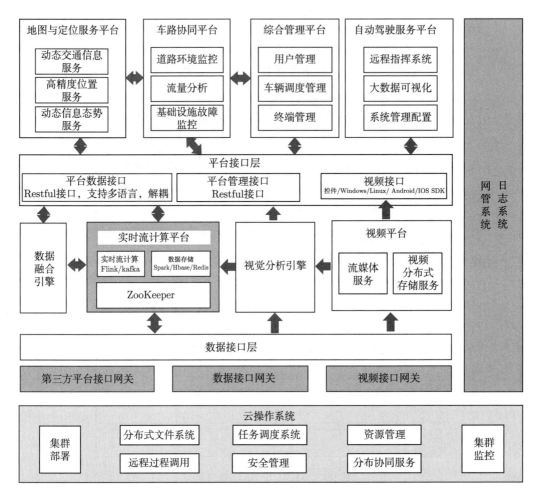

图 10-7 平台层软件架构

- 地图与定位服务平台汇聚车端、路端动态数据，并在云端结合高静态地图数据，完成动态信息的清洗、分类、计算及静态地图数据的匹配计算，为自动驾驶车辆提供高精度动态交通信息服务、高精度位置服务、动态信息态势服务等。
- 自动驾驶服务平台充分利用 5G-V2X 技术实现对自动驾驶车辆的远程驾驶、智能调度、路径规划、自动报警、智能预测、数据分析等功能。
- 车路协同平台利用 5G-V2X 网络实现对车载设备、路侧单元、MEC 平台的通信和管理；具备全局数据接收，存储处理、分发能力，负责全局信息感知以及全局业务策略控制。车路协同平台可实现智能信号服务、道路环境监控、流量分析、基础设施故障监控等功能。

- 综合管理平台包括用户管理功能、车辆调度管理功能、终端管理功能。

❑ 应用层主要包括自动驾驶、无人配送等典型的智慧出行应用场景。

目前的车路协同辅助自动驾驶主要应用包括信息辅助类、安全提醒类，按照已发布的行业标准《合作式智能运输系统　车用通信系统　应用层及应用层数据交互标准》（TCSAE 53-2017）等，常见的应用场景如表 10-3 所示。

表 10-3　V2X 常见应用场景

ID	应用场景	数据流	类型
1	前向碰撞预警	OBU–OBU	V2V
2	盲区预警/变道预警	OBU–OBU	V2V
3	逆向超车预警	OBU–OBU	V2V
4	紧急制动预警	OBU–OBU	V2V
5	异常车辆提醒	OBU–OBU	V2V
6	车辆失控预警	OBU–OBU	V2V
7	紧急车辆提醒	OBU–OBU	V2V
8	道路危险状况提示	RSU–OBU	V2I
9	限速预警	RSU–OBU	V2I
10	车内标牌	RSU–OBU	V2I
11	前方拥堵提醒	RSU–OBU、OBU–OBU	V2I、V2V
12	弱势交通参与者碰撞预警	RSU–OBU、OBU–OBU	V2I、V2V
13	绿波车速引导	RSU–OBU	V2I
14	交叉路口碰撞预警	OBU–OBU	V2V
15	左转辅助	OBU–OBU	V2V
16	闯红灯预警	RSU–OBU	V2I
17	汽车近场支付	RSU–OBU	V2I

这里以前方拥堵提醒功能（Traffic Jam Warning，TJW）为例，如图 10-8 所示，前方拥堵提醒是指，主车 HV 行驶时前方发生交通拥堵状况，路侧单元 RSU 将拥堵路段信息发送给 HV，TJW 应用将对驾驶员进行提醒，有助于后方车辆合理制定行车路线，提高道路通行效率。对辅助驾驶的主要功能和流程说明如下：

- 当前方路段的传感设备（摄像头等）按特定算法（如多层级交通流状态中短期预测）计算出拥堵等级等指标后，将相关信息上报给云端。

- 云端根据拥堵发生的位置、等级等信息决定向后方相关位置的 RSU 发出前方拥堵提醒信息。

- 后方 RSU 接收到前方拥堵提醒信息后，周期性地向覆盖范围内的车辆广播（V2I）。

- 后方车辆（HV）接收到 RSU 广播的信息，结合本车的定位和行驶状态，判断前方拥堵是否对本车产生影响。如果有，则对驾驭员进行前方拥堵的提示，并重新规划行驶路线。
- HV 也可选择利用 OBU 将前方道路拥堵信息转发给后方车辆（V2V）。

数据	单位	备注
拥堵起止点位置（经纬度）	deg	路侧设备周期性广播
拥堵程度		分为5级：通畅、基本通畅、轻度拥堵、中度拥堵、严重拥堵；路侧设备周期性广播

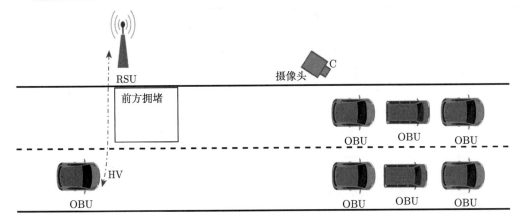

图 10-8　前方拥堵提醒功能示例

第 **11** 章

工业互联网与网联机器人

11.1 工业互联网

11.1.1 演进趋势

工业网络基于工业控制系统发展而来，20 世纪 90 年代兴起现场总线技术，通过标准化的通信接口解决了工业控制系统内部执行器、传感器以及变送器等设备的互联问题，实现了各类工业数据信号的共总线传输。随着工业应用对于承载需求的进一步提升，现场总线低速率、兼容性差、系统彼此间互联互通互操作性差的问题逐渐凸显，具有更高传输效率、更大带宽、更好兼容性的基于以太网的工业控制网络应运而生，为进一步实现系统间的互通提供了基础。工业以太网技术遵从 TCP/IP 框架，具有接口简单、协议开放、可靠性高、传输速率快、互通便捷等突出优势，进入 21 世纪以来逐步成为工业网络的主流技术，并基于以太网架构建立了相对完整的通信技术服务模型和工业应用层协议。

传统基于 TCP/IP 的工业控制网络，遭遇越来越多的瓶颈：在传统工业制造体系，信息技术（Information Technology，IT）与运营技术（Operational Technology，OT）是割裂的两个体系，用于单个机器生产等。工业总线和工业以太网可以有效解决流程工业运营问题，由可编程逻辑控制器（Programmable Logic Controller，PLC）/工控计算机（Industrial PC，IPC）作为控制中心，将分布式输入/输出（I/O）节点、伺服驱动器等连接，并通过软件定义的机器工艺与逻辑控制机器的运行方式，保证加工速度与效率。但值得注意的是，由于各领域仅关注及解决自身生产问题（如过程控制、运动控制、车载网络等），各类工业总线和工业以太网往往诞生于不同领域，并按照特定领域的适应性来制定相关标准，因此就形成了以国际电工委员会（International Electrotechnical Commission，IEC）61158 为代表的工业总线系列标准和以 IEC 61784-2 为代表的工业以太网系列标准。

当前，我国制造业与互联网融合的步伐进一步加快，在信息化和工业化的高层次深度结合（"两化融合"）、"智能 +"的背景下，工业企业数字化、信息化、智能化进程不断升级，工业网络逐步发展为由工业控制网络和工业信息网络两个层次组成。前者主要负责工业控制系统内部以及系统之间的互联互通，承载工业控制信号及系统相关的监控、诊断、管理、操作等相关业务；后者主要支撑原始数据转换为信息后应用于业务系统或实现控制反馈的数据互通。为了满足产业界通过智能化、精细化管理提升生产效率、降低运营成本的诉求，对作为一个完整通信信息系统的工业互联网，在承载相关业务网络的互操作性、兼容性以及传输质量方面提出了更高要求。

作为新一代网络信息技术与制造业深度融合的工业互联网，应该链接全要素产业链，推动形成全新的工业生产制造和服务体系。而在这方面，不论是工业总线，还是工业以太网，都遇到了不同的困难。

❑ 就工业总线而言，由于 IT 与 OT 网络的需求差异性，以及总线复杂性，使得过去的 IT 与 OT 的融合一直处于困境中。首先，不同的工业总线通常有着不同的物理接口、传输机制、对象字典，工业总线的复杂性不仅给 OT 带来了障碍，也给 IT 信息采集与指令下行造成了麻烦。然后，IT 与 OT 数据的不同也使得网络需求产生差异：对于 OT 而言，其控制任务往往是周期性的，所以采用的是周期性网络，多数采用由主站对从站分配时间片的轮询机制；而 IT 网络则广泛使用标准 IEEE 802.3 网络，采用载波侦听多址接入/冲突检测（Carrier Sensing Multiple Access/Collision Detection，CSMA/CD）方式防止碰撞，而且标准以太网的数据帧面向文件、图片、音视频等大容量数据传输进行设计。因此，IT 和 OT 网络往往采用不同的多址接入机制。最后，由于实时性的需求不同，也使得 IT 与 OT 网络有差异：对于微秒级的运动控制任务而言，要求网络必须要有非常低的延时与抖动；而对于 IT 网络，则对实时性没有特别的要求，但对数据传输速率有着更高的要求。

❑ 传统上，工业以太网技术仅仅解决了多设备共享网络基础设施和数据连接问题，并没有很好地解决设备之间实时、稳定的数据传输的问题——这恰恰对工业设备尤为关键。比如，在数据采集与监控系统（Supervisory Control and Data Acquisition，SCADA）系统或分散控制系统（Distributed Control System，DCS）中，系统先通过工业以太网采集本地设备数据，并存储到相应的数据库；

之后监控软件访问数据库，获取设备数据并进行显示。这类方式不仅成本高，而且效率也低。另外，EtherCAT、PROFINET 等传统工业以太网协议通常是针对特定的任务或领域，在标准以太网协议基础上修改或增加特定功能形成的。这些协议虽然达到了工业控制系统对实时性和确定性的要求，可以较好地执行它们在特定领域的特殊任务，但在与标准以太网网络和设备的互联互通方面，仍然面临诸多限制，如带宽不足、互操作性欠缺、成本昂贵等，无法满足当今工业 4.0 时代的数据传输要求。同时，随着工业互联网进程的推进，工业制造系统正在变得越来越庞大，各类设备间的互联互通也开始变得越来越重要，这几乎成为智能制造成功的关键。然而多种以太网协议的并存却恰恰成了这其中的一个巨大障碍：在制造业现场，在信息、控制、传感和执行机构等各个层面只使用来自某一家或某一个组织的产品系统和解决方案，而与此同时，这些总线系统之间却基本谈不上有什么兼容性和互操作性。

在智能制造体系中，打通 IT 与 OT 成为协同制造与智能制造的关键前提，而突出的技术障碍首先是网络的统一。因此，工业网络是最为基础、核心的一环，基于多个机器人"协同制造"，通过数据来优化生产中的节拍，降低不增值的生产环节消耗的时间成本，并且通过全局的产线、工厂数据采集来实现全局的"规划""优化""策略"这样的边缘计算问题。在更长的时间粒度上，也涉及基于云的大数据分析、机器学习、深度学习等智能方法。因此，工业互联网应当具备强适应性和高可靠性的属性。

11.1.2　时间敏感网络

时间敏感网络（TSN）是由 IEEE 802.1 工作组的时间敏感网络任务组在现有标准的基础上开发的一套新标准，通过对 IEEE 802.1 以太网的扩展，使其具有面向工业领域所需的实时性和确定性[1]。TSN 基于特定的应用需求制定了一组"子标准"，引入精准时间同步协议、流量调度整形、帧优先权、集中配置等关键技术，通过为以太网协议建立"通用"的时间敏感机制，提供低延时和确定性的通信网络。TSN 能使用单一网络解决智能制造中 IT 和 OT 融合带来的网络复杂性问题，能为打破传统工业控制系统的信息孤岛提供确定性的实时网络通信保障，为不同协议网络之间的互操作提供可能。目前，时间敏感网络协议族已经基本完备，技术趋于成熟，主流网络设备厂商纷纷进入方案或者产品的研发阶段。

11.1.2.1　TSN 的关键技术

1. 同步

对于一个分布式系统，本地时钟的同步有诸多好处。例如，同步有利于协调网络中多个帧的传输，从而降低传输时延和抖动；应用也可以使用同步时钟为关键人物进行加戳。TSN 在 IEEE 802.1AS 中定义了一族通用精确时间协议（Generalized Precision Time Protocol，gPTP），确保网络终端可以彼此同步。具体而言，IEEE 802.1AS 规范了主时钟选择与协商算法、路径延迟测算与补偿以及时钟频率匹配与调节的机制，将网络各个节点的时间都同步到一个共同的主时钟，并达到微秒级甚至纳秒级的精度误差。

2. 流量整形

IEEE 802.1Qav 通过对时间敏感数据流进行转发和队列排序，实现时间敏感型数据的整形（Shaping）目的。除了对业务尽力而为外，有两个队列被赋予较高的优先级，并依据信用值（Credit）进行数据的交替传输。

3. 帧规划

具有同步的本地时钟的一个好处是，可以设计时间触发的通信。换言之，系统设定一定的通信周期，指导终端发送帧的时间。传统 IEEE 802.1 协议通常以 < 时间, 源终端, 目的终端, 帧 > 的形式通知给相应的终端，进而作为终端配置的一部分。与传统 IEEE 802.1 协议不同的是，TSN 中的 IEEE 802.1Qbv 并非直接调度帧的传输，而是调度传输队列或者流量队列的激活状态。

4. 帧优先权

TSN 中优先级越高的流越会被认作为"更紧急"，对时延的大小也越敏感。为了让诸多业务流量中优先级高的流能够更快速地送出，提出了帧优先权机制。帧优先权机制可以中断标准以太网或巨型帧的传输，以允许高优先级帧的传输，同时不丢弃之前传输被中断的消息。因此，高优先级帧不需要等待其他帧的传输完成，从而降低了高优先级帧的传输时延。IEEE 802.1Qbu 和 IEEE 802.3br 共同为相关流程进行了规范。

5. 帧检测过滤和报错

帧检测过滤和报错主要对防止网络攻击和流量过载进行了设计，它对每个流量都进行过滤和管理。数据流滤波器包括数据编号、优先权、滤波值、计量编号、计数器。IEEE 802.1Qci 为此进行了规范，从而可以抵抗 DDoS 攻击、ARP 欺骗攻击，并阻止错误信息的发送。

6. 帧复制和消除

IEEE P802.1CB 在网络的源端系统和中继系统中对每个包进行序列编号和复制，并在目标端系统和其他中继系统中消除这些复制帧。帧复制和帧消除的过程为以太网提供了无缝冗余特性，并提高了可靠性。

11.1.2.2　TSN 的技术优势

1. 互联互通

标准的以太网具有开放性好、互操作性好的技术优势，但尽力而为的调度方式导致网络性能往往不能满足工业业务的承载要求，存在确定性方面的问题；而工业控制网络通常通过对协议进行专门定制化开发来解决确定性问题，但协议之间通常彼此封闭，且往往需要专用硬件的支持，造成了不同协议无法互通、只能专网专用、可扩展性差、成本高等问题，增加了网络部署的复杂性。

TSN 技术遵循标准的以太网协议体系，天然具有更好的互联互通优势，可以在提供确定性时延、带宽保证等能力的同时，实现标准的、开放的二层转发，提高了互操作性，同时降低了成本。可以整合相互隔离的工业控制网络，为原有的分层的工业信息网络与工业控制网络向融合的扁平化的架构演进提供了技术支撑。

2. 全业务高质量承载

工业互联网时代，工业数据作为核心要素的流转范围不再局限于工业控制网络内部，需要进一步向工业信息网络传递。此外，工业数据的类型也呈现多样化趋势，逐步演变为包括视频数据、海量运维数据、远程控制信号在内的多种业务类型，需要支持不同类型的业务流在工业网络上实现混合承载。

TSN 提出了包括流量整形、帧优先权、帧检测过滤和报错等在内的一系列流量调度特性，支撑二层网络为数据面不同等级的业务流提供差异化承载服务，进而使能各类工业业务数据在工业设备到工业云之间的传输和流转能力。

3. 融合软件定义网络的高效运维

TSN 遵循软件定义网络（SDN）体系架构，可以基于 SDN 实现设备及网络的灵活配置、监控、管理及按需调优，以达到网络智慧运维的目标。TSN 标准中已经定义或正在新定义/改进控制面相关的协议，这将会大大增强二层网络配置与管理的能力，为整个工业网络的灵活性配置提供更好的支持。

11.1.2.3　TSN 在工业控制网络中的位置

当前，工业领域的网络架构是分层实现的，对工业互联网场景下的设备互联和数据互通需求的满足度不高。工业互联网需要同时具备实现控制网络中各业务单元的互通和打通从现场控制到云端的数据通路的能力。如果把 TSN 和确定性网络看作广义的时间敏感网络，那么其在工业网络中的应用范围主要可以包括图 11-1 所示的 7 个位置：

❑ 将 TSN 部署于控制器与现场设备之间，实现控制信号的高质量、确定性时延传输。

- ❏ 将 TSN 部署于控制器之间，实现协同信号的高精度同步传输。
- ❏ 将 TSN 部署于 SCADA，实现维护数据的高质量传输。
- ❏ 将 TSN 部署于 IT 与 OT 之间，助力实现生产数据向信息系统的上传以及控制管理信息向生产设备的下发。
- ❏ 将 TSN 部署于移动前传网络，为射频单元 (RRU) 与基带处理单元 (BBU) 之间的确定性传输提供网络支撑。
- ❏ 将确定性网络部署于 IT 网络与云平台之间，实现企业内部 IT 网络与私有云平台业务的确定性时延承载。
- ❏ 将 Detnet 网络部署于企业外网中，在企业分支之间、企业与数据中心、工业企业与上下游企业之间建立全业务共网承载的管道，实现按业务要求调配网络资源。

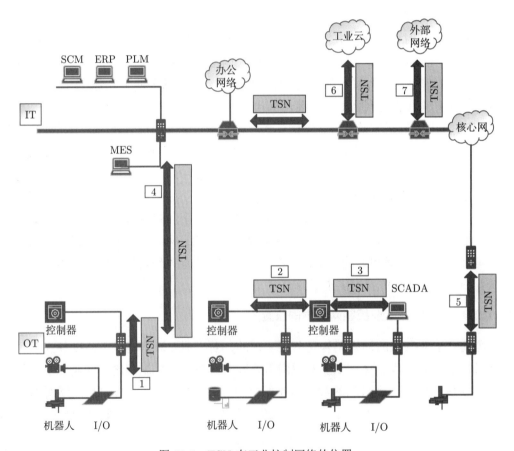

图 11-1　TSN 在工业控制网络的位置

图 11-1表明，时间敏感网络可以做为工业网络互联互通的核心，连接存量的传统工业以太网产线，接入采集海量工业数据的物联网，支撑高精度、远程控制的信号承载，实现各类型工业业务的同一网络承载，并按需保证传输质量。TSN 能够保持控制类、实时运维类等时间敏感数据的优先传输，从而实现实时性和确定性。同时，其大带宽高精度调度又可以保证各类业务流量共网混合传输，可以更好地将工厂内部现场存量工业以太网同物联网及新型工业应用连接起来，根据业务需要实现各种流量模型下的高质量承载和互联互通，这无疑是群体智能在工厂、物流等环节应用的基础。

11.2 网联机器人

11.2.1 铸造机器人：多任务协同优化

铸造是机械工业重要的基础工艺，发展装备制造业、汽车产业、轨道交通、航天航空等均离不开这一基础工业。我国是制造业大国，铸件产量居世界第一，铸造企业对自动化生产装备的需求越来越紧迫，要求也越来越高。在自动化生产单元或生产线上有由许多设备组成的系统工程，设备之间如何进行任务分配和高效协同，对生产节拍的缩短、设备利用率的提升以及整个产能的提升都是极其重要的。

通常而言，铸造机器人在固定安装生产位置后，除了机器人本体会在固定的轨道或区域中移动外，很少整体搬迁移动，但定期的关机保养和故障修复、以及新增设备的离线调试等事件，都会使多机器人的连接拓扑关系发生动态的变化。为此，可以在单元内的设备间采用网状拓扑结构、单元间采用星形拓扑结构与主控系统来连接，从而确保单元内的各设备在丢失某些节点时其他设备仍可正常通信，某个单元下线时不影响其他设备的通信状态。各设备间的协议采用自组织网络中经常使用的按需生成路由协议，即当一个传感器节点需要进行数据发送时，才寻找和维护去往另一个节点的路径；源节点可以通过周期性的发送更新报文，来动态更新邻居节点的路由表；其他的节点转发该请求消息，并记录源节点以及回到源节点的临时路由。当接收连接请求的节点知道到达目的节点的路由时，按照先前记录的回到源节点的临时路由将相关路由发回源节点。源节点使用这个经由其他节点且有最短跳转数的路由。在自组织网络的组网方式下，通过动态的拓扑管理技术来维护系统的拓扑，以应对机器人下线/上线事件，实时更新和跟踪网络拓扑的变化。多机器人之间建立相对稳定的网络连接及通信协议，为彼此之间的协同工作和优化任务分解奠定基础。

1. 任务分解

以图 11-2所示的铸造行业的轮毂毛刺清理自动化工作站为例，该系统包含了 3 台机器人协同完成清理作业，主控系统需要对其进行协作任务的分解，同时通过通信及时了解各机器人的状态，指导分解任务的执行。对于清理工作站来说，最基本直观的任务分解为视觉识别、视觉定位、流水线取件、平台 1 取放件、平台 2 取放件、流水线放件、毛刺清理作业共 7 个子任务，对应的机器人动作流程如图 11-3 所示。图 11-3 中的流程顺序执行，虽然简单且稳定，但存在效率低下的问题。特别是对于混线生产状态的产线，来料型号随机，虽然在前端调度过程中尽可能地将加工时间相近的产品归类于同一打磨单元中，但仍不可避免地出现打磨单元内部 1 号打磨平台和 2 号打磨平台的作业时间出现差异，从而造成 1 号平台刚取件时，2 号平台打磨完成了。因此，如果按照图 11-3 所示顺序的流程，必须先等 1 号平台取件完成，将产品放入流水线，再从流水线取件来为 2 号平台取放件，等完成放件取件动作后，才能回到等待位置准备 1 号平台取放件。对于这种情况，如果在 1 号平台取件之后，同时把 2 号平台的产品一起取走，同时放置在流水线，再从流水线抓取两个产品，一个用于 2 号平台的放件，之后直接回到等待位准备 1 号平台的取放件，可以有效地提高取放件机器人的运行效率，减少打磨平台机器人空等待的时间消耗。

图 11-2　轮毂毛刺清理自动化工作站（左）与生产线（右）

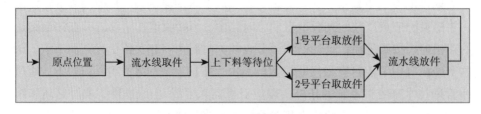

图 11-3　铸造行业轮毂毛刺清理的机器人动作流程

综上所述，更加细分的任务分解仍然是必要的。为此，在基本的任务分配基础上，将打磨平台的取放件作为一个整体的任务拆分为打磨平台放件和打磨平台取件两个独

立的子任务，从而轮毂毛刺清理任务改进为视觉识别、视觉定位、流水线取件、平台 1
放件、平台 1 取件、平台 2 放件、平台 2 取件、流水线放件、毛刺清理作业等 9 个子任
务。机器人流程也由图 11-3 所示的顺序流程变成了图 11-4 所示的多任务决策分支流程。

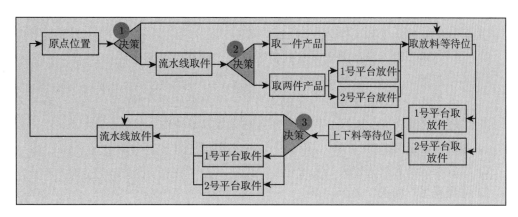

图 11-4　铸造行业轮毂毛刺清理的多任务决策分支流程

2. 智能决策

任务细分导致系统和流程变得更加复杂，这就需要系统有智能的决策能力，才能保
证工作站高效有序的作业。为了减少决策的干扰项，对突发的非正常流程内的因素做统
一的报警并停止动作，同时简化正常流程内的决策因子，包括取放件机器人夹具的状
态、产品预加工时间、平台 1 和平台 2 的打磨状态及预估剩余加工时间、流水线取件
时间、流水线放件时间。各决策模块的输出为几种动作中最优的一种，其中最优性能评
价标准为最小化打磨平台机器人的等待时间和最大化取放料机器人的等待时间。

❑ 打磨平台机器人等待时间对应当前生产单元的生产效率，包括打磨平台的取放
料时间及无效的等待时间。取放料为串行执行的时间，无法缩减，所以只有通
过压缩无效等待时间，才能将等待时间降到最小，最好的措施是平台在打磨过
程中，取放料机器人夹具已经抓取轮毂在原点等待进行取放料动作了，这样完
全避免了打磨平台机器人的无效等待时间。

❑ 取放料机器人的等待时间表示取放料机器人的空余时间，即取放料机器人完成
了取件、放件、打磨平台上下料等周期性动作后，等待正在加工作业的两套打
磨平台中完成加工作业的时间。当空余时间达到一定的值时，可以使单元中原
先的 1 台上下料机器人与 2 套打磨平台的配合模式升级到 1 台取放料机器人与
3 套打磨平台的配合模式，从而提升单元的生产能力。

除了上述优化目标外，针对图 11-2 所示的生产线，还包括条件 11.2.1～ 条件 11.2.5 的

刚性优化条件；当不满足这些条件时，取放料机器人则保持现有状态在原点等待。

条件 11.2.1　流水线抓取一件产品需同时满足以下条件：

❑ 系统设备正常运行。

❑ 取放料机器人双工位夹具无轮毂。

❑ 并且需要满足下列条件之一：

　　– 打磨平台 1、打磨平台 2 的轮毂打磨作业都已完成。

　　– 打磨平台 1、打磨平台 2 都有轮毂正在打磨作业。

　　– 其中一个打磨平台作业完成，另外一个平台还在打磨。

条件 11.2.2　流水线抓取 2 件产品需同时满足以下条件：

❑ 系统设备正常运行。

❑ 取放料机器人双工位夹具无轮毂。

❑ 并且满足下列条件之一。

　　– 打磨平台 1、打磨平台 2 上都没有轮毂。

　　– 其中一个打磨平台有轮毂正在作业或已完成作业，另外一个打磨平台无
　　　轮毂。

条件 11.2.3　流水线放件需同时满足以下条件：

❑ 系统设备正常运行。

❑ 并且满足下列条件之一：

　　– 取放料机器人双工位上都有已经加工完成的轮毂产品。

　　– 取放料机器人双工位上有一个加工完成的轮毂产品，另一个为空，并且打
　　　磨平台正在作业的轮毂剩余加工时间大于等待取件阈值。

条件 11.2.4　打磨平台 i 取件需同时满足以下条件：

❑ 系统设备运行正常。

❑ 打磨平台 i 上的轮毂已打磨完成。

❑ 取放料机器人夹具上至少有一个为空工位。

条件 11.2.5　打磨平台 i 放件需同时满足以下条件：

❑ 系统设备运行正常。

❑ 打磨平台 i 上无轮毂。

❑ 取放料机器人夹具上至少有一个待加工的轮毂。

以图 11-4 中的决策 3 位置为例，当出现平台 1 打磨完成、平台 2 正在打磨、取放
料机器人正抓取一个轮毂的情形时，取放料机器人首先会对平台 1 进行下件动作，回
到取放件等待位进行工位切换，再对平台 1 进行上件动作，退出到取放件等待位。如果

平台 2 已经打磨完成，等待取放件，那么可按照传统的顺序流程，首先取放料机器人会去流水线放件，再去输入流水线抓取一个轮毂产品，来到取放件等待位，进而对平台 2 进行取件；接着回到取放件等待位，进行夹具旋转工件切换，对平台 2 进行放件，退出到取放件等待位，再去流水线放置加工完成的轮毂。为了能够减少平台 1 的等待，取放料机器人还会去流水线取件，移动到取放件等待位来等待为完成作业的打磨平台进行取放料。

　　当应用改进后的决策流程后，当完成对平台 1 放件后回到取放件等待位置，查看平台 2 的状态。若已经打磨完成或剩余打磨时间小于设定的阈值，取放件机器人在平台 2 完成打磨作业后进行取件动作，再去流水线放置两个已经加工完成的轮毂；之后去流水线取件，同时取两个待加工的轮毂产品，回到取放件等待位对平台 2 进行放件动作，退出后即可等待平台 1 打磨完成并对其进行取放件操作，不必重新去流水线取件。相比较，优化后的决策流程缩减了约 20%。动作流程的减少意味着动作时间的减少、平台等待的时间减少、取放料机器人空余时间的增加。通过仿真测算，对于兼容产品打磨作业时间短（小于 30s）、取放料机器人满负荷运行都来不及的工作站来说，打磨平台等待时间可以减少约 10%；对于兼容产品打磨作业时间较长（大于 40s）、取放料机器人有空余时间的工作单元来说，取放料机器人夹具的空余时间可增加 20%。为充分调动取放料机器人的效率，可执行 1 台取放料机器人负责 3 个打磨平台的工作模式。因此，通过细分的任务、智能的决策、优化的协作使得工作站的生产效率得到了大大的提升。

　　铸造行业轮毂毛刺清理的流程优化对比如图 11-5 所示。

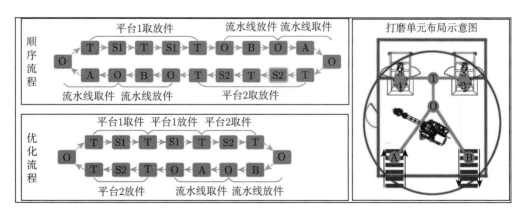

图 11-5　铸造行业轮毂毛刺清理的流程优化对比

11.2.2　仓储物流机器人：路径规划与协同避障

　　劳动强度大、重复性较强、危险大的复杂劳动都可由智能机器人来出色完成，但是，我国对专门从事物流工作的智能机器人的研究才刚刚起步。"机器换人"已经深入到仓储物流行业。自主移动作业机器人，可通过自身内部和外部的传感器感知周围环境信息，根据任务和目标位置自行规划行走路线，同时在行走过程中可实现避障或绕障，最终通过精准定位完成执行作业任务，在物流应用中，也普遍被称为 AGV(自动引导小车)。尽管目前智能仓储机器人的概念非常火爆，但是行业内并没有形成标准的定义。从物流领域应用的机器人实现的功能来看，主要包括搬运、拆垛、码垛、拣选、分拣等作业，因此智能仓储机器人也可以视为以上不同类型物流机器人的总称。

　　国内外围绕单个移动智能体路径规划及协同避障的研究已经取得了很多不错的成果。然而很多算法都依赖于已知条件下的环境，在实际应用中有很大的局限性，因此也有很多基于深度学习的算法对这些问题进行了改善，在未知环境中也能发挥出良好的效果。但随着技术的进一步发展，单个移动机器人的局限性越来越突出，人们迫切需要一种作业效率和可靠性更高的智能系统，因此将目光逐渐从单智能体转向群体智能，如何在较为密集的环境中进行群体智能协同避障也成了研究的热点及难点之一。

　　现有的关于群体智能协同避障问题的算法大致可分为两种控制方式：集中式控制和分布式控制。集中式控制可将运动控制问题定义为优化问题，中央控制器获取所有智能体的当前位置、速度和终点的信息，最终目标为成功引导所有智能体到达它们所期望的位置，在避免发生碰撞的同时优化整体所需的能量或时间等指标。集中式控制虽然能得到全局较优的结果，但它的弊端也非常明显：当智能体数量较为庞大时，其计算开销会变得非常高。此外，在实际的大规模或密集环境智能体控制问题中，通常很难建立一个通信网络，使得所有智能体与中央控制器之间可以进行可靠的信息传输，并且在突发情况下，单个智能体不具备自治能力，稳定性较差。而分布式控制就能很好地解决这些问题。分布式控制是将计算、感知以及决策的工作下发至每个智能体上。与集中式控制相比，分布式控制在计算量、运行成本、鲁棒性以及扩展性等方面都有巨大的优势。在分布式控制的群体智能协同避障场景中，文献 [2] 中的作者提出了最佳交互碰撞避免(Optimal Reciprocal Collision Avoidance，ORCA) 算法，能够使得智能体在观测周围智能体的位置和速度后通过求解一个线性规划问题计算出下一个时间范围内的局部最优速度，从而避免发生碰撞。由于其出色的性能，ORCA 已经成为底层避障算法中最常用的算法之一。

　　基于分布式控制的群体智能系统的天然优势，近年来受到越来越多学者和专家的关注及研究，并得到了许多可喜的研究成果，但依旧存在着许多亟待解决的问题。比如在实际的机器人场景中，许多简单的机器人设备受到自身的计算资源、环境中的通信带宽资源以及信号的传输距离等的限制，机器人在共同完成一些复杂的任务时，特别是当系统中的机器人数量庞大时，除了需要考虑到网络拓扑结构的限制外，还需要考虑自身能量的损耗和通信带宽的利用率等。此外，机器人在未知的环境中执行任务时，只有通过对环境具有感知功能的传感器才能进行探索、判断以及决策。目前，移动机器人常用的传感器主要包括以下几种：摄像机、超声波、红外线、惯性测量单元、光电编码器等。结合多传感器丰富的环境感知能力的优势，移动机器人可以在复杂的环境中保持稳定的性能并执行特定任务，是目前机器人应用领域需要解决的重点和难点。例如，如何在群体智能协同工作时对传感器数据融合以进行优化以及如何降低传感器工作时的冗余度，从而减少智能体受限的能量及计算资源的瓶颈问题，目前没有很好的解决方法。

在认知科学中，注意力机制（Attention Mechanism）指的是人类的大脑在面对大量信息时会选择性地将注意力聚焦在重要信息而忽略其他信息，把信息处理资源分配给最需要的部分，这意味着其可以在整体计算能力受限时进行合理的资源分配，极大地提高了人类视觉等信息处理的效率。近几年，在深度学习中所应用的注意力机制可以看作人类认知行为的一种模拟，其突出的表现广泛应用在自然语言处理、图像识别及语音识别等各种不同类型的机器学习任务中，其核心是在众多信息中仅关注对当前任务目标更关键的信息。受此启发，我们可以利用注意力机制来解决一些能量或计算能力受限的群体智能系统中的分配问题，用一定的代价，如限制部分获取的信息重要度较低的传感器，来保证关键任务能顺利完成。

图 11-6所示为借鉴脑注意力机制为群体智能系统合理分配有限资源的方法，可以在执行正常的路径规划与避障任务的同时，将更多资源集中在关键任务或是续航能力上。特别地，基于 DQN 架构的传感器智能选择模块，使得传感器工作状态依照环境所需进行"注意力"动态调整，减少传感器获取信息的冗余度，降低传感器能量资源的消耗。同时，利用 ORCA 算法，将机器人近距离通信获得的信息与传感器选择结果相结合，对机器人的运动速度进行动态规划，并将其实现在双轮式差速驱动的运动模型中，完成整体的路径规划与避障。仿真结果[2] 表明了上述方法的有效性。

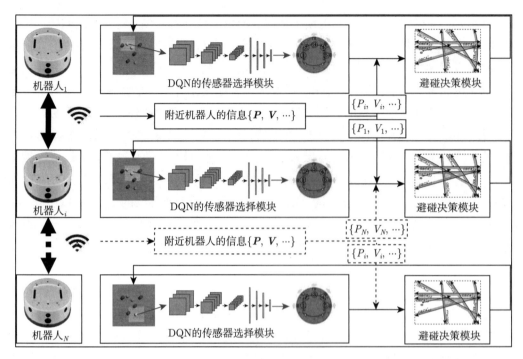

图 11-6   借鉴脑注意力机制为群体智能系统合理分配有限资源的方法

参考文献

[1]   LO BELLO L, STEINER W. A perspective on IEEE time-sensitive networking for industrial communication and automation systems[J]. Proceedings of the IEEE, 2019, 107(6): 1094-1120.

[2]   项羽铭, 陈焜, 赵志峰, 等. 脑注意力机制启发的群体智能协同避障方法[J/OL]. 智能科学与技术学报, 2022, 4(1): 84-96[2022-06-29]. http://www.infocomm-journal.com/znkx/CN/abstract/abstract172265.shtml.